有爱的青春陪伴者

流萤

伏渊 / 著

江苏凤凰文艺出版社
JIANGSU PHOENIX LITERATURE AND ART PUBLISHING

图书在版编目（CIP）数据

浅尝一下 / 伏渊著. -- 南京：江苏凤凰文艺出版社，2023.5
 ISBN 978-7-5594-7393-6

Ⅰ.①浅… Ⅱ.①伏… Ⅲ.①长篇小说-中国-当代 Ⅳ.①I247.5

中国版本图书馆CIP数据核字(2022)第242797号

浅尝一下
伏渊 著

责任编辑	王昕宁
特约编辑	裴欣怡
出版发行	江苏凤凰文艺出版社
	南京市中央路165号，邮编：210009
网　　址	http://www.jswenyi.com
印　　刷	长沙鸿发印务实业有限公司
开　　本	880mm×1230mm 1/32
印　　张	11
字　　数	360千字
版　　次	2023年5月第1版
印　　次	2023年5月第1次印刷
书　　号	ISBN 978-7-5594-7393-6
定　　价	45.00元

江苏凤凰文艺版图书凡印刷、装订错误，可向出版社调换，联系电话025-83280257

目录 Contents

第一章 / 邻居家哥哥 001

第二章 / 顾湘生气了 026

第三章 / 他送的小羊 045

第四章 / 有你在，挺好的 062

第五章 / 他很耀眼 084

第六章 / 传闻和八卦 107

第七章 / 冬日焰火 127

第八章 / 樱桃红与盛夏 150

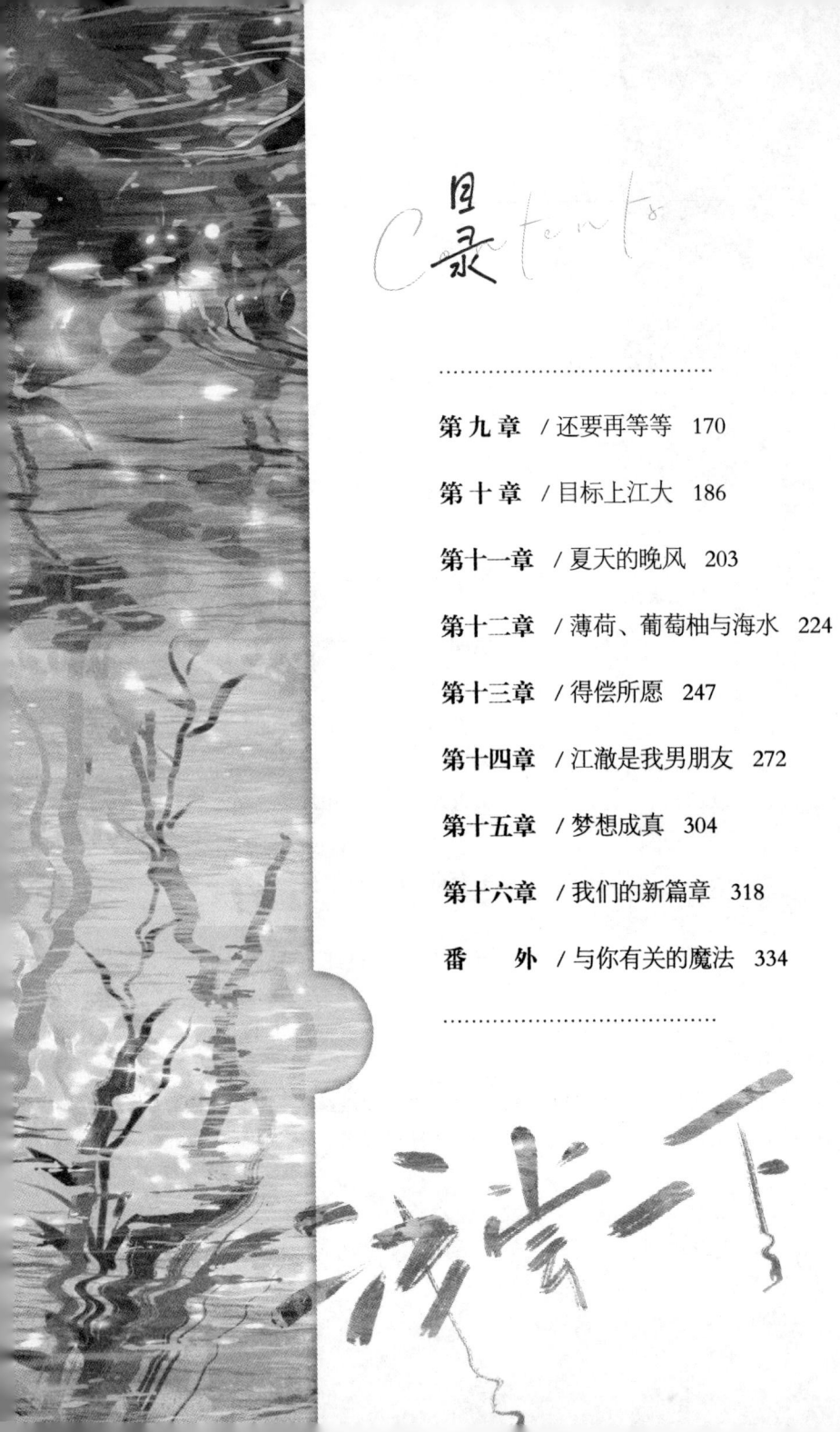

目录 Contents

第九章　/ 还要再等等　170

第十章　/ 目标上江大　186

第十一章　/ 夏天的晚风　203

第十二章　/ 薄荷、葡萄柚与海水　224

第十三章　/ 得偿所愿　247

第十四章　/ 江澈是我男朋友　272

第十五章　/ 梦想成真　304

第十六章　/ 我们的新篇章　318

番　　外　/ 与你有关的魔法　334

第一章
邻居家哥哥

8月末，杭城。

夏天常常有像今天这样万里无云的好天气，从飞机的舷窗向外看去，澄澈的碧蓝色穹顶一直扩展到遥远的地平线，下方则是东南大陆连绵起伏的丘陵，衔接着东面蓝绿的海岸线，画面标准得像《国家地理》杂志上的照片。

这还是顾湘同学有生以来为数不多的坐飞机的经历，按她以往的脾气，估计这会儿早就把脸整个黏在舷窗上，一路跟她家蔡芬芬女士叽叽喳喳个不停。

可惜今天早上六点她就被蔡女士敲锣打鼓地从被窝里捞出来，人还没反应过来，床上已经连枕头带被褥地打包好了，不给她半点睡回笼觉的机会。

这就导致顾湘一整个上午都处在梦游中，一口"精气"只提到眼看飞机平稳起飞就散了，一个小时的航行时间里她全程蒙头大睡，完全不给她亲妈一点发表苦尽甘来的搬家感言的时间。

直到飞机开始降落，她家蔡女士才总算有充足的理由把她捣醒，迫不及待地伸手拍拍她的大腿："臭臭，该醒了，咱们到杭城了……待会儿落地就能见到你江澈哥哥了，你还记不记得人家？"

顾湘光是听到自己那个让人深恶痛绝的小名就垮了脸，加上一身的起床气还没散，整张脸都臭得很，睁开眼提醒蔡女士："妈，我求求您，我都多大了，别再叫这名了行吗？"

"就是。"顾爸爸顾东胜在一旁惯例帮腔，"咱们家闺女都这么大了，哪有还叫臭臭的，那都是幼儿园的小名了。"

蔡女士瞥他一眼，敷衍地"哦哦"两声便转回刚才的话题："行了行了，叫你湘湘总行了吧？还记不记得小时候咱们家对门的江澈哥哥啊？你小学一二年级那会儿，人每天放学都接你一起回家呢。"

大概是因为即将迈入青春期，顾湘不是很想回答妈妈的这些傻问题，她这几年活得好好的，也没出车祸失忆，怎么可能忘记小时候家对门住着什么人？

更何况记忆里，那个江澈哥哥确实对她挺好，手头的零花钱又特别多，不仅给她买学校门口小摊上十块钱的无骨鸡柳，还经常买那种给画片女孩子穿衣服的贴贴纸送她，有一部分贴纸她现在都还留着，全背着蔡女士贴在没写完的日记本上。

除此之外，她还记得这个哥哥家里总是会有进口的巧克力和牛奶，上面写着她看不懂的英文，他会拿来送给她吃……

加上他爸妈工作忙，回家晚，他经常会来她家蹭晚饭，每次他一来，饭桌上的菜都比平常要好，顾东胜还会亲自下厨给他们做红烧鸡翅和黑椒牛排，她小时候整天就盼着他来家里。

但这些都只是附带的印象，至于那个江澈哥哥具体长什么样，顾湘的脑海里确实有些模糊了。只知道他常常被夸，说他生得白白净净的，鼻子长得挺，个子也高，长大之后肯定很讨女孩子喜欢……

只不过这些话又好像不能全信，就好比她也老被人夸长得漂亮，但转头回到家就会被妈妈念叨，说她鼻子太塌，晚上睡觉时得用阳台上的塑料夹把鼻梁夹着，还告诉她那些邻居都是为了哄小孩才这么夸的。

可即便如此，从顾湘的角度来看——虽然她那个年纪还不太会欣赏男生的长相——这个江澈哥哥应该是长得很好看的，要不也不会那么受欢迎。

或许是因为这个暑假一开始，顾湘就被告知要再搬到那个哥哥家对门去,这些记忆近段时间总是会有意无意地冒出来,即使不刻意去想,也在一点点变得清晰。

正因为如此,顾湘觉得蔡女士现在问出来的这些话简直像是在耍她玩,跟小时候过年亲戚问"更喜欢爸爸还是喜欢妈妈"属于一个性质,听着让人烦得很。

蔡芬芬的话音落毕,顾湘靠在座椅上沉默了一会儿,最后一撇嘴,跟她唱反调。

"记不太清了,好像是有这么个哥哥吧。"

"记不清了?"蔡芬芬显然没料到顾湘会这么说,脸上追忆往昔的温情随之破碎,带了点恨铁不成钢的意味数落她,"你个没良心的,人江澈哥哥小时候对你多好啊,什么好吃的都眼巴巴敲门拿来分给你,你倒好,记不清了?

"我记得你那会儿也可爱黏着他,整天跟在人屁股后面'哥哥哥哥'地喊。搬家那天,你还在楼梯上一把鼻涕一把眼泪抱着人家大腿不肯放,哭得那叫一个惨,谁过去拉你,你就咬谁,这件事儿当时闹得整栋楼的邻居都知道,不信你问你爸。"

顾湘听蔡女士开始翻自己的老底,虽然记得是有这么回事儿,但实在不是很愿意去回想自己小时候一把鼻涕一把眼泪的样子,傻得要命。

她隐隐约约地记得,那个江澈哥哥也像她一样傻。在那个天昏地暗的下午,非常真情实感地蹲在楼梯口跟她一块儿哭,他一边抹眼泪,一边"大逆不道"地跟江阿姨说自己不想搬家,初中也不想读了,就想一辈子住在那里。

想到这里,顾湘多少觉得有些安慰,深吸了一口气后,微微挺起胸膛回答:"没关系,这件事不用问我爸,反正我不记得了就行。"

"你怎么就不记……"

蔡女士见动之以情不成,正想再说些什么,就被飞机上准备降落的广播打断,只好给顾湘一个"待会儿再来好好教育你"的眼神。

飞机落地时刚好快到中午饭点,机场的冷气开得很足,顾湘被妈妈拽到行李转盘处时已经清醒过来了,肚子也饿得"咕咕咕"直叫唤。

等到行李总算慢吞吞出现,蔡女士指挥顾东胜上前"探查",中途接到江家人的电话,便开始笑吟吟跟对方寒暄,用的还是鹿城方言,一

路从杭城今天35℃的天气说到机场附近的路况,最后问对面:

"对了,露丝,你家江澈今天来了没啊?咱们家两个小的都好久没见了吧?"

顾湘从一开始听出妈妈是在跟江阿姨说话,注意力就全被她们给勾走了,眼下乍一听到"江澈"两个字,心头跟着飞快跳了一下,没忍住竖起耳朵抬头。

毕竟有好久没见了,江澈他们家这两年过年都没回鹿城,顾湘已经想象不出他现在的样子。刚才她嘴上虽然说得挺硬气,心里难免还是有些好奇。

按理来说,他比自己大三岁,等到九月开学就要上高中了,应该也会像她那几个表哥一样个子猛蹿,一下子就变得像大人一样,需要她仰起头才能看清脸。

加上连她这几年也长大了很多,留长了头发,今天还穿着新买的白色背带裙……用顾爸爸的话来说,她现在比小时候要漂亮很多。

就是不知道那个哥哥看不看得出来……会不会也觉得她比之前漂亮。

这么想着,顾湘难免有点兴奋,刚一抬头,就看蔡女士一边瞥了自己一眼,一边回答电话那头的话:

"……哦,哦,江澈也来了啊……那太好了,刚好到吃午饭的时间,待会儿咱们就一块儿在外边吃……

"别别别……中午简单吃点就行了,订什么酒店啊……到时候我跟东胜把家收拾好了,晚上你们带江澈来我们家吃,在家能喝点酒……"

两个人就这么说了一通,等到蔡女士好不容易挂断电话,顾湘才憋不住问她:"江澈今天晚上来我们家吃饭啊?"

"你能喊人家江澈啊?'哥哥'两个字不会说?怎么越长大越没大没小了……"蔡芬芬没好气地伸手戳了一下顾湘的脑袋。

顾湘一张口就挨骂,只得悻悻地闭上嘴,不吱声了。

说来也奇怪,大概是这个年纪的自尊心在作祟,她总觉得她都十二岁了,还喊人家哥哥有点不好意思。刚才那句"江澈"是她深思熟虑的结果,因为找不到比连名带姓更合适的称呼了。

蔡女士看顾湘一脸憋屈,大概是觉得好玩,又忍不住逗她:"你刚刚不还说不记得人家,现在又突然记起来了?"

顾湘听出蔡女士的揶揄,皱皱鼻子,烦得一边伸手把她往顾东胜的方向推,一边小声催促:"别说了别说了……该走了你……"

那头顾东胜已经把行李箱都拿齐,蔡女士见状也适可而止,过去一边帮忙推行李,一边提醒:"露丝他们一家已经到了,说是在三号口等咱们。"

"他俩是开了两辆车来吧?"顾东胜问。

"那肯定,行李这么多。露丝还把江澈也带来了,说他能帮忙给我们搬搬行李什么……"蔡芬芬说到这儿,想起来身后的顾湘,又开口提醒她,"你待会儿见到陈叔叔、江阿姨他们记得问好,听到没有?"

"好,知道了。"顾湘应了声,接过妈妈递来的一只行李箱,抬腿跟上。

行李处到出口有一段距离,但因为心里隐隐约约在期待些什么,顾湘脚下的步子迈得飞快,总觉得一眨眼就走完了。

"露丝!这儿呢!"

顾湘被妈妈骤然拔高的一声给惊醒,下意识抬头看去,视线便直直迎上接机口的一行人——

江阿姨和陈叔叔的模样在第一眼就和记忆当中重合,一下子变得清晰起来。

两个人看着都很年轻,气质也好。江阿姨像以前那样化着明亮的妆,顾湘小时候就总忍不住盯着她看,还经常催自家亲妈"也涂江阿姨那样的口红,涂了口红就漂亮";陈叔叔也还戴着印象里的那副框架眼镜,看着很有书卷气,和顾东胜完全不一样。

顾湘的视线在两人身上停留了许久,可她偏偏不太敢看他们身后站着的那个人。

直到片刻后,顾湘才有些迟疑地把目光投向江澈,即便这个人从一开始她就明显地注意到了——

江澈长高了太多,她记得小时候自己就得半仰起头看他,但眼下他甚至比陈叔叔都要高。他穿着简单的白色T恤和黑色长裤,戴着黑色的帽子,半张脸都藏在帽子的阴影下。他看起来很挺拔,简直像漫画书里画的那样,已经是个长开了的少年。

顾湘并不算认出了他,仅仅因为站在叔叔、阿姨身后的人,除了他不会是别人,才只好把江澈的名字安到这个人身上。但这人仍然像是一块过大的拼图,想要塞回原先的图画已经变得格外勉强。

大概是太久没见,她有些紧张,只能机械地跟紧爸爸妈妈。

直到一行人走近,对方也像看到了自己,微微低下头来,帽檐下的视线因此变得清晰，恰好和她探寻的目光对上。

或许是江澈现在的身高太有震慑力，又或许是那双看向自己的眼睛过于漂亮深邃，顾湘在意识到他正在看自己的一瞬间，甚至没来得及看清对方的长相就仓促地移开了视线，只顾抓紧手边的行李箱。滚轮在地面滚动的声音在此时变得格外嘈杂。

蔡女士在前面停了下来，顾湘也不得不停下脚步。

有一只手亲昵地伸过来捏了捏顾湘还在发烫的脸颊。

耳边很快响起江阿姨笑着跟她打招呼的声音："我们湘湘都这么大了啊，越长越漂亮了，阿姨刚才差点没认出来呢。"

顾湘偷偷抬了抬眼，就看到一旁又伸过来一只手拍拍她的脑袋，然后是江澈爸爸陈一行的声音："湘湘这么看是长高了不少啊，叔叔记得上次见面的时候，你才到叔叔这儿呢……"说着，他比画了一个夸张的肚脐眼的高度。

顾湘听着两个人的话，又想到妈妈刚才特意叮嘱过的，刚准备开口，嗓子眼却一阵发紧，到嘴边的那句"叔叔、阿姨好"愣是说不出来。

下一秒，面前的衣服晃动了一阵，江澈不知道什么时候被他妈妈扯到前边来了。他身上的T恤在灯下白得发亮，让顾湘觉得有些晃眼，她只好去看他胸口印着的那串手写体英文。

江澈礼貌地对顾爸爸、顾妈妈问好："顾叔叔好，蔡阿姨好。"

顾湘在听到这个声音的第一时间怔住了，片刻后才反应过来，但仍觉得头皮有点发麻，不自觉在江澈眼皮底下缩了缩脖子。

她印象里江澈的声音完全不是这样的，虽然她也记不太清了，但现在她听到的这个声音未免太成熟，跟她班里那些男生完全不一样，不再是孩童时期奶声奶气的尖细音色，而是从干净清冽中透出些低沉。

她在听他开口之前，完全想象不出来记忆里的那个跟她一块儿一把鼻涕一把眼泪的小屁孩，有朝一日会用这样成熟又好听的声音说话。

僵硬片刻后，顾湘好歹还是缓过来了，知道江澈应该是度过了传说中男生的变声期，现在这样才是正常的。

毕竟连她都开始发育了……

他还比自己大几岁呢，总不可能一直停留在小时候。

这头蔡芬芬在一开始也没认出江澈来，眼下听对方跟自己问好，都快笑成一朵花，嘴里一套一套地丢出"长大了啊""变帅了啊""听你妈妈说在学校里成绩很好啊"之类的夸奖。

但也多亏蔡女士的这一通铺垫，顾湘也慢慢从再次见面的震撼中回过神来，把在嘴边攒了半天的那句"叔叔、阿姨好"说出了口。

然后她又偷偷抬起头，不大好意思地弯起眼睛，一边对江澈露出一个笑脸，一边抬起手小幅度地摆了摆，想跟他打个招呼。

但就在她绞尽脑汁编出第一句问好之前，蔡女士已经结束跟江家人的第一阵寒暄，开口提醒："行了，那咱们去停车场吧？两个小的估计都饿了吧？"

在听见这句话的第一时间，顾湘把细小的手条件反射般地缩了回去，有点手足无措。

而戴着帽子的人也很快转过头。她看不清他的表情，猜测他可能没领会自己想跟他打招呼的意图，甚至可能根本没看见她的动作。

她被这个念头搅得有点泄气，低头鼓了鼓脸颊，默默跟上那群大人的脚步。

江露丝带路领着一行人去停车场取车，过了一会儿才发现某位酷哥就这么默不作声地插着兜跟在身边，一副事不关己的模样，忍不住皱眉推了推他，催促道："去帮妹妹提行李箱啊，她这么小，提不动。"

江澈听到这话，回头看了一眼，发现那个矮矮的身影正耷拉着肩膀走在最后。他只得轻叹口气，把手从兜里拿出来，转身去找她。

那头顾湘还在闷闷不乐，发现自己现在和那个哥哥确实不太熟了，他又长得这么像大人，跟她简直不是一个世界的，看起来也不像是还想跟她一起玩的样子。

她正这么想着，面前突然伸来一只修长白皙的手，耳边跟着落下来两个字："行李。"

"啊？"顾湘刚才还在想他，一瞬间有种被抓包的错觉，不得不迎面对上他的视线。

但谁叫他长开后的五官过于有冲击力，害得她盯着帽子下这张陌生的脸足足愣了三秒才反应过来："什么？"

顾湘长到现在这个年纪，已经初步具备了对于"帅气"的基本判断能力，不得不承认，面前这个江澈长得确实好看，鼻梁高挺，眼睛清亮，还有双眼皮，是个标准的大帅哥。

他虽然长得好看，但是垂着眼皮看她的眼神似乎不是很友好，带着一点厌倦,脸上也没什么表情,只看了她一眼就飞快移开视线,冲她摊开掌心:"行李箱给我,我帮你提。"

"啊?哦……谢谢。"他们太不熟,他的脸又臭,顾湘这会儿竟然有点怕他,闻言就老实松开放在行李箱上的手。

江澈见状,侧身拎走行李箱便转过身,脚下的步子迈得很大,一步能抵她两步。

顾湘原本还想装得淑女一点,很快就不得不小跑起来,偷偷冲着他的背影翻了个白眼。

但前边那人似乎在背后长了个眼睛,突然转头瞥了她一眼,不冷不热地丢下一句:"跟紧点,别走丢了。"

顾湘听到江澈的语气,更觉得怨气冲天,在心里把他骂了一遍,但嘴上还得不情不愿地"哦"了一声表示回应。

江家一共来了两辆车,江妈妈的车是一辆漂亮的红色轿车,还是敞篷的,江爸爸开的是一辆黑色 SUV。

等行李都装好,江露丝安排两个孩子坐 SUV 后座,自己则跟蔡女士一辆车。

于是,顾湘不得不跟那个不爱搭理人的冷漠男坐一辆车,谁也不主动开口,只能听两个大人在前排聊天,大多是些没营养的话题,说些生意上的事,又聊到新家附近有哪些好吃的馆子,还说改天要喊他们那群兄弟一块儿聚一聚。

顾湘听得百无聊赖,她这个年纪又还没有属于自己的手机,只好盯着窗外的车流看了一会儿,末了还是忍不住小幅度地转过头,去瞟身旁坐着的人。

江澈一米八几的个子在坐下之后少了几分冲击力,这会儿他也摘掉了帽子,懒懒地斜靠在那儿,戴着耳机看自己的手机。

顾湘偷瞄了两眼,发现他根本没注意到自己的视线,这才开始放心大胆地琢磨他。

刚才戴着帽子看不出来,眼下车窗外的阳光透进来,才让人感叹他白得过分,原本被帽檐下的阴影所掩盖的修长眼睫耷拉着,从侧面看,半含着双眼皮的深褶有着细微而巧妙的弧度,映着清亮瞳仁里细碎的光,是一双干净漂亮的眼睛。

顾湘看得出神,连记忆里稀薄的印象也被勾出,意识到江澈小时候就有这样一双眼睛,只是随着年龄的变化,原本圆溜溜的眼型拉长了些,看起来比之前要成熟许多。

至于他脸上的轮廓,也依稀能找到小时候的影子。

只是婴儿肥褪去之后,骨骼的线条变得清晰了而已,流畅的鼻梁和下颌构成恰到好处的清俊剪影,像是清泉被时间酿成了清酒,最后变成现在的样子。

顾湘倏地移开视线,眼前这个人确实是如假包换的江澈。

但让人遗憾的是,即便他外表的变化都有迹可循,可他现在的性格变了太多,不再是她印象里那个腼腆又温柔的江澈了。

以至于才见面不到二十分钟,她对他已经有些失望,甚至能猜到,他们以后大概不会再像以前那么要好。

这个念头出现之后,顾湘的心情黯淡下来,像亚麻面料抽丝之后鼓起的疙瘩,没办法再抚平,只能默不作声地低下头,把视线落在自己深蓝色的帆布鞋上。

鞋子还是新买的,今天搬家第一次穿,很配自己浅蓝色的T恤和背带裙,但雪白的鞋头不知道从哪儿蹭了道灰色的印子,很难看。

顾湘就这么垂着眼皮看了那道印子一会儿,中途不知道是在跟谁赌气,从鼻间闷闷哼了声,弯下腰用手指用力把那道印子揩去。

那头的江澈看顾湘总算没再盯着自己也松了口气,微微侧过脸来,就看到她弯腰擦鞋的动作。

他看着她的动作有些意外,因为印象里她不算是个很爱干净的小孩,往往吃完饭就带下桌两只油爪子,脸上也糊得跟花猫似的,蔡阿姨要拎着不断挣扎的她去洗手间,在她洗完手后又带着毛巾追出来,直到把在家里乱跑的她擦干净为止。

所以没想到才几年没见,她倒突然变得整洁起来,甚至能穿上这么白的裙子,上面没沾到一个油点,还把头发养长了,乍一看几乎让人认不出来。

这么想着,江澈伸手拎过后挡风玻璃下放着的一包湿巾,抽出一张递过去,轻轻"嗯"了声,示意她抬头看看。

顾湘听到动静,抬眼就看到江澈近在咫尺的手,指骨细白修长,指尖沾着一点湿意,把这个动作衬得清雅极了。

她一时愣住,没料到他突然的示好,再想到自己刚刚的那一通腹诽,在接和不接之间犹豫了一会儿。最后,她还是接过了湿巾,干巴巴地开口说了句:"谢谢。"

对方对此只是轻一点头便收回了手,没再说别的什么。

这样一来,顾湘也无话可说,用江澈给的湿巾擦了擦手指,又苦于没地方扔,只好就这么握在手心里。

等到车子抵达吃午饭的餐厅时,顾湘已经把手里的湿巾焐得温热,下车之后才找了个垃圾桶扔掉,跟着几个大人上楼吃饭。

因为早上没怎么吃,她中午的胃口很好,光是第一盘端上来的炒粉就吃了三小碗,还因此招来她妈妈的小声提醒:"行了,少吃点儿,后面还有菜呢。"

一旁的陈一行显然也注意到顾湘的饭量,把刚端上来的番茄鱼转到她面前,示意她:"来,湘湘,吃点鱼,你这个年纪还在长身体呢,多吃点才长得高。"

顾湘没料到会当着这么多人的面被点名,只觉得脸都热了,硬着头皮点点头后,给自己舀了一碗飘着洁白鱼肉的番茄汤,埋头慢吞吞地喝着。

陈一行看她这副模样,又笑着说道:"叔叔记得你小时候胃口就好,你哥哥小时候不爱吃饭,但是每次一去你家就能吃一整碗,还跟我说是因为你吃饭吃得香,他看了也会忍不住多吃两口。"

顾湘听着他的话,差点没被嘴里滚烫的鱼汤呛死。

她都长这么大了,开始有"偶像包袱",总觉得饭量太大不是什么光彩的事,江爸爸还非要扯上江澈一块儿说,更让她觉得羞耻。

但羞耻归羞耻,顾湘又忍不住抬头去看江澈听到这句话的反应,既怕他想起来这些事,又怕他真的一点都不记得了。

然而等她抬起头,对方已经先一步收回视线,眼睫半垂着,嘴唇微微抿起,似乎带着几分还没退去的笑意,又仿佛只是她的错觉。

顾湘有些气馁,盯着江澈的动作看了一会儿,才发现这人正拎着筷子挑番茄汤里的葱末,还像小时候一样不吃葱。

这么想着,他小时候坐在她身边挑挑拣拣的画面一下子变得清晰,每次他的骨碟里都会堆起一摞他不爱吃的东西。顾湘也因此记起来他有很多忌口:不爱吃带气味的蔬菜,比如香菜和芹菜;不爱吃菌类;不爱吃有腥臊味的肉类;不爱吃带刺的鱼……总之,大部分东西他都不爱吃,口味又刁钻又单调。

这么想着,顾湘再看他挑葱的样子时甚至感到一丝安慰,虽然这次见面他变了很多,但有些东西依然没变,值得庆幸。

午饭过后,一行人驱车回家。

江家人早些年搬到这里,主要是因为陈一行和江露丝的工作重心转移到了杭城,加上这块楼盘刚开始卖,地段好,升值空间大,又离附近一所很不错的私立中学近,两家人就商量着各买了一套。

只不过顾家是做餐饮的,在鹿城有家生意很不错的酒楼,当时还没有搬到杭城来的计划,想着这套房产拿来收租或者等升值之后卖掉。

然而从去年开始,顾湘升了六年级,顾东胜跟蔡芬芬考虑到她上中学的问题,就动了搬到这里来的念头,还让江澈的爸妈帮忙物色杭城的好店面,准备在这儿再开一家酒楼。

所以到今年顾湘小学毕业,新租下的店面装修好了,他们家才总算从鹿城搬了过来,重新住到了江澈家对面。

等两个爸爸和江澈帮忙把几个行李箱都搬进房子之后,两家人便各回各家,他们家开始慢慢收拾行李。

蔡芬芬之前就已经陆续寄了十多个快递箱来,这会儿家里的客厅简直成了进货仓库,箱子多得让人下不去脚。

以至于顾湘才刚参观新家一分钟,蔡女士就拖着箱子领她进了自己的房间,在她东张西望的过程中,蔡女士一边用裁纸刀"咔咔"划开快递,一边嘱咐她:"赶紧把自己的衣服啊书啊收柜子里,收完了出来帮忙。"

顾湘知道他们现在忙得很,对此只能"哦哦"两声,收回视线开始干活。

顾湘的房间并不小,面积几乎和主卧相当,加上她有半夜起床上厕所的毛病,装修之初蔡女士还多隔了一个卫生间给她,颇有麻雀虽小,五脏俱全的味道。

至于里面的装潢,家具和墙纸都是顾湘亲自选的,淡紫色的墙纸搭配白色的法式铁艺大床,书桌书柜一类的家具也是配套的,透露着那么一丝精致名媛的气息。

顾湘当初在照片里看到完工的样子就觉得满意极了,这会儿看到实物依旧觉得惊艳,忍不住哼起调子收拾衣服。

她的衣服并不多,之前在学校都穿校服,毕业之后又全扔了,没一会儿就把东西收完，转头去看那个大快递箱。

跟衣服相比，顾湘更多的是杂七杂八的闲书，漫画尤其多。

她才翻了两下就觉得有点不好意思，也难为妈妈收东西的时候不但没把她的腿给打断，还好好地把书都理出来寄到这儿了。

书搬到一半时，快递箱底下露出来一个礼品盒，蓝白配色，盒盖上画着鸽子和太阳的图案，边缘还描了金，显然是准备送人的礼物。然而因为路上颠簸，上面又堆了太多的书，盒子外壳被压裂了，绽出一道一道白痕，有些惨不忍睹。

顾湘见状，赶紧弯腰把礼物抱出来，打开盖子看了眼，发现里面小一号的盒子还完好无损，这才松了口气。

这两个礼盒是她前不久在自己最喜欢的文具店精挑细选来的，价格不便宜，竟然要四十九块九。但当时想到要送礼物太兴奋，加上为了看起来体面，她咬咬牙还是买下来了。

然而等今天真正见到江澈，顾湘就有点后悔了，他对自己爱搭不理的，不仅不值得四十九块九的礼品盒，更不值得她给他送礼物。

这么想着，她又打开盒子看了眼，里面装的东西很杂，都是她这些年逛文具店的时候一点一点攒下来的，想着等见到江澈哥哥的时候就送给他。然而三年来一次都没见到，不知不觉就攒了这么多。

顾湘惆怅地叹了口气，拎起一个装满小星星的漂流瓶看了眼。

瓶子里不同颜色的星星排成渐变色，最顶部的星星是用最贵的闪光纸折的，中间还夹杂着两只皱巴巴的千纸鹤。

这瓶东西还是她四五年级的时候做的，当时班里不知道为什么突然流行起折千纸鹤和纸星星，还会有人在那些纸头上抄优美的诗句，等折满九十九个就送给想要祝福的人，一下子煽动得所有女生都投身其中。

顾湘当时随大流，也跟着到校门口的小卖部买折纸。只可惜她那双手不太灵巧，废了好多张纸才勉强学会折千纸鹤，很快又嫌它麻烦，改行折星星去了。

记得当时全班女生上课都一边抬着头听老师说话，一边分心在课桌底下捣鼓折纸，秩序井然得仿佛一个折纸车间。

顾湘上课闲着没事，也跟着她们开小差，直到装满一整个瓶子才作罢，一直攒到小学毕业才决定送给江澈。

顾湘掂了掂那个花里胡哨的漂流瓶后，把它放了回去，又一一端详了她精挑细选的马克杯、保温杯、日历本、毛绒小鸭钥匙扣和两双袜子，最后长叹一声，盖上盖子，把它们塞到自己的床底下，重新回去收拾自己的书柜。

等所有书籍都按照一定的顺序整齐排列好，那片花花绿绿还带红苹果标志的书脊看起来着实和她优雅的半弧形复古书柜不太搭，顾湘觉得汗颜，转身拎起地上的空箱子，到客厅找妈妈。

蔡芬芬正在餐桌上拆厨房的锅碗瓢盆，桌上摞着一打一打的碗盘，脚边全是泡沫塑料箱，见顾湘出来便问："东西都收完了？房间怎么样，看着还行吧？"

"房间可好看了，紫色墙纸在我同学里还是头一个呢，谢谢母上大人！"顾湘第一时间砸过去一通马屁，伸手抱住蔡芬芬的腰黏着她，还在她的脸上恶心地"吧唧"了好几下。

蔡芬芬看她一副有奶便是娘的模样，轻哼了声，伸手拍拍她的手，开口："你那房间还得谢谢你江阿姨……那个紫色的什么墙纸，这么丑，都没几个人要买，当时好多店都不进货了，还是你江阿姨看你喜欢，帮忙找了几家店才找到的，还帮你盯着人家施工。"

"啊？墙纸是江阿姨找的啊……"顾湘有些意外。

"所以说，江阿姨对你好着呢，只可惜她自己生了个男孩，你出生之后还开玩笑让你认她做干妈来着。"蔡芬芬低头拆着泡沫纸，随口多说了两句。

顾湘哪能记得这档子事，闻言有些震惊地反问："江阿姨喜欢女孩，那江澈岂不是不受宠了？"

"呸呸呸，瞎说什么呢？"蔡芬芬没好气地横了顾湘一眼，啐道，"你也不想想人江澈成绩多好，初中能排年级前十呢，现在又长开了，又高又帅的，以后不知道多少女孩喜欢……你再看看你自己，成绩一般，整天就会看漫画书，还怕人家不受宠，也不怕被人听了笑掉大牙。"

"我怎么成绩一般了？"顾湘听到这句话就不服气了，掰着手指愤愤道，"我毕业这次不考得挺好的嘛，两个一百呢！你怎么知道我不是年级前十？"

"你也就瞎猫碰上死耗子突然考好这么一次，有本事你回回考前十，我也让你受宠。"

蔡女士轻轻"嗤"了声，看顾湘还想再反驳什么，便先一步错开话题："行了行了，知道你这次考得好，要是闲着就赶紧帮我把这堆碗搬厨房里去,让你爸洗了擦干收消毒柜里。"

"知道了知道了……"顾湘听出妈妈着急想结束话题,只得老实扛起八个盘子进厨房。

顾东胜正站在小板凳上擦上面的橱柜,身上出了些汗,衣服被浸得半透明,圆滚滚的小肚子看起来格外明显。

顾湘放下东西,手痒地戳了一下他的肚子,没想到还挺硬。

看爸爸低下头,她才开口传达妈妈的话:"妈让您把这些碗洗一洗,洗了擦干收起来。"

之后听他"哦哦"两声便转身出去。

这头蔡芬芬已经把包装盒都拆完了,正在弯腰收拾垃圾,见顾湘出来又随口问:"对了,你刚刚跟江澈哥哥坐一辆车,你们有没有聊什么?这么久没见了,估计有很多话要说吧?"

顾湘想到先前车里尴尬的沉默,没忍住挖苦地"呵呵"道:"没聊,我们又不熟,能聊什么?"

"怎么会?"蔡芬芬颇感意外地抬起头,半信半疑地看着她,"你们以前关系不挺好的吗?现在见面聊聊学习啊,兴趣爱好啊,最近看了什么书啊,顺便问问江澈哥哥那个初中怎么样啊……怎么不能聊了?"

顾湘恹恹地垂着眼皮,一边听着妈妈这些不切实际的话题,一边无聊地伸手摸摸盘子上的花纹,到头来忍不住怨气十足地重重哼了声:"您说得倒好听,可人家才不想跟我聊呢,人家根本就不想搭理我!"

"你又知道人家不想搭理你了?"蔡芬芬看她这副咬牙切齿的模样只觉得好笑,没料到小丫头脾气还挺大,"那你当时干什么了?主动跟人搭话了吗?是你说了话人家不理你,还是你也坐在那儿不吭声?"

"我……"顾湘一下子被问住,语塞片刻后理直气壮地解释,"那我年纪小,他年纪大都不主动跟我说话,我为什么要主动啊?我不要面子吗?再说了……您看他那样,我一开始还冲他笑了呢!他也不知道笑一下,摆臭脸给谁看呢!"

蔡芬芬原本是为了打圆场,没想到顾湘还越说越有理了,只得赶紧开口叫停:"行了行了,年纪大难道就得主动啊?人家江澈从小性格就腼腆,不像你,整天大大咧咧疯疯癫癫的,没准人家也不好意思呢?再说了,你要这么多面子什么用,平时看你话挺多,现在又突然装矜持?"

"不是……这怎么又成了我的错了?您怎么就光帮着江澈说话呢?

到底我是您亲生的还是他是您亲生的？"顾湘那叫一个气，胸口一起一伏的，就差拍桌子抗议了。

蔡芬芬听着她的话，没忍住笑，"嗤"一声，抬脚把收拾成一堆的快递箱踢到她的腿边，回："那谁叫你是我亲生的，我只能数落数落你呗？难不成你还想让我现在跑去对门，把江澈那小兔崽子揪出来骂一顿，问问他到底为什么不跟你说话？"

"我……"

顾湘原本气得胀鼓鼓的胸口一下子被妈妈的话戳开了一个洞，虽然还是觉得不服气，但想到她跑去骂江澈的画面只觉得好笑。

最后，她愤愤愤地一踢脚边的快递盒，气得开口胡言乱语："烦死了，早知道不搬过来了！不搬过来就不会碰上他了！"

一旁的蔡芬芬已经拎着裁纸刀去客厅拆别的快递，听见这句话头也不回，还火上浇油了一句："行行行，那你别搬过来，你现在就走，下楼的时候顺便帮我把垃圾拿去扔了。"

顾湘刚才放的狠话撞了个硬钉子，一下子摔得粉碎，她在原地站了一会儿后，只能悻悻地搬起地上塞着泡沫塑料的纸箱，下楼扔垃圾去了。

等到下午五点，新家总算收拾得差不多了，蔡芬芬拎着拖把把客厅跟餐厅拖了一遍，顾湘则和顾东胜去超市采买食材和调味料，又是好一通忙活。

等到采购回来，顾东胜作为东胜酒楼的掌勺大厨，第一时间带着他那些家当钻进厨房开火去了，还把蔡芬芬拉去打下手。客厅里就只剩下顾湘，她舒舒服服地瘫在新沙发里，打开电视开始看《自由之翼》。

然而这头屁股才刚刚坐热，门口的门铃就响了。

厨房里蔡芬芬大喊了句："顾湘，去开门。把鞋柜里的拖鞋拿出来，江阿姨他们来了。"

顾湘就只得暂停动漫，灰溜溜地到门口迎客。

跟他们全家干了一下午活灰头土脸的模样不同，江家人这会儿都换了身衣服，手里还提了两箱红酒，加上他们家人颜值都不错，不知道的还以为是来参加什么上流宴会的。

而顾湘作为主人，在这种时候装模作样的本事还是有的，开门之后她先甜甜地跟叔叔、阿姨问好，然后弯着腰帮忙拎了三双拖鞋出来。

江露丝跟陈一行见状，先是跟她道谢，又夸她真乖，这才提着礼物到餐厅，跟出来迎接的蔡芬芬一番寒暄。

江澈是最后一个进门的，身上换了件黑色的T恤，下面一条宽松的白色运动短裤，露出两截匀称修长的小腿，肌肉线条流畅又分明。

顾湘在把拖鞋放到他脚下时，一不小心离得有些近，眼角的余光瞥见他优越的腿型，忍不住感慨：大概这就是传说中的"漫画腿"。

然后她在直起身时，又隐隐约约闻到他身上沐浴露的味道，她判断不出具体的香型，只觉得闻起来很清爽，他应该是上门之前刚洗过澡。

顾湘的思绪游离着，靠在墙边等江澈换鞋，中途几乎要错过他冷不丁对她说出的那句"谢谢"，反应过来之后猛地一抬头，看了他两秒才慢半拍地"嗯嗯"两声，挤出一句："不用谢……你快进来吧。"便头也不回地转身往里走。

也不知道为什么，自从看到江澈大变样之后，顾湘对着他总觉得紧张，嘴也变笨了不少。这会儿她只能硬着头皮一步一步地领着他到餐厅，在他站定之后就逃也似的钻进厨房，跟妈妈汇报："人都来了。"

"行，那你把冰箱里水果拿出来洗了吧，让他们在沙发上吃着，晚饭还得好一会儿。"蔡女士手头正忙着洗鱼，转头看她一眼后吩咐。

"哦……那我去洗手间洗行吗？"顾湘看他们这打仗似的厨房，开口多问了句。

"行行行，这儿也没地方让你洗，洗完了拿给江澈哥哥，他爱吃葡萄的。"蔡芬芬回道。

顾湘受命，转身去冰箱里掏水果。还好今天是她爸跟她一块儿去超市，买来的大部分是超市已经切好的鲜果，直接倒盘子里装装样子就行，只有葡萄要拎去洗。

等她捧着大果盘出来的时候，沙发上只有江澈坐着玩手机，陈叔叔他们正在跟她爸讨论那红酒啊醒酒器啊什么的。

顾湘犹豫了一下，还是把果盘端到茶几上去了，冲江澈轻声问了句："你吃水果吗？"

江澈抬头看她一眼，又看看面前的果盘，似乎有些意外她的举动，顿了顿，点头对她道谢，用小叉子叉了一块菠萝。

顾湘看他吃上了，也就不再客气，挪动屁股坐到沙发的另一头，继续播放刚才暂停了的动漫。

只是她中途习惯性地想伸手去够茶几上的水果时，才发现果盘摆在某人眼皮子底下，自己又不小心坐得太远，她不想当着他的面大张旗鼓地去拿水果，只好默默缩回手。

一旁的江澈虽然低着头，但注意力并没有放在手机屏幕上，顾湘一来二去的小动作被他看得一清二楚。他很快直起身把果盘推到她面前，轻声说了句："你吃吧。"

顾湘有些惊奇地转头看了他一眼，发现他的脸上虽然没什么表情，但看起来比白天和善多了。

于是她眨巴眨巴眼睛，收回视线，嘴上客气地跟他道了谢，开始用叉子一块接一块地叉哈密瓜吃。

或许是因为江澈刚才的举动让顾湘想起小时候，今天早上见面后积攒下来的不快这会儿已经散了大半。顾湘靠在那儿优哉游哉地吃着哈密瓜，没忍住又多打量了他几眼。

蔡芬芬从厨房里探出头来，吩咐道："湘湘，你爸今天跟你去超市忘了买白醋了，你快下楼带两瓶上来。"

"哦，那你把钱给我……"顾湘下意识答应，然而刚爬下沙发就又想起来，"可是妈，我不认识路啊。"

她今天才刚搬进来，是从地下室直接坐电梯上来的，连小区出口在哪儿都不知道，更别说去买醋了。

蔡芬芬闻言，从兜里掏钱的动作一顿，也反应过来："哦，也是……那算了，我自己去吧。"

"你都这么忙了，哪还有工夫下楼啊，让江澈带着湘湘去吧，顺便让江澈带湘湘认认路，迟早要把小区认熟的。"一旁江露丝开口拦住她的动作，转头冲沙发上的人招手道，"快，江澈，带妹妹下楼买两瓶醋回来。"

顾湘正打算瘫回沙发的动作跟着一僵，刚在心里担心江澈可能不会愿意，就看他已经收起手机站起身来，对她说了句："走吧。"

顾湘愣了一下，没想到他这么容易就答应了，只得跟上他去门口换鞋。

出门已经是日落时分，绀蓝色的天幕逐渐褪去橙黄色的霞光，气温也比正午那会儿降下来不少，空气中隐约夹杂着干燥草木的香气。

顾湘跟江澈并肩穿过小区的绿化带，两个人一路上便沉默不语，相互之前保持着小半只手臂的距离。

直到她想起来早前自家亲妈对自己的教诲，在脑海里骨碌骨碌筛选了好多个问题,最后鼓起勇气挤出来一句:"我的那个初中……跟你是同一所吗?"

江澈低头看她一眼,倒是没料到他们现在的身高差这么多,从这个角度只能看到她圆圆的头顶和散乱的双马尾,耳后别着的白色发夹也松垮着,显然是忙活了一下午。

他有点走神,差点错过她的问题,好在绕过一棵桂花树后就看到小区的西门,是他平常上学的路,于是想起来回答:"是同一所,学校有初中部和高中部,你以后要是直升的话,高中跟我也是同一所。"

"那学校初中部和高中部离得近吗?"顾湘下意识追问。

"是同一个校区,"江澈伸手按下开关,帮她推开小区的门,又补充,"食堂和操场都是共用的。"

"这样啊……"顾湘应了声,第一时间想到那他们以后岂不是可以一起上下学一起吃饭,然而犹豫了一下,又没好意思把这句话说出口。

小区对面就有一家小超市,江澈领着她穿过马路,顺便多给她介绍了两句:"以后你上学的话,从小区这个门出来就行。学校离这儿很近,左边路口往左转,过三个红绿灯再往右转就到了。"

"哦……这样啊,"顾湘听他的语气,貌似并没有打算跟她一起上学的意思,沉默半晌后,只得非常委婉地回答,"好,那我努力记一记吧……"

江澈听到这句话,似乎也意识到自己刚才的话有些生硬,轻抿了抿唇,又开口告诉她:"没关系,过几天要去学校报到领书,到时候我会带你认路的。"

"哦……好。"只不过江澈这句话的成效甚微,顾湘随口应了句,就没再说话。

他们去的这家超市并不大,顾湘很快就在调料区找到白醋,拎到收银台结账。

江澈在一旁等着,只是中途冷不丁冒出一句:"你想吃冰激凌吗?"

"啊?"

顾湘本来还觉得有一点别扭,然而在听到"冰激凌"三个字后就全抛到了脑后。

她刚刚就注意到门边那两台大冰柜了,只是不想在江澈面前表现得太贪吃,才装作没看见。

可现在听他提起，她又忍不住有点蠢蠢欲动，看了他一眼后，试探地问："你想吃吗？"

见她看向自己的眼睛亮晶晶的，和小时候一模一样，江澈轻咳了声，低头示意身侧的冰柜："嗯，你也来挑一个吧。"

"好。"顾湘这下没抵挡过冰激凌的诱惑，老老实实走近。

杭城是省会，比鹿城要发达不少，连超市里的冰激凌看起来都花里胡哨的。顾湘趴在冰柜旁看了好一会儿也没找到自己常吃的那几样，只好转头看向某人，想看看他吃什么。

江澈原本就不爱吃这些零食，刚才只是怕顾湘拒绝才答应下来。这会儿收到她的视线，他想了想，推开冰柜的门，拎出一个蓝色包装的冰激凌，问她："你想吃这个吗？"

顾湘伸手接过，才发现冰激凌看起来有点眼熟，是和路雪的千层雪——朴实无华的巧克力香草冰激凌，她小时候经常吃的。

谁知道她的这个念头刚冒出来，就听江澈又轻声说了句："我记得你以前好像喜欢吃这个，不过现在包装改了，没有之前那种盒装的了。"

这还是顾湘今天第一次听他主动提起小时候的事，有些讶异地抬起头，但只看到他转过去的侧脸，他像是有点窘迫，连耳朵都红了。

到头来两个人都买了巧克力香草口味的千层雪，钱是江澈付的，他带了手机，可以直接支付宝扫码付款，看得顾湘无比羡慕。

回去的路上，气氛明显比来时要好一点，顾湘的嘴忙着吃东西，也不用绞尽脑汁地跟江澈搭话，反倒是他主动说了小区里几幢楼和几个出入口的位置，还说了去哪儿可以拿快递，帮她把路大致认清楚了。

但美中不足的是超市离他们家实在太近，进门之后，顾湘嘴里的冰激凌还没吃完，只能接过江澈手里拎着的醋，硬着头皮送进厨房。

果不其然，蔡芬芬瞥见顾湘手里的冰激凌后，嘴上跟安了发条似的自动数落起她来："马上就要开饭了，你又吃这些杂七杂八的，吃了这些还怎么吃得下饭？你就存心气我是吧，顾湘？"

"我吃得下饭的，我能吃两碗！"顾湘赶紧跟妈妈保证，抬头瞥见妈妈一副想骂又骂不出口的神色，又迅速转头甩锅，"而且是江澈哥哥请我吃的！"

"是江……"蔡芬芬顺着顾湘的视线看到厨房玻璃门外站着的江澈，他手里也拿着一样的冰激凌，到嘴边的那句话刚开了个头就不好再说下去，只得换了个说辞，"哦、哦……是江澈请你吃的啊，那你赶紧吃，吃完马上开饭了。"

"嗯，好。"顾湘听到这话就赶紧钻出厨房，中途看到沙发上的江澈，没忍住冲他傻笑了一下。

她从小就知道妈妈不会骂江澈，所以每次事到临头就会推给他，没想到过去这么久了，这一招现在用起来还是屡试不爽。

这头江澈还不知道发生了什么，只看到顾湘出了厨房就对自己笑，一时反应不过来，出神地咬了口冰激凌，差点被冰掉牙。

毕竟是顾大厨的手笔，晚餐安排得很丰盛，加上鹿城靠海，两家人吃惯了海鲜，端上来的几乎都是实打实的鱼虾蟹贝，跟龙井虾仁西湖醋鱼一流的杭帮菜区别开来，完全是另一个流派。

他们两家以前住在一起的时候就常聚餐，吃的也都是顾东胜烧的菜，现在好不容易回到了当年，加上红酒也醒好了，几个大人碰杯的时候不免多了些感慨，开始你敬敬我，我敬敬你，顺便追忆追忆往昔。

一般大人煽情的时间，两个小孩是插不上嘴的，就光顾着吃。加上顾湘忙活了一下午实在饿了，不出十分钟就已经放弃了用筷子夹菜，直接上手剥虾吃蟹，没再像中午那样做作地端着淑女做派。

而她在这头两耳不闻窗外事地吃饭的时候，一旁的江澈还会时不时被那群大人提到，中途顾东胜甚至拎着红酒想给他倒上半杯，说什么"都长这么大了，该试试酒量了"，最后看他捂着杯口连连摇头谢绝才作罢，改口说"那等你高考考完了，到时候陪你爸跟你叔叔一块儿喝"。

等饭吃了个半饱，顾东胜转回厨房烧别的热菜，他们口中的话题也逐渐从过去聊到现在，顾湘还听江阿姨跟蔡女士说起江澈的事：

"……你们现在搬过来也好，你看我跟陈一行整天工作忙得不着家，江澈平时午饭晚饭都在学校里解决，他又挑食，学校食堂估计不合胃口，不知道把自己饿成什么样了……现在这样就好了，下午就让两个孩子一块儿回来吃晚饭，湘湘路上有江澈陪着，也有个伴。"

顾湘听到最后一句，抽了张纸巾擦擦手和嘴，抬眼看向某人。

听江阿姨这么说……那开学之后，江澈岂不是就像小时候那样，跟她一块儿放学，然后来她家蹭晚饭？

这么想着，顾湘看江澈脸上的表情既不意外也不抗拒，偷偷放下了心，想了想，问她妈妈："那我们早上呢？早上爸爸给我们做饭吗？"

"早上？"蔡芬芬听到这话，想也不想就摇摇头，"你们俩早上七点半就得去那什么早读，你爸晚上下班迟，早上怎么起得来？你要是想在家吃，只能我给你们俩做饭。"

"您做饭啊……"顾湘脸上明显露出一丝为难，妈妈做饭的水平她是知道的，早上不是蒸速冻包子就是煮速冻饺子，她小学那会儿就受不了，宁愿天天去学校附近的早餐店吃糯米饭也不愿意吃妈妈做的早餐。

于是，顾湘很快摇了摇头："那算了……我还是跟江澈哥哥出去吃吧。"说到这儿，她顿了顿，抬眼看向身侧，"我们家附近有好吃的早餐店吗？"

江澈似乎在走神，闻言愣了一下才回答："楼下有沙县小吃，还有几家卖烧卖和小笼包的店。"

顾湘的眼睛顿时亮了，问他："好吃吗？"

"嗯，还可以。"江澈点点头，看着她明媚的神色，没忍住轻轻弯起嘴角。

"那就好。"顾湘放下心来，一般能让江澈评价"还可以"的东西，她吃来都能赞不绝口，于是转头对妈妈道，"我们以后早餐出去吃就行了，不用您做。"

蔡芬芬看她这副样子，没忍住冷笑了声，呛她："出去吃就出去吃，你以为我喜欢一大清早就起来给你个小兔崽子做饭啊？我巴不得多睡两个小时！"

"行了行了。"江露丝许久没看她们母女俩斗嘴了，这会儿也只能忍着笑对顾湘开口，"反正湘湘啊，你以后就跟哥哥一起上下学。哥哥来杭城这么久了，附近有什么好吃的好玩的都清楚，到时候周末不上课，就让哥哥带你去看看电影啊、逛逛商场啊，让他给你当导游。"

"哦，好啊。"顾湘老老实实点头，到这会儿已经开始后悔自己下午放的狠话了，毕竟江澈要是真能带她到处吃吃喝喝，那当然还是搬过来好。

桌上的菜都吃得差不多的时候，墙上的挂钟已经接近八点，几个大人的酒局一时半会儿结束不了，还不尽兴地开了第三瓶红酒。

这头顾湘吃饱之后就在椅子上坐不住了，中途悄悄跟妈妈说想去客厅看动漫，但被妈妈的一句"你江澈哥哥都还没走呢，你再陪陪人家"拦了下来，只好继续在那儿干坐着当吉祥物。

幸亏江澈很快也不想再待下去，主动提出要先走一步，加上家就在对门，不需要人送，他妈妈很快应下，让他早点去睡觉。

顾湘见状，便也见缝插针地跟蔡女士打了个招呼，几乎跟江澈同时下桌。

只不过刚坐上沙发拎起遥控板，她想起自己准备的礼物还没送他。

刚刚吃饭的时候她就决定好了，反正不送出去也只能自己留着，没什么别的用处，倒不如跟他套套关系，这样说不定他以后会对自己更好一点。

这么一想，本着晚送不如早送的原则，顾湘赶紧拖上拖鞋跑到门口，看到江澈还在换鞋就放下了心，对他留下一句"你先别走，我有个东西要给你"，然后"嗖"地蹿回自己房间。

江澈有些意外，等换好鞋站起身，就看那几个大人显然是听见了顾湘的话，这会儿纷纷好奇地转过头来，带着一脸看戏的表情望着自己。

他被这些目光看得有些尴尬，顿了两秒后，索性推开门，到外面的楼道等顾湘。

下午才刚整理过房间，顾湘很快就找到那个斥巨资才买下来的礼品盒，"啪嗒啪嗒"趿着拖鞋从房间里出来。

谁知道玄关竟然空无一人，顾湘心头条件反射地"咯噔"了一下，直到发现门没关紧才松了口气，换了双鞋推门出来。

江澈果然在外面等她，一手插着兜，闲散地站着。

楼道的灯光有些暗，在他高挑的身影上落了片雾蒙蒙的暖金色，也把他的五官映得浓淡有致，像描了层上好的釉。

他听到开门的动静时转过头，侧脸的轮廓在光影中起伏，像傍晚涨潮时分的海水，波浪上映着夕阳的余光，显得柔和又深邃。

或许是灯光把他照得太迷人，顾湘捧着礼品盒的手跟着顿了顿，突然觉得有点紧张。

那些礼物毕竟是很久之前就开始攒的了，有些连她现在看来都觉得幼稚了点，对他而言肯定更幼稚了。

在这一瞬间，她突然觉得自己捧着的东西有点拿不出手，怕他笑话自己。

可谁叫刚才话都说出口了，这会儿箭在弦上，要是突然反悔让他回家肯定会更丢脸，顾湘到头来只得偷偷深呼吸一下，捧着那个蓝白色的礼品盒递给他，小声道："这是送给你的，礼物。"

虽然刚才她就说了有东西要给他,他也猜到应该会是礼物,可等眼下她递出那个稍显正式的盒子时,他还是觉得有些意外,片刻后才伸手接过,低声开口道谢。

顾湘眼看他把烫手山芋接了过去,更觉得局促,嘴边的那句"打开看看吧"不好意思说出口,好在下一秒灵光一闪,索性反客为主,直挺挺地问:"你没有给我准备礼物吗?"

江澈显然被问住了,脸上的错愕很快转为忐忑,低头看了眼礼盒又抬眼看她,最后诚实回答:"抱歉……我忘了准备。"

顾湘听到这个答案,才发现场面被她弄得尴尬起来,露在拖鞋外的脚趾跟着蜷在一起,只得讷讷地回道:"哦……没关系。"

然后在火烧屁股地想转身钻进门之前,她又停下了脚步,提前给江澈打预防针:"不过我的那些东西……都是很早之前就准备好的。你要是看到之后觉得幼稚,也不能笑话我……"

江澈听着,喉结微微向下滑动,末了轻应了声"好"。

顾湘看言尽于此,也松了口气,侧身挤进门缝便急哄哄地要关门。

但没料到在关上的前一秒,江澈突然把手伸了进来,差点被她用安全门夹断。

顾湘紧急刹住车,抬眼看他。

江澈抿了抿唇,似乎有些赧然,这个神情倒是和小时候一模一样,他开口问她:"这次是我忘记了,对不起,过几天把礼物补上行吗?"

顾湘没想到他会把自己刚才那句话当真,怔了片刻后点点头,努力忍着一下子蹿上来的雀跃回答:"好啊。"

"嗯,那我先走了……"江澈这才放下心,收回搭在门框上的手,转身回去了。

下午打完篮球回来就洗了澡,江澈没别的事情要做,回到房间在自己的书桌前坐下,盯着桌上刚收到的礼物盒子看了一会儿。

今天一下子发生了太多事情,就像三年前他突然转学来到这里一样,让人有些措手不及。

江澈微微眯起眼睛,垂眼看着盒子上的小海鸥发了会儿呆,最后轻叹了口气,直起身来,打开礼盒的盖子。

里面的东西五花八门,什么都有,光是卡通杯子就有两个,还有一本已经过期九个月的2014年的日历本,一个戴着蓝色帽子的鸭子钥匙扣,甚至还有两双袜子，一双灰色、一双蓝色……天马行空的，完全是顾湘的风格。

除了这些，最让人觉得好笑的大概还是那瓶纸星星，也不知道是她什么时候折的了，拿在手里颇有分量，估计她那段时间上课没少开小差。

江澈拎着那罐星星在灯下看了一会儿，片刻后像是想到了什么，拔出瓶口的软木塞，倒出一颗闪闪发光的深蓝色星星，然后把它一圈一圈拆了开来。

深蓝色纸条的背面是白色的，上面干干净净的，没有字。

他的嘴角无奈地弯起。

毕竟以顾湘的脾气，能够耐着性子折完这么多星星就已经很不容易了，还要让她在每张纸条上写字的话，属实是为难她。

这么想着，他低头按照纸条上工整的折痕，又一圈圈把它折了回去，放回到玻璃瓶里，塞好塞子。

中途他又突然发现了一只被困在众多星星中动弹不得的千纸鹤，于是把瓶子转了小半圈，放到台灯的光下仔细端详。

看清之后，那只千纸鹤实在形容"憔悴"，翅膀间卡着星星，几乎快要折断，脖子上的尖嘴也没有折好，显得左右脸一大一小，鸟喙也快被玻璃瓶磨秃了。

江澈就这么盯着这只千纸鹤看了好一会儿，几乎猜到了为什么它只有孤零零的一只，难免失笑。

他记得顾湘从小手工就不太好，每次老师布置作业画手抄报，她明明都是照着电脑上的图片画的，却每每会让那些图案朝着四不像的方向发展，字也一扭一扭丑得像爬虫，小小的A4纸乍一看简直惨不忍睹。

蔡阿姨每次看她写这些手工作业就头疼，经常让她拿回去重画。有时候重画的次数实在太多了，她又气又累，就会脸蛋通红眼泪汪汪地拿着手抄报来敲他家的门，最后坐在他床上一边喝牛奶，一边看他帮自己画。

除此之外……

他想到今天看到的她，虽然外表看起来变了很多，但还是和印象里一样喜欢吃零食，还是和印象里一样会喊他"江澈哥哥"，也还是和印象里一样……笑起来很可爱，眼睛亮晶晶的，让人的心情都会不自觉变好。

想到这里，江澈再低头看看瓶子里那只可怜的千纸鹤，忍不住笑着轻喃了句:"臭臭啊臭臭……你的手工怎么还是这么差劲啊?"

他把那瓶星星按照原样放回去,掂了掂"沙沙"作响的盒子,起身把它放到书架的最顶层。

第二章
顾湘生气了

8月31日，学校报到日。

顾湘早上是被一阵门铃声吵醒的，她在迷迷糊糊中把头埋进被子里，但完全无济于事，清脆的铃儿响叮当催得人头皮发紧。

到头来，她只能气急败坏地在床上翻了一个身，扯起嗓子喊："妈——您去开个门啊，吵死了！"

然而家里没人应，只有门铃声持续回荡。

顾湘等了两秒，总算察觉出什么不对，抬头看了眼床头的闹钟，才发现已经是九点零三分。

她爸妈一大早出门时的叮嘱依稀在耳边响起："待会儿九点钟到学校报到，我叮嘱了江澈来家里接你，赶紧定个闹钟，别给我忘了。"

这一回忆在脑海中闪现的一瞬间，顾湘赶紧"屁滚尿流"地从床上爬起来，也顾不上自己披头散发的样子，光着脚就冲到门口开门。

江澈果然在门口等着，被她开门的动静吓了一跳后，低头就看见她毛茸茸的一蓬乱发，以及身上那套印着卡通小熊的小吊带、小短裤睡衣。她纤细的胳膊和小腿都露在外面，领口也耷拉着，在这个角度下可以看见她白皙的皮肤。

"你……"他事先没料到这一幕,微微怔了怔,很快移开视线。

片刻后,他有点尴尬地轻咳了声,问:"你刚醒吗?"

顾湘现在毕竟也长大了,多少有些爱面子,被江澈看到自己这么不修边幅的样子觉得有点不好意思,闻言只能一边后退,一边跟他打哈哈:"嗯……早上我爸妈都出去了,我忘了定闹钟,对不起啊……你等我一下,我马上换好衣服出来……你在沙发上坐会儿吧,要是口渴了,冰箱里有养乐多……"

然后她在他应了声"好"之后飞快转过身,捂住自己的领口,埋头钻进房间。

等再从房间里出来已经是九点十五分,顾湘刷完牙洗完脸,急得从衣柜里抓着什么穿什么,差点连成双的袜子都找不着,最后拎起前一晚准备了大半天的空书包就冲出房间。

"走吧。"这头江澈看她准备好了,从沙发上站起来,到门口换鞋。

顾湘跟上他,只不过中途经过餐厅时习惯性地瞄了眼餐桌,发现上面空荡荡的,又想起来一件事,开口问:"你吃早饭了吗?"

"没有。"江澈换好鞋直起身来,伸手打开门。

"那你再等一下……"顾湘闻言便钻进厨房翻冰箱,片刻后拿了一袋吐司和一板养乐多出来,塞到他的手上后弯腰换鞋。

江澈一边帮忙拿着东西,一边垂眼看她。

她背上的书包应该是新买的,上面画着很多蓝色的卡通猫咪头,最前边的拉链上还挂着一只毛绒小鸭子,在她弯腰的动作间一晃一晃的,看起来很眼熟。

江澈看着这只鸭子,眯起眼睛想了想,才意识到她也送了自己这么一只鸭子钥匙扣,只不过他的那只头上还戴了顶蓝色的春游帽。

这么想着,他下意识转头看了眼自己身上背的书包。

灰色的,什么也没挂。

顾湘很快换好鞋,从江澈手里拿回东西,拆了两瓶养乐多给他,然后用嘴叼了片吐司,把剩下的递给他。

江澈拿了一片,把剩下的又还回去。

电梯在同一时间打开,顾湘跟着他进去,咬着吐司含混不清地问:"你今天早上什么时候来的啊?等了很久吗?"

江澈按下电梯键，抬头看了眼上面显示的数字，开口时的语气显得有些无奈："早上八点四十分来按了一次门铃，没人应，八点五十分又按了一次，然后是九点。"

顾湘脸上的表情僵了一下，没料到他按了这么多次自己都睡得跟猪一样，最后只能冲他干笑两声："对不起啊，昨天晚上想到今天要报到，太兴奋了，睡得有点迟。"

"是吗？"江澈听到这个理由，不置可否。

只是想到小时候每次开学时顾湘都要哭一场，他觉得这个理由不是很可信。

这头顾湘吃了口吐司噎得慌，又开了瓶养乐多"咕嘟咕嘟"喝完，等出了电梯把空瓶丢进垃圾桶后，总算想起来一件事："我们现在是不是已经迟到啦？"

"嗯。"江澈好笑又好气地瞥了她一眼，似乎在说"你才知道啊"，然而想了想又安慰了句，"但今天不上课，只领个书而已，迟到就迟到吧。"

顾湘闻言松了口气，顺口回："那你不准告诉我妈我睡过头的事哦……要不然我就惨了。"

江澈歪了歪头，只觉得这话耳熟得很，轻轻"嗯"了声。

因为有他那句"迟到就迟到"的定心丸，两个人就这么慢悠悠地啃着吐司去学校，一直走过他之前告诉她的三个红绿灯再向右转，就到了杭城排得上名号的私立中学——新世纪外国语中学。

学校很大，环境也很好，漂亮的红砖建筑映着郁郁葱葱的高大树木，空气清新，朝气蓬勃。

因为怕顾湘不认路在学校里走丢了，江澈没有第一时间到高中部报到，而是先把她送到七年级三班的门口，离开前还告诉她："领完书就在教室里等着，我结束了来接你。"

"哦，好……"顾湘昂着脑袋在教室后门跟他挥挥手，直到他转身也没进去，反而鬼使神差地盯着他的背影看了好久。

一瞬间，她突然觉得像是回到了小时候，那个时候江澈每天和她一起上学，也会在教室后门这样道别，还会时不时往她手里塞一把牛奶糖，顺便叮嘱她不可以上课吃……

想到这里，顾湘忍不住弯起眼睛，忍着嘴角的傻笑推开门进教室。

因为是第一天，教室里没什么纪律，刚认识的同学都各自在座位上讲话，闹哄哄的。讲台后的踏板上堆着一摞一摞的新书，有个老师模样的人正站在一旁，身后的黑板上写着"欢迎新同学"。

顾湘的脚步顿了顿，想起来妈妈说要去班主任那儿签到跟交班费，便主动过去跟老师打了个招呼，在签到表上找到自己的名字打钩后，从书包里掏出钱递给她，问："老师，我的位置在哪儿啊？"

班主任翻出座位表看了眼，示意顾湘："坐那儿去吧，第三组第四排。"

"好。"顾湘点点头。

然而刚准备走，她就看老师又抬头看了自己一眼，有意无意地提醒："今天迟到一点是没什么关系，明天正式上课了记得准时来啊……"

顾湘吓得赶紧小鸡啄米似的点头，连应了两声"知道了"才敢走。

底下的座位基本已经坐满，顾湘走到自己的位置上坐下，把书包挂到椅背上，习惯性地转头观察自己的同桌。

对方是个男生，她有点失望，但看了眼班里好像都是男女生一块儿坐的，也不敢有什么异议。思考了两秒后，她从书包里掏出最后一瓶还没喝完的养乐多放到男同桌的桌上，冲他友好地笑了笑："哝，给你的。"

顾湘从小人缘就很好，每次生日请同学来家里吃饭都坐不下，拿这些小零食跟同学打交道更是信手拈来，所以这会儿对一个完全不认识的同桌做起来也很顺手。

但同桌李易阳貌似对这种事情不太熟悉，有点莫名其妙地看她一眼，又看了一眼桌子上的东西，最后伸手把养乐多推过两条桌子间的"楚河汉界"，摇了摇头，表示自己不想要。

顾湘有点惊讶，开口问他："你不喜欢喝这个吗？"

对方愣了一下，转头看见她一眨不眨盯着自己，只好又点点头。

"这样啊……"顾湘收回桌上的东西，表情看起来有些遗憾。但她很快转过头，用同样的方式把那瓶养乐多送给了自己的后排，然后拉开自己书包的拉链，又拿了包吸吸果冻送给自己后排的同桌，免得让人觉得自己不公平。

她这副样子看得李易阳眼皮微跳，默默转过头去，不想再理会。

谁知道顾湘竟然又从书包里掏出了巧克力豆和猪肉脯，还有半袋吐司,一副来学校春游的样子,然后伸手拍拍他,在桌子下面献宝似的朝他递来,问:"那你吃不吃这些?这里有没有你喜欢吃的?"

他只得再次摇头。

顾湘不免有些震惊,她本来以为像江澈这样的人就够挑食了,可他还爱喝养乐多爱吃吐司呢,谁知道自己的这个同桌更挑。

当下她只好偷偷摸摸地把那些零食全都塞进桌肚,继续歪着脑袋跟他搭话:"那你平时都喜欢吃什么?我可以给你带,要不然我经常在你边上吃零食,你都不吃的话,我会觉得不好意思的。"

李易阳深吸了一口气,被她吵得有点烦,抬头看到讲台上班主任似乎要开始说话了,只好用一句话堵住她的嘴:"不用了,我不吃零食。"

"啊……"顾湘看着他,想不通世界上竟然会有这样的人。

但片刻后,她又重整旗鼓,问他:"那你叫什么名字啊?我叫顾湘,湘江的湘。"

李易阳忍不住皱起眉,想到自己以后的同桌会是这么个聒噪的人就头痛,硬着头皮回答:"李易阳。"

然后看她还想开口说些什么,他先她一步打断道:"老师要说话了,你安静点。"

"哦,好……"顾湘听到"老师"两个字,条件反射地闭上嘴,转头看向讲台。

报到这天说起来其实也没什么事,不过就是发了书跟校徽,然后收了所有人的证件照去做校牌和饭卡,之后就是安排小组值日和大扫除。

大扫除规定一学期两次,这一次就只安排了班里一半人,剩下的同学都背着书包走了。

但顾湘好巧不巧被留了下来,还被分到擦窗户的活,她边擦窗户边忍不住探头往走廊的方向看,想着要是江澈来的话,说不定自己擦完之后跟老师说一声就能走。

这么想着,等她擦完里面的窗户把椅子搬出去,就看到江澈高瘦的身影出现在走廊拐角,在一众忙着大扫除的矮矮的初中生之间显得格格不入,也因此吸引了许多女生的视线。

顾湘今天在学校里看了太多张陌生的脸,这会儿见到江澈,一瞬间有种幼儿园的小朋友放学后家长总算来接自己的兴奋感,迫不及待地踮起脚冲他招了招手。

不远处的江澈显然也看见了她,加快脚步朝她走来,帮忙把椅子拎到外面的窗户下后,随口问了句:"还在大扫除?"

"嗯,不过快了,擦完这排窗户就行,你再等我一下……"顾湘说着,在他的帮助下站到椅子上,继续"哼哧哼哧"地擦玻璃。

江澈点点头,抬眼看着她费劲伸长手的动作,正犹豫要不要帮她把窗户给擦了,耳边突然传来一个熟悉的声音:"江澈?"

他转过头,看清面前的人后略一颔首,应了句:"孙老师。"

"你怎么来了?"孙老师说着,抬眼看见椅子上站着的人,费了点工夫才想起她的名字,"这是顾……顾湘吧?你们俩认识啊?"

"嗯,我妹妹。"江澈说着,中途瞥见顾湘伸长的脖子,又对她解释了句,"孙老师之前也教过我。"

顾湘这才了然地点点头。

刚才在教室里还不苟言笑的班主任这会儿看见自己以前的得意门生,脸上简直笑开了花:"我记得你之前数学就好,在我教过的学生里边都是数一数二的,这次中考考了多少啊?"

"148分吧。"江澈回答。

顾湘听到这个数字,即便她只是个考过百分制的小学毕业生,也隐隐察觉到是个很了不得的分数。

果然,那位孙老师听到这个数字,脸上的笑容再次变得灿烂:"148分啊?那在我们学校应该有前十了,好好好……那你现在升了高中,也得继续努力,高考数学这一门拉分更大呢……"

话音到最后,她似乎又想起了什么,转头看了眼在那儿埋头苦干的小姑娘,对她道:"顾湘啊,你看你哥哥数学这么好,以后要是有不懂的问题就多向他请教,老师也看好你。"

顾湘没料到她的话题突然转到自己头上,差点被口水呛到,再一想到自己小学毕业成绩单上数学那一栏断层的89分,只觉得头皮发麻。

好在孙老师就是来简单寒暄寒暄,教室里很快就有学生出来找她,她便留下一句:"那你们先擦,我进去了。"

江澈点点头:"老师再见。"

顾湘眼睁睁看孙老师走进教室也松了口气,转头问某人:"你们数学满分是多少?"

"150分。"江澈说着,不知道想到了什么,隐约带了几分笑意。

"150 分？"顾湘倒吸了一口凉气，觉得这人简直可怕。

然后就听他有意无意地问了句："你呢？小学毕业考多少分？"

"我……"顾湘张了张嘴，想到自己小学毕业数学扣的分数比他中考扣的都要多，才不好意思说出口，嘴上闷闷地回，"不说了不说了，我还是擦窗户吧。"

江澈听到这句话就能猜出个大概，看着她憋屈的背影，没忍住弯起唇，只是过程中瞥见窗户玻璃上影影绰绰的反光，似乎背后站了几个人，便转头看了一眼。

身后那几个小女生很快低下头，手拉手走开，相互之间紧挨着，像是窃窃私语着什么，随后传来一阵笑闹。

江澈转头对顾湘道："我到行政楼等你吧，你擦完之后顺着这条路出来就能看见。"

"为什么去那里等我？"顾湘回头。

"这里人太多了。"江澈回答。

几乎是他的话音刚落，顾湘就眼尖地发现不远处有几个女生正在谈论他，时不时用视线和手指示意他的方向，似乎还准备招呼别人过来看。

她一时有些发愣，不明白怎么这么多人认识他。

但她很快想起来江澈长得又高又帅，数学还能考 148 分，整个学校里也找不出几个跟他一样的，引人注目再正常不过，于是大度地冲他挥挥手："那你快走吧，我擦完马上就来。"

闻言，江澈点点头，转身离开。

顾湘用抹布擦完窗户之后还得用报纸擦一遍，等跟老师告辞出来已经过了午饭的点，忍不住再次掏出书包里被新书压得扁扁的吐司吃起来。

而当江澈在学校的林荫路上发现她时，她的整张脸都被暑气蒸得红扑扑的，被汗水浸湿的头发黏在额头，两条马尾辫也耷拉着，看起来累坏了。

可即便如此，她还在认真啃着手里的吐司，直到抬眼发现了他，一下子精神起来，收起面包兴奋地朝他跑过来，顾不上身后沉甸甸的书包压得她一颠一颠的，把她的脚步都带得趔趄。

江澈微微眯起眼睛，大概是高大树木间漏下的阳光太过明亮耀眼，那些浓翠的树叶在其间飘动，以至于她在这一刻显得如此鲜活，不论是两颊滚烫的红晕,还是额间闪烁的汗珠,都灼眼得需要人像对待太阳那样对待她,在眯起眼睛的同时,又会不自觉地舒展嘴角。

顾湘走近喊他:"江澈!我们回去吧,我快饿死了!"

他愣了一下,回过神来问她:"你喊我什么?"

顾湘跟着一顿,看着他眨了眨眼睛,很快挺起小身板认真回答:"我现在毕竟上初中了嘛,不像小学的时候,还喊你哥哥有点奇怪……再说了,这儿是学校,攀亲戚不好,要不我喊你'学长'也行。"

江澈刚才只是对她突然连名带姓地喊自己有点不习惯,闻言倒也没什么异议,只回道:"'学长'就算了吧,喊名字就行。"

"哦,那好吧,"顾湘老实点头答应下来,安静两秒后,突然又开口喊他,"江澈江澈江澈!"

江澈的眼皮轻跳,意识到她估计是觉得这么没大没小很好玩,只是无奈地看她一眼。

这头顾湘得了逞,弯起月牙似的眼睛,想了想,又说:"还有啊,虽然不知道你还记不记得,可既然我都这么喊你了,你也不能再喊我小时候的名字,尤其是我的小名,太难听了。"

"小名?"江澈的眼皮微微一跳,看她满脸写着认真,忍不住想逗逗她,故意反问了句,"什么小名?臭臭吗?臭臭妹妹?"

顾湘见他竟然还真记得,脸上高兴的表情凝固了一下,先是觉得无地自容,很快又成了欲哭无泪。

她小时候不懂事,一天到晚确实很邋遢,据她妈妈说,她上幼儿园小小班的时候还经常拉裤裆,每天都臭烘烘地回到家,所以才得了这么个破名字。

可让人气愤的是,这些小时候的窘事被大人编成小名后,他们竟然还真的敢用,搞得当时没有自主能力的她就这么放任"臭臭妹妹"这种尴尬得让人想连夜逃离这个城市的名字让江澈喊了五六年,一直到现在他还记得。

但这还不是最可怕的,最可怕的是江澈说不定也还记得她在幼儿园小小班拉裤裆的事……

顾湘想到这里,连在旁边的树上一头撞死的心都有了,只后悔自己刚才不该提这一茬,不提他说不定还不记得。

江澈本来还觉得挺好玩,谁知道话一出口后就眼看她一副快哭出来的模样。

这一来他也有点慌了,怕真把她弄哭,只好赶紧道歉:"对不起,我不知道你这么不喜欢……我以后不会说了……"

虽然他的态度还不错,但是顾湘听到他的话后并没有觉得多安慰,依旧沉浸在自己小时候的阴影当中,一言不发。

江澈抿了抿唇,来来回回看她几眼后,只好又主动哄她:"你的书包重吗?要不要我帮你背?"

顾湘听到这句才有了点反应,伸手脱下背后沉甸甸的书包,让他接过去,闷闷地问:"你们没发书吗?"

"发了,但是没带回来。"江澈回答。

顾湘闻言转过头,看他的书包明显比自己薄很多,于是尝试地伸手在他书包上拍了一下,才发现里面瘪瘪的。

这一来也分散了她不少注意力,她轻轻皱起眉毛,问:"你为什么不带书回家,你都不写作业的吗?"

"我晚上还得回学校上晚自习,作业那个时候写。"江澈说着,注意到她的书包里有什么东西在"沙沙"作响,微微一顿后问,"你书包里装零食了?"

"嗯。"顾湘应了声,过了一会儿后又问,"那你晚自习都什么时候结束啊?"

"八点五十分。"江澈回答。

"哦……"顾湘若有所思地低下头,等再抬起头想说些什么时,就听身后有人在叫江澈的名字,于是跟他一块儿回头。

对方是一个很高的男生,估计是江澈的同学。

男生叫钱修文,他走近之后伸手拍拍江澈的肩膀,问:"怎么现在才走,你不是没值日吗?"

江澈轻轻一耸肩,没什么含义地"嗯"了声。

对方紧接着又问了句:"你边上这位谁啊?还挺可爱的。"

江澈低头看了眼顾湘的头顶,说:"邻居家的小孩,我妹妹。"

"这样啊。"钱修文闻言,冲顾湘打了个招呼,"嗨,妹妹好啊,今年几岁了?"

顾湘对钱修文突然变得幼稚的语气有些无语,心想自己好歹是个初中生,不是幼儿园小朋友了,但碍于对方毕竟是江澈的同学,不好开口,只能闷闷地回答:"十二了,上初一。"

"十二了啊?那也不小了,我也就大你三岁……"钱修文一边说还一边抬肘撞了撞江澈。

江澈反手推开他,不耐烦地回道:"你还不走吗?"

"行行行,知道你忙,我走我走……不过你今晚记得上号啊,开学前最后一天了,明天我就断网了……"钱修文一边说着,一边朝着另一个方向走,话到最后还莫名其妙仰天哀号了声。

顾湘看着他,一言难尽地扯了扯嘴角。

开学第一天。

初中生的早自习七点半开始,顾湘昨晚格外有仪式感地定了六点五十分的闹钟,精心挑选了半天明天上学要穿的裙子,还挑灯给新发的课本包了一个小时书皮,直到所有开学前的准备做完才肯上床睡觉。

然而早上的门铃响起时,顾湘的爸妈都还在睡觉,她还在"呼呼"刷牙,吓得她第一时间甩掉拖鞋叼着牙刷跑去给某人开门,生怕吵醒了蔡女士之后挨骂。

门外的江澈看顾湘一副还没准备好的样子,微微皱眉,很快想起什么来,问她:"你早自习几点?"

"七点半啊。"顾湘含着泡沫回答,转身钻回房间,"我先漱口,你等一下啊……"

江澈微微抿唇,对自己事先忘了问她这件事感到有些懊恼。尤其他已经习惯了早上踩点进教室,事先并没有给她预留充分的时间,他的新班主任昨天看起来也并不那么好说话。

不过好在顾湘很快背着书包出来了。

江澈抬手看了眼表,七点零六分,距离早自习只有十四分钟了,便默不作声地抱着滑板带她进电梯。

这头顾湘只来得及趿拉上鞋子,跟企鹅似的一摇一摆,一边用嘴咬着发绳扎头发,一边含混地告诉他:"我家密码是118866,你以后来找我就直接开门进来吧,别按门铃了,我一听门铃声就紧张。"

江澈闻言看她一眼,不轻不重地"嗯"了声。

等乱七八糟地扎完头发,顾湘又蹲下来穿鞋,中途瞥见江澈手里抱着的红黑配色的炫酷滑板,搭配他扁扁的书包和裤管下露出的修长小腿,不得不承认他这样确实挺酷的,肯定是新世纪外国语中学的风云人物,说不定还是校草。

想到这一点,顾湘突然觉得自己作为校草的邻居,也跟着沾了点光,开口问他:"你什么时候学会滑滑板的啊?"

"就这几年,"电梯门"叮"一声打开,江澈垂眸看了眼她还在系鞋带的动作,只得耐着性子等她,又补充了句,"滑滑板上学快。"

"哦……"顾湘点点头,系完鞋带站起身便快步跟上他,仰头问,"我们早上吃什么?"

"随便买点吧。"江澈抬了抬头,领着她到小区门口的那一排早餐摊子前,示意她不远处的一家,"煎饼果子行吗?"

"好啊好啊……"顾湘对吃的向来不挑,很快答应下来。

煎饼果子摊位上贴着大大的红底白字招牌,顾湘沿着价位由高到低扫过一遍后,发现蔡女士给自己的早餐钱只买得起最基础的那个版本,加鸡蛋、生菜、薄脆一共五块钱。

她有些伤感,把兜里的五块钱掏出来递给老板,要了一份最便宜的。之后她再次仰起头,望向最顶端睥睨众煎饼果子的豪华版煎饼果子,上面写着加双蛋加鸡柳加热狗加培根,价格高达十一块钱。

顾湘看看那一行长长的加料,再看看摊位上金灿灿的鸡柳和香喷喷的热狗,偷偷地咽下了羡慕的口水。

她心里想着自己今天放学回去之后绝对要跟妈妈说提高早餐费的额度,毕竟这儿是杭城,物价跟鹿城不可同日而语。

一旁的江澈就看着顾湘的脑袋在摊位之间转来转去,一脸渴望地盯着那个加了各种速冻垃圾食品的所谓豪华版煎饼果子。片刻后,他无奈地叹了口气,把二十块钱递到摊位上,对老板道:"要个什么都加的。"

顾湘听到这话,没忍住抬头用一种三分震惊三分妒忌四分自惭形秽的眼神看向他,有点生气这人竟然偏要挑她囊中羞涩的时候吃豪华版煎饼果子,简直是背叛组织的行为!

江澈收到她这眼神,也知道她没明白自己的意思,差点被她眼底喷射而出的愤懑给逗笑,只得微微侧过脸,尽量憋着微微上扬的嘴角。

没料到他刚一转过头,就看到不远处的包子店门口站着一个熟悉的人影,是他初中班上的同学,升了高中之后虽然没再分到一起,但因为家住得近,暑假里还会隔三岔五地约着一块儿打球。

尤其这个人跟昨天下午碰见他和顾湘一起回家的钱修文关系也挺铁……

江澈想到这一点，几乎条件反射地别过头，把手里的滑板换了个位置，挡住自己的身体，不想让那人看见自己。

昨天晚上打游戏的时候，钱修文随口说的那句带着几分嘲笑的话这会儿又重新浮现在脑海——"不是吧，你还得跟一个小姑娘一起上下学啊？人家都多大了还要你照顾，你又不是她爸她妈，让她一个人走不就行了？"

江澈叹了一口气，低头看了一眼手表，七点十四分，差不多要迟到了。

情绪再次变得有些烦躁，等摊位上的老板递出顾湘的那份早餐时，江澈先一步接过，迎着她诧异的目光回答："我的那份给你。"

"哦，好……"顾湘这才反应过来，老老实实点头。

江澈又问："昨天记住上学的路了吗？"

"嗯？"顾湘一时没领会他这个问题的意图，思考半秒后，又点了点头，"应该记住了吧……"

江澈闻言，把滑板放到地上，抬脚踩上，示意她："那你再等一会儿早餐吧，我先走了。"

"啊？为什……"顾湘张了张嘴，没反应过来他怎么突然要先走一步，只能眼睁睁看他侧过身，像风一样离开。

顾湘的目光下意识跟着他远去，但脚下没动，毕竟煎饼果子还没做好。

江澈很好看，晨风紧贴着他白色 T 恤的衣角吹过，把他侧面的身形勾勒得清瘦挺拔，一路划开周围薄烟似的淡金色暖阳，在脚下拉起长长的影子。

顾湘被远处天空上那轮赤红的太阳刺得眯起眼睛，但视线仍旧追随着那抹逐渐失去色彩的高瘦身影，想到这样的画面如果需要用一个词概括的话，应该是玉树临风。

只不过在这个词浮现之后，她紧接着又想到一个词：六亲不认。

然后，顾湘总算反应过来这个人竟然真的就这么丢下自己走了，下意识抬腿跟了两步，错愕地出声喊他："哎……江澈江澈……"

但她的话音并不高，已经走了不知道多远的人显然听不见，很快消失在左转的路口。

顾湘在看不见江澈之后也停下了脚步，片刻后只好接受现实，有些落寞地转回头去，嘴里喃喃了句："你真的不跟我一起上学啊……"

片刻后，她接过老板刚刚做好的那摞厚得快抓不住的煎饼果子，在转身时踢飞脚边的小石子，狠狠咬了一口滚烫的薄饼："哼……臭江澈！"

早上莫名其妙分开走之后，当天下午两个人也没有一起回家。

开学第一天，江澈就跟人约了放学后打篮球，在顾湘坐在教室里百无聊赖地一边等他一边写作业的时候，他过来知会了她一声，让她自己先回去。

得亏顾湘脾气好，心胸又宽广，仰着脑袋"嗯嗯"两声答应下来，还问他晚上来不来她家吃饭。

江澈当时应了。

到了晚间饭点那会儿，他很讲究地洗完澡换了身衣服才来敲她家的门，看起来是真去打篮球了。

于是顾湘没计较下午他没跟自己一起回家这件事，甚至反思了一下早上他为什么没跟自己一起去学校。

后来她向蔡女士问了高中部的作息时间，得知江澈早读原来比自己要早十分钟，今天是因为怕迟到才先走一步，便自顾自原谅了他。

她甚至还吸取了今天的教训，特意把明天的闹钟调早了十分钟，免得又连累他迟到。

但顾湘没想到的是，明明第二天早上六点五十三分她就整装待发地在家门口等着江澈了，他却一直在家待到七点整才抱着滑板开门出来，看到她之后甚至讶异地一挑眉，似乎很意外她竟然这么早就准备好了，完全没像她一样吸取快迟到的教训。

之后两个人在楼下买完早餐再次像昨天那样分道扬镳，顾湘也没再傻乎乎地想要追上他，只是默默啃着包子，目送他踩着滑板远去。

这样一来，顾湘总算幡然醒悟，得出一个结论：要么是江澈太懒不肯走路也不肯早起，要么就是他根本不想和自己一起上学！

这个结论着实让顾湘气了一整天，当天下午没等江澈就自己回去了，只是临走前，她一边收拾书包，一边跟自己的闷葫芦同桌嘱咐："李易阳，待会儿要是有个高中男生来找我，你就说我先回去了。"

李易阳是住校生，下午又喜欢写会儿作业再去吃饭，顾湘也不怕他跟江澈错过，看他闷不作声地点点头便放心离开。

当天一直到江澈来家里吃饭他们才再次碰上面，顾湘在饭桌上还特意观察了他的衣服，发现没有换，估计今天下午没有去打篮球。

至于他有没有来找自己一起回家，她拉不下脸开口去问，就这么赌气地憋着不说话，连饭都没平时吃得多。

而她不开口，江澈也不会主动去说什么，两个人的关系像是一下子被打回到机场刚见面的那个中午，完完全全冷了场。

连蔡芬芬都看出了端倪，等江澈吃完饭回学校上晚自习后，蔡芬芬一边收拾餐桌，一边问顾湘："你们俩又怎么了？多大的人了还闹别扭啊？"

"才不是我想跟他闹别扭，"顾湘收回落在门上的仇视的目光，咬了一口在盐水里泡过的菠萝，跟妈妈打小报告，"明明是他不想跟我一块儿玩，每天早上滑滑板上学，下午还要去打篮球……要不是我记性好，报到那天就把路认清了，说不定上学第一天就找不到学校。"

蔡芬芬看顾湘一副斤斤计较的样子，伸手揪了一下她的耳朵："谁让你每天都赖床，还得人家等你，他一个高中生早读时间比你早吧？你明天要是六点就起来，你看人江澈跟不跟你一起上学？"

"哼，他就是不想跟我一起上学！"顾湘鼓着腮帮躲开蔡芬芬的手，越想越气，"我今天早上天没亮就起了，在家门口等他，可是他一直到七点才出门，摆明了就是不待见我！哼，不待见就不待见，我明天要睡到七点，我才不要为了跟他一起上学早起呢！"

顾东胜这会儿正准备出门，看到顾湘这张气鼓鼓的河豚脸只觉得好笑，走近捏了块菠萝塞进嘴里，打圆场："你一个初中生，干吗非跟人高中生赶作息啊？这样吧，爸给你几块钱，你要是不想走路就坐三轮车去学校，也不用跟江澈等来等去了，这样行吧？"

"好好好。"顾湘振奋地抬起头，叉起一块菠萝塞到他的嘴里，然后搓搓手指示意他，"钱呢？"

顾东胜被顾湘这贪财的谄媚劲儿搞得没办法，从兜里掏出钱包，给了她二十块钱，顺便把里面的一摞硬币都摸出来，放到她的手上。

顾湘飞快把钱收起来，脆生生地回道："谢谢爸，爸慢走，好好上班，早点回家。"

蔡芬芬见状，没忍住在一旁"喊"了声，抬手打发她："去去去，赶紧回去写作业，写完了洗澡睡觉去……"

"好嘞！"顾湘得令，捧着菠萝滑下椅子，回房间去了。

开学第三天。

顾湘七点整推开门出来的时候，刚好撞上江澈在自家门口等着，他没按门铃，也不知道等了多久。

顾湘虽然说着要七点再起床，但昨天在床上深思熟虑了一会儿，最后为了满足自己小小的报复欲，还是选择今天跟江澈一起出门。

下楼的一路上谁都没主动开口，直到走到小区门口的那排早餐店时，他才主动问了句："你想吃什么？"

顾湘早有准备，伸手拍拍自己的书包，又清了清嗓子，回答："昨天买了早饭了，在书包里，你慢慢买吧，我先走了。"

然后她转身走向路边的一辆三轮车，背着书包坐上去，挺起胸膛扬长而去，只留给他一个"恩断义绝"的"高贵"背影。

江澈事先完全没料到她会有这样的举动，一时怔在原地，片刻后才微微拧眉，意识到事情好像变得有点不对劲了。

以他对顾湘的了解，她这样子很明显是生自己的气了。

再联想到他这几天的态度和行为，她生气也是理所当然的。

江澈想到这一点，抬手按了按太阳穴，有点不知道该怎么办才好。

江澈当天下午的最后一节课老师又拖了堂，等他去找顾湘的时候她已经走了，只剩她同桌公事公办地通知他："四点多走的。"

但不得不承认，江澈看到顾湘不在的第一反应是松了口气，不用担心路上碰到什么熟人惹他尴尬。

紧接着，他又为产生这种想法感到某种负罪感——这要是让顾湘知道的话，她估计会难过。

出于这一点，江澈当晚没到顾湘家吃饭，觉得有些别扭，在食堂随便吃了两口就去上晚自习了。

但让他有些意外的是，他晚上回去之后没有家长过来跟他说些什么，也没问他下午为什么不回来吃饭，似乎完全不知道他们之间的事。

这一来也只有一种可能：顾湘晚饭的时候给他找好了理由，没让家长们起疑心。

江澈猜到这一点后更觉得意外，因为印象里，顾湘经常哭着鼻子跟家长打小报告,连和某某邻居玩沙子的时候迷了她的眼睛都能让她哼哼唧唧好久,现在却能憋着不说,大概是真的长大了。

他说不清这到底是好事还是坏事,只是洗完澡熄灯躺在床上的时候没来由地睡不着,最后在昏暗中朦朦胧胧地瞥见书架最顶端的那个礼物盒子,认命地叹了口气,起身把手机闹钟调到六点三十分。

但很快,七个小时后,江澈就发现自己对早起和顾湘一起上学这件事想得过于理所当然了。

因为顾湘根本没跟他约好一起早起。

江澈这天早上在闹钟响起的几分钟前就睁开了眼睛,关掉闹钟洗漱完毕后,把门口的滑板擦干净收到柜子里,六点四十五分就在门口等着顾湘。

然而顾湘一直没出现。

于是为了节省时间,他在五分钟后把储藏室里的自行车搬了出来,擦干净座椅上的灰尘,之后又下楼帮她买了什么都加的煎饼果子和温豆浆,一块儿挂在自行车车头上,继续在楼道里等她。

直到早上七点零六分,某人总算姗姗来迟地推开门,挂着一张睡眼惺忪的脸,直到看见他之后才诧异地睁大眼睛,看起来总算清醒了。

顾湘本来看江澈昨天都不来她家吃饭了,今天估计也不会再等她一起上学了,谁知道他一直等到现在都没按门铃不说,还一反常态地换了辆自行车,车前边挂着正在冒热气的早餐,看分量应该也给她准备了。

她这下是真想不通了,明明是江澈先不跟自己一起上学的。她明白之后也没戳穿,还给面子地主动跟他分开,谁知道他今天竟然又莫名其妙在这儿等自己,搞得像她迟到了一样。

顾湘想到这里不免有些怄气,脸色也显而易见地拉下来,一边关门,一边问:"你今天怎么不带滑板出门了?"

问题很有针对性,语气也不是很友好。

江澈听到这个问题就知道顾湘确实生气了,沉默片刻后,开口回答:"滑板太快了,你跟不上。"

顾湘快被这话给气笑,忍着冲他翻白眼的冲动,在心里骂了句"亏你还知道我跟不上啊",嘴上继续跟他阴阳怪气:"跟不上没关系啊,我可以坐三轮车。"

"我今天骑自行车了,可以带你。"江澈被她的眼神看得紧张,再次开口补救。

"不用你带,我怕累着你。"顾湘摇摇头,伸手按下电梯键,抬脚进去。

江澈见状,条件反射地拉住她的手腕,看她不耐烦地抬头瞪了自己一眼,喉结微微滚动,低声跟她认错:"对不起,我知道错了。"

他的声音好听,连低声下气的话听起来都清润温和,流水一般淌过心头,让人生不出气来。

"你……"顾湘本来只是想噎一噎他,倒没想到他一开口就这么郑重其事地跟自己道歉,语塞片刻后,只得回答,"没、没关系,你不用说对不起啊……"

她平时很少收到道歉,这会儿看起来比道歉的那位还要紧张,加上她昨天态度也没有多好,总觉得有点心虚。

江澈看顾湘原本还板着一张脸,听到道歉后一下子就变得手忙脚乱,不由得暗暗松了一口气,一边解下早餐和热豆浆递过去,一边说道:"前几天是我不好,从今天开始不会了,骑车带你上学很快,五分钟就到了。"

顾湘是个吃软不吃硬的个性,几乎在他道歉的第一秒就消气了,接过他递来的煎饼果子,发现竟然又是最贵的豪华版时,还没忍住说了句"谢谢",老老实实地跟他一块儿进电梯。

两个人之间的气氛略有些缓和,顾湘咬着吸管喝了一口豆浆后,没忍住把这几天一直憋在心里的问题问了出来:"你这两天下午放学之后……有来教室找我吗?"

江澈点点头:"来了,但是你同桌跟我说你先走了。"

"哦……"顾湘这下彻底原谅他了,埋头吃了口热乎乎的煎饼果子后,又觉得应该把事情问清楚,她实在弄不明白他的态度为什么忽冷忽热的,便抬头看向他,"你前几天是因为怕迟到才跟我分开上学吗?"

江澈看着她,有一瞬间迟疑,末了还是说了实话:"不完全是。"

顾湘闻言,慢慢收起脸上轻松的表情,试探开口:"是因为不想被你同学看到吗?觉得跟我一起上学有点丢脸?"

江澈没料到会被她猜中,目光微微闪烁。这句话再次拔高了他对她的认识,他发现她已经到了能够成熟地洞察他人想法的年纪。

沉默良久后,江澈反问:"你会生气吗?"

顾湘跟着安静下来，盯着自己咬到一半的煎饼果子想了想，轻声回答："生气算不上吧，多少有一点不高兴……不过我也可以理解。毕竟大家都爱面子，你一直跟我一个初中生在一块儿玩，我又是女孩子，被你同学看到了，确实有可能笑话你。"

顾湘说到这儿，电梯门刚好打开，她顺势抬头瞄了江澈一眼，发现他满脸写着沉重，便又主动打圆场道："不过没关系啊，我其实也不太想让人知道我们的关系……你在学校太受欢迎了。"

江澈听到这句话，似乎想起了一些小学生的可笑往事，嘴角跟着翘了一下。

顾湘继续说道："再说了，像我人缘这么好的人，很快就能交到朋友的，到时候就有人陪我一起上下学了……每个人都有自己的圈子嘛，你不用担心。"

江澈闻言微微眯起眼睛，歪着脑袋看了她一眼，发现她的表情看起来格外认真，不由失笑，打趣了一句："不错啊，初中生连'圈子'这个词都知道。"

"喊，你瞧不起谁呢，你也就比我大三岁！"顾湘没忍住翻了个白眼，又说回正题，"反正以后你就跟我分开走吧，我不会生气的。要不然碰到你下午打篮球，还得每次都过来通知我，挺麻烦的。"

"那你真不生气了？"江澈还是有些犹豫，总觉得她改口太快，没准转头就会趴在门缝里跟他爸妈打小报告。

顾湘收到他这眼神，没想到这人竟然不相信自己，气得伸手打了他一下，嘴上凶道："假的假的！我快气死了行吧？"

江澈见状也放下心来，开口提醒："行行行……你别动了，再打豆浆全洒了。"

顾湘一听事关自己的早饭，第一时间刹住车，确认手里的豆浆安然无恙后便张嘴咬住吸管，不再跟他计较。

片刻后，不知道是为了说服自己还是在跟他显摆，她又补充："再说了，你早自习比我早，我有这精力跟你一起上学，还不如多睡十分钟呢。"

"这样啊，初中生确实了不起……"江澈一本正经地给她捧场，等出了小区的大门，长腿跨上自行车，转过头来问她，"那你今天坐我的车，还是坐三轮车？"

"当然坐你的啊，省下六块钱都能买半本漫画了！"顾湘说着，一屁股坐上他的自行车后座，腾出一只手抓紧他的书包，又道，"不过你到学校边上那个路口就把我放下去吧，免得被人看见。"

"好……"江澈听她还真在这件事上较上劲了，再次失笑。

第三章
他送的小羊

今年的9月1日好巧不巧赶上周一，小顾同学开启初中学习生涯的第一周就上满了五天课，到第四天晚上已经累得在饭桌上跟她爸妈"哎哟哎哟"直叫唤。

那天江阿姨他们也在她家吃晚饭，就听她在饭桌上叽里咕噜说学校里的事，具体到食堂二楼三号窗口的红烧狮子头很好吃、新同桌的成绩有多好，以及自己的数学老师长得很漂亮，据说老公还是高中部年级主任……

江露丝便忍不住对顾湘的妈妈开口："你说你家湘湘这样多好，每天回来跟你讲这些讲那些的，笑得我肚子都疼。不像我们家江澈，性子这么闷，以前上初中的时候每天一回来就把自己关房间里，现在高中有了晚自习更碰不着面，一回来就得洗澡睡觉，话也说不上几句。"

蔡芬芬闻言，睨了顾湘一眼，回道："我家这个也就是说说废话行，你看她现在都读初中了，还整天背着零食去学校，也不怕被同学笑话。哪比得上你家江澈懂事啊，学习都不用家长操心，在新世纪外国语中学都能考年级前二十呢。"

顾湘现在进了新世纪外国语中学,也知道年级前二十是个什么恐怖的水平,嘴巴跟着张成一个"○"形,不得不叹服某人的学霸属性。

家长总是看别人家的孩子更顺眼,几个人又互夸了两句。

江露丝转头看向顾湘,对她说道:"对了,湘湘,你这个周末没什么安排吧?没安排的话让哥哥带你出去玩,带你去吃点好吃的,刚开学累坏了,是该出去放松放松。"

顾湘听到这句话,下意识地睁大眼睛看向身侧的江澈,问他:"可以吗?"

江澈点点头,一边慢条斯理地把鱼香肉丝里的青椒挑出来,一边回答:"可以啊,你想去哪儿?"

"我对这儿也不太熟,你说去哪儿?"顾湘把问题抛回给他。

"航湖?"江澈第一时间只想到这个。

顾湘听到这两个字,顿时勾起了她不太好的回忆,想到自己小学二年级那年来杭城旅游,走航湖两个堤生生走到哭,最后还是她爸用葡萄味的碎冰冰把她哄好,一路抱着她走完的。

于是,她想都没想就摇头拒绝:"最近天气太热了,能不能去个休闲点的?"

江澈闻言,看了她一眼后似乎也了然,回答:"那就去万象城吃饭吧,很休闲。"

"好,吃饭好。"顾湘在自己的饭碗前小鸡啄米似的点头答应。

当天这么约定好之后,顾湘上周五的课都很有干劲,当晚回来还把周末的作业写了个七七八八,想好了明天穿什么衣服、用哪根发绳扎辫子,满心期待着跟江澈一起出去玩。

只不过两个人再次默契地忘记了一件事情:约定时间。

得益于初中生这一周以来良好的作息,周六早上顾湘倒是没赖床,七点半不到就神清气爽地自然醒了,开始洗洗刷刷准备出门。

到了八点,她已经整装待发地在沙发上坐好,打开电视把音量调到最小,一边看动漫,一边等江澈来敲她的门。

但奇怪的是,等她把这周更新的番都补完了也没见某人来,加上一早起来只喝了杯水,肚子饿得"咕咕"直叫,没忍住到厨房泡了包巧克力味的金味麦片垫垫肚子,这才又四仰八叉地躺在沙发上消磨时间。

好在没过多久,她耳尖地听见外边传来开门的动静,隐约还有人说话的声响,便一下子从沙发上蹦起来跑到门口开门,动作快得差点连自己都反应不过来。

她一打开门,就欢欣雀跃地喊:"江——"

然而嘴边的话在触及门外的两个人时,又紧急刹住了车,她改口道:"江、江阿姨,陈叔叔,早上好啊……"

江露丝转过头来,就发某个小姑娘正笑眼弯弯地探头出来跟自己问好,一时也跟着笑起来,揉揉她的脑袋,问:"早啊,湘湘,吃早饭了没?爸爸、妈妈都在家吗?"

"刚刚喝了麦片,我爸妈都出去了。"顾湘说着,视线直往他们身后瞟,在发现根本没有江澈的影子后,开口问,"江阿姨,江澈哥哥起床了吗?"

"江澈啊?应该还在睡觉呢吧……"江露丝说着,一下子反应过来,"哎哟,差点忘了,你们俩今天是不是约好出去玩的?他也真是的,估计给睡忘了……这样吧,阿姨给你开门,你进去喊他。"

"好,谢谢阿姨。"顾湘闻言,甩掉脚上的拖鞋,跋上门外的鞋子。

江露丝帮她开了指纹锁,示意她进去,说道:"那阿姨跟叔叔先去上班,你们俩好好玩啊。"

"嗯,好,叔叔、阿姨再见……"顾湘伸手扶着门,对他们挥挥手。

等关上江澈家的大门,顾湘换上拖鞋,左右看了两眼。

虽然搬过来那天她就来他们家参观过,但因为家长都在,走马观花,看得并不是很仔细。

江澈家里的装潢很简洁,客厅一侧的落地窗流淌进大片阳光,原木和大理石家装规划出流畅的动线,甚至连桌子茶几上摆放的杂物都很少,看起来整洁又干净,有点像样板间。

顾湘沿着客厅摸索了一会儿,最后总算凭记忆找到江澈的房间,房门紧闭着,估计真的还在睡觉。

她有些犹豫,总觉得扰人清梦不好,但想到自己一早起来都等了他这么久了,加上江阿姨也让自己来喊他起床,最后还是试探地抬起手,在他房门上敲了敲。

里头一时半会儿没应,顾湘的手在空中顿了顿,又硬着头皮敲了两下,然后凑近房门,用耳朵贴着门板听里面的动静。

过了良久,顾湘只觉得自己脖子微微发酸时,耳边突然炸开门锁打开的清脆声响，手上撑着的门板紧接着被打开。

她一个重心不稳，往前扑了过去，过程中只瞥见江澈下意识往后退了一步，耳边跟着响起"啪"一声，她的手掌扑到地上，胳膊肘也被地板撞得发麻。

顾湘的脑袋一时"嗡嗡"作响，还好摔得不重，很快就撑着手臂坐了起来，后知后觉地感到有点出糗，略带惭愧地抬起头看江澈。

江澈显然被眼前这一幕惊呆了，脸上还残留着没睡醒的神态，头发也毛毛糙糙的，最后，他出于本能地弯下腰把手递给她，拉她起来。

顾湘借力站好之后，低头拍了拍自己酸疼的膝盖，跟他打哈哈："你刚起床啊？"

"嗯……"江澈低低应了声，抬手把门开到最大。

房间里的窗帘拉得很严实，原本漆黑一片，直到这会儿才透进客厅里的光线，照出里面的光景。

江澈穿着件宽大的黑色T恤和黑色短裤，衣料都有些皱，显然是刚从被窝里出来。

这会儿他光着脚站在门边，翘着几撮头发，看起来过于随意，但谁叫他五官和身形都长得好，深色的衣服更衬出他清朗的眉眼和白皙的皮肤，跟平时清清冷冷的样子相比要乖顺许多，像只懒洋洋的大狗狗。

眼下安静片刻后，江澈困倦地抓了抓头发，虽然没睡饱就被叫醒多少让人有些起床气，但因为对方是顾湘，他也没办法发火。

再开口时，他的声音听起来有些沙哑："现在几点了？"

"八点半多了。"顾湘说着，有点好奇地伸长脖子看了几眼他的房间。

因为是男孩子的"闺房"，她上次来他家参观的时候没进去，还是第一次看清里面的样子。

这头江澈看见她的小动作，一边侧身示意她进来，一边喃喃："八点半啊……商场十点才开门呢。"

"这样吗？"顾湘这才知道他没睡过头，是自己起太早了，眼看着他转身回房间，也跟着进去，想了想，又问，"那你想再睡一会儿吗？我待会儿来找你也行……不过你要是还睡的话，不吃早饭了吗？"

"早饭？"江澈眯起眼睛低头看她，有些意外她竟然在纠结这个点。

他昨天晚上跟人打游戏到两点，周末的早上基本都是睡过去的，没有吃早饭的习惯。

顿了顿，他问她："你还没吃早饭吗？"

"嗯……就喝了个麦片。"顾湘回答。

"那你在这儿坐着等会儿吧,我收拾好之后带你下楼吃。"江澈说着,伸手拉开窗帘,转头环视了眼房间,发现勉强看得过去,才打开衣柜拿了身衣服,到外面洗漱去了。

"好。"这头顾湘也不客气,拉开他书桌前的凳子,安安稳稳坐下来。

他的书桌上几乎没什么和学习有关的东西,只有一台电脑、一组音箱、两个拼好的乐高模型和几本跟编程有关的书。

顾湘这个年纪还不太了解编程是个什么东西,看了两眼他的飞船模型后,不知天高地厚地抽出那本《C语言程序设计》翻了几页,很快被上面密密麻麻的外文字母和逻辑算法劝退,又原原本本把它塞了回去。

然后她托着下巴在书桌前看来看去,一一扫过上边摆放的物件,最后得出结论:她之前送的那一盒礼物,江澈一样都没用。

这个结论难免让她有点泄气,猜测应该是江澈看不上那些东西,即便每样都是她精心挑选的。

顾湘叹了口气,低头趴在自己的胳膊上,快快地等他洗漱完。

江澈回来的时候显然已经好好打理过了,换下了皱巴巴的睡衣,身着哑灰的工装短袖衬衫,看起来很清爽,只不过睡乱的头发一时半会儿压不下去,仍然倔强地翘起几撮。他进门后便拎过墙上挂着的黑色帽子戴上,恢复成平时酷酷的模样。

然后他拉开书包拉链,把里面的耳机拿出来,连同充好电的手机一起放进兜里,转头示意顾湘:"走吧。"

顾湘"嗯"了声,从椅子上下来后又看了一眼他的书桌,最后还是忍不住问:"你为什么不用我送你的日历啊?"

虽然说别的礼物可能确实幼稚了点,但那本日历明明挺实用的,上面印了很多经典电影的海报跟台词,看起来很高级,要八十八块钱一本呢。

这已经是顾湘能想到的,最适合送高中生的礼物了。

江澈显然没料到她会提起这个,抬头指了指自己书柜的最顶端:"东西都收起来了。"说完他又想到她之前送礼物时说的一些话,补充解释了句,"在外面放着容易落灰。"

顾湘顺着他的指示抬头看向书架,发现那个熟悉的礼品盒确实放得好好的,片刻后回答:"可是今年就只剩……四个月不到了,你要是不用日历就过期了。"她转而收回视线,用期待的目光看向他,"要不你先拿出来用,等今年过完了,再把它收起来。"

江澈听她这么说，也意识到那些礼物就这么一直放着的话，她好像会失望，于是轻点点头，答应下来："好，知道了……不过我们先出门，晚上回来再收拾。"

"嗯嗯……"顾湘高兴地抿起唇，嘴角浮起两个可爱的小窝，抬腿跟上他。

两个人平时上学起得都挺迟，只能买点东西边走边吃或拎到学校吃，直到今天才第一次坐进楼下的早餐店，安安稳稳地吃顿热乎的早饭。

但现在已经过了饭点，店里大部分东西都卖完了，茶叶蛋盆里空空如也，也没有现炸的油条，最后他们只点了两笼烧卖和两碗咸豆腐脑。

等东西端上来，顾湘有些意外，她以前在鹿城吃的烧卖都是扎扎实实的糯米馅，一两个就撑了，直到今天才第一次看到这种小小的烧卖，雪白的面皮捏得像一簇花，很秀气。

以至于当她咬开薄薄的烧卖皮，带着鲜甜汁水的猪肉和脆脆的笋丁的味道在口腔里绽放时，一瞬间就被惊艳到，简直像热血美食番的配角在一道菜里小脸通红地畅游。

当下她便抬起头来看着对面的江澈，无比真情实感地开口："这个烧卖也太好吃了！"

江澈闻言轻一抬眉，他在这里待了三年，倒不觉得这些早餐值得这么高的评价。

但是眼下看顾湘满脸写着幸福，跟小时候吃到好吃的食物时的反应一模一样，他也不想扫她的兴，接下话头回了句："是吗，你觉得好吃就行。"

"嗯嗯……"顾湘点点头，视线习惯性地飞向他面前的那笼蒸屉，顺口道，"我这个是笋丁鲜肉馅儿的，你那个烧卖是什么馅儿的啊？能让我尝尝吗？"

江澈"唔"了声，用筷尾把蒸屉推到她面前。

顾湘于是再次吃到一个带着鲜美汤汁的绝世好烧卖，两眼迅速放光，仔细咀嚼两下后咽下去，判断道："这是蟹子鲜虾馅儿的！"

"好吃吗？好吃都给你。"江澈低头喝了口豆腐脑。

他吃饭的动作很斯文，这一点顾湘从小就听自家亲妈反复拿他做模范跟自己比较，眼下看他连拿着勺子喝豆腐脑的样子都好看，也下意识收敛了自己的吃相，摇摇头回答："不用不用，都给我了你吃什么？要不你也尝尝我的吧,我的也很好吃。"

江澈歪了歪头,并没有告诉她自己其实都吃过,而是给面子地夹走一只烧卖后回道:"谢谢。"

万象城是他们小区周边最大的一个商城,只隔了三个红绿灯路口,步行就能到。

两个人吃过早饭刚好走两步路消食,但顾湘没料到今天的太阳这么大,她又没有养成出门带遮阳伞的习惯,只好伸手挡着脑袋,抬眼问江澈:"商场里都有什么好玩的啊?"

江澈想了想,回答:"有个滑冰场,有家乐高店,还有个电玩城吧……你想玩什么?"

说到这儿,他低头看了眼她,才发现这位小朋友的眼睛被太阳刺得只剩两条缝,看起来傻乎乎的,于是他伸手把自己的帽子摘下来,扣到她小小的脑袋上,顺手帮她把后边的卡扣拉紧。

顾湘一时间只觉得天都黑了,伸手抬了抬帽檐才勉强看清眼前的路。

尽管已经调到最小,但是男生的帽子对她来说还是太大,戴上之后罩得她连眼睛都看不到,只剩半个下巴露在外面。

她老老实实地回答他的问题:"我不会滑冰,那个电玩城里有抓娃娃的吗?我想抓娃娃。"

"有。"江澈应了声,似乎觉得她这样很有趣,故意伸出食指在她的帽檐上压了压,一直把她遮得"哎哎"叫了两声才松开手,语气轻快地回答,"那就带你去抓娃娃。"

电玩城跟商场内部的明亮装潢截然不同,一进去满眼都是花哨的蓝紫色,游戏机上安着一闪一闪的灯带,被头顶和脚下的深色映衬得更加瞩目,耳边充斥着欢快的合成电子音和小孩子的笑闹声,一下子就让人兴奋起来。

江澈到机子前兑了一百块钱的游戏币后,分了一半给顾湘,然后抬手示意她娃娃机的方向:"那里都是,币不够再来找我。"

"那你去玩什么?"顾湘接过那一篮沉甸甸的游戏币,问。

"赛车、投篮之类的吧,随便玩玩。"江澈说着,很快意识到什么,补充了句,"我不太会抓娃娃。"

"哦……好。"顾湘点点头,只不过很快又跟上他,问,"你篮球打得好吗?我想看看。"

江澈看她一副紧巴巴跟着自己的模样,倒也没觉得不耐烦,反而认真跟她解释:"这儿只是投篮,跟平时打篮球不一样。"

"是吗?那我也要玩!"顾湘顿时积极起来。

然而等站到投篮机面前时,她就意识到自己想太多了。

面前防止球飞出来的挡板比她的头顶还高,想投篮得踮起脚来确认篮筐,她的个头跟边上其他机子前站着的男生相比,差距实在有点大。

以至于顾湘从头到尾只觉得自己的眼睛跟手像长在两个人身上,投完六十秒就进了三个,没过分数线,机子随后可怜地吐出两张奖券。

顾湘见状,弯腰拿走奖券之后就很有自知之明地退了出来,把位置让给江澈,然后问他:"上面那个最高分776,真的是有人投出来的吗?"

江澈重新投币之后拎起一个球扔进篮筐,试了试手感,开口安慰她:"上面那个是四关加起来的分数,你就玩了一关,没什么可比性。"

"四关啊……"顾湘轻声重复了一遍,紧接着意识到自己连第一关都过不了,哪来四关加起来的分数,便默默闭上嘴看他玩。

江澈的手掌很大,可以直接抓起一个球就往篮筐里丢,球飞一个漂亮的抛物线后直挺挺落袋,不像她那样在筐上弹来弹去还进不了,速度快得让人咋舌。

于是顾湘就这么愣愣地张大嘴看他一个又一个往篮筐里投球,机子紧密而有节奏地发出"进啦进啦"的提示音,电子屏上的数字随之跳跃上升,简直不像人在投篮,倒像篮筐本身在不停地往下吐球。

他这台机子"进拉进啦"的声音太吵,很快吸引来周围那些同好的目光,顾湘甚至听见有男生在边上小声说了句"天啊"。

顾湘往后退了两步,偷偷吐了吐舌头,这下相信机子上776的最高分是真的了。

但出乎她意料的是,连江澈这样的技术最后加起来都只有六百分出头,离记录还差得远。

江澈很快又投币开了下一轮,大有一副破不了纪录就不走了的架势。

顾湘看他投了这么久,已经有点审美疲劳,中途在他边上小声提醒了句"我去别的地方玩了",便捧着满满当当一盒币转头去打地鼠。

十五分钟过后，江澈手里还剩二十多个币，拎着长长的奖券来找顾湘。

顾湘当时已经打完两盘地鼠，抓了十几次娃娃和娃娃机里的薯片，然而一包没抓着，最后被一个抢锤子的机器吸引了注意力，跟在其他人身后排队。

所以当江澈在茫茫游戏机中发现她时，她刚往锤子机里投了两个币，兴奋地搓搓手，扎起马步，弯腰举起一旁放着的分量不轻的大锤子，咬牙用着吃奶的劲，总算把锤子抢了起来，重心不稳地敲在面前计算力度的大铁饼上——

铁饼发出"咚"的一声响，动静还不小，大有力拔山兮气盖世的魄力。

江澈看顾湘这独特的爱好看得眼皮直跳，走近之后就看到她的脸色已经涨得通红，估计是刚才抢锤子憋的，偏偏表情看起来还很兴奋，正抬头盯着面前在不断滚动的计数器。

计数面板上璀璨的色块落进她的眼睛，随着色彩的变动，像夜幕里不断盛开的绚烂电子烟花，顾湘一瞬间看起来像是幅厚涂的精致少女插画，多而饱满的色彩模糊了线条，反而让她从整个环境中凸显出来，变得尤为生动立体。

渐渐地，面板上的数字停止跳动，开始由底部一点点攀升，最后只点亮了两条坐标。

机子下跟着吐出两张粉色的奖券。

顾湘见状，一下子泄了气，好在刚一转过头就发现了江澈，重新振奋起来，问他："你玩得怎么样？破纪录了吗？"

"没有。"江澈摇摇头，"776那次状态太好了，估计最近都破不了。"

"啊？那个776就是你投出来的？"顾湘没忍住张大了嘴。

"嗯。"江澈平时习惯了装酷，这会儿看她一脸震惊的样子虽然有那么点骄傲，但很快就恢复成宠辱不惊的模样，转移话题道，"走吗？你娃娃抓得怎么样了？"

"不怎么样……"顾湘听他提起这件事，嘴角瞬间耷拉了下来，从兜里掏出自己可怜巴巴的七张奖券递给他看，"币用了一半多了，但是娃娃一个都没抓到，薯片也没抓到，就赢了这么几张券。"

江澈看见她那些稀碎的纸片后，没忍住"扑哧"一声笑出来，下一秒收到她震惊且受伤的眼神，只好一边努力忍着笑，一边把自己手里一长条一长条的奖券放到她的手上，拍拍小朋友的肩膀，安慰道："没事，我的这些都给你，待会儿想换什么换什么。"

"哦……"顾湘鼓了鼓脸颊，勉强被哄好了。

只不过就在江澈准备领着她去别的地方时，她又突发奇想地拉住他的手臂，示意身后那台抡锤子机："哎，要不你来试试这个吧，我刚刚这么用力竟然只有2分，我想看看你能得几分。"

江澈低头看她一眼，脸上的表情一言难尽，总觉得这种游戏机玩起来很奇怪，跟他平时的形象完全不符。

但到头来迎着她的视线，又不好扫她的兴，他只能勉为其难地点点头，弯腰往里面塞了个游戏币，然后在拎起锤子前包袱很重地环视了眼四周，发现人并不多，才松了口气，把锤子拿到手上。

他低头看了眼身前的铁饼，微微俯身带动手臂，锤子从身后拧上来一个漂亮的环形轨迹，最后重重甩下。

顾湘在过程中甚至感受到锤子刮过来的破风声，旋起的气流扑到她的脸上，凉飕飕的，紧接着，耳边就炸起一个闷雷般的声响，隐约透着金属不堪重负的脆响，几乎能惊动这片区域里所有的人。

江澈收回动作后轻吁了口气，感受到周围投过来的视线，第一时间把锤子放回原位，跟面前的机器保持三步开外的距离，企图和自己刚才傻得令人发指的举动划清界限。

游戏机上的电子面板开始闪烁，伴随着"嘀哩哩嘀哩哩"的声响，最后从底部开始一截一截攀升。

顾湘眼睁睁看着面板上的色块逐个被点亮，颜色由绿转黄最后转为紫红色，停留在"11"这个数字上。

然而这还只到整个面板一半的高度，最高分是20，顾湘一瞬间难免有些失望，叹了口气道："11啊……我还以为你能打到最高分呢。"

一旁的江澈偷偷甩了甩被锤子震得发麻的小臂，闻言只觉得眼皮直跳，无言片刻后回道："不好意思啊，让你失望了。"

然后弯腰拿走机器吐出来的那条长长的奖券递给她。

顾湘听江澈一下子说得这么严重，也意识到自己的要求好像有点太高，打圆场道："没事没事，我刚刚看到很多人的分数都只有三四分呢，你已经是我看到的人里最高的了，很厉害了。"

几乎是她的话音刚落，不等江澈回答，就看到一个长得格外壮实的大叔也过来给抡锤机投了币。

两个人见状，几乎是同时停下谈话，默契地转过头去，盯着对方的动作。

　　大叔一副老内行的模样，低头"呸呸"在手上吐了两口口水，然后提起锤子，含着胸腔低沉地"哈"了声，这才重重抡了出去。

　　顾湘被他的动静震得缩了缩脖子，机器上的数值再次开始滚动，电子音听起来越来越急促，把她的胃口也吊得很足。

　　面板上的光条开始一个个被点亮，由鲜亮的翠绿转为明黄，然后就在顾湘期待它转为橙红色时，音乐已经戛然而止。

　　1、2、3……6分。

　　她脸上的表情跟着僵住，不可置信地眨巴眨巴眼睛后，再次确认对方只打出了6分。

　　然后她慢吞吞地转头看向某人，想到他刚刚竟然打出了11分，满脸写着震撼。

　　但江澈已经没心思管对方的分数，情绪复杂地垂眼看着自己的掌心，片刻后抬起头来，格外严肃地问她："我去洗个手，你要来吗？"

　　顾湘愣了一下，也意识到刚才那个大叔"呸呸"两下的动作，慌忙不迭地点点头。

　　洗手间在电玩城外，两个人着急去洗手的时候没怎么看周边的店面，直到洗完手出来，江澈才注意到左手边的一家精品店，里边打着温馨的暖黄色灯光，看起来卖的都是些小礼品。

　　于是他停下脚步，转头对顾湘说道："我上次还欠你一个礼物，你要不要去看看？有什么想要的就告诉我。"

　　"礼物？"顾湘眨了眨眼，听他这么一说也反应过来，是她送礼物那天晚上他答应她的话，想了想问，"什么都行吗？"

　　"什么都行。"江澈回答。

　　顾湘听他应下，眼睛瞬间放光，激动道："那我想要刚刚我在娃娃机里面看到的那只小羊，我花了二十多个币也没抓着。"

　　"好。"江澈没怎么犹豫便答应了。

　　然而等看到她口中那只"小"羊的真面目时，他才发现自己小看了她的胃口。

　　那是只几乎有她半个人那么高的绵羊，毛茸茸的，单独吊在娃娃机里，需要用刀片割断绳子才能拿到。

　　顾湘再次看到这只大白羊，似乎也觉得自己刚才的措辞有些草率，只得满脸憧憬地抬头看向他,试探地问道:"我想要它行吗?"

江澈深吸了口气,硬着头皮点点头:"行。"

十五分钟后——

两个人就这么占着那台娃娃机操控着小刀片割了半天,直到用完手头所有的币,那只"小羊"依旧岿然不动,隔着透明的玻璃戴着蓝色睡帽闭着眼睛酣睡,完全不在意玻璃外的人正处心积虑地想要得到它。

游戏币用完,江澈又去机子那边兑新的,中途经过奖券的礼品兑换区,瞥见展柜顶端一排也是差不多的毛绒公仔,回去便问顾湘:"你要不要去兑奖券的地方看看,那儿也有这些娃娃,我家里还有两百多张奖券,够用了。"

顾湘闻言,顺着他示意的方向看去,很快摇摇头:"那儿没有跟这只一模一样的小羊,而且我就想要娃娃机里的这只,要不然我们刚才那么多币不都白花了吗?"

江澈闻言,意识到她是和这台娃娃机及里面的小羊杠上了,大有不达目的不罢休的架势。

他有些无奈地抿了抿唇,有点想教教她有关沉没成本这一概念,以及当下最合理的选择应该是什么样的。

但转念想到她还是个小朋友,在这些小事上钻钻牛角尖也无妨,只要她高兴就好,江澈于是笑着叹了口气,把新兑来的五十个币都放到面前的机子上,示意她:"好,那我们今天非把这只羊抓出来不可。"

"嗯!"顾湘听他答应便弯起眼睛,用力地点点头,然后弯腰塞了两个币,推推他的手臂示意,"这次该你了,刚刚那把是我玩的。"

江澈应了声"好",微微俯身。

红色摇杆在他修长白皙手指间显得很迷你,娃娃机里灿白的灯光和机器上流动的粉色荧光一起,经过玻璃的折射后落到他的脸上,把他轮廓清雅的侧脸映得明净温润,像天拂晓时的晨光透过云层,一派波光潋滟。

不过这会儿显然还是江澈操控的那枚小刀片更吸引顾湘的注意力,她整张脸都已经黏在玻璃上摊成一个大饼,一边眯起眼睛瞄准刀片跟绳子之间的距离,一边小声指挥他:"再往右边一点……不不不,太右了,回去一点……"

"现在这样呢?"江澈也难得认真,松开摇杆抬起头来,跟她全方位确认刀片的位置。

"应该……"顾湘最后瞄了一眼,睁开眼睛,"可以了吧?"

"好,"江澈示意她娃娃机的确认按钮,"那你来按。"

顾湘闻言便从侧面回来,和他对视了一眼后,深吸一口气,抬手拍下按钮。

娃娃机的刀片开始慢吞吞合拢,两个人几乎同时屏住了呼吸,靠近玻璃观察里面的动态,顾湘甚至紧张到抓紧了江澈的手臂。

直到刀片贴上绑着小羊的绳子,眨眼间就听到"咔嚓"一声,那只毛茸茸的大公仔随之掉落。

顾湘一瞬间愣住,有点不敢相信自己的眼睛。

直到下一秒她才尖叫一声跳了起来,张开手臂扑腾着抱了抱身边的江澈,兴奋地开口:"江澈江澈!我们拿到了、拿到小羊了!啊啊啊……我的小羊!"

江澈抬手扶住她,差点被她抱得重心不稳,也不自觉地被她的欢欣鼓舞感染,笑着抬抬下巴示意她:"快拿出来看看什么样。"

"嗯嗯嗯……"顾湘很快松开手,转头打开已经自动解锁弹出的玻璃门,弯腰把软绵绵白花花的小羊抱起来,然后第一时间举着小羊送到江澈面前,"你快摸摸!它的毛超级软超级滑!现在是我的小羊了!"

只不过她一时没控制好距离,小羊卷卷的绒毛在江澈低头时撞上他的鼻尖,蹭得他微微发痒,像春天的山坡上刚刚开出了一束花。

他稍仰了仰头,躲开这些毛茸茸的躁动,一边给面子地抬手摸摸小羊的头,一边夸道:"嗯……是很软,你的小羊很可爱。"

顾湘闻言,没忍住"嘿嘿"傻笑了声,缩回胳膊把小羊紧紧抱在怀里后,隔着那丛白色软毛抬起头,认真对他说道:"谢谢你,江澈,我真的特别特别喜欢这只小羊!"

尤其这是他们俩花了五十多个币才抓出来的,跟一般礼物相比有成就感得多,更让人喜欢。

江澈跟着翘起嘴角,又抬手拍了拍她的脑袋,说:"走吧,还剩这么多游戏币,看到哪个喜欢的我们再抓。"

"好!"顾湘把怀里的小羊换了个姿势,抬脚跟上他。

两个人当天在万象城玩了整整一天,花完手头的游戏币又去看了《驯龙高手2》,之后在一家茶餐厅吃了晚饭,直到晚上六点多才抱着一堆玩偶公仔回去，在家门口挥手道别。

顾湘当时手里抱着太多东西，连开门都困难，好不容易扛着自己的宝贝小羊进屋，连拖鞋也来不及换，一路"啪嗒啪嗒"跑到客厅，把它们都丢到沙发上，惊动了原本正躺在那儿看电视的蔡女士。

"抱的什么东西回来啊？今天不是跟江澈出去玩了吗？"蔡芬芬被小羊砸到腿，不得已坐起来探情况，忍不住"啧啧啧"地数落她，"多大的人了还买娃娃啊？这只羊多少钱？"

"这是江澈哥哥送我的，礼物！"顾湘再次抱起那只大公仔，冲蔡女士显摆地扭扭小羊的屁股，"我今天晚上就跟它一起睡了！"

蔡芬芬听到这句话，没忍住"嗤"了声，伸出毯子下的一只脚戳了戳顾湘的羊："歇歇吧你，从外面买回来的不知道多少人摸过呢，脏死了。赶紧给我丢阳台上去，洗完晒干了再拿走。"

"哦……"顾湘听蔡女士这么一说也觉得有道理，老老实实把羊放到蔡女士的胸口上，又抱来其他夹来的娃娃，一一摆到她身边，最后拍拍她的肩膀嘱咐，"那你一块儿帮我洗了吧，谢谢妈妈！"

"去去去……给我抱走丢洗衣机里去。"蔡女士打掉顾湘的手。

"洗衣机？我的娃娃不会被洗坏吗？"顾湘停下忙碌的动作，问道。

"那你自己洗去，我才不洗。"蔡女士扬扬手，无情地打发她，"行了，快走吧，别挡着我看电视。"

"好吧。"顾湘幽怨地看了蔡女士一眼，再看看自己心爱的小羊，认命地低头把它抱起来，"自己洗就自己洗……"

快乐的周末很快过去，顾湘才抱着烘干好的香喷喷小羊睡了一个晚上，就迎来了新一周的学习。

工作日朝五晚九得让人乏味，他们俩上下学分开走之后，平时在学校基本碰不着面，只有晚饭时分才会相聚一桌吃顿饭。

但这天晚上有点不一样，顾湘在九点钟准时抱着自己的杯子打开房门，从门缝里确认蔡女士已经回到主卧关上门，爸爸还在外面工作没回来，便放心大胆地光着脚出来，把杯子放到餐桌上后，悄无声息地打开家里的大门。

考虑到开密码锁会有声音，她换好鞋出来没有关门，而是非常严谨地留了条缝，方便自己待会儿回去，然后在楼道的角落蹲下，伸手抱紧自己。

但千算万算，顾湘算漏了楼道里的灯光会自动熄灭，这会儿还没蹲多久，眼前突然陷入一片黑暗，吓得她整个人僵在了原地。

然而等眼睛逐渐适应眼前的黑暗后，甚至比刚才伸手不见五指还要恐怖，走廊逐渐浮现出深浅不一的灰色轮廓，一直向远处蔓延，最后通向黑魆魆的尽头。大楼里安装的各种管道的"嗖嗖"声在此时一下子变得清晰起来，夹杂着风声和"滴答滴答"的水流声，甚至还有电表低微的"吱吱"声。

顾湘简直像到了某个恐怖片现场，按照正常的剧情，大概很快就会有变态杀手带着斧头或者锯子，坐电梯一层一层地上来找她。

这个念头刚一浮现，耳边紧接着就响起电梯间钢索拉动的"咯啦咯啦"声，顾湘甚至觉得自己听见了不知道从哪个楼层传来的一声"叮"响，让她头皮都跟着紧了紧。

被自己的想象吓到，她怕死地伸手抱住了脑袋。

不知道过了多久，电梯中途还带着风声经过了她这一层，但好在没停下来，顾湘才悄悄抬起头，发现电子屏上跳动的数字停在了"26"。

这个鲜红的数字是顾湘这会儿唯一能看到的光亮，她盯着它看了两秒，稍稍冷静了一点，抬手搓了搓浮起鸡皮疙瘩的手臂，然后抬起头，对着头顶的灯念了两句咒语，尝试把它给叫亮。

可惜无济于事。

顾湘当下也不敢发出更大的动静，怕吵醒妈妈，只得叹了口气，继续抱紧自己。

电梯又上下了两趟，分别从负二楼到十六楼，再从一楼到七楼。顾湘到后来都快等得失去时间概念，总算看到电梯启动，缓缓停在一楼。

电子屏上的红色数字随后缓缓跳动，一直升高到十七，最后"叮"的一声，电梯门缓缓打开，从里面漏出明亮的光线，走廊里的灯也应声亮起。

顾湘见状，也像是盏被点亮了的灯，瞬间振奋起来。只是她刚准备起身，才发现自己的腿都蹲麻了，差点扑倒在地上。

于是等江澈推着自行车出来时，就看到某人在墙角缩成一个小小的球，一只手撑着墙，正试图从地上站起来，动作缓慢而艰难。

他走近两步，这位小朋友嘴里小声的哀叹也跟着落进他的耳朵，显然是等得累坏了。

江澈的嘴角不免跟着翘了翘，弯腰伸手拉了顾湘一把，然后把自行车停在楼道里，开口问她："等了多久了？"

"嘘！"顾湘乍听他开口说话，尤其楼道里还有回声，顿时吓得一个激灵，飞快踮脚捂住他的嘴，用气声一字一句地提醒他，"你轻点声——千万别被我妈听见了……"

江澈被迫噤声，看了她两眼只好点点头。

顾湘这才松开手，一边扭过头确认家门口的方向，一边小声问他："东西带来了吗？"

完全是一副不法分子地下接头的模样。

江澈被她这副做贼似的行径看得哭笑不得，只得再次点头，把书包提到身前，拉开拉链。

他那平常空空如也的高中生书包里顿时飘出来一股铁板鱿鱼的香气，是香葱、洋葱和孜然在烈焰中狂热交融最终升华的味道。

顾湘没忍住咽了口口水，盯着他的书包小声感叹了句："好香啊……"

江澈看她一副魂都被鱿鱼勾走了的样子，无奈地摇摇头，把里面的打包盒拎出来，递到她的手上，轻声提醒："吃完就早点睡，记得刷牙。"

"嗯嗯，我知道……"顾湘冲他龇牙笑笑，正准备拎着夜宵往门缝里溜，又想起来问他，"你想不想吃啊？"

"我不吃。"江澈想也不想就摇头，伸手拉上书包拉链。

"哦，好，那我先走了。"顾湘再次对他谄媚地笑了一下，只是收回目光的过程中，无意间瞥见他书包的拉链。

拉链上挂着一个看起来格外眼熟的毛绒鸭子钥匙扣，明显是她送他的那只。但就在顾湘奇怪自己刚才怎么没注意到时，他纤白的手指紧接着就把拉链反向塞进了书包，小鸭子随之消失不见。

顾湘微微一愣才明白过来江澈的这通操作，然后等他重新背上书包，又看到他书包的另一侧口袋里插着一只保温杯，也是她送的。

她眨了眨眼睛，看他转身去开自家的门锁，这才慢吞吞地把脑袋缩进门缝，伸手合上大门。

顾湘想起来上个星期六早上她对他说的话，连她自己都有点忘了，没想到他还记得，而且照做了。

顾湘猜测江澈的书桌上现在估计已经摆上了那台电影日历，说不定还放着她送的马克杯。

至于他刚才偷偷把小鸭子藏起来的动作……

估计是觉得高中生用这么幼稚的东西有点不好意思吧？

顾湘想到这一点就忍不住弯起眼睛，非但不觉得失落，甚至觉得他很可爱。

——没想到江澈竟然会这么可爱。

第四章
有你在，挺好的

开学大半个月后，新世纪外国语中学高中部开始了为期一周的军训。

于是江澈每天天蒙蒙亮就得穿着军训服去学校出早操，下午回来洗一次澡，再回去上晚自习。

而作为一个初中生，顾湘的作息倒没有什么变化，只会偶尔在上课时听见操场上远远传来"一！二！三！四"的号子声，觉得有些撕心裂肺的。

除此之外，高中部的午饭时间也提前了。原本初中部比他们早四十分钟吃饭，两个级段的学生相互之间碰不着面，现在反而比他们迟十分钟，还经常碰到他们军训被罚站的情况，最后往往同一时间涌到食堂，在里面挤得不行。

这样一来，顾湘就经常在吃饭的时候碰见江澈，而且每次都不是她先看到江澈的，是跟她一起吃饭的饭友阮明昭。

顾湘的那位同桌李易阳喜欢独来独往，他们开学了这么久也没有处得很熟，反倒是报到那天收了她一瓶养乐多的后排跟她比较合得来。

尤其她们都爱看漫画，都订了全年的《知音漫客》，顾湘家里还有一整套已经出版的《龙族》，俩人很快就混成了形影不离的饭友，放学也同走一条路回家。

那天顾湘好不容易才在食堂占到两个座，刚挥了挥手示意阮明昭过来，就看她端着餐盘一个劲地对自己挤眉弄眼，示意自己往身后的方向看。

顾湘一转头，这才发现江澈就在自己身后不远的位置，身边跟着几个同学，正准备到食堂窗口打饭。

他平时下午一回去就会洗澡换衣服，这还是顾湘第一次看到他穿军训服的模样。

别人穿来丑不拉几的迷彩绿套在他身上意外的合适，腰上扎着腰带，勾勒出他宽阔的肩膀和窄窄的腰身，再往下就是令人羡慕的大长腿，整个人看起来又挺拔又硬朗，在一众被晒得漆黑的男生中脱颖而出。

饶是顾湘都跟他这么熟了，看到他这副样子也难免愣了一下神。他平时穿的衣服裤子很宽松，她之前完全没注意到他的腰竟然这么细。

这头阮明昭已经带着餐盘一屁股在她对面坐下，伸长脖子问："怎么样，刚才那个男生是不是很帅？"

"嗯？"顾湘转过头，听清阮明昭的话后实诚地点点头，"确实挺帅的。"

阮明昭听她认可了自己的审美，便心满意足地咂咂嘴，道："我都打听过了，那个帅哥叫江澈，高一（1）班的。一班啊，肯定是个学霸。"

顾湘闻言，想了想，问："他们是按成绩分班的啊？"

"废话，一班、二班都是冲刺班，我听说好像是初中每次大考的分数跟中考分数按什么什么比例算出来，最后排前八十名的人才能去这两个班，你说成绩好不好？"阮明昭一边抽出纸巾擦了擦筷子，一边回答。

"哦……这样啊。"顾湘点点头，想到妈妈之前说江澈能排年级前二十，即使在冲刺班，成绩估计也在上游。

"而且我还听说这个帅哥篮球打得也很好，之前初中部篮球赛，很多人都去围观了，我姐也去了，说是真的很帅。"阮明昭继续给她介绍。

"你姐跟他是同一届吗，她是几班的啊？"顾湘从面碗前抬起脑袋，注意力不自觉偏掉。

"我姐六班的，跟他隔一个楼层呢。"阮明昭摇头"啧啧"了两声，又补充，"那个学长长得帅成绩又好，应该挺多人喜欢的。"

"嗯嗯……确实如此……"顾湘点点头，肯定了阮明昭的说法。

江澈小学就挺受大家欢迎的。

这边顾湘还在回忆往事，阮明昭就在桌子下偷偷踢了她一脚，在她一脸蒙地抬起头时指指不远处："快看，回来了。"

"啊？"顾湘跟着转过头，发现江澈已经打好饭回来，在空位上坐下。

估计是因为天气有点热，江澈坐下之后就摘了帽子，拿纸巾擦了擦头上的汗才开始吃饭。这会儿他的头发被汗浸湿了，湿漉漉地垂在额前，但是丝毫不让人觉得邋遢，反而衬得他高挺的眉骨和鼻梁有种凌乱的美感。

顾湘第一时间不可避免地注意到他的脸，但很快移开了视线，落在他的餐盘上。

餐盘里面盛着糖醋小排、清炒藕片，还有一道糖拌番茄，看来清淡得很，但确实是他的口味。

顾湘见状，有点可惜他竟然没点学校的干煸里脊，明明那个比闻起来一股醋酸味的糖醋小排要好吃。

阮明昭估计还是头一次这么清楚地看见江澈的脸，没忍住激动地抓住了顾湘拿着筷子的手，筷子上的几根兰州拉面因此滑回了汤里。

"天啦，顾湘，这也太帅了……我之前都是远远地看到他，还以为光是身高跟腿就够帅了，没想到连脸都这么帅啊，绝了啊！"

"嗯嗯……"顾湘被她抓疼了，只得赶紧转回来把她的手拨开，催促，"快吃吧快吃吧，面都要凉了。"

"不是，你多看两眼啊，过了这个村没这个店了，我在学校里还没见过几个像他这么帅的呢。再说等他们军训结束，我们初中部跟高中部又不在同一个点吃饭了。"阮明昭恨铁不成钢地戳戳顾湘。

"哎呀，不在一个点不挺好的吗？最近食堂挤都挤死了，我连狮子头都抢不到，今天还沦落到来吃兰州拉面……"顾湘看着自己面前一片碎牛肉都没有的清汤寡水，没忍住伤心地吸了吸鼻子。

"行行行，你吃饭比看帅哥重要，赶紧吃你的吧。"阮明昭说着，夹了块自己餐盘里的牛柳给她。

"谢了！"顾湘把牛肉塞进嘴里，冲阮明昭一抱拳。

等到军训结束，江澈显而易见地黑了一个度，脖子跟衣领连接的地方被晒出了一条明显的色差，每次一穿T恤就明显得很。

好在开学初定做的校服都发下来了，新世纪外国语中学以校服好看在杭城闻名，包括礼服和运动服两套。夏装礼服一般是白色短袖衬衫，胸口绣着新世纪外国语中学校徽，领口搭配墨绿色领结或者领带，女生可自选百褶裙或者长裤。

而初、高中两个部的校服形制基本一样，唯一的区别在于高中部校服胸口的校徽是金色的，初中部则是银色的，一眼就能分清。

然而新校服还没穿两天，不等顾湘的新鲜劲过去，国庆黄金周就到了。

顾湘家的东胜酒楼在经历大半年的筹备和试营业后总算正式营业，店门口摆起鲜花拉起横幅，顾东胜还请好多朋友在酒店里吃了顿饭，庆贺开业大吉。

酒店刚开业的那几天比较忙，顾东胜跟蔡芬芬每天天不亮就出门，一直到半夜十一二点歇业才回来。家里没人开火给顾湘做饭，她又不好到酒店里给爸妈添乱，只好每天都往对门的江澈家里跑，跟他一块儿靠着吃外卖跟下馆子度日。

也就是吃了这么几天，顾湘才发现家附近竟然有这么多好吃的，加上爸妈都不在家，没人监督她每天干什么，假期的前几天她基本吃了睡睡了吃，完全没想到作业的事。

直到最后两天眼看着来不及了，她才瑟瑟发抖地抱着假期作业敲开江澈家的门，一路搬到了他的书桌上，在学霸的监督和鞭策下眼含热泪地补完，然后心满意足地把作业本塞进书包，准备第二天上学。

假期结束后，接踵而至的工作日和补课让人过得无比艰难，但好在顾东胜总算能抽空在下午回来给他们做顿热饭，不至于让两个孩子继续在外流浪。

而这头顾湘的爸爸一回来，江澈的爸爸、妈妈就到广州出差了。

不过江澈是个自律的人，不像某人一样没人监督就拖着不做作业，加上江露丝经常出差，他也习惯了，每天上学放学，跟平时没什么两样。

但就在江露丝和陈一行出差后的一个平凡的周四下午，顾湘一推开家里的门，就发现爸妈一反常态地都在家，桌上赫然放着一个大大的蛋糕盒。

她一看到蛋糕就兴奋起来，脱下鞋子甩掉书包飞扑过去，趴在桌上隔着透明的包装盒观察蛋糕上的装饰，扬声问："爸，妈，今天谁生日啊？有人来我们家过生日吗？这蛋糕什么口味的啊？是冰激凌蛋糕吗？"

蔡芬芬在厨房里听见顾湘的动静，赶紧推开门出来，抬手把围着蛋糕团团转的小丫头赶开："去去去，蛋糕不是给你买的，今天江澈生日。"

"啊？江澈今天生日啊？"顾湘眨巴眨巴眼睛直起身来，意识到自己之前好像确实不知道江澈什么时候生日。

蔡芬芬看她一脸惊讶，伸手把蛋糕提到冰箱里，没好气地开口："你说说你，前几天我跟你爸不在家，你整天跟着人家江澈一块儿吃饭，连作业都是人家教你写的，结果你连他什么时候生日都不知道。"

顾湘听她这么一说，也有点惭愧，挠挠头回答："哎呀……我以前不是年纪还小嘛，记性又不好，再说你今天告诉了我，我以后不就记住了？"

蔡芬芬看她一眼，故意问："那你知不知道今天几号？"

"呃，十月……今天十月几号来着？"顾湘上了学之后脑子里只有星期几的概念，不出所料被问住。

"十月什么十月，我们鹿城人哪有过阳历生日的？他农历九月廿三生的，出生当天下午我还去医院看过他跟他妈妈呢，江澈当时就这么点大，六斤七两。"蔡芬芬一边说着，一边关上冰箱。

"哇，您跟江阿姨那个时候就认识了啊？"顾湘觉得很新奇。

蔡芬芬想也不想就回答："比这还要早，我认识江阿姨那会儿都还没碰见你爸呢。那个时候也就十六七岁吧，就去厂里上班了，她跟我是一个工厂的。"

"啊？"顾湘再次被惊讶到。

"啊什么啊，你妈我小时候跟你一样不爱读书，很早就辍学回家了，玩了两年之后就去厂里上班，现在才知道后悔……"蔡芬芬说到这儿看顾湘一眼，又道，"所以说，你还不赶紧好好读书，要是像你妈我一样考不上大学，以后出去连工作都找不着。"

"哦哦哦……"顾湘被蔡女士这么一吓，只得慌忙去门口找刚才扔在那儿的书包，灰溜溜地拎着回房间。

她中途停下脚步，又想起什么来："可是江澈他爸爸、妈妈前几天不是去广州了吗？今天岂不是只有我们给他过生日了？"

蔡芬芬闻言，叹了口气，回答："是啊，不过你江阿姨他们工作嘛，也没办法，今天还给我打了电话，说是想让我们帮忙弄得热闹一点，估计等到时候回来会给他补上的吧。"

"哦……"顾湘点点头。

"行了，你赶紧回去做会儿作业，到时候去对门喊江澈来吃饭。"蔡芬芬说着，伸手打开厨房的门。

"好。"顾湘应了声,拎着书包回房间。

然而等她把书包放到椅子上,来回踱了两步,又莫名放心不下,最后重新拎着书包出来,到冰箱里拿了两盒酸奶推门出去,扬声提醒厨房里的人:"妈,我今天有作业不会写,我去江澈家写了。"

"行,那你们俩待会儿五点记得回来。"蔡芬芬在里面回答。

顾湘"嗯嗯"两声,关上门拖着鞋子一跳一跳地来到江澈家门口,按下门铃。

里面一时没应,估计他还没回家。

于是顾湘伸手用自己的指纹开了门锁。

这是江澈前几天帮她设的,免得他有时候不在家,她来找的时候进不了门。

江澈家里面的布置一如既往,因为平时很少有人在家,也基本不开火做饭,每周都是同一个钟点工阿姨来打扫,整洁到没什么人味儿。

顾湘拖着书包打开他房间的门,把酸奶放到桌上,抽了张纸巾垫着,然后从书包里掏出作业,坐在书桌前一边开小差,一边等他回来。

桌上她送的那台日历还端端正正摆在台灯下,顾湘凑近看了眼,发现他有两天忘了翻页了,日期停留在10月13日。

于是她伸手把日历勾到手边,仔细看了眼上面的电影,名字叫《怦然心动》。

海报是两个小孩坐在大树上的图片,远处是夕阳的余晖,一旁印着电影里的英文台词,翻译过来是:有些人浅薄平庸,有些人金玉其外败絮其中,可总有一天,你会遇到一个彩虹般绚丽的人,从今往后,其他人不过浮云匆匆。

顾湘看着,默默点了点头,发现这原来是部爱情片。

然后她把日历翻到下一页,是一部动画,《秒速五厘米》,是她看过的。再往后是《钢铁侠3》,去年上映的。

顾湘最后一直翻到10月16日才停下来,上面这部电影的名字听起来也很浪漫,叫《初恋50次》,一旁的台词写着:我非常爱你,也许超过世上任何一个人爱另外一个人可能达到的程度。

顾湘看到这行露骨又直率的文字,没忍住吐了吐舌头,才发现这本日历上有好多爱情电影,也不知道江澈会不会喜欢看。

这么想着,她转头从自己的笔袋里找到一支金色的油漆笔,捧着日历在日期上打了个圈,写上"江澈生日快乐"六个字,后面加了三个感叹号。

她想了想,又觉得不准确,在"生日"两个字前面用文字框补了"农历"两个字,顺便还在边上画了一个三层小蛋糕。

就在顾湘给蛋糕插上小蜡烛,顺便用小点表示蜡烛的火光时,身后的房门被打开。

江澈推门进来后看到她,倒也不觉得意外,脱掉书包,随手把解下来的制服领带丢到床上,问她:"又有作业不会写?"

"不是,"顾湘摇摇头,盖上油漆笔的笔盖,献宝似的把日历递到他面前,"哝,快看看!"

江澈走近,弯腰看了一眼,脸上的表情微怔,片刻后垂眼看向她,迟疑道:"今天是我生日?"

"是啊,我妈妈告诉我的,你不会自己都不记得了吧?"顾湘收回手,把日历放到桌上。

江澈插着兜直起身来,摇摇头:"不记得了……不过也无所谓吧,本来就不怎么过生日。"

"为什么啊?"顾湘皱起鼻子看着他,想了想,说道,"你以前明明会过生日的,我还记得小时候我来你家吃过蛋糕呢,特别大一个,还是双层的。"

江澈歪了歪脑袋,听她这么一说似乎也有点印象,拎起床头柜上放着的水杯,喝了一口后回道:"可能搬到这儿之后就不怎么过了吧,又没什么人一起,过着也不热闹。"

顾湘听他轻描淡写地揭过,一副没什么大不了的模样,只能默默收敛起脸上的表情,伸手把桌上准备好的酸奶递给他。

只是犹豫了一会儿,她小声开口问他:"你会不会觉得有点难过啊?"

江澈接过酸奶,在自己的床上坐下,谁知道抬眼就看到顾湘一脸深沉的样子,没忍住笑着反问:"难过什么?"

"今天是你生日啊……可是你爸爸、妈妈都出差了,没办法陪你。"顾湘的嘴角往下耷拉了一点,手指轻轻抠着自己那盒酸奶的边角。

江澈闻言,垂眼拿过她手里的酸奶,打开盖子之后放回到她手里,轻声回道:"生日也不是什么要紧的事吧!再说我都这么大了,又不是小孩子。"

"可是长大了也可以过生日啊,这种事情每一年都只有一次,你今年如果错过了十五岁生日,以后就再也不会有十五岁生日了。"顾湘难得端着酸奶没喝，认认真真跟他讲道理。

江澈被她的话逗笑，轻抿了抿唇，反问："那你说我该怎么办？家里就我一个人，他们又不在家，难不成还自己给自己点蜡烛唱歌吗？"

顾湘听他这么一说，想象他一个人在家里可怜巴巴吹蜡烛的画面，嘴巴再次瘪下来，莫名其妙有点心酸："你别这么说嘛，这样听起来真的好可怜哦……"

江澈再次弯唇，伸手捏捏她软绵绵的脸。

"这样就可怜了？"

"对啊……"顾湘看他竟然还在笑，脸上的伤心顿时挂不住了，微微仰头躲开他的手指，"而且你这么一说，我就想到你前几年一个人在这里，我又没搬过来，岂不是很孤单？"

江澈闻言，脸上的笑容淡了些，大概是因为最近的日子过得太充实，甚至都快忘了之前是怎么过来的。

片刻后，他抬手摸摸她的头发，低声回道："可能有一点吧……孤单什么的。"

顿了顿，他又补充："所以你现在搬过来，挺好的。"

"是吗？"顾湘很少听他夸自己，听到这话还有点不好意思，低头喝了口酸奶后，总算想起来自己一开始的目的，"哦，对了，我来是想告诉你，你待会儿来吃饭的时候，我们会给你过生日的，蛋糕都准备好了。"

"好。"江澈点点头。

顾湘说完后又看了他一会儿，有些犹豫地开口："我突然想起来上次吃饭的时候，你妈妈还说你闷，在家里都不说话什么的……其实明明就是因为他们太忙了，都没怎么陪你，你跟他们才没什么话可聊的……不像我，我就觉得你一点都不闷啊。"

江澈闻言轻一抬眼，大概是平时被人评价惯了是闷葫芦，眼下听她这么一说有些讶异，末了笑着问她："你确定吗？"

"我确定啊。"顾湘睁大眼睛，给了他一个信誓旦旦的眼神，继续补充，"而且我早就发现了，你其实挺喜欢笑的，笑起来还很好看，不过谁叫你本来就长得好看。"

江澈没料到她突然话锋一转，夸起自己的长相来，一时被她的话呛到。

他缓了口气，清清嗓子，转移话题："你怎么光坐这儿跟我聊天，作业都做完了？"

"没没没……一个字都还没动呢！"顾湘说着，老老实实转过头去，面对自己一片空白的作业本。

江澈生日这天的晚饭准备得很丰盛，顾爸爸做的全都是两个小孩子爱吃的。

除此之外，他还特意从酒楼的水箱里捞了好多活的生猛海鲜回来，给今天的寿星做了一大盆海鲜长寿面，上面盘着两只肥得流黄的梭子蟹，吃得两个人满手都是膏。

等到饭菜都吃得差不多了，蔡女士便到冰箱里把早早准备好的蛋糕提出来。

顾湘一看到蛋糕就积极得要命，匆匆拿纸巾擦了擦手，非要站起来帮忙解盒子上缠着的丝带。

蔡芬芬拗不过她，转身拉开餐边柜的一个抽屉，拿出一个崭新的盒子来递给江澈，说道："江澈啊，这是叔叔、阿姨给你准备的礼物，你看看喜不喜欢？"

江澈伸手接过，还不等他开口道谢，一旁的顾湘已经探过头来，横插一脚道："什么礼物啊？给我看看！"

"啧。"蔡芬芬给她飞了个白眼，没好气地说，"礼物有你什么事儿啊？赶紧把蛋糕给我解开了，一天到晚咋咋呼呼的。"

江澈还是向着顾湘的，一边主动把盒子的正面展示给她看，一边回答："是耳机。"

顾湘定睛一看，才发现那是个头戴式耳机，光是包装盒上的图片看起来就很炫酷，整体的外壳是白色的，左右各有一个蓝色的小写字母"b"，内环一圈红色，一看就很适合他。

于是她开口催促："你打开看看啊，看看合不合适。"

"好。"江澈应了声，又转头看了眼顾湘的爸爸、妈妈，耳上微微发烧，显然是有点害羞了。

等拆开盒子拿出耳机，他简单试了一下便开口道谢："谢谢叔叔、阿姨，让你们破费了。"

"没有没有……你是阿姨看着长大的，阿姨把你当半个儿子看呢，都是应该的，你喜欢就好。"蔡芬芬赶紧摆摆手，脸上的笑容多得快漫出来。

顾湘见状，心里难免有点酸溜溜的，解开蛋糕盒上的丝带后往边上一扔，小嘴一张一合道："妈，那我还是您一整个女儿呢，我生日怎么从来没收过礼物啊？"

蔡芬芬闻言，觉得有些荒唐似的"嚯"了声，转头问她："你怎么没有？你回去看看你房间里那一堆一堆的漫画书，买的时候不都说是当生日礼物送你的吗？整天跟我在书店里软磨硬泡的。"

顾东胜听到自家闺女的这些荒唐事儿，也没忍住揭她短："你每次想要什么不都这么说的吗，每次都'你就行行好吧爸爸，就当给我送生日礼物了'，之前买那个什么小照相机，还有买那个在家里搭的什么小帐篷……一年不知道要收多少生日礼物。"

中途他还尖着嗓子模仿自家女儿的语气，学得简直一模一样。

顾湘也没料到自己一下子就跟皮球似的被戳得放跑了气，语塞两秒后只得低下头，老老实实闭上嘴，把蛋糕盒上的罩子拿下来。

然而这头她亲妈得理不饶人，还想看她的好戏，紧接着又问："倒是你，江澈哥哥生日，你给人家准备什么了没有？"

"我……"顾湘一时被问住，舔了舔唇后看看蔡女士，再转头看看江澈，最后只能急中生智地拿起手边深蓝色的生日帽，把它撑起来给江澈戴上，然后一拍手，"我、我给他庆祝生日啊，给他唱《生日歌》啊……我的祝福就是最大的礼物！"

话音落毕，桌上安静了半秒，最后还是江澈没忍住"扑哧"一声，一边咳嗽，一边努力忍着笑。

蔡芬芬也只得好笑又好气地放过顾湘，抬抬手示意她赶紧给人插蜡烛。

顾湘拆开蜡烛盒，把里面的蜡烛一股脑都倒出来，均匀地插在蛋糕上，然后让顾东胜用打火机一一点燃。

餐厅的灯随后被关掉。

顾东胜对顾湘说："来来来，湘湘，你给咱们起一个。"

在座的都是自家人，顾湘也没什么好怯场的，清了清嗓子，放声给他们唱了一遍《生日歌》。

至于她爸妈，属于平时在KTV就属于会跑调的类型，这会儿就很有眼力见地没给她添乱，在一旁乖乖拍手。

只不过唱完一遍，顾湘刚要催促江澈吹蜡烛，才反应过来他刚才竟然全程都没闭眼许愿，而是看着她唱《生日歌》，只得赶紧伸手护住蛋糕上不断摇晃的火光，开口提醒他：

"江澈，你得许愿啊，吹蜡烛前不许愿那蜡烛不是白点了嘛。"

"好。"江澈应下，闭上眼睛。

然而安静了一会儿，他又睁开了眼睛，抬头看向她："我好像没什么愿望……你有什么愿望吗？"

"怎么会没愿望呢？"顾湘有些不相信，皱起鼻子想了想，灵机一动道，"要不这样吧，你就许愿每天都对我好，这是我的愿望。"

江澈闻言，眼睛跟着弯起，墨色瞳仁被蛋糕上蜡烛的火光映得摇摇曳曳，看起来粲然一片，像是有会发光的蝴蝶在午夜的水泽间浮动。

他开口答应道："好。"

然后闭上眼睛，浓黑的长睫掩去眸光，整张脸在烛光的暖色里显得温润无比，像泉水中洗濯而出的玉石。

顾湘差点被他的"花容月貌"迷了眼，好在他许完愿后就睁眼吹了蜡烛，餐厅顿时陷入一片昏暗。

顾东胜重新打开灯："来来来，江澈，蛋糕的第一刀让寿星来切。"

江澈接过切蛋糕的小刀，顾湘也老老实实收回视线，只不过下一秒就感受到蔡女士偷偷用胳膊肘撞了自己一下。

顾湘不解地抬头，发现自家亲妈递给自己一个颇不赞同的眼神，还用口型说了句"胡闹"。

她跟着愣了一下，低下头想了好半天，才反应过来妈妈说的是生日愿望的事。

她一时不太明白这怎么就胡闹了，但没等她多想，江澈已经切下一块大大的蛋糕给她，上面还插着唯一的巧克力牌。

顾湘见状，拿了把小叉子，乐呵呵地埋头吃蛋糕去了。

饭后顾东胜还得到店里巡视一圈，江澈离上晚自习的时间也还早，就留在顾湘家跟她一块儿看电视。

当然，主要是因为顾湘想看电视才硬拉着他一起，免得他一走自己就得被蔡女士赶回房间写作业。

只不过刚才吃过饭又吃了这么多蛋糕，饶是顾湘也有点腻了，电视看了没一会儿就忍不住起了别的心思，抻长脖子往餐厅看了几眼，尽量摆出一副自然的语气，喊道："妈，我想吃草莓了，家里还有吗？"

"有，冰箱里，想吃自己拿去洗。"蔡芬芬正忙着把桌上没吃完的菜用保鲜膜封起来，闻言头也不抬地回道。

顾湘见一计不成，只好瘫在沙发上耍无赖："妈，可是您离厨房近啊，就顺便帮我洗一下嘛，谢谢您。"

"怎么着，你那儿离厨房是有十万八千里啊？懒得动你就别吃了。"蔡芬芬转头看她一眼，又说道，"我看别家小孩吃了饭还下楼散步呢，在小区里滑滑轮滑什么的，江澈也老跟同学约着去打篮球，你看他身体多好啊。你再看看你，吃饱了睡睡饱了吃。"

顾湘被蔡女士这一套一套的数落噎得说不出话，哑火半天只得转过头去，偷偷瞄了两眼身侧的江澈，厚着脸皮问："那江澈……要不你去洗吧？"

蔡芬芬闻言，顿时向她投来死亡视线，骂道："去去去，你江澈哥哥是客人，有谁像你这么待客的？赶快到厨房洗去，洗了给哥哥分点。"

顾湘被蔡女士这偏心劲儿弄得不大高兴，在沙发上缩了缩，嘴里不服气地哼哼："他还客人啊？在我们家都吃了这么久的饭了，怎么也算半个自家人吧？让他洗个水果怎么了？"

"嘿，"蔡女士擦桌子的动作一顿，把抹布拍到桌上，开始连名带姓地喊她，"顾湘——"

顾湘条件反射地吞了口口水，搭在沙发上的脚丫子挪动了一下，正准备屈服，就看某人已经默默捋起袖子站起身，开口："没事阿姨，我来洗吧！"

"哎哎，江澈，让妹妹来就行，她跟你开玩笑呢……"蔡芬芬第一时间开口，奈何年轻人腿长脚程快，三两步已经到厨房里去了。

她当下只好转过头，冲沙发上那个"扶不起的阿斗"道："顾湘，你也赶紧过去帮忙，懒死了！"

顾湘不敢造次，灰溜溜地从沙发上下来，才刚一踏进厨房，脸上认怂的表情瞬间消失不见，向江澈投去愤愤的目光："江澈！你干吗在我妈妈面前装得这么勤劳，害我挨骂！"

江澈闻言，从冰箱里拿草莓的动作一顿，转头看了她一眼，然后把草莓拎到水龙头下。他挽起袖口的小臂纤瘦清隽，被流水冲上细白的泡沫，轻声开口："不是你让我洗的吗？"

顾湘一下子被问住，反应过来好像是这样。

下一秒，她只好摆摆手，侧身靠在墙上，理直气壮地指挥他："算了，那你赶紧洗吧。"

江澈轻轻"嗯"了声，把第一颗洗好的草莓递给她："尝尝甜吗？"

"唔，"顾湘张嘴咬了一大口，被草莓的汁水酸得微微眯起眼睛，过了一会儿后才回答,"嗯……甜。"

周二,大课间。

新世纪外国语中学只有一个标准大操场,初、高中部的大课间都在那片场地,为了避免撞车,高中部出操的时间要早二十分钟,一般都是他们做完操拉着队伍从操场的北面出口出去,初中部再拉着队伍从南面入口进来。

作为冲刺班的高一(1)班,教室的地理位置也比较高,在五楼最靠近教师办公室的一间,美其名曰楼层高比较清静,不容易被打扰。因此每次出操耗费的时间也比较长,一般都是级段里最迟进场最早出场的。

这样一来,江澈每次从操场出去的路上总会经过正在空地上排队的初中部小孩,初一(3)班又刚好在第二列的队首,他十次有八次能看见顾湘班的班牌,然后看见队伍里面正在跟人叽里咕噜聊天的顾湘。

所以江澈自己也没意识到不知道从什么时候起,退场出来看一眼初中部已经成了自然而然的习惯,直到这天。

他在初中部的候场区里看到了顾湘班的班牌,但没看到她的影子。

以他对顾湘的了解,她虽然喜欢偷懒,但是在大课间这件事上倒是没怎么请过假,反而意外地积极。

于是在人群里反复确认了两遍后,江澈脱离他们班逐渐散乱的队伍,打算到初中部看一眼。

初中部一共有两栋教学楼,楼跟楼之间有一片场地,那些因为例假请假不去操场的女生会在这里登记,之后排队做操。

江澈在装作路过的时候快速看了一眼,确认顾湘不在,很快绕到教学楼的另一侧,避开中间的空地抵达她们班门外的走道。

从后门看去,班里只有顾湘一个人,在第四组第四排上乖乖坐着,手里还捧着保温杯。这会儿她似乎是在发呆,正低着头有一下没一下地对着杯口吹气,雾白的水蒸气一股接着一股地从她头顶往上冒。

于是江澈推开门走进去,从背后轻轻拍了一下她的肩膀。

顾湘被吓得一个激灵,脸上气若游丝的神情在转头看到他之后就消失不见,只剩下惊讶:"你怎么来了?不上课吗?"

"刚刚看你没在你们班队伍里,过来检查一下是不是在偷懒。"江澈垂眸看了她几眼,回答。

顾湘闻言，第一时间解释："没有，我不是在偷懒……有点不舒服才没去做操的。"

这时江澈也注意到她的脸色好像不太好，没什么血色，稍稍移开视线，才发现她另一只手一直捂着肚子，于是问："你肚子疼吗？"

"不是。"顾湘摇摇头，用手托起下巴看了他一眼，似乎在犹豫该怎么开口比较好。

末了，她无奈地叹了口气，招招手示意他靠近一点，在他的耳边小声开口："我来月经了，你知道什么是月经吗？"

江澈一时有点没反应过来她的话，看着她怔了良久，大脑有些混乱。末了他才轻一眨眼，僵硬地直起身来，依旧难掩满脸的震动。

"你……"顾湘咬了咬唇，也知道这种事告诉他会有点不好意思，脸上微微发烫。

只不过还没等她想好该说些什么，就注意到江澈的耳朵不知道什么时候已经变得通红，跟他白皙的侧脸对比尤其鲜明，看上去好像比她还要不好意思。

片刻后，他的喉结才微微动了动，开口回答："我知道什么是……你说的那个……"

话音到这儿卡了一下，他没再说下去，轻抿了一下干燥的下唇，问道："那你……你需不需要什么？"

顾湘看江澈的神色恢复正常，也放下心来，一五一十地告诉他："别的倒是不需要……就是我不小心把裤子弄脏了……"

说到这儿，她有点郁闷地鼓了鼓脸颊，继续说道："所以我才不好意思出操嘛，怕被人看见。"

"那你现在打算怎么办，就一直这么坐着吗？"江澈眉心微蹙。

顾湘喝了一口热水，回答："本来打算给我妈打个电话的，但是忘带电话了，只能等下一节刘老师来上课的时候找她借一下手机……哦对了，你有偷偷带手机来学校吗？"

"没有。"江澈看着她，考虑两秒后索性开口，"我现在回家帮你拿吧，这样快一点。"

"啊？"顾湘愣了一下，放下水杯直起身来，"你待会儿不用上课了吗？"

"下节课自习，老师有事请假了。"江澈随口扯了一个理由，不等她开口质疑便又问，"你要干净的裤子吗？除了这个呢？"

顾湘被他的问题带偏，下意识顺着往下想了想，然后回答："主要是裤子吧，就是我现在穿的这种，在我房间左边衣柜的第三层，然后除了这个……你拉开衣柜里的抽屉，里面还有那个……穿在里面的裤子，你懂吧？"

"嗯。"江澈被她的形容呛得轻咳了声，准备转身离开时又想到了什么，脸上划过一丝窘迫，问她，"那你需不需要我给你买那个……卫生巾？"

最后三个字因为太不熟悉，他念起来小心翼翼的。

"不用不用，我已经托阮明昭帮我去超市买了，"顾湘闻言赶紧摆摆手，看他点头会意也松了口气，挥挥手示意他可以走了，"那你快去快回啊！"

江澈从初一（3）班的教室离开时，初中部已经开始做操，操场上回荡着广播体操"一二三四"的口令，远远看去黑压压一片人，只剩学校的主干道上冷冷清清的。

他抬手看了眼表，上面显示九点五十分，他上午的第三节课已经开始了。

只不过当然不是什么自习，而是数学，好在他跟那个老师的关系还不错，到时候下了课解释一句就行。

这么想着，江澈又回忆了一下初中部上午第三节课结束的时间，大概是十点四十五分，他还有将近一个小时的时间，所以并不着急。

只不过像江澈这样根正苗红的好学生，之前从来还没在上课时间离开过学校，不太熟悉流程，等到了校门口才发现门紧闭着。

安保室的大叔在注意到他后从窗口探出头来，出声问了句："同学，干吗的？"

江澈见状，意识到自己似乎没办法大摇大摆地出去，只能轻一扯嘴角，硬着头皮回答："叔叔，我有急事回家一趟，要拿点东西。"

闻言，门卫大叔盖上手里的茶杯盖子，把头缩回去，摇了摇头："那不行啊，现在没到开门的时间，你得有假条我才能放你出去，假条到班主任那儿开。"

江澈听到这些流程就忍不住皱眉，看了眼跟自己只有咫尺之隔的马路，心不在焉地跟对方道了句谢："我知道了，谢谢叔叔。"

很快转身返回。

只是没走多远,他就在安保室的视野盲区里闪身转进了一侧的岔路口。周围都是校方斥巨资移来的几十年老树,很容易掩人耳目。

就这样在鸟语花香的绿化带之间转了几个弯,江澈最终凭借自己出色的方向感抵达了学校东南角的围墙。

说实话,让他回去开假条对他来说有些强人所难,一来太浪费时间,他不知道班主任现在是不是在上课,二来他编不出很好的理由,也不知道编出来之后会不会遭到拒绝……因此,最后综合考虑起来,还是用一些非常规的办法来得便捷。

学校的围墙并不是完全用砖石砌的,而是在基础墙上加装了棕色的金属护栏,整体大概有两米高,只比江澈超出半个头。

所以等江澈踩上将近三十厘米高的基础墙,事情就变得轻而易举起来,更何况护栏中间还贴心地设计了可以落脚的横档,他抬腿一跨,就轻松翻了出去。

但之前从来没干过翘课翻墙这种事情,江澈落地之后觉得自己现在的行径光是想想就很荒唐,要是让家长老师知道,估计会跌破眼镜。

他虽然心里这么想着,但是面上只是拍了拍手上的灰尘,镇定地环视了一圈,确认周围没人发现便松了口气,加快脚步离开自己的"犯罪现场"。

早高峰结束后的道路此时看起来格外空旷,两旁的树上盘踞着夏末秋初的老蝉,映着上午柔和的暖阳,耳边只剩下微弱的鼓噪。

留给江澈的时间还算充裕,所以他也不着急,就这么一路在阳光下踱步回去,最后上楼,输入顾湘家的门锁密码。

顾东胜跟蔡芬芬在这个点都出门上班了,家里没人,也让他免去了解释的麻烦。

只是不知道出于什么心态,明明他是受托而来,江澈在打开顾湘的衣柜时仍然有种自己正在犯罪的错觉,心脏在胸腔里不受控地跳得很快,震得他手都有点抖。

这样一来,他只能速战速决,找到顾湘的校服裤后默默深呼吸了两下,伸手拉开抽屉,飞快往里瞥了一眼。

紧接着他便收回视线,半合上眼睛,根据记忆摸索到她那一团软绵绵的布料,然后跟烫手山芋似的拎出来,看也不看就塞进校服裤里,反手合上抽屉,再帮她把衣柜门关上。

江澈做完这一切就匆匆离开了顾湘家，但毕竟不能就这样把裤子带给她，又打开了自家的门，找了个合适的纸袋帮她把裤子装好。

中途为了保险起见，他还确认了一下自己没有慌不择路地拿错东西，这才拎着袋子从房间里出来。

江澈在回去的路上路过一家便利店，脚下的步子顿了顿，索性进去照着顾湘的口味给她买了一大袋零食。

之后他就这么慢吞吞地拎着东西按照原路翻墙回到学校，一直等到她第三节下课，看老师从她的教室离开，才掐着点出现在后门。

她班上这会儿热闹得很，除了一干正在抄黑板上布置的作业的学生，其余说话的说话出来打水的打水，乱糟糟一片。

顾湘的脸色也没有大课间那会儿那么苍白了，此刻正探着头去看她同桌手上写的什么东西，嘴巴一张一合地跟对方说着什么，很快伸出手来想抢。

她同桌对此倒是不太在意，第一时间侧过身护住手里的作业本，伸手挡住她的脑袋阻止。

江澈看着这一幕，微微眯起眼睛，似乎能在周围的嘈杂中借助她的口型听到她在说些什么：

"……李易阳，求你了，你就让我看看你作文怎么写的嘛……我可以拿我的跟你换，我也有二十六分呢！

"……要不我中午吃饭给你占位子，我还可以帮你排队打饭……你运动会不是报名了吗，我到时候还可以给你送水，我是我们班后勤呢。

"李哥——阳哥——李易阳……你就让我看看二十九分的作文嘛，我也想开开眼……"

江澈看顾湘好声好气地说得满脸通红，忍不住皱眉，总觉得心理不大平衡。

尤其想到自己平时给某人教功课的时候，可从没看她像这样双手合十可怜巴巴地央求，甚至连一句"哥哥"都没喊过。

更别说他平时帮她做的事情多了去了，不管是教她做作业还是带她出去玩，现在还翘课回去帮她拿裤子……怎么不见他像她那个同桌一样摆架子？

这么想着，江澈自己也没意识到他在后门站的时间有点久，直到身后传来一个小心翼翼的声音："你好……你到我们班要找什么人吗，还是有什么事啊？"

江澈回过神来，转头看了眼，很快松开紧锁的眉头，换成一脸礼貌的表情，微微颔首道："麻烦帮我找一下你们班顾湘。"

"顾湘！"阮明昭眨巴了两下眼睛，说出这两个字时差点破音，不可置信地扭头看了眼教室里还在没心没肺缠着李易阳的某人，嘴里结结巴巴地回，"哦哦……好，找顾湘是吧……"

然后阮明昭紧紧捧着手里的保温杯回到自己的位置上，抬手重重在自己的前桌肩上拍了一下，看顾湘回过头来，才挤出一个假笑，咬牙提醒她："顾湘，后门有人找。好像是高一的学长呢。"

顾湘愣了一下，歪过头一看就发现了后门那个高高的身影，下意识伸手摸了一下自己的口袋，确认一早准备好的卫生巾在里面。

这个动作刚一做完，她才反应过来话是阮明昭给她递的，那阮明昭岂不是看见江澈了？

顾湘条件反射地咽了口口水，想到自己上次在食堂装傻的事情，只能心虚地瞄阮明昭一眼，很快抬手捂着自己的屁股站起来，嘴上连声应道："哦哦……知道了……"

阮明昭闻言只是冷笑了声，从牙缝里轻声挤出一句："待会儿回来记得给我解释清楚。"

"哦，嗯嗯……"顾湘又胡乱地应了两声，飞快逃向后门。

这头江澈看她别别扭扭地夹着腿走过来，抬手把装着衣服的袋子递给她，闷闷"嗯"了声，听起来有点没好气。

但顾湘没听出来他的情绪，只顾低头确认袋子里的东西无误，嘴上连声冲他道谢："太好了，那我去厕所换了，你也赶紧回去上课吧。"

江澈垂了垂眼皮，有些刻意地清了一下嗓子，应了声"好"。

但就在他转身准备离开时，顾湘又急匆匆抓住了他的手臂，轻声喊道："等一下。"

江澈闻言，脸上的表情一瞬间明朗了不少，转头看向她，猜测她是终于良心发现想跟自己好好道谢了。

可面前的小朋友只是伸手指指他手上的那一大袋零食，一脸期待地问："是给我的吗？"

江澈跟着低下头，有一瞬间语塞。

顾湘看他不回答，便试探性地伸出手，主动道："谢谢啊，你怎么知道我饿了,买的还都是我爱吃的?"

江澈眼看她的小贼手就要碰到袋子,下意识抬手把袋子往身后藏了藏,脱口而出:"不是给你的。"

只是这句话一出口,连他自己都有些不齿,自己竟然会因为一些奇怪的情绪跟一个小朋友怄气。

"呃?"顾湘闻言,手在空中僵了一下,有些茫然地抬起头,问他,"不给我给谁啊?"

江澈抿了抿唇,只能硬着头皮往下编:"给我同桌的。"

顾湘再次愣住,眼看他拎着那袋零食转身离开,总算察觉到了一丝不对劲,嘴里小声喃喃:"你跟你同桌什么时候关系这么好了啊?还给他买零食……"

但江澈还没走两步,突然又快步折回,闷头把那袋零食一股脑塞到她的手上,话音听起来隐隐藏着些懊恼:"算了,他不吃巧克力,都给你吧。"

话到最末,他又像是故意给自己添堵般地加了一句:"记得分一些给你同桌。"

"呃?"顾湘第一时间愣了一下,但完全没听出来江澈是在说反话,这会儿收到零食就够满足了,没多深究,弯起眼睛乖乖答应下来,"哦,好,给我同桌是吧,我会的。"

江澈闻言,深吸了一口气,看她一眼后,转身离开。

等顾湘换好裤子回到教室,屁股还没贴上凳子,阮明昭便率先对她发难,扒着她的椅背用力拍了一下她的肩:"顾湘小贼!你怎么跟江澈认识的?你认识他怎么不早告诉我?他还给你送东西?送什么来了?"

"就……一些零食啊……"顾湘被阮明昭一连串的问话堵得结舌,只得哆嗦地把那袋零食都上供到她的桌面去,一边往外掏曲奇饼干跟薯片,一边小声开口,"我上次突然听你提起来,一时没反应过来,不好意思说嘛。"

"没反应过来?上次在食堂我们跟他隔着三张桌子吃了十分钟饭你没反应过来?后来不还碰到了两次吗?"阮明昭伸手掐了一下顾湘的脸,盯着她严肃开口,"算了,先不跟你扯这些,你速速招来,跟他是怎么认识的?"

"他是我小时候的邻居啊……只不过上初中的时候他搬家了,我是今年才刚搬过来的,现在又住一块儿了。"顾湘撇了撇嘴,拿起一包果冻往阮明昭的眼皮子底下递了递,带着一股讨好劲。

阮明昭随手抽走果冻,放到一旁,问:"又住在一起?这么巧?你们两家是商量好的吗?"

"差不多吧,当时我爸妈跟他爸妈一起买的房子……"顾湘一五一十地回答。

"天啦……"阮明昭听到这个答案,倒吸了一口气,又道,"那你们这不就是青梅竹马吗?"

顾湘闻言,脸上的表情变得一言难尽:"就是小时候认识,现在是邻居而已。"

阮明昭听着,没忍住翻了个白眼,只好抬手摆了摆,换个话题:"行行行……那你能不能把他QQ号发给我啊?我要是列表里有这么个人物,以后说起来都挺风光的。"

"有这么夸张吗?"顾湘狐疑地看了她一眼,伸手提走她桌上的零食袋,又试探地问道,"他不就是成绩好点吗,你加他干什么啊?"

话虽然这么说,主要还是因为不太敢给。

阮明昭闻言,抬手弹了一下顾湘的额头,回道:"他那成绩只是好了'点'?你怎么不去看看我们走廊那儿的中考大字报啊?他年级第九呢!"

顾湘被她拆穿,只得"嗷嗷"两声,老老实实回答:"哎呀,我不敢嘛,他要是知道我乱给人QQ,会骂我的……你别看他长得斯斯文文的,实际上可凶了!"

然而阮明昭才听到一半,就忍不住假装敲顾湘的脑袋,恶狠狠地威胁:"给我能叫乱给吗?咱俩还是不是好朋友了?反正你先去问问,就说我加了也不会打扰他,就躺在列表里看看,QQ空间点点赞而已,要是真不行再算了呗……"

"哦,知道了知道了……"顾湘只好点点头应下,听到上课的预备铃已经响起,便匆匆转过头,顺手从塑料袋里掏出两包饼干放到李易阳的桌上,冲他笑了笑。

李易阳看她一眼,也习惯了她时不时的示好,默默收下饼干,塞到抽屉里。

然后过了一会儿,他又从桌上抽出自己的语文试卷,目不斜视地放到她的桌面上,轻咳了声。

顾湘见状，顿时眼前一亮，慌忙不迭地在老师进教室之前把卷子收起来，冲他说了两句"谢谢"。

傍晚。

顾湘放学回来之后就一直惦记着QQ这件事，咬着草莓牛奶的吸管在楼道里徘徊，直到电梯"叮"的一声，便满脸阳光灿烂地冲里面的人一咧嘴，惊喜道："你回来啦！"

江澈差点被她吓到，微微往后退了一步才疑惑地看她一眼，推着自行车出来。

"你下午去打篮球了吗？怎么这么迟才回来啊？"顾湘跟小尾巴似的黏在他身边，又怕他腾不出手，"嘀嘀嘀"熟练地输入他家门的门锁密码。

江澈垂眸看了眼，认出她手里拿的是自己给她买的牛奶，回道："我今天回来得还迟？现在才四点二十。"

顾湘脸上的笑容顿了一下，嘴上小声说了句"是吗"，在他停好自行车后无比自然地跟着他进门。

这头江澈换了鞋，从冰箱里拿了两瓶橙汁，转头看到她手里的牛奶后又放回去一瓶，喝了一口，问："怎么，被你妈妈骂了，家门都不敢进？"

"没有没有，"顾湘赶紧摇头，"就是想找你说件事儿。"

"什么事儿？"江澈领着她回房间。

顾湘没第一时间回答，直到他在书桌前坐下，才拉过一张专门给她坐的凳子，在桌上撑着脑袋看着他，试探地问："江澈啊……就是说如果，有人想加你好友，你会通过吗？"

江澈闻言，似乎是想到什么不好的回忆，顿时感到不妙："什么人？"

"呃，就……同学啊校友啊之类的。"顾湘微微缩回脑袋，含混地回答。

江澈没忍住眯起眼睛，轻扯了一下嘴角，问："你拿我的QQ号出去卖了？"

"没有没有，是人家说想要，我才来问的，我可没收东西啊！"顾湘慌忙不迭地摇头，试图撇清自己的嫌疑。

江澈听完，抛给她一个半信半疑的眼神，伸手拎出一本厚厚的数学竞赛习题册，随口回："反正不管你收没收东西，我都不加，懂了吧？"

顾湘没忍住扁了扁嘴，伸手揪揪他的校服衬衫，好声好气地请求："为什么不加嘛，人家又不会打扰到你，给你QQ空间点个赞都不行吗？"

"不行。"江澈没理会她的小动作，伸手翻开习题册，挑了支笔出来。

顾湘讨了个没趣,只好把手收回来,继续有一搭没一搭地跟他掰扯:"江澈,你连QQ好友都不愿意加,这样显得你多不好相处啊!你难道跟你班上的同学都不加好友吗?"

江澈早就习惯了她在旁边跟自己碎碎念的声音,听她话音落毕,眼皮也不抬地回:"我不加陌生人。"

顾湘听到这句话,嘴角顿时跟挂了盅油壶似的耷拉下来,盯着他看了两秒后,忍不住冒出一句:"你这么自闭,以后会没有女朋友的……"

"什么?"江澈有点不敢相信自己的耳朵,拧眉抬头看她一眼,觉得这句话从鼻涕才刚擦干净的小丫头的嘴里说来有些荒唐。

顾湘也没料到自己竟然说漏了嘴,飞快伸手捂住嘴,挪动屁股准备跑路。

江澈看出她满脸的心虚,没好气地用笔杆敲了一下她的脑袋,抬抬下巴示意她:"赶紧回去写作业去,女什么朋友,整天满脑子想什么东西呢?"

"哦哦……"顾湘自知理亏,滑下凳子灰溜溜地回家。

第五章
他很耀眼

初中生的作息很单调，无非朝五晚九地上课、吃饭、写作业，但十一月初是新世纪外国语中学的期中考试周，班里的学习气氛明显变得紧张起来。

顾湘虽然平时看着吊儿郎当的，但成绩一直以来都还算稳定，虽然不像江澈这样拔尖得恐怖，也基本保持在中上游水平。

至于这次期中考，是她转来杭城之后的第一次正式考试，家里的二老颇为重视，也让她绷紧了弦。

顾湘不再像开学初那会儿整天就想着吃饭睡觉看漫画，开始认认真真复习，甚至还戒了晚上让江澈带夜宵的习惯。

只不过她这一认真，才发现江澈虽然成绩好，但是平时好像也没花多少工夫学习，周末不是去打游戏就是打篮球，有时候她早上十一点去敲他家的门他都还没起床，实在让人心理不平衡。

高中部的成绩比初中部出得稍微早一点，江澈在高一上学期暂时还没七选三分班，十门课总分加起来高达 1150 分，而他考了 1054 分，年级排名第六。

顾湘当时看到他的成绩都快吓哭了,光是想到自己以后升高中得在三天里考十门课就想原地挖个洞把自己埋起来,更何况江澈还能考这么高的分数,简直把她比得渣都不是。

这个想法让顾湘颓废了好几天,连饭都吃不香了。吓得顾东胜跟蔡芬芬好声好气说叨了一晚,让她别把孩子逼得这么紧,省得孩子心理出问题。

这样一来,也间接让他们全家做好了最坏的准备,蔡芬芬甚至想过顾湘可能初来乍到不太适应杭城学校的学习节奏,加上新世纪外国语中学毕竟是排得上名号的学校,自家闺女在班里倒数也有可能,没必要跟隔壁江家的孩子比。

以至于顾湘的成绩出来之后,倒是颇让人喜出望外,她每门课的分数都马马虎虎过得去,在班里排第十六名,占了江澈一个零头。

顾东胜跟蔡芬芬都是挺知足常乐的人,对顾湘的成绩还比较满意,也让顾湘放下了心,她总算能在期末考到来之前理直气壮地放松放松。

学校貌似也是这么安排的,期中考试结束之后就热热闹闹地开办起第十三届校运动会来了。

作为干啥啥不行吃零食搞气氛第一名的积极分子,顾湘主动揽下了后勤队队长的活,负责分发班里为运动会准备的巧克力、面包跟水果,还在脖子上挂了个通讯证跑来跑去给运动员们端茶送水,顺便给他们加油助威。

她从小学起每逢运动会就老做这行当,已经熟练得很。

等到零食水果都采买好,运动员跟他们的号码布也都就绪,在秋高气爽之际,运动会正式拉开序幕。

运动会当天。

开幕式的流程有些烦琐,光是各个班的学生穿着蓝白的运动服扛着班牌跟彩旗的入场式就够让人眼花缭乱的,一边还伴随着广播里喜气洋洋的班级介绍词:

"下面向我们走来的是高一(10)班的运动员们,他们斗志昂扬,神采焕发!他们是雄鹰,将要搏击长空,让啸声响彻云霄!他们是蛟龙,将要畅游四海,惊涛骇浪任逍遥!他们是勇敢者,将要奔跑在那运动场上,让年轻的心奋发激昂!"

等到六个年级六十个班的学生都入场完毕，台上已经换了三个口干舌燥的广播老师。高一年级的教导主任接过话筒，开始在主席台上洋洋洒洒致开幕辞。

致辞完毕，又得介绍在座的各位领导，之后才从全体奏唱国歌开始走开幕式流程。接下来还有校长的致辞和裁判员代表的宣誓，听得底下的学生忍不住开始腻烦，偷偷甩着站酸了的小腿，开始"嗡嗡嗡"地跟前后排的同学交头接耳。

裁判员代表宣誓完毕后，上头的教导主任又开始报流程："下面进行大会第四项，请运动员代表上台宣誓。"

顾湘那会儿还在扭头跟班长宋子秋聊女子 1500 米长跑，这个项目一开始班上就没人报，大家都觉得跑操场四圈简直是要人的命，最后还是班长本人这么个瘦瘦弱弱的小姑娘补上了空缺。

顾湘听到最后觉得她有点惨，忍不住伸手拍拍她的肩，主动提出："要不这样吧，你 1500 米是今天下午最后一个项目吗，我到时候带着水在内道陪你一起跑吧，这样你也能多坚持一会儿。"

话音才刚落，操场广播里突然响起一个清润磁性的嗓音，听着很耳熟：

"尊敬的各位领导、各位裁判、各位同学，上午好，下面，我代表全体运动员宣誓……"

顾湘听到这个声音，下意识转头往主席台上看了眼，就发现江澈出挑的身形赫然挺立着，把身后一众西装革履的领导老师映成了黯淡的背景板。

那身蓝白的秋季运动校服被他穿得很好看，他手长腿长，身板笔直。十一月柔和的阳光把他整个人都照得朝气蓬勃，校服上的纯白和天蓝两色也鲜亮得耀眼夺目。就这么远远看去，他的身影灿烂得近乎失焦，是独属于学生时代的一个幻梦。

广播里传来他的声音，清澈如洗，透过充满干净青草味的空气，在色彩鲜艳的操场上空回荡：

"……在我校第十三届运动会上，我将严格遵守比赛规则，坚决服从裁判，尊重对手，尊重观众；我将以饱满的热情认真比赛，发扬顽强拼搏的奥林匹克精神……"

顾湘在阳光下忍不住眯起眼睛，今天难得看江澈正经穿一回运动服，连里面那件白衬衫的领子都在外套下压得平平整整的,形象好,气质佳,还排名他们年级第六,也难怪会选他做运动员代表。

只可惜他的宣誓词很短,还没等人回过神,就听他的话已经告了一段落,最后微微一顿,报上自己的姓名:

"宣誓人:高一(1)班,江澈。"

底下的学生很快例行公事地开始鼓掌,但不知道是不是顾湘的错觉,总觉得大家给他的掌声要比给之前那个裁判员代表的热烈得多,带动得她也忍不住用力地"啪啪啪"鼓掌,有种自己跟着长脸了的感觉。

江澈退场后,掌声逐渐稀疏,台上的年级主任又接过话筒继续说话,顾湘低头搓了搓微微泛红的掌心,这才意识到一点——

江澈刚刚竟然主动报了自己的班级和姓名,现在岂不是全校的人都知道他叫江澈了?

这个念头刚一浮现,顾湘还没弄明白自己一瞬间跟着冒出来的滋味,就听身后有个细微的声音在喊自己:"顾湘——顾湘——"

她转过头,就看到身后跟自己隔了两个人的阮明昭正踮着脚用手指了指主席台的方向,脸颊不知道是被风吹的还是因为太兴奋,红彤彤的一片,用口型示意她:"你邻——居——刚刚不是你那个邻——居——吗?"

顾湘读出阮明昭的话和满脸的促狭后,无言以对地歪了一下头,转过身去。

运动会开幕式到这里总算结束,等年级主任宣布"我校第十三届运动会正式开始"后,广播里放起轰隆轰隆的《运动员进行曲》,班上的队伍也瞬间散乱开来。

阮明昭在退场的过程中趁乱挪到了顾湘身边,熟练地伸手搭上她的肩膀,开口调侃:"湘姐,你那邻居穿运动服都好看,长得跟一米八版的越前龙马似的。"

顾湘闻言斜她一眼,安静了一会儿后,只回了句:"还行吧,感觉看久了也就那样。"

阮明昭听到这话,条件反射地"呕"了声,一边伸手去掐她的脸一边叫:"顾湘!你这话说出来不欠打吗你!"

上午十点。

江澈其实也不知道自己是怎么被安上广播员这个职务的。

他只是前几天到办公室搬数学作业的时候恰好被年级主任碰到，莫名其妙就被拉去做了开幕式上的运动员代表，年级主任还问了他在学生会的职务，最后由他部门的部长通知他广播站人手不够，拉他到主席台上凑数。

于是眼下，江澈喝了口水，确认了手上的名单，打开话筒开始广播。

操场只有一个，全校六个年级的学生得在三天内比完大大小小十五个项目，项目跟项目之间的时间安排比较紧，操场上每时每刻进行着至少四五个比赛。

等江澈报完一整张A4纸的名单，才关掉话筒松了一口气，接过前一天各班交上来的各种通讯稿，跟广播站的几个学生一块儿筛选待会儿要读的稿件。

通讯稿实际上也算一个比赛，每个班都得完成一定的份额，写得多的班级最后还会加总分。这就导致这些稿件的质量参差不齐，除了通篇"加油！加油！加油"的大白话，剩下的大多是略显浮夸的鼓励和矫揉造作的煽情。

江澈看了没几篇就有点起鸡皮疙瘩，抿了抿唇后，问边上的广播站站长："我朗诵水平不太好，能只读检录跟领奖的广播吗？"

广播站的这位是从初中做到高中的老站长了，得过国内好几个朗诵比赛的大奖，业务很熟练，听他这么一说，也明白他初来乍到放不太开，爽快地答应下来：

"可以啊，那今天上午就由你负责那部分的广播吧，不过待会儿可能会有检录处的同学把迟到未检录的运动员名单拿过来，你到时候收到记得在广播里催一催他们。"

"好。"江澈点头应下。

"不过稿件还是需要你帮忙一起筛选，不然太多了忙不过来，下午张启来了会好一点，他早上有比赛。"站长又说道。

江澈应了声，接过对方递来的一沓稿纸，深吸了一口气，继续硬着头皮筛选。

等那沓纸总算见底，操场入口开始一队一队地走进运动员，原本散场后有些空旷的红色塑胶跑道和绿色的草坪再次热闹起来。

或许是因为主席台的地势比较高，视野也好，江澈没一会儿就在底下捕捉到某位小后勤忙碌跑腿中的身影。

她昨天晚上跟春游似的往书包里塞零食的时候就告诉过他，说自己要当班上运动员坚强的后盾。眼下她手里正拖着一个不知道哪儿来的超市购物篮，里边放着好几件校服外套和半打矿泉水，脖子上挂着通讯证，正东张西望地找着些什么。

片刻后，顾湘找到了自己的目标，迈动小短腿拖着购物篮"哼哧哼哧"地跑过去，从江澈的这个视角看起来有点滑稽。

江澈微微弯唇，视线下意识跟上她，一直来到不远处草坪上的跳高场地，现在刚好是她那个年级的男子组跳高比赛。

跳高算是观赏性最高的项目之一，加上选出来参加比赛的男生个子都挺高，人缘也挺好的，边上便零零散散聚了一些带着通讯证的观众，每当运动员跳过一杆，就会响起一阵欢呼和掌声。

这头顾湘停下后，弯下腰在购物篮里面翻了翻，找到两瓶贴了名字的矿泉水，然后拎着矿泉水站好位置，踮脚跟另一头别着号码布的两个男生招了招手。只是因为隔了一段距离，江澈听不清她说了些什么。

但江澈能想象出她这会儿兴高采烈的语气，不由得微微眯起眼睛，看清那两个男生也冲她点点头致意，看起来关系很不错。

他远远地看着，无意识转了两圈手里的黑色水性笔，垂眸瞥了眼面前那沓厚厚的检录信息，手边还放着本《英语阅读训练》，是他事先带来的，想空闲的时候刷个几篇。

只是不知道为什么，突然觉得这些东西没劲极了，江澈抬手看了一眼表上的时间，索性拖到桌上最后那点通讯稿，帮忙筛选。

可不远处操场上的气氛太热烈，从跑道起点的发令枪响到跳高跳远裁判的哨声，临到终点还会有啦啦队激烈的加油声，甚至是边上广播员读得抑扬顿挫的通讯稿，一次又一次地横扫过来打断他的思绪。

江澈到头来也放弃了这样无用的专注，伸手揉揉太阳穴，抬头往跳高场地看了眼。

他刚好瞥见顾湘班上的那个男生起跑后纵身跃过横杆，小姑娘激动地跟着跳起来，嘴里大声喊着"好耶"之类的话，然后小跑着给他们把校服外套递过去。

就这样不知道过了多少轮，跳高杆子一点一点往上升，队伍里的运动员也越来越少，反倒是看完跑步比赛的观众开始往场地上聚集，准备目睹最后冠军的诞生。

江澈看到最后有些走神，直到托着下巴的手微微发酸，才意识到需要换个姿势，还纳闷顾湘班这两个男生的体育竟然都还不错，双双进入了前六名。

好在顾湘也知道要保存精力，不再像一开始那样激动了，看他们俩跳过去之后只会稀稀拉拉地鼓两下掌。

直到杆子升到比某个小姑娘还高上半个头的位置，她们班的一个男生总算表现出一些勉强，第一次失败后找顾湘喝了口水，第二次险险跨过去之后，横杆晃了一下，还是掉了下去。

于是顾湘拎着他的校服让他穿上，一边领着他往外走，一边说着些什么，到头来伸手拍拍他的胳膊，估计是在安慰他，还从口袋里掏出一块巧克力，递到他的眼皮底下晃了晃。

江澈虽然一直都知道顾湘人缘好，毕竟每次操场出操都在看她跟不同的人聊天，但今天再次见识到她跟班上那些男生相处的画面，还是会觉得有点诧异。

江澈指间打着转的水性笔一顿，还没等他有进一步的想法，边上的广播站站长轻轻咳嗽了声，提醒他："可以报十点半的检录了。"

江澈回过神，低头看向自己面前的名单，伸手打开广播：

"十点半，高二跳高男子组开始检录，请……"

然而他说着，又有点收不住自己的心思，在话音的停顿间飞快地往跳高场地扫了一眼。

下一秒，他就发现某人像是认出了他在广播里的声音似的，停下手里的动作，有些惊讶地抬头看向他，刚好和他的视线相撞。

江澈在看清她的目光时，大脑突然有一瞬间空白，广播里的声音因此一顿。

但没料到她认出自己后，只是飞快踮脚冲他挥了挥手，跟身边的男生说了句什么后，转身又回到跳高场地，兢兢业业地继续她的后勤工作。

江澈转回去看手里的名单，用毫无起伏的语调继续播报："下面请130102孔乐天、130111崔瀚……到检录处检录。"

检录名单长得要命，那些印在白纸上的墨字看多了让人眼晕，他只能尽量放慢语速免得读错。

等江澈好不容易读完，底下的跳高比赛已经接近尾声。场地里爆发出一阵阵欢呼和议论声，有人大声喊着"戴子健""余书豪"这几个名字，仅剩的两个男生正在角逐冠军，瘦高的身形助跑起跳，破风跃过横杆，在软垫上落地后还得努力保持平衡，摆出一副轻松的模样。

跳高横杆一寸寸上移，最后连江澈都听到他们在喊："一米八！一米八！"

顾湘更是激动得跟身边完全不认识的女生一块儿攥着手"哇哇"直叫。

裁判让运动员归位后，抬臂展示手里的黄旗，短促的"哨声"响了三下，顾湘那个班的种子选手最终跳过一米八的横杆摘下冠军。

江澈看到这里，隐隐有些头疼，抬手揉了揉太阳穴，瞥见外面的天色已经亮得刺目，把原本碧蓝的天都晒得褪了色。

那头顾湘已经让冠军披上外套喝上水，重新拖起她的超市购物车，跟他们班的男生一块儿离开操场。

只不过中途经过主席台下时，她还特意朝上面看了一眼，抬着下巴冲他弯起眼睛，一副自己班拿了冠军很了不起的模样。

江澈对此只是微微扯起嘴角，目送她离开操场出口。

早上的个别比赛一直到中午十二点半才结束，主席台上的广播员也不得已要一直守到那个时间点，吃了点学校发的面包跟牛奶垫垫肚子，最后饥肠辘辘地到食堂吃饭。

好在下午广播站多了两个援兵，江澈读了一上午名单都快磨起泡的嘴皮也总算能歇一歇，帮忙登记了各个班级交上来的通讯稿的数量后，在一旁摸鱼看课外书。

不知什么时候，耳边像是出现了幻觉，突然听见某人蚊子似的声音，在一声一声地喊他"江澈"。

江澈转头看了眼，发现顾湘站在主席台一侧的楼梯上，只探出一个圆溜溜的脑袋，正冲他招手。

他轻一挑眉，合上书过去。

"江澈，你有没有通讯证啊？我的那张借给阮明昭了，她到现在都还没还我呢。"顾湘仰头看着他问。

江澈愣了一下，没想到她是为这个来的，心里难免有点落差，转头看了眼底下拦着黄色警戒线的操场入口，边上还有两个戴红袖章的学生守着检查通讯证。

于是他伸手把自己脖子上的工作证摘下来，蹲下身挂到她的脖子上，轻声开口："你用完了记得还过来。"

"好。"顾湘点点头，低头看了眼他的工作证，突然皱眉，"你的证上怎么还写了你名字啊？"

"写名字怎么了？"江澈瞥了眼。

"你今天早上不是当那个什么代表嘛，现在全校人都知道你的名字了，我戴着这个乱逛岂不是太招摇了？"顾湘皱了皱鼻子，盯着那张工作证，有点为难。

江澈看她竟然还嫌弃，差点被气笑，伸手扯了扯她脖子上白色的挂绳，挑眉问："那你要不要？不要我拿走了。"

顾湘看他一眼，片刻后还是屈服了，伸手护住那张工作证，连说了两遍"要"便转身下楼。

江澈跟着站起身来，隔着主席台一侧的栏杆往下看去，发现小姑娘拿着他那张工作证怎么看怎么心虚，递出来给人检查时还刻意用手捂着名字。

于是果不其然，对方注意到了她鬼鬼祟祟的动作，让她松手看看。

顾湘闻言只得老老实实端正态度，撒开攥着工作证的手。

江澈今天一早都在主席台上坐着，中途上下了几趟，估计是让底下的检察员混了个眼熟。这会儿对方看到写着他名字的工作证后，下意识抬头看了他一眼，问顾湘："这不是你的吧？"

顾湘一听这句话就屁了，跟着抬头往上瞟，在发现江澈后迅速抛来一个求救的眼神。

江澈只好开口："工作证是我借她的，这边走不开，让她帮忙进去拿点东西。"

"哦，这样啊，那你进去吧。"检察员毕竟是个学生，不会刻意为难人，听到江澈的话就松了口，提起黄澄澄的封条示意顾湘进去。

顾湘赶紧小鸡啄米地点点头，一边拖着购物篮低头钻过封条，一边飞快地摘下脖子上那个扎眼的工作证，塞到校服外套的口袋里。

江澈注意到她的小动作，嘴角轻轻往下一撇，转身回到自己的座位。

桌上已经堆了一些乱七八糟的纸片，他看了眼时间，又得开始广播检录信息。

只是中途报到初一男子组 400 米的时候，他的话音在"李易阳"这个名字上顿了一下，总觉得有点耳熟。

但当时他也没空多想，很快读了下去，直到关掉话筒，就看某人又从自己身后冒了出来。

顾湘刚才先是进去送了一趟水，又找到阮明昭想要回自己的通讯证，可这人在操场东看西看看得入迷，最后大包大揽地答应帮她照顾好那几个快要比赛运动员，让她安心回去。

顾湘说不过阮明昭，加上太阳正晒，她一上午跑下来也有点累了，现在只想找个凉快点的地方休息一会儿。

这个念头刚冒出来，她下意识地抬眼扫向不远处的主席台，仗着背后有人，就跟来逛自家后院似的熟稔地溜了上来，甚至还带了点伴手礼给他。

所以等江澈一转过头，就看到她正乐呵呵地把一个塑料袋放到他的桌上，里面装着一个橘子、一个梨和一根香蕉。

他歪了歪头，怀疑她又有所求，开口问了句："又要干什么？"

"没干什么啊，我刚好没事，怕你无聊就上来看看。"顾湘说着，低头看了眼他身边的那张空椅子，问，"我能坐这儿吗？"

"坐吧。"江澈轻一点头，收回视线，语气听起来比刚才要温和许多。

顾湘闻言便放心大胆地坐下，凑近看了眼他面前摆着的东西，发现都是检录名单册和新打印出来的获奖名单，视线到头来便不可避免地落到了桌子一旁放着的几个纸箱上。

那是学校早上发来的点心，全是一箱一箱的面包、牛奶之类的，几乎还没怎么开动。

江澈注意到顾湘的眼神，动作习惯到比思绪更快一步，弯腰从里面拎了两个面包放到她面前，还拿了一瓶真果粒。

顾湘收到他递来的东西，偷偷伸出"小贼手"捏上了真果粒的吸管，嘴上还故作矜持地问："这应该是专门给广播员的吧，我吃这些没关系吗？"

"你吃的这份算我的。"江澈轻飘飘回了句，倒是也没戳穿她。

他伸手拎过下午刚送来的一沓通讯稿，放到她面前："要是真闲着没事干，就帮忙一起挑。"

"啊？"顾湘本来是跑来偷懒的，没料到竟然还会摊上差事。

"啊什么啊，挑点文通字顺、内容充实的，不能光吃东西不干活吧？"江澈睨她一眼，无情开口。

顾湘闻言,低头把吸管塞进嘴里猛吸了一口,鼓着脸一粒粒嚼碎椰果,之后才把手伸到通讯稿上,老老实实答应下来:"知道了,帮你还不行嘛。"

只不过话虽这么说,实际上她看了没两张就忍不住开起了小差,末了抬起头,郑重其事地开口:"不行,我不能再看这个了,我也得写通讯稿。"

"你是你们班通讯员?"江澈接过顾湘递来的纸,随口问。

"不是,但是我同桌过会儿就要比赛了,刚刚你不是还报到让他去检录吗?我得给他加加油。"顾湘说着,伸手拿过江澈手边的中性笔,又开始满桌子找草稿纸。

江澈手上的动作顿了一下,很快把刚才报到名字的"李易阳"和她同桌对上号,再回想起上次去他们班看到的那幕。安静片刻后,他忍不住转头问她:"你跟他关系很好吗?"

"嗯?"顾湘眨了眨眼,似乎从来没考虑过这个问题,不太确定地回答,"应该还不错吧?怎么说他是我同桌,我们每天都坐在一块儿,要是关系不好的话,每天上学会很痛苦吧?"

江澈听到最后,眼睫轻拂了一下,接着她的话问:"所以你们关系很好?"

"嗯。"顾湘这次肯定了许多,点了点头又补充,"虽然一开始我觉得他有点内向,不是很好相处……但后来发现他人还是挺好的,再说我脾气这么好,对他也挺好的,关系不好也难啊。"

江澈很少听她说起跟他们无关的话题或者人,大概是有点不习惯,一时竟不知道该怎么开口回复。

到头来,他只是移开视线,从桌肚里抽出两张草稿纸,放到她面前,轻声道:"那你赶紧写吧。"

顾湘语调上扬地"嗯"了声,伸手拔开笔盖,认认真真地趴到桌上写通讯稿去了。

只不过之前没怎么写过这种东西,开头第一句就很费劲,顾湘盯着白花花的纸看了一会儿,伸手托住脑袋,习惯性地把笔头贴在嘴唇上轻轻咬着,抬头往操场的方向东张西望,试图从蓝天跟红色塑胶跑道中获取点灵感。

恰好一旁的广播员这会儿也开始播报通讯稿,声音经过操场再传回来,虽然响亮,但并不让人觉得嘈杂。

片刻后,顾湘像是想到了什么似的,轻"哦"了声便低下头,开始奋笔疾书。

江澈微微偏过头看顾湘,她的身板本来就不大,这会儿缩在桌前就成了小小的一团。

下午时分的阳光正好,像流水一般从主席台的前檐淌进来,她的侧脸在阳光里看起来很柔和,几乎没有棱角,从柔软的眼睫到被风吹乱的碎发,再到她写作业时会不自觉鼓起的脸颊,目之所及的一切都显得无比柔软又温顺。

江澈看得有些出神,或许是顾湘觉得之前的双马尾太幼稚,也可能是早上起得太迟时间不够,她不知道从什么时候开始就只扎一个马尾了。

眼下奔波了一上午,那根淡黄色的发绳有点松了,在脑后软塌塌地陷下去一个小窝,盛着发丝上柔和的光泽和淡淡水蜜桃洗发水的气味,把有关初秋、阳光、运动会和操场这些细节,事无巨细地糅合呈现在一起。

不知道过了多久,顾湘总算大功告成地挺起后背,把新鲜出炉的通讯稿从头到尾看了一篇,然后放下笔,信心满满地递给江澈:"你快看看,我觉得我写得还挺好的。"

江澈这才把视线从她的脸上移开,瞥了眼那张薄薄的稿纸,但是没有伸手去接,只是扬扬下巴示意她:"我就不看了,给那边的学姐吧,她是广播站的。"

"为什么不看啊?"顾湘有点遗憾地嘟囔了声,把手缩回去,叹了口气,"我本来还想让你读的呢,你不是广播员嘛。"

"我不读这些,你今天一早上听我读通讯稿了?"江澈睨她一眼,大概是觉得胸口气不顺,连带着语气也有点生硬。

顾湘被他问住,认真回想了一下,也意识到他好像总在那里让人去检索,确实没给谁加过油。

当下她只好塌下肩膀,屡试不爽地伸手扯住他的校服袖子摇了摇,开口求他:"你就不能给我破个例吗?我怕要是给那个学姐,万一她觉得我写得不好,或者把我排到很后面才读,到时候李易阳跑都跑完了,不就没意义了吗?拜托拜托,求你了。"

但出人意料的是,江澈这次竟然不吃这一套,全程绷着张脸听她说完,最后无情地把她的手从自己的衣服上拍掉,转过头低哂了声:"我才不读,你给你同桌加油,我掺和什么?"

语气听起来别别扭扭的。

顾湘听他这么说,也有骨气地闭上嘴不再求他,重重"哼"了声,回道:"不读就不读,说不定你还没那个学姐读得好呢!我去找人家去!"

说完,她便推开椅子站起来,转头去找那位刚刚关闭广播的学姐,弯腰跟对方说了些什么。

江澈见她脾气还不小,只觉得好气又好笑,跟着半侧过身,隔着她去看那位广播站站长的表情。

学姐刚刚看到他们俩一直坐一块儿,估计也知道顾湘是个"关系户",全程都一边点头一边认真听这位初一的小朋友说话,到最后抬起脸来,转头看向江澈,递来一个征询的表情。

江澈虽然有点不爽,但也不至于真的不帮那个小屁孩,很快点点头,对她道:"能帮个忙吗?这是我妹妹,要给她的同桌加油呢。"语气隐约透出几分阴阳怪气。

几分钟后,初一400米男子组的运动员由工作人员从检录处带领到跑道起点,那位学姐也很有经验,适时打开广播,开始读顾湘激情创作出的通讯稿:

"李易阳,平时在教室里的你总是很安静,不是在做题就是在看书,几乎不跟人说话。你在学习上有着让人惊叹的毅力,每次考试都名列前茅,作为同桌的我总是很佩服你……"

李易阳本来正面无表情地跟着队伍往前走,听到广播里喊到他的名字先是一怔,不可置信地抬起头来,紧接着便低头去看自己胸口别着的号码布,看清上面没印自己的名字才松了口气,继续跟着队伍向前。

之后他在场地站定,不动声色地转头看了圈周围,却没发现某人的影子,倒是让他有些意外,毕竟会闲着没事干写这种东西的除了顾湘也没别人。

与此同时,广播里让人尴尬得头皮发麻的女声仍然在持续飘荡:

"……但让我没想到的是,看似瘦弱的你竟然会报名男子400米,希望你能在跑道上展现出同样顽强的毅力,不论输赢都奋力向前,我们班的所有人都会为你加油,我们在终点等待你的凯旋。李易阳,比赛加油!"

大概是学姐读得过于声情并茂抑扬顿挫,连顾湘都听得有点不好意思，手臂直起鸡皮疙瘩。这会儿她也只敢在椅子上老老实实坐着，脚趾缩成一团，飞快扫视操场，搜索底下李易阳的影子。

400米起点就在主席台的右手边不远处，顾湘很快找到他瘦长的身影，发现他也正抬头张望着，貌似在找她。

顾湘顿时兴奋起来，站起来到栏杆边冲他挥了挥手，可惜距离太远，李易阳没看见。

她飞快回到江澈身边，因为怕影响那头广播的声音，弯腰凑近他的耳边，告诉他："李易阳听到我给他写的通讯稿了，我先下去看他比赛，再迟就赶不上了，拜拜！"

江澈抿了抿唇，只能借着眼角的余光瞥见她耷拉下来的发尾，一时没开口。

但顾湘显然也没想等他的回应，耳畔云雾一般的温热迅速褪去，他转过头只看到她从楼梯口急匆匆跑下去的身影，蓝白的校服把她的动作衬得风一般，像在追逐着什么。

江澈只能把嘴边下意识想说出口的"等一下"咽回去，毕竟连他自己也不知道要等一下做什么。

他只是隐隐觉得像是指间有风穿过，在手里留下水一般的凉意，什么也抓不住。

男子400米有将近二十个选手参赛，其中有好一部分都是来凑数的，顾湘下去的时候，阮明昭已经在操场内道准备就绪了，在发现她后招招手示意："来这儿！"

顾湘闻言，赶紧在裁判员发现她之前穿过跑道跟阮明昭会合，边上还聚着一群给班里的运动员加油的学生，都在大声喊着自己班里人的名字。

顾湘本来也想喊两句"李易阳加油"的，可惜起点处的裁判似乎是觉得吵，转头看了他们这群人一眼，拿旗子比画了一下，示意他们安静。

很快，"预备"声响，紧接着就是发令枪"砰"的一声，白色的烟从枪口悠悠冒出，那二十来个男生也迅速蹿了出去。

场地里的气氛一下子火热起来，顾湘虽然听了一早上枪响，但眼下这么近的"砰"一声还是吓得她心跳漏了一拍。她很快就跟着啦啦队的大部队一块儿在内场涌动起来，争相喊着人名，不知道的还以为是他们在比赛。

顾湘在混乱中跟阮明昭的配合不太好，东一句西一句的，很快就喊得嗓子发干，到头来索性不再跟着大部队跑，而是掉头回到终点处的前排，等运动员们跑回来再喊。

400米对于观众来说进行得很快，还没歇一会儿，跑道上的运动员已经转过转角，开始最后一百米的冲刺。

让人意外的是，顾湘跟阮明昭之前还偷偷讨论过以李易阳这营养不良的身板，加上听说他每天都吃素，没准一跑出去就晕倒了，谁知道眼下这人竟然排在队伍的中前游，紧追着领头的几个男生。

顾湘在眼尖地看见他之后就立马跳了起来，一边奔向他，一边大声喊："李易阳加油加油！很快就要到了，冲一冲！冲一冲！"

李易阳在出发的时候其实就听见她咋咋呼呼的声音了，才清静了没半圈，谁知道她又来了。

但跑道上速度太快，周围的人都像是被模糊拉长的色块，他也来不及去看顾湘在哪儿，在心里暗暗叹了口气后，咬咬牙开始加快速度，想着早点跑完就能让她早点安静。

顾湘眼见着李易阳越跑越快也惊呆了，直等他从自己面前"嗖"地掠过，才小跑着跟上，自己也不知道嘴里在胡说八道些什么："牛啊李易阳！你怎么能跑这么快！平时怎么看不出来？"

一旁的阮明昭看李易阳突然反超两个人也跟着激动起来，一路"啊啊啊"地尖叫着跟上，直到他冲过终点线，嘴里的声音才戛然而止，跟顾湘一块儿上前迎接他。

但比赛还没结束，终点线陆陆续续有人冲过，裁判员不让她们靠近。

李易阳见状，只好松开撑着膝盖的手，直起身来，一边平复呼吸，一边朝她们走过去。

阮明昭迅速给他递上水跟外套，嘴上说道："李易阳，你知不知道你跑了多少名？第四呢！我本来还以为你就是凑数才去的，没想到还真有两把刷子！"

李易阳穿上外套，拧开矿泉水瓶，给了她一个半笑不笑的表情。

顾湘紧接着问："你听见我们给你加油了吗？还有广播里那个通讯稿，是我给你写的呢！"

李易阳低头看了顾湘一眼，听她还邀功似的提起这件事，只觉得无语，然而到嘴边的那句"没听到"转了两圈还是咽了回去，怕她又跟自己理论怎么可能听不见，只能回答："听到了听到了，就你那通讯稿写得……

生怕别人听不出来是你写的。"

顾湘听他这么一说,乐呵呵地一咧嘴,踮脚拍了一下他的肩膀,道:"哎呀,时间紧迫,我也来不及写得很优美嘛……再说那个学姐读得太有感情了,跟我的风格不太搭。不过没关系,心意到了就行,你看你这不是跑得挺好的吗?"

李易阳听她这么解释,转头看了一眼身后的终点,转移话题,问道:"比赛结束了,你们俩回班上吗?"

"回啊回啊,我跟你一块儿走吧?"阮明昭第一时间开口。

但顾湘第一时间把她拽了回来,对李易阳道:"不回不回,一会儿宋子秋跑 1500 米呢,我答应了在内道陪她跑,阮明昭跟我一块儿。"

"跑 1500 米,你?"李易阳上上下下扫了顾湘两眼,觉得她真是心比天高。

"我怎么了?你 400 米还能跑第四呢,我怎么就不能跑 1500 米了?要不是我先当了后勤,没准我也报名呢!"顾湘不服气地呛回去。

李易阳闻言,带了几分嘲笑地扯起嘴唇,倒也没拆穿她,只回了句:"那你加油,我先回去了。"

"哦……"顾湘应了声,眼看他走远之后又想起来什么,赶上去嘱咐他,"对了,1500 米比赛四点多才开始呢,你到时候记得帮我签退一下,我跑完了直接回家。"

"知道了。"李易阳应了声,转身跟上运动员的队伍离开。

下午四点半。

入秋的白昼渐短,等江澈报到 1500 米的检录时,天光已经暗下去不少,只剩天上几片灰白的卷云在晚风中缓缓浮动。

顾湘陪宋子秋从检录处进操场。暑气褪去,单穿短袖和一件薄外套仍然有些冷,加上宋子秋头一次跑这么远的距离,紧张得脸色都有点发白,嘴里小声喃喃:"怎么办啊,我又想上厕所了……"

"只是错觉,你别往这方面想,等开始跑就不想上厕所了。"顾湘说着,注意到宋子秋似乎更紧张了,赶紧伸手拍拍她的后背,继续安慰,"你就跟着前面的人跑就好,名次不重要,安全跑完就行。再说还有我在边上陪着你呢,实在不行你就走完,我听说很多人跑不动都是走完的。"

宋子秋听完,深吸了一口气。还没等她做好心理准备,那头的裁判员估计想早点结束今天的最后一场比赛,已经提醒她们到跑道上就位。

顾湘见状，最后给她打气："加油加油，我就在边上陪着你！"

"好……"宋子秋点点头，脱下外套递给顾湘，临走前转头看了一眼，又忍不住对她道谢，"谢谢你啊，顾湘。"

"这有什么好谢的。"顾湘抱着衣服，冲宋子秋露出一个笑脸。

1500米陪跑说起来轻松，等运动员从起点开始逐渐拉开距离，顾湘找到宋子秋的身影，在内道跟她并排跑了不到半圈就觉得累了。尤其顾湘脚下的还是草地，阻力更大，胸口被灌入的风压得难受，脑袋里有声音叫嚣着想停下。

但承诺在先，顾湘看宋子秋的速度还没慢下来，也只能硬着头皮继续。她呼吸急促得厉害，毫无形象地张嘴大口大口地换气，微凉的晚风穿过鼻腔后只留下火辣辣的干燥，嗓子眼也干得快要冒烟。

注意到这一点，顾湘低头看了眼手里的水，是给宋子秋准备的，倒是忘了给自己留。

顾湘眼下顾不上别的，只能跌跌撞撞地跟上她，费劲开口："你……你要喝水吗？"

宋子秋喘得说不出话，只是摆摆手。

于是顾湘继续跟着她，也不知道跑了多久，总算绝望地经过了一开始的起点，算了算还剩两圈零三百米，赶紧用最后一点力气把手里累赘的外套抛给阮明昭，让阮明昭帮忙拿着。

那头主席台上的江澈在读完最后的稿件后就开始清点今天的通讯稿，准备统计完就收工。只是他中途想起来顾湘最后一场准备陪跑的事，抬头看了一眼，远远地看到那个小朋友竟然真的开始傻乎乎地陪着班上的同学一块儿跑步，握着水摆臂的姿势垮得不成样子，肩膀也软塌塌的，显然是累得不行。

他没忍住皱眉，以她整天吃了睡睡了吃的习惯，根本没什么体力，一下子跑操场好几圈肯定吃不消。

这样一来，江澈顿时没了工作的心思，加快速度把自己手里的东西都归完类，递给计数的同学，推开椅子起身："我的那部分都分完了，先下去一趟。"

"没事，你做完了就回去吧，剩下的我们来就行。"广播站站长抬了抬头，说道。

江澈这头一晃几分钟过去，但对顾湘来说，跑道上的每分每秒都是折磨。入了秋的风很干，吸进的每一口空气都火辣辣地烧进肺里，胸腔像被一只手紧紧攥住，由逐渐加快加重的心跳声计时，倒数到零就会马上爆炸。

等第二次经过起点时，宋子秋向顾湘要了矿泉水，抿了一口在嘴里含着，在跑动中一点点咽下去。眼下她虽然还在咬牙坚持，但速度已经明显慢了下来，逐渐跟不上大部队。

但她还算好的了，身后已经有不少放慢脚步开始走路的女生，估计也都是班上没人报名来凑数的。

顾湘转头看到这一幕时，不争气地羡慕起来，但谁叫自家运动员还没放弃，她也只能麻木地迈动软绵绵的双腿跟着宋子秋，累得浑身上下都快化掉，大脑也陷入空白。

她这会儿唯一的念想只是赶紧跑完赶紧躺下来喘口气，之后恢复体力回家，吃爸爸做的香喷喷的热饭补身体。

靠着这个仅存的念想，最后一圈半，顾湘在这种灵肉分离的状态下竟然真跑下来了。

等来到最后的直道，一些女生开始加快步伐最后冲刺，宋子秋也撑着一口气跟上了她们。

运动员一个接着一个冲过线，边上的裁判跟老师也开始大声给剩下的学生加油打气，让掉队的女孩子们加把劲跑起来。

宋子秋冲过终点就完全卸了劲。

顾湘强撑着最后一口气走向阮明昭，嘴里一个字也说不出来，只是把手里的矿泉水塞给她，又示意宋子秋的方向，跟交代后事似的。

然后顾湘转过身，刚想一屁股坐下来，又怕在终点这块地方人多腿杂，省得她待会儿还要挪位置，便又折回来几步，找了块空旷的草地，直挺挺地仰面躺了下去。

此刻的天幕已经爬上雾一般的暗蓝，迎面吹来的风把脸上的热气一阵阵带走，耳边人们的嘈杂在这时突然听不见了，除了胸腔里还在"怦怦"作响的心跳，到处都安静得不像话，鼻息间只剩暴晒过后的青草散发出来的气味，并不好闻，但莫名其妙让人觉得安心。

顾湘累得一根指头都不想动弹，但又觉得自己这么大刺刺躺着很没形象。过了不知道多久，她提起一点劲来，摸索着从兜里掏出纸巾，抽出一张摊开来盖在脸上，用额头上的汗黏着，觉得这样一来自己就不会被人认出来了。

谁知道纸巾才黏了没一会儿，突然有一只手伸过来把它揭走，她脸上顿时又凉飕飕一片。

顾湘被对方的动作吓得睁开眼睛，片刻的错愕过后生出来一点脾气，想不到在自己累得去了半条命的情况下，竟然有不长眼的来打扰她休息。

顾湘张了张口，刚想怒气冲冲地骂一句"谁啊"，就发现江澈正慢吞吞地直起腰来，一只手插着兜，另一只手拿着瓶矿泉水，就这么居高临下地看着自己，脸上的轮廓背着光，只有深邃的一片暗色。

那头跑道上的运动员一个接着一个抵达终点，操场上的人开始逐渐往出口处聚集，远远地看去，草地上只有他们两抹孤零零的影子。

晚风渐起，江澈的头发被微微拨乱，高大瘦削的身形被风勾勒得很清晰。

顾湘原本嚣张的气焰在看到他的一瞬间就哑了火，到嘴边的话条件反射地咽了回去，只从鼻尖发出两声累极了的"哼哼"，还慢吞吞地拖长了音。

就跟在外面玩了一天累极了的小狗似的，在看到家里人出来找后，习惯性地冲他撒娇。

李易阳也说不清自己为什么还要来操场，明明已经在教室签退过了，操场跟校门也不顺路，完全是两个方向。

直到他拿着水，远远地看见草地上的顾湘，以及她身边站着的人时，他才意识到为什么。

大概是顾湘今天给了他太多好意，他觉得无功不受禄，有些过意不去，才想来看看，毕竟顾湘一看就不是能跑1500米的料子。

可现在到了之后才发现没这个必要，那个开学初三番四次来找她的男生又在她身边，原本他还以为这段时间没怎么见到这个男生，他们之间可能没怎么联系了，现在看来原来并没有。

李易阳在原地站了一会儿后，扯了一下肩上的书包，转过身去，突然觉得自己刚才从教学楼跑过来的行为有点蠢。

江澈今天下午在视野很好的主席台上把某人的一系列活动尽收眼底，看顾湘"呼哧呼哧"陪班上的同学跑了1500米，最后累得躺在草地上，大概是不想被人发现，还欲盖弥彰地在自己脸上盖了张纸巾，傻里傻气的。

所以下楼时，他心中唯一的念头就是好好教育她一顿，让她以后别逞能，凡事多掂量掂量。

然而眼下揭开那张皱巴巴的纸巾，就看见她累得涨红的脸，跟熟透了快从树梢上掉下来的柿子似的，看起来有些可笑。

但最可笑的还是这初中生睁开眼时貌似带了点脾气，一张关公红脸皱成一团，直到看清是他，才飞快松开眉心，咽下嘴边蓄好力的骂声，冲他讨好地"哼哼"了两下。

江澈听顾湘竟然还好意思哼哼，没好气地别开视线，开口提醒："跑完步别马上躺下来，容易缺氧知不知道？"

"哦……"顾湘闻言，老老实实地答应，伸手在草地上撑了一下想坐起来，才发现自己早就被1500米抽干了，半点力气都没有。

于是她放弃尝试，理直气壮地把手伸向他，说："你拉我一把，我起不来了。"

江澈看着她深深叹了口气，弯腰抓住她的手腕，把她整个人从地上拉了起来。

顾湘站起来之后只觉得一阵天旋地转，头重得要命，脚下却虚浮得踩不到实地，大概就是他说的什么缺氧了。

于是江澈才松开她的手，就看着她软绵绵地仰面滑了下去，险些来个倒葱栽。

好在他反应快，及时伸手抓住了她的衣领，像提溜小鸡崽似的把她拎了回来。

顾湘的脖子被领子勒住，喉咙又干得跟塔克拉玛干沙漠似的，顿时呛得咳嗽，差点把肺给呕出来。

江澈见状赶紧松开她，伸手扶住她的肩膀，拍拍她的后背帮她顺了顺气，递上矿泉水。

顾湘好不容易站稳，总算有力气接过他拧开瓶盖递来的水，闷头喝了好几口。

只不过她现在的样子实在不好看，头发被汗黏得软塌塌的，上面还沾了几根干草，"咕嘟咕嘟"喝水的样子简直像路边捡来的小叫花子。

江澈垂眼看顾湘满脸的狼狈，怕她喝得太急，适时伸手拿走了水瓶，然后拍拍她的脑袋让她低下头，帮她把头发上沾到的草屑摘掉。

顾湘感觉到他的动作，低头瞄了自己一眼，后知后觉地有点不好意思，抖了抖腿，把裤子上沾到的碎屑拍掉。

江澈最后端详了一眼，确认都弄干净了，才松开她，语气幽幽地问："我看你给人当了一天的啦啦队，端茶送水鞍前马后的，怎么现在跑成这样，也不见别人来关心关心你？"

"啊？"他的话说得含沙射影，只可惜顾湘完全没听出来他的暗指，一头雾水地张了张嘴。

"啊什么啊？"江澈看她这副傻里傻气的模样，没好气地"哼"了声，重新把手插回兜里，也懒得再提到某些碍眼的人，只问，"待会儿一起回家吗？"

"一起回家？"顾湘下意识接着他的话问。

"我今天骑车来的。你都跑成这样了，还有力气走回去吗？"江澈迈开步子，头也不回地问。

顾湘闻言也反应过来什么，赶紧追上去扯住他的衣角，摇摇头，回道："走不动走不动，你得载我一程。"

江澈看她一眼，意味不明地"哼"了声，算是默认。

出校门已经是落日时分，赤色的圆日坠下远处的高楼后，晚霞铺满了半边天，并没有热烈得像火烧一般，而是从鲜亮的橙黄一直沉淀到瑰丽的梅子色，仿佛冰饮店里的一杯果汁，一眼望去带了点凉意似的。

顾湘一开始还没看见身后的晚霞，只是一手揪着江澈的书包，一边在他后座上慢吞吞晃荡着双腿，一边听他用冷冷清清的声线数落自己："体力不行就别乱逞能，平时下楼买个酱油都嫌远，今天突然跑1500米，万一半道喘不过气晕过去怎么办？"

顾湘没怎么认真听，直到听他说出一个问句，才条件反射地回过神，歪头应了句："嘎？"

"嘎什么嘎，你是鸭子？"江澈差点被她气笑，反手在她的发顶拍了一下，又提醒，"你知不知道中考要考体育，女生800米是必考项？"

"啊？"顾湘这下清醒了，拽拽他的书包，问，"800米多少分啊？跑几分钟才算及格？"

"满分十分，没有什么及不及格的，跑不进五分钟就算你零分了。"江澈回答。

"哈？"顾湘再次被震惊到，想想自己今天跑两圈都快累死了，给她十分钟她都嫌少。

片刻后，她又揪揪他的书包带，天真发问："那如果我跑了零分会怎么样啊？应该也就是分数少点吧？不会不让我毕业吧？"

"你还真想跑零分？"江澈被她的话呛到，扭头看了她一眼，"这十分你都不要，你干脆辍学找个厂上班算了，还读什么高中？"

"我……"顾湘的话被他堵回去，毕竟她还是想读高中考大学的，只好闭上嘴不说话。

江澈看她老实下来，才继续道："知道这件事重要就好好记住，以后放学多到操场跑跑步，别一出校门就买垃圾食品吃。"

顾湘听他提到"垃圾食品"四个字，嘴角耷拉下来，不想再继续这个话题，安静片刻后，问他："对了，你们篮球赛什么时候开始啊？我怎么没在赛程表里看到？"

"运动会时间太紧，没时间比篮球，安排到下周放学后了，每天都有比赛。"江澈回答。

"那你比赛的时候告诉我一声，我去给你加油！"顾湘拍拍他的书包，重新恢复活力。

"好。"江澈低声应下，在十字路口的红灯前缓缓停下车。

有片刻宽裕，顾湘习惯性地在江澈身后活动了一下被座椅硌得有点难受的屁股，中途微微抬头，就看见天空上大片大片的晚霞，像是玫瑰河从天际向城市倾泻下来，在不远处高楼的玻璃立面上映出玫红色的波光。

顾湘一瞬间只觉得震撼，下意识抬手扯了扯江澈的书包，提醒他："江澈江澈，你快转头看看，今天的晚霞好美啊……"

江澈跟着转头看了一眼，似乎也有些讶异眼前的景色，微微眯起了眸子。

晚风从他们身侧拂过，凉丝丝的，把顾湘凌乱的发尾卷起，间或蹭过江澈的鼻尖和脸颊。

江澈觉得有些痒，微微低头，只看到夕阳西沉的余光中她朦胧的背影。末了，他伸手勾了勾眼前飞舞的发丝，温声应道："是挺美的……昨天就没有这样的晚霞。"

"是啊。"顾湘转过头来，抬眼看向他。

顿了顿，她有些感慨地叹了口气："可能是因为最近入秋、天黑得越来越早了吧！你说再过几天，等你吃了晚饭去上晚自习的时候，天都黑透了，晚上又冷，想想还挺惨的。"

江澈听她突然哪壶不开提哪壶，那些莫名的情绪便荡然无存，歪过脑袋看她一眼，屈指弹了一下她的前额，没好气道："现在觉得我惨，等你以后上了高中有你受的。"

顾湘被他反将一军，只能从鼻尖闷闷地"哼"上两声，再想到他说的什么体育中考的事，顿觉未来无望。

第六章
传闻和八卦

江澈在饭桌上不经意地通知顾湘篮球决赛的事,已经是两个星期后。

顾湘在比赛当天下午兴冲冲拉着阮明昭去学校小卖部买了烤肠跟酸奶,然后穿过学校落了满地黄叶的银杏树林,跟她一块儿去篮球场上看热闹。

可能是决赛的人气比较旺,也可能是高一(1)班颜值队的人气旺,顾湘她们本来觉得自己已经来得够早的了,谁知道到了篮球场,已经里三层外三层围满了人,年级从初一到高一不等,都是来看热闹的。

两个班的篮球队员们得先换了篮球服再来,比这些看客迟了十多分钟。

穿着黑白球服的一班和穿着紫色球服的九班进场,队伍里的男生个个人高腿长,在大冷天露着两条瘦长的小腿,不说盘靓至少也条顺,观众不免一阵骚动。

人虽然多,江澈在人群里仍然出挑得过分,白皙的肤色很衬他俊朗的五官,加上前几天刚去理了发,刘海比之前要清爽许多,把那身普普通通批发来的篮球服都衬得如墨似画。

更别说他运动会开幕式那天作为运动员代表狠狠风光了一把，这两周又打了六七场几乎全胜的比赛，名气很大，吃瓜群众自觉把目光聚焦在他身上。

只是不知道是他特别怕冷还是特别保守，在篮球服里边还多穿了一件白色T恤打底，在一溜光着膀子的体育生之间显得尤其文雅。

顾湘之前没看过江澈穿球服，今天连她都觉得眼前一亮。无奈身边的人突然开始挤挤挨挨地涌动起来，逼得她只能踮起脚尖探出头，想隔着人群看清他，还得护着手里的酸奶。

这头江澈到场之后就下意识转头在人群中搜索顾湘的身影，可能是某种幼稚的竞争欲在作祟，他觉得某人既然都给那个奇怪的同桌加油了，今天也得来给他加油，更何况他昨晚还特意提醒了她。

视线在那些模糊的人脸中扫了一圈后，他很快发现了顾湘的影子。尽管初一的小朋友在身高上丝毫不占优势，身边的人几乎把她挡了个严实，但好在她还算争气，发现他的目光后费力地抬起拎着酸奶的手招了招。

江澈冲顾湘轻轻点头，表示自己看见她了，之后才转过脸，开始听裁判员的赛前提醒。

观众在混乱过后也恢复了秩序，有老师过来指挥他们退出篮球场，在场外一米左右的地方围成一个圈，还呼吁他们都坐下来，好让个子矮的同学看清里边的比赛。

顾湘简直求之不得，那身运动校服习惯了在各种地方摸爬滚打，根本不怕脏，她第一时间扯着阮明昭坐下。

边上的人也有样学样，自觉在场地外围坐成一圈。

下午的时间并不算太充裕，两个班的队员简单热身之后，裁判在场地中央抛起篮球，下一秒就被穿紫色球服的人起跳抬臂盖下，篮球迅速回落到场地上，"砰"的一声，落到身后一个队员的手中。

跳球结束，第一场便由九班的人发球，裁判哨响，篮球从场外抛向紫色队服的球员，场地里站好位的一班球员便迅速动了起来，开始紧盯攻防，尝试从对方手中截球。

这种球赛还是挺好看的，顾湘虽然搞不太清犯规和罚球的规则，但得分还是能看明白的，加上江澈篮球打得很好，外围投篮基本都是他，他每次一拿到球就原地起跳往筐里投，看起来酷得很。

但更酷的是他十个球能进八个，每次进球，都会引发观众的欢呼。

顾湘混在其中,一边鼓掌,一边"哇哇"地惊叹。

阮明昭则尖叫着:"好帅!"

随着时间一点点流逝,一班的分数板稳步跳动上升,很快来到十九比十四。那些只穿短袖短裤的男生在这种十来度的天气下都开始出汗,远远看去,身上的热气像在一阵一阵往外冒烟,跟活体蒸笼似的。

江澈显然也出汗了,中途他顾不上什么形象,随手擦了把,额发掀起,露出好看的额头和眉眼。

顾湘看到这一幕,倒没有太兴奋,毕竟江澈下午打完篮球都会"偶像包袱"很重地洗完澡再来她家吃饭,她看惯了出水芙蓉,已经不足为奇。

但一旁的阮明昭紧紧抓住她的手臂,激动得以至于指甲隔着外套嵌进她的肉,压不住声音地一阵接着一阵惊叹:"顾湘!你邻居球打得好就算了,怎么刘海掀起来这么帅啊!我好酸!我爸妈买房的时候都不看风水的吗?我要有这种帅哥住隔壁,每天在学校都横着走。"

顾湘一时不知道该怎么回答,只能"嗯""啊""是吗"地附和,远远地看到江澈接过传球,一边运球一边后撤,在对方发起进攻的同时起跳仰身,伸长手臂把球抛了出去。

篮球划过一道标准的抛物线,干脆利落地进筐,落地时发出好听的一声"砰"。

周围响起此起彼伏的叫好声,一班的啦啦队还趁势喊起了"新世纪外国语中学打球哪家强,高一(1)班就是王"这种事后会让人想钻地缝的口号。

一班的口号一起,已经落后十来分的九班啦啦队也不甘示弱,有人带来了能吹得"噗噗"作响的玩具哨子,带头喊:"九班人!九班魂!九班打球有精神!"

顾湘自始至终没怎么听清两个班的口号,加上她才上初一,也不敢在学姐学长们的战场里瞎掺和,只老老实实鼓掌。

那头江澈投球后,很快回到自己的站位,低头扯了一下球服的领口,擦了擦脖子上的汗,没怎么管耳边嘈杂的加油声,颇有事了拂衣去的样子。

但阮明昭的视线总是盯着一些奇奇怪怪的地方,大概也有她追星的基本功在,等江澈的衣服下摆重新落下,她支棱起上半身,用力地拍了拍顾湘的大腿,兴奋得嗷嗷直叫:"啊啊啊!顾湘你看见了没啊,你邻居竟然有腹肌!这还有没有天理王法了啊,好帅!"

说到最后,她深吸了一口气才缓过来,浮夸地伸手去掐自己的人中。

可惜顾湘不像阮明昭那样二十四小时网上冲浪，以至于她的反应也慢了好多拍，等那头江澈的衣服都已经盖得严严实实了，她才摸不着头脑地"啊"了声。

"哎呀，现在早没了，你得盯着他跳起来的时候看啊，我估计怎么也有六块吧，轮廓贼清晰，练得好啊！"阮明昭回味地摸了摸自己的下巴，"嘿嘿"一笑，"啧啧啧……你说不愧是打篮球的人啊，脸长得好也就算了，连身材都这么好。"

顾湘看到她这副样子，只是默默瞟了眼不远处的江澈，一时无言。

两小场二十分钟打完，总算到了中场休息时间。

这段时间里，球员跟女孩子之间的互动很精彩，原本坐在地上的啦啦队在裁判吹哨后便各自忙碌了起来，送水的送水，递纸巾的递纸巾。

只见一个男生收了分别来自三个女生的矿泉水、脉动跟红牛。很快，她发现江澈身边的女孩子也不少，尤其在他喝完自己书包里的那小半瓶水后，很快有女孩子抱着好几瓶矿泉水，装作不经意地走近，想给他一瓶。

顾湘在关注到这一幕后，注意力瞬间集中，嘴里咬着酸奶吸管，借着酸奶的遮挡在角落里暗中观察某人的举动。

倒不是因为别的，她只是很好奇，毕竟江澈是他们学校的风云人物，她想象不出他会有什么样的反应。

顾湘这个念头刚冒出来，下一秒，不远处的人便转过头来，看向她的方向，然后冲那个送水的女孩子摇摇头，谢绝了对方，抬腿径直往她这边走。

顾湘在江澈注意到自己时，手上的动作一顿，那口黑加仑口味的酸奶硬生生卡在了喉咙眼，差点喷出来。

主要还是因为他现在太瞩目，一举一动都被人看在眼里，周围不光有他的那些同学，还有不少她认识的同学，她其实并不想暴露他们之间的交情，太招摇了……

顾湘想到这儿就紧张，直到他切切实实地站在自己面前。她坐在那儿的高度只堪堪超过他的膝盖，只得老老实实地仰起头，问他："怎么了？"

江澈本来对她还挺有信心的，觉得她既然来给自己加油，又有丰富的后勤经验，总会记得带水。

然而走近一看，发现她周围确实没有任何东西，唯一的饮料是她手里的那袋酸奶时，他瞬间没了信心。

他只能轻叹一声，问："你是不是没带水？"

"啊？"顾湘刚才光顾着紧张，一下子被这话问住，跟他大眼瞪小眼了两秒后才反应过来，自知理亏地飘开视线，小声回答，"对哦，我忘了……"

确实是忘了，学校小卖部的烤肠太香，哪还记得给他买水。

再说了，那些女生手里不是挺多水的吗，干吗非找她要？

顾湘偷偷在肚子里倒了两句苦水，一个不留神，嘴上也说了出来："我没有你就找那些女生要呗，干吗非找我？"

江澈本来已经接受了她是个马大哈的事实，谁知道她冒出来的下一句话还挺理直气壮的，差点气得他咳嗽。

沉默片刻后，他深吸了一口气，问："怎么你给别人加油的时候都记得，给我就忘了？"

"我……"顾湘嘴上卡了壳，睁着理亏但无辜的大眼睛冲他眨了眨。

她倒是没想到江澈在这种事上还挺斤斤计较的，就跟小时候她把他送的巧克力饼干分给了全班一样，他得知后气得放下狠话："这是给你吃的！又不是给别人吃的！"整整一下午没搭理她。

想到这件事顾湘就心有余悸，舔了舔嘴唇，紧急思考该怎么补救比较好。

可谁知道江澈长大之后倒是比小时候还难哄，看她半天挤不出一个字，冷哼一声收回视线，转身就走。

"哎哎……"顾湘怕他又生自己的气，也顾不上边上还有人了，急中出错地伸手拽住他的短裤裤腿，差点把他的裤子给拽掉。

等他又羞又怒地停下脚步，她又急急忙忙地松开手，站起身拍拍屁股，说道："知道了知道了，我知我错了，现在就跑去帮你买，你等我一下啊。"

江澈听着她的话，嘴上没吭声，只是收回往前的步子，转过身来。

这头顾湘已经急匆匆抓起一旁看戏看得正热闹的阮明昭，拖着她火速离开现场。

好在小卖部离篮球场不远，顾湘中途撒开阮明昭这个拖油瓶的手，"唰唰"穿过落满了金色银杏叶的小径，直冲小卖部而去，然后火速拎走架子上摆着的水，刷了饭卡夺门而出，在半路捞走还在那儿慢吞吞欣赏落叶的阮明昭，气喘吁吁地回到篮球场。

中场休息有整整十五分钟，江澈还在原地等着顾湘。

"哝，快喝吧快喝吧。"顾湘第一时间把水塞到他的手上，低头喘了两大口气才直起腰，跑这么几百米已经累得她不行了。

江澈也有些诧异顾湘竟然回来得这么快，垂眼看她一副快累晕过去的样子，脸颊被风吹得红扑扑的，心下忍不住有些想发笑。

只是等水拿到手上，他才发现自己也不是很渴，但为了走个过场，还是拧开瓶盖仰头喝了口，带了层薄汗的喉结上下滚动，看起来湿淋淋的。

但顾湘这会儿才没什么心思欣赏，等好不容易缓过气来，第一反应是偷偷去看周围的人，尤其是自己认识的同学，等捕捉到他们的视线的同时，就意识到自己跟江澈的关系已经被看光光了。

既然没法补救，她只能挺起腰杆，想到自己毕竟是加油来的，一本正经地开口："你们班打球好厉害，不愧是能进决赛的，估计对面下半场也追不上你们的分，你们肯定能得冠军。"

江澈听着这话，倒没有特别兴奋的感觉，毕竟两个班有二十多分的差距，冠军已经是板上钉钉，远不如她这副故作老成的口吻来得好笑。

顾湘说完后便等着他的反应，谁知道他竟然一声不吭，让她疑心自己是不是还不够到位，清了清嗓子又夸道："而且你打篮球还挺帅的。"

她夸得太直白，江澈有些猝不及防，微湿的眼睫轻颤了一下，像雨后的蝴蝶翅膀。末了，他抬眼看她："你这么觉得？"

"对啊。"顾湘想也不想就应下，猜测这次应该是夸到点上了，便又补充，"你上次当运动员代表的时候也很帅啊，我们班好多人都知道你了呢。"

江澈听到最后，默默抿了一下嘴角，怕露出一些幼稚的表情。

他盖上瓶盖，准备把水放到她这儿保管，转移话题道："待会儿结束了一起回家吗？"

"啊？"顾湘愣了一下，很快摇摇头，"不了不了，我跟阮明昭约好了要去书店买漫画。"

"哦……"江澈闻言，收回了递出水的手，转身回到队伍。

深秋，天气冷下来之后，光穿新世纪外国语中学的制服外套已经不够，得在外面加一件黑色大衣，大衣胸口绣着金色或者银色的校徽，衬得学生们贵气十足。

只不过顾湘的美好校园生活在篮球赛之后有点不太平，主要还是因为江澈在学校太出名，他们俩在众目睽睽之下交接了一瓶矿泉水的事很快在事后被编排成各种奇怪的八卦，走在路上都会有人特意转过头来看她。

顾湘拿这些学校里的人没辙，对江澈还是有办法的。从听到阮明昭转述给她流言蜚语的第一晚，她就在某人来自家吃晚饭的空当把他拉出了家门，在楼道里一脸严肃地提醒他："江澈，以后你在学校就别跟我打招呼了，我怕影响不好。"

江澈闻言一脸茫然地反问："什么影响不好？"

"你不知道吗？"顾湘的一腔火气被堵了一下，不可置信地看着他。

"知道什么？"江澈抓了抓头发，往她家门的方向看了眼，觉得有点饿了。

顾湘看他一眼，只好硬着头皮给他讲起来龙去脉："你上次篮球赛的时候，不是当着这么多人的面过来找我要水吗？学校里那些人就以为我们俩有什么关系……"

顾湘说到这里，眼看着江澈脸上的表情越来越诧异，就知道他真的一无所知，只能泄气地一摆手，开门让他进去："算了，两三句也说不清，反正你就听我的吧，以后在学校就当不认识我，知道了吧？"

江澈沉默片刻，不知道小姑娘在想些什么，他只能清清嗓子，转头示意她："先进去吃饭吧，这件事我知道了，以后在学校会注意的。"

顾湘闻言，在嘴里"哦哦哦"应了一串，逃也似的钻进屋里去。

12月。

自从两个人开始有意避嫌，每天上学简直跟特工卧底似的，顾湘在路上撞见江澈会飞快转移阵地绕他十米远，江澈也会装作自己没看见，加快脚步离开。

这种办法虽然憋屈了点，但人毕竟是健忘的，年级段里又总会冒出更多奇怪的八卦引发人们的讨论，所以几个星期后，顾湘跟"高一（1）班篮球打得好年级排名第六的江澈"那点陈芝麻烂谷子的事就自讨没趣地散掉了。

等天气变得更冷，学校的银杏树只剩光秃秃的枝干，原本被落叶铺得金黄的林地也黯淡下去，柿子树上成串成串没人摘的柿子在一场入冬的雨后落光，只剩寝室楼附近的红松长青。

学生们便都纷纷套上笨重的毛衣，裹上蓝白配色的冬季大袄，仅剩班里那几个只要风度不要温度的人依旧披着薄薄的大衣屹立在人群中。

随着天气渐冷，"寒假"两个字便越来越清晰地浮现在每个学生的心头，学校各个年级陆续下发了期末考试及假期的日期安排，大家相互之间展望美好未来的讨论便都以"等我们放假了"为开头。

只不过展望归展望，放假之前还有期末考这一道难关要过，寒假又不比暑假，中间穿插了一个新年，七大姑八大婆走亲访友的，考试成绩在这种时刻就显得格外重要。

顾湘毕竟有期中考的捷报在前，加上还有一个成绩好得吓人的邻居，期末就更不能含糊。她只能再次短暂地戒掉漫画和小说，投入紧张忙碌的学习当中，甚至开始在课后主动往老师办公室跑。

这样一来，顾湘没什么工夫再跟阮明昭整天插科打诨，自然更没时间关注自己的同桌。加上李易阳本身是个闷葫芦，一天到晚说不了两句话，她完全没察觉到他最近的异样。

一个中午，向来嚷嚷着"人是铁饭是钢"的顾湘一反常态地在下课后没直冲食堂，而是先往英语老师办公室跑了一趟，把自己改好的作文交到老师的桌上。

谁知道英语老师刚好吃完饭回来，顺势接过作文让她在一旁等着，在纸上帮她圈圈画画了几个点，让她回去再积累积累语法跟短语结构，顺带夸了夸她最近的学习态度。

作文改完已经是十分钟后，等顾湘一口一个"谢谢老师，老师辛苦了"地退出办公室，发现手上拎着作文去食堂不方便，不得已要回教室一趟。

这样一来，她才发现空荡荡的教室里还坐着一个人，是李易阳，他手上握着笔，看起来有些走神。

顾湘走近后顺口问他："你吃饭没？"

没想到李易阳听到她的声音后吓了一跳，条件发射地拿过本子盖住自己刚才正写着的东西，动静有点大。

等转头看清是她后，他才长吁了一口气，表情慢慢恢复正常，问她："你怎么没去吃饭？"

"我去老师办公室改作文去了，努力吧？"顾湘说着，把批了两三道红笔的英语作文纸拎到他的眼前晃了晃，听起来颇为得意。

李易阳对此只是含混地"嗯"了声，放下手里的笔，提醒她："那你快去吃饭吧。"

"你不吃吗？你总不可能十分钟就吃完回来了吧？一楼哥都没你这么快呢。"顾湘转头看了眼，发现他们班那个开学以来因为只吃一楼食堂并且吃饭速度奇快无比而被尊称为"一楼哥"的同学还没回来。

"我不饿。"李易阳摇摇头，轻声回答。

"不饿？"顾湘的肚子这会儿正大唱空城计，听到他的话不免拔高了声音，不可置信地反问，"你又不是铁做的，上了一上午课你不饿啊？我看你早上也没吃什么点心。"

但李易阳今天好像在跟什么东西较劲，听完她的话后也不解释，只是默不作声地摇摇头。

只可惜他碰上的是顾湘，看他一动不动奇怪得很，顾湘便二话不说伸手去扯他冬季大袍的袖口，一边拖，一边劝他："哎呀，不饿你也去吃点嘛，要不下午饿了怎么办？再说食堂的饭菜这么香，说不定你闻到味道就饿了。今天又刚好没人陪我吃饭，我们就一起呗。"

李易阳本来就瘦，被她这么扯着，连带身前的桌子都跟着"吱啦吱啦"滑动。

末了，他拗不过她，无奈地开口："知道了，去还不行吗？你把我的袖子松开。"

顾湘闻言，飞快撒开了手，侧身让他从座位上出来，嘴上继续给他洗脑："你要是不饿的话，应该也没什么想吃的吧？那就跟我吃一样的好了，我想吃三楼的五谷鱼粉了，那里的鱼丸特别好吃，刚好你也不吃辣，就这么定了……"

等两个人各自捧着热气腾腾的五谷鱼粉面对面坐下，顾湘才意识到这还是自认识以来她第一次跟李易阳一块儿吃饭。

之前虽然也在食堂见过他几次，可顾湘发现李易阳去食堂的频率不高，常常是去超市吃泡面或者去小卖部买点面包完事，问起来他就说是食堂人太多，排队等餐会浪费太多时间。

这种习惯对顾湘这种一顿不吃饿得慌的人来说是没办法想象的，可谁叫李易阳不是一般人，他为了给学习挤出时间，连走路都比别人快。

但他今天又好像不太一样，样子很奇怪。

顾湘虽然说不上来，但总觉得他心情好像不太好，整个人有些阴沉，需要用一碗热气腾腾的五谷鱼粉安慰。

只是不可避免地，他们俩一块儿吃饭的气氛有点尴尬，她平时跟阮明昭吃饭能从头说到尾,今天却挤不出两个字来。

可不聊又不行,所以等对面的人吃了一口粉,顾湘趁机问他:"怎么样,你觉得好吃吗?你之前吃过这儿的鱼粉吗?"

李易阳闻言,隔着眼前的雾气看她一眼,低声回了句"还行",在食堂人来人往的嘈杂里几乎听不清。

顾湘听他一张口就结束了对话,只好垂下眼帘,在冷场中慢吞吞地握着汤匙搅了搅,吃了两口鱼粉,然后装作不经意地开口问他:"你今天心情不好吗?"

李易阳手里的动作跟着顿了一下,冷冰冰地反问:"你从哪里看出来我心情不好?"

顾湘被他问住,抿抿唇没再说话,只敢隔着眼前的雾气偷瞄他两眼。

这头李易阳听她突然不吱声,也意识到自己的语气好像太重了,一时间只觉得烦躁又难堪,低头吃了两大口碗里的东西,想尽快脱离现在的处境。

过了半天后,顾湘又小心翼翼地冒出一句:"你要是真的不开心的话,可以说给我听听啊,说出来可能会好受一点。而且我嘴很严的,绝对不会说出去的。"

李易阳听到最后,下意识哂道:"你嘴严?不见得。"

"哎,你干吗老这么说我啊!不该说的事我绝对不会说出去的,虽然我平时话是多了点,可那不都是些闲话吗?"顾湘有些愤愤,握着筷子戳起一个鱼丸。

"你也知道你平时都在说闲话?"李易阳回了句嘴,就见她的脸上显而易见地泛起恼火。

安静片刻后,或许是难得的倾诉欲在作祟,他突然间妥协了,垂眼告诉她:"我爸妈要离婚了,问我想跟谁。"

顾湘猝不及防听到这个消息,脸上的表情都跟着呆了呆。

她原本还以为李易阳只是最近学习有困难,或者跟哪个同学关系不好了,所以才不高兴,谁知道是这么大的事,让她觉得自己一不小心窥探了他的秘密。

加上她有点琢磨不清他的脾气,这会儿怕自己说错话,只好把鱼丸重新放回碗里,想了半天后,郑重地问:"那你……你打算怎么办呢?"

"不知道。"李易阳摇摇头,又吃了一口碗里总算放凉的鱼粉,才道,"可能哪边都不想跟吧,反正也住校,他们按时打学费就够了。"

顾湘听他说得这么可怕,只敢轻轻"啊"了一声,不知道该怎么再开口。

只是这一来她才意识到他们都做了快四个月的同桌了,她对李易阳家里的情况竟然一点都不了解,所以现在也不知道该怎么安慰他。

片刻后,顾湘问:"你……不喜欢你爸爸、妈妈吗?"

李易阳看她一眼,正要开口时,嗓子突然有些发紧,只能深吸一口气,忍下某些会让人显得软弱的反应,回答道:"不知道,可能他们更不喜欢我吧。"

顾湘听到这句话,觉得他更可怜了:"可是你明明很厉害啊,在我们班里一直排第一,上次运动会也拿了奖……怎么可能不喜欢你呢?"

李易阳闻言,带了点自嘲地笑笑,回答:"他们不这么觉得吧……他们觉得成绩第一是理所当然的,我是他们花了这么多钱培养出来的孩子,不是第一才可怕。"

顾湘哑然,讷讷地说:"照你这么说,我这样的学生岂不是完蛋了,我数学考80分都费劲呢,还每天在那儿傻乐……"

李易阳这回是真的觉得有点好笑,轻扬了扬嘴角,告诉她:"可是你这样很好,你爸爸、妈妈很爱你,不会强求你做什么,所以你的性格也很好。"

顾湘没料到他会突然夸自己,尤其刚才谈话的氛围还很沉重,她一时半会儿转不过来,只能诧异地睁大眼睛看着他。

李易阳看她这副样子,也意识到自己今天的话说得太多了,摇了摇头,收回视线,示意她:"快吃吧,待会儿高中部要下课了,食堂会很挤。"

顾湘下意识跟着他的话低下头,碗里的鱼粉再尝起来有些索然无味。过了一会儿,她才开口:"对不起啊……我不知道你遇到了这种事,也不知道该怎么安慰你……但是你如果觉得说出来会舒服一点的话,我会认真听的。"

"你道什么歉?"李易阳放下筷子,又回到平时没什么表情的模样,语气听起来也淡淡的,"这件事别人帮不上忙,我自己解决就够了。而且我也没你想的那么难过,他们俩早点离了我挺高兴的,你不用一副如丧考妣的样子。"

"啊,哦……"顾湘老老实实吱了声,想了想,又问,"你刚刚说如丧……什么来着?什么意思啊?"

李易阳没料到她会有这么一问,一时语塞,考虑到她不像自己从小就被逼着读《资治通鉴》和《史记》,不知道也很正常,便回答:"没什么意思,不是什么好词。"

"哦……"顾湘只好应下,正准备低头吃粉,就看他似乎不打算动筷,开口问,"你吃饱了?"

"嗯。"李易阳看她一眼,倒是没催她。

顾湘闻言,只能一边腹诽两句他吃这么少怪不得这么瘦,一边匆匆往嘴里扒拉了两大口粉,塞得腮帮子鼓鼓囊囊了便站起身,怕耽误他的时间。

李易阳看她突然着急忙慌地加快了动作,正想提醒她可以慢一点,就看她已经用纸巾一抹嘴,站起来,示意他:"我也好了,走吧。"

他见状只能轻叹口气,也跟着起身离开。

傍晚。

中午根本没怎么吃饱,顾湘到下午第三节课时就已经饿得肚子直叫,甚至能听见肚子里"咕噜咕噜"的声音。

可等下课铃清脆地打响,阮明昭火速收拾完书包喊顾湘一块儿回家时,顾湘却一副有难言之隐的模样,拎起桌上的保温杯,扯着她到教室外结结巴巴说了个理由,最后告诉她:"……所以我今天就不跟你一起回去啦,我写会儿作业再走。"

"行啊你,顾氏湘湘,最近学习学疯魔了?中午不跟我一块儿吃饭也就算了,下午还不跟我一起回去,那等你期末考之前,咱们俩岂不是要断绝关系了?"阮明昭说着,搂过她的肩膀给她来了个锁喉。

"没有没有,阮姐,我就今天,明天就跟你一块儿吃饭。"顾湘在阮明昭的手底下挣扎着,满口说好话。

两个人就这么在门口打闹了一阵,阮明昭才总算放过顾湘,顾湘在饮水机前洗完保温杯便回到教室。

李易阳像平常那样在位置上写作业,明明中午就吃了半碗面,他看上去却一点都不饿。

顾湘见状,只好翻开科学作业本,皱眉咬了一会儿笔头,写了几个选择题,然后装作不经意地问他:"你待会儿什么时候去吃饭啊?"

"我什么时候吃饭……"李易阳垂着眼皮,低声重复了一遍她的问题,末了反问,"跟你有什么关系?你又不在学校食堂吃饭。"

顾湘被他戳穿,底气瞬间漏了半截,转头瞟他一眼后闷闷地回道:"我就问问嘛,等你什么时候去吃饭,我也什么时候回家。"

李易阳依旧不为所动:"我怕你没等到就饿晕了。"

顾湘的话头再次被他堵上,没好气地"哼"了声,转过去写题目去了。

只不过写着写着,她又控制不住自己的视线,总想偷瞄两眼他的脸色。

他竟然很快就恢复了正常,一下午该听课听课该写题写题,比她一个局外人还要淡定。

这样一来,顾湘就觉得李易阳更可怜了,大概也有电视剧、新闻看太多的原因,她总觉得他坚强的外表下藏着一颗脆弱的心,而自己作为他的同桌,在这种时候有义务多多关照关照他。

她满脑子翻涌着青春疼痛文学的同时,李易阳早就发现了她的视线,以及她脸上不断变化着的表情。

李易阳到头来忍无可忍地放下笔,伸手把她的脸推过去,冷声道:"我说了,你不用这么看着我,离婚又不是什么大事。"

顾湘被他这么一数落,自知理亏地收回目光,盯着桌上的作业本看了一会儿。

末了,她还是忍不住开口喊了一声他的名字,看他脸色不佳地转过来,又小声问:"你想吃蛋糕吗?校门口那家甜品店出了新的草莓蛋糕,我请你吃吧?"

"不想,不吃。"李易阳想也不想就拒绝,盖上笔盖合上自己的作业本,想着她一直在这儿打搅自己,他也写不出什么东西,还不如去吃东西。

这头顾湘看他一言不发地收拾起东西来,赶紧伸手拉住他的校服外套,继续劝说:"你别走啊,我请你吃,我知道你喜欢吃甜的。"

李易阳被她扯住,又不好动手推开,只能耐着性子反驳:"谁说我喜欢吃甜的?"

但顾湘在这种事上有点较真,偏要仰着头跟他辩驳一番:"你喜欢的,我上次给你的那个拉丝蜂蜜饼干,我吃都觉得很甜,但是你很快就吃完了,也没说什么。"

李易阳动了动嘴唇,倒是没料到顾湘会记住这么细枝末节的事,他虽然对什么拉丝饼干完全没有印象,但是也知道她不是临场编的。

于是,李易阳跟她在位置上僵持了好一会儿,到头来还是妥协了,低头拎起自己的书包,没好气地回道:"知道了,走吧,我请你吃还不行吗?"

"嗯?"顾湘听他突然松口,脸上的表情顿时春暖花开,一边飞快收拾东西,一边回复,"说好了我请你吃的,我有零花钱!"

"随便你。"李易阳抛回一句口头禅,背上书包带着她离开教室。

甜品店里,顾湘付完钱,端着甜品带李易阳找了个位置坐下。

这个季节喝气泡水太凉,她给自己点了一杯热的布蕾烤奶,给李易阳点了一杯莓果红茶,配上草莓毛巾卷和草莓慕斯。

只不过两个人依旧像中午吃饭那样相顾无言,李易阳看顾湘的视线一直在蛋糕跟他的脸上来回辗转,根本让人吃不下东西,有些头疼地开口问她:"我是不是就不该告诉你这件事?怎么你看起来比我还上心?"

"我这不是担心你嘛,有我这样的同桌你就知足吧……"顾湘嘟囔了句,挖了一勺毛巾卷后又道,"反正你以后要是遇到什么问题,都可以告诉我的。"

"告诉你有用吗?"李易阳不咸不淡地回道。

"可是你要是告诉我了,至少不是你一个人在烦恼啊。你看,就比如现在吧,可能我帮你担心过了,你就没那么担心了。"顾湘虽然连自己都不知道自己在胡言乱语些什么,但脸上的表情看起来格外真挚。

李易阳被她破碎的逻辑弄得无言,低下视线,有些出神地望着杯子里在轻轻晃动的深红色茶水,上面反射着一侧玻璃窗的光影。片刻后,他告诉她:"我妈妈这个周末会回来,到时候我会跟她谈谈的。如果我答应跟她的话,很快就会去深圳。"

"去深圳?"顾湘怔了一下,很快意识到什么,"那你去深圳的话,岂不是就要转学了?"

"嗯。"李易阳轻轻应了声,只是很快又笑了笑,告诉她,"但是还不确定,说不定我会跟我爸,就会留在杭城了。"

顾湘听到这里,微微拧着眉心,不知道该说什么才好。

她只是觉得有点突然,明明中午才听到他说爸爸、妈妈要离婚的事,怎么下午就说到要转学了?

他们才刚做了一个学期的同桌,她才刚觉得自己开始了解他,怎么一下子就到了可能要说再见的时候了?

顾湘有点反应不过来,舌尖上草莓味的奶油不断融化,却索然无味。

那头李易阳显然不想再多说什么,抬手在她眼前晃了一下:"别想了,赶快吃你的蛋糕吧。"

顾湘闻言,听话地拿叉子戳了戳软绵绵的粉色毛巾卷,只是中途提醒他:"那你要是决定好了,你得第一时间告诉我,我好做个心理准备。"

"心理准备?"李易阳被她低落的语气和用词听笑,有点自嘲地问,"我跟你关系有这么好吗?还值得你做心理准备?"

顾湘虽然总被他泼冷水,但是听到这句话也难免有点生气,在桌底下踢了他一脚:"你再这么说我就打你了,就算你觉得我们关系不怎么样吧,可是你摸摸你的良心,我对你还不够好吗?"

她的表情太认真,耿直得几乎炽热,李易阳下意识避开她的目光,过了一会儿后回答:"我不是说你,我的意思是,我对你也不是很好吧,有什么值得做心理准备的。"

顾湘听到他原来是在说他自己,这才作罢地"哼"了声,回答:"倒也不至于不好,就是还行吧。你平时教我写题的时候……还有我那次忘了带英语作业本回家,借我抄的时候……都还挺好的。就是你脾气太差了,要是以后态度好一点,就……"

她说到这儿,话音倏地停下,也意识到"以后"这个词不太合适,只好含混地接着道:"反正你成天都一副别人欠了你八百万的脸,以后不管去了哪儿都改改吧,这样别人才能发现你其实很好的。"

顾湘啰啰唆唆说了几句,又怕说太多显得自己太爱讲大道理,只好停下来喝一口奶茶。

谁知道对面安静半天,原本还让人以为他根本没在听,到头来却冷不丁应了句:"知道了,以后会对你们好点的,也没多久了。"

江澈一直都知道某人下午会时不时去校门口的甜品店吃点东西,顺便不务正业地看点漫画。

只不过这阵子可能是快到期末周了,又或者是她最近的零花钱紧张,已经有整整一个星期没看她光顾那里。

但他每天下午放学路过,大概已经习惯成自然,加上抓到她在躲躲闪闪地看《霸道校草爱上我》的样子很有趣,视线便总会有意无意地扫过那家书店的门面和橱窗,紧接着扫向甜品店的玻璃窗。

所以今天他也不经意地看了一眼。

谁知道这一眼看出了事。

顾湘不光在那儿不思进取地吃蛋糕喝奶茶,面前还坐着一个人,不是她那个形影不离的姐妹花,而是那个同桌。

他一时间也来不及去分析自己在看到这一幕时的心情,只是飞快联系到运动会那次他们俩也待在一块儿,加上他们是同桌,除了双休日,整天都待在一块儿。

现在甚至连上学待在一块儿还不够,放学还要一块儿出来吃蛋糕,似乎还相谈甚欢。

江澈想到这里,在原地压了半天的疑问,他只能先一步回家等着她。

顾湘今天回来的时间比平常要迟上不少,但因为填饱了肚子,她不着急干饭,出电梯时的步子慢吞吞的。

谁知道楼道里的灯应声响起后,照出了窗边一个鬼似的人影,吓了她一大跳。

好在很快认出那是江澈,她拍拍自己的胸口顺了顺气,问他:"你不进门在楼道里干什么呢?"

对方没回答,只是冷着一张脸抬手看了眼表,告诉她:"五点了。"

"哦……"顾湘听他这么一提,也有些心虚,开口解释,"我今天下午在教室里写了会儿作业,今天的那个科学实验特别难,所以才这么迟回来的。"

谁知道这话一出,对方就像抓到了自己的小辫子似的,重重冷笑了声,反问:"是吗?"

顾湘被问倒,又给不出证据,只敢悄悄挪动脚步,一边伸手开门,一边故作镇定地回答:"什么是不是的啊?不就晚回来了一会儿吗,我也没耽误吃晚饭的点啊……"

还没等她输完密码,手上突然传来一个力道——江澈扣住她的手腕把她扯了回来,反手按在门上。

顾湘冷不丁被拽得趔趄了两步,差点被门把手撞到后腰,还好她反应够快躲了一下,错愕地抬起头看他。

江澈的表情看起来很阴沉,微微俯下身来,身后的灯光经过他宽阔的肩膀后落下大片阴影,把她整个罩在里面,那双漂亮的眼睛在昏暗的灯光里直勾勾地盯着她,看起来有点瘆人。

顾湘一时间被他这副样子给唬住了,想不通自己晚回来一点怎么惹得他这么生气,尤其他攥着自己的手力气大得离谱,把她的骨头都硌得生疼。

可碍于自家爸妈都在门后,她不太想让他们听见动静,免得妈妈事后又数落自己跟江澈闹矛盾。她只好往后仰了仰头,避开他的视线,压低声音问他:"江澈,你干吗啊?你这么大了还想找我打架啊?"

江澈被她问得微怔,手上的力道也跟着放松。

等回味过来她这句小学生似的话,只觉得好气又好笑。

这头顾湘看他虽然不说话,但脸上的表情倒是好看了不少,这才大起胆子踢他一脚,提醒他:"哎,你快点撒手,捏痛我了知不知道?"

江澈低头看了一眼,似乎才意识到,很快松开手。

顾湘看自己的气势重新占据上风,不高兴地哼了声,转过身开门。

但江澈再次伸手按在她眼前,把她关在家门外,低头看她一副不服管教拒绝交流的态度,压着火气给她下最后通牒:"我今天下午看到你跟你那个同桌了,你们俩没在班里写作业。"

顾湘被他的话震慑到,瞪大眼睛,飞快抬头瞄了他一眼。

虽然她也没干什么坏事,但刚刚的谎话被他戳穿,还是有点心虚。

江澈看她安分下来,凉飕飕地睨她一眼,抬抬下巴,说道:"老实交代吧,下午都干什么去了?"

顾湘不情不愿地"哦"了声,慢吞吞地转过身来,扯了一下肩上的书包,垂着脑袋回道:"是没写作业,但也就只是去校门口那家店吃了块蛋糕嘛,你干吗这么严肃……"

江澈听她竟然还敢顾左右而言他,怒极反笑地问:"跟谁吃的?你那个同桌?"

"嗯,你不都看到了嘛,还问什么问……"顾湘嘟囔了句,隐隐带着刺。

"所以呢?"但江澈的态度比她要咄咄逼人得多,他再次低下头,深色的瞳仁抵上她的视线,问,"为什么骗人?"

顾湘被他这么一问,想到自己今天中午说好要保密的事,脸上浮现出纠结的表情,只能含混地回答:"就是……也不是学习上的事,是他家里出了点事……我就是出于同桌情谊关心关心他,实际上也帮不上什么忙……"

她东扯西扯说了一堆,眼看江澈脸上的表情越发怀疑,只好快刀斩乱麻地总结:"但是他有可能这个学期结束就去深圳了,我们也做不了几天同桌了。"

顾湘说到最后还有点难过,但江澈听到这句话的第一反应是松了口气,脸上的表情肉眼可见地回暖,跟春回大地似的,末了他点点头:"那就好。"

顾湘看他的样子，一时反应不过来，睁大眼睛问他："好什么好啊，你有认真听我说话吗？我说我下学期可能要换同桌了。"

"我听见了，"江澈平静应下，"但这又不算什么大事。"

顾湘一听就知道自己刚才的话都白说了，气得"嘿"了声，抬手打他："这还不是大事啊？我好不容易跟他搞好关系，再换一个同桌我多累啊？再说他成绩这么好，还能教我写题呢，有时候上课我被老师点名了，他还会给我报答案……"

江澈听她没完没了地提那个李易阳，说的还都是些鸡毛蒜皮的小恩小惠，打断道："他成绩有多好？他能教你写题，我不能？"

顾湘听他这么一提，倒也想起来他这位前作业辅导员，只可惜他周一到周五有晚自习，她指望不上他，就养成了每天中午问李易阳问题的习惯，已经很久没往他那儿跑了。

这么想着，顾湘嘴上实话实说："你跟我又不是一个班的，远水解不了近渴，当然没他那么方便了。再说了，你给我讲数学题的时候，老是教我一些我们老师都没讲过的方法，我听都听不懂。"

江澈没料到自己在她的心里比不上那个同桌也就算了，竟然还被明晃晃地一通嫌弃，只觉得太阳穴隐隐作痛。

顾湘看他脸上的表情跟被迎头浇了盆冷水似的迅速冷淡下来，说话的声音便不自觉越放越轻，最后老实闭上了嘴。

这头江澈看她突然安静下来，垂着眼睫盯着她看了两秒后，突然俯下身来，恶狠狠地伸手扣住她的脸。小姑娘还带着婴儿肥的脸颊被他的指腹按下去，边缘跟面团似的鼓起来，把她的嘴挤成红艳艳的一团。

顾湘条件反射地仰起头，却躲不开他带着凉意的手，只听见自己的后脑勺撞上身后的门，发出轻轻的闷响。

或许是紧张，顾湘的睫毛眨得很快，在江澈的影子下像窸窣的飞蛾，不住地扑闪着。

江澈一时忘了自己原本打算说什么。

片刻的愣怔过后，他后知后觉地皱起眉，又仔细盯着她看了两眼，再开口时的语气含了一丝幽幽的怨气："怪不得……原来是觉得我题讲得不够好，所以才整天对你那个同桌这么上心，对我爱搭不理。"

顾湘回过神来，习惯性地抿了抿唇，才发现自己的脸被他挤得变形，只做得到努一努嘴。

然后她看了他一眼,小声嗫嚅:"我哪儿对你爱搭不理了?"

江澈被她这么直挺挺地问出来,倒是语塞。虽然那些琐碎的例子在他的印象里简直不胜枚举,好比期中考那段时间,整天除了吃晚饭就见不着她的人影。更别说篮球赛过后他在学校得跟她保持距离,见面得绕道走不说,一天到晚都说不上两句话。

可例子虽然多,真要当着她的面说出来又显得很奇怪,搞得他像整天都在暗戳戳地记她的账似的。

所以到头来,某人的满肚子怨气也只化作了一声不解气的闷哼,松开她的脸,伸手"嘀嘀嘀"地输入她家门锁的密码,示意她:"算了,进去吃饭吧。"

门一打开,里面正跷着二郎腿剥橘子吃的蔡芬芬便抬起了头,开口问他们:"回来啦?今天怎么这么迟啊?"

但刚进门的顾湘也没工夫回答,只顾飞快踢掉自己的鞋,追上去扯住某人的校服,不依不饶道:"你把话说完啊,不然你想让我怎么样嘛?"

蔡芬芬没料到他们俩进门前就在那儿拉拉扯扯,嘴里的话一时顿住,只好问:"你俩聊什么呢?"

江澈回头看了顾湘一眼,总不可能说他想让她多搭理搭理自己,便只好装作没听见她的话,转头对蔡芬芬道:"没聊什么,阿姨,她下午在教室写了会儿作业,所以现在才回来。"

"这样啊,她这阵子倒是对学习挺上心。"蔡芬芬点点头,紧接着示意他们,"行了,赶紧洗洗手盛饭去吧,你叔叔刚做完了饭出门的,这天气一冷,菜凉得也快。"

"好。"江澈应下,领着身后的人去洗手。

他们刚才一来一去的,倒是让顾湘的注意力分散了不少,听他没公报私仇地跟她妈妈打小报告便暗暗松了口气,只是洗手的时候没忍住,在背后冲镜子里低着头的某人做个鬼脸,谁叫他今天阴晴不定的。

等盛好饭坐下,顾湘为了力证自己没有对江澈爱搭不理,开始殷勤地给他夹菜,嘴上不知道是在反讽还是为了给他洗脑,一路碎碎念个不停:

"我先给你盛碗汤吧,你手这么冷,外面天气也冷,得多喝点汤暖暖。

"还有这个排骨啊,多吃点多吃点,快到期末了,是得补补。

"还有这个……这个不知道什么菜啊,吃蔬菜对身体好,补充维生素呢。快快,你赶紧吃,要不碗里放不下了,吃完了我再给你夹……"

或许是她殷勤得有些过分，到了阴阳怪气的地步，一旁的蔡芬芬到后来总算看不下去，拿起手边的报纸重重拍了一下她的脑袋，提醒她："吃饭就给我好好吃，搁这儿干什么呢？还让不让我们江澈吃饭了？"

顾湘闻言，格外认真地睁大眼睛，为自己辩白道："我怎么没好好吃饭了？你说这期末周这么忙，学习压力这么大，我不得好好关心关心我哥吗？省得让他觉得我对他爱、搭、不、理。"

她说到最后几个字的时候，故意拖长了音转头看向江澈，伸出筷子，作势又要给他夹菜。

江澈也没办法再保持沉默，尤其"爱搭不理"四个字听她这么一说，倒真让人觉得酸气冲天。

于是他抬起头来看了她一眼，只能好气又无奈地开口问她："我错了，行吗？"

顾湘闻言，这才收回筷子，跟打了胜仗似的抬起下巴，得意地"哼"了声。

江澈看她这副幼稚的样子，垂眼轻摇了摇头，刚才在门外莫名其妙冒出来的一肚子气不自觉消了大半，想到自己刚才的举动比她好不到哪儿去，似乎也没资格生气。

第七章
冬日焰火

寒假到了,作为一个才升初中的小屁孩,顾湘抛弃了自己小学时期的小天才电话手表后一直没有新的电子产品,从开学初就一直眼馋江澈的手机,每次跟他一块儿写作业看他摸出手机就满眼冒光,还蹭着他听过好几次歌。

期中考试过后,阮明昭也摇身一变有了手机,还注册了微信号,在社交界的身份地位水涨船高,让顾湘眼红得滴血,回家便跟蔡芬芬软磨硬泡了一通,又跟顾东胜软磨硬泡了一通。

但那会儿期中考成绩已经发下去,该高兴的也高兴过了,顾湘错失良机,她爸妈又精明得很,不会主动给她补期中考礼物,敷衍两句就把她给糊弄了过去,一拖便又是两个月。

幸亏顾湘的执念够深,期末考前总算掐准了时机,跟爸妈说好考班里前十四名就给她买手机。

至于为什么是十四这个数字,这是两方博弈的结果。

顾湘一开始要求考班里前十五名就奖励手机,但蔡芬芬指出期中她已经是十六名,这个目标未免定得太低,便把要求拔高到了前十名。

顾湘一听这话就急了,一哭二闹三上吊,说这分明就是不想给她买手机。

顾东胜打圆场,说班里前十六名已经难能可贵,目标不要定得太高,手机本来也该买的,前进个两名意思意思就行。

蔡芬芬拿不定主意,便让江澈主持公道,江澈当然向着某个初中生,说能保持住名次就是进步,最后就定下来考班里前十四名。

顾湘还特意让江澈做公证人,免得某些人为老不尊赖账。

这个目标定下来之后,顾湘的学习变得格外有动力起来,偶尔学累了就掏出本子,在上面列自己买了手机之后要下载的软件清单,畅想寒假的快乐生活,还跟阮明昭约了寒假一起去游乐园和白塔公园玩,到时候她就能带着手机去了。

大概是她这种乐观精神起了作用,期末考结束当晚,她背着小书包飞奔回家,一推开门就跟爸妈"噼里啪啦"地吹嘘这次期末考试有多么多么简单,考到的题目她事先都掌握得多么多么好,甚至拍着胸脯放下豪言壮语,说别说是前十四名了,前十都是她的囊中之物,还催她爸别等成绩出来了,择日不如撞日,吃完饭就去买手机好了。

江澈那会儿也在饭桌上,拎着筷子有一搭没一搭地听着,被她这副不知道天高地厚的样子看得忍不住想笑,只能转过头躲开某人的视线,疑心她是在给她爸妈画饼,想先骗走手机再说。

而画饼的结果就是,顾湘期末考试的成绩出来后,虽然完成了目标,但是刚好和班里一个同学并列第十四名,这依旧让蔡芬芬不满意,眉头紧锁地数落顾湘就会说大话,害她也不小心跟一个家长吹了牛皮,现在都不知道该怎么圆。

顾湘当时虽然挺满意自己的成绩的,但当着妈妈的面不敢造次,只敢在妈妈发落完后去找爸爸主持公道。

最后,顾湘成功收到一万元现金。

顾东胜说自己不懂什么手机,干脆让江澈带着顾湘一块儿去买,多出来的钱就当过年压岁钱了。

顾湘简直高兴疯了,暴发户似的揣着一沓红艳艳的人民币"哐哐"敲江澈的房门,见到他的第一句就是:"走,我请你吃饭去,顺便买个手机!"

江澈那天刚考完期末，早上睡到十一点才起，还没吃饭就被人喊着上线开了把排位，钱修文说已经算好了天时地利，这个点人少能上分。这会儿来给她开门的时候江澈还穿着睡衣，游戏页面上还在排队匹配队友。

眼下听到她要请自己吃饭的话，他有点反应不过来，转头看了眼房间里的电脑，点头应下："好吧，你想吃什么？"

"想吃万象城负一楼的那家炸鸡，好久没吃了。"顾湘回答。

江澈这个点确实有点饿了，对此也没什么异议："那……你到沙发上坐会儿，我先换个衣服。"

听她应"好"后，江澈便关上房门，第一时间到电脑前取消匹配。钱修文第一时间给他发了个问号。

江澈顿了顿，在聊天框里输了行字：得去吃饭了，下午再打吧！

话一说完，对方沉默了一会儿，很快回复两条信息过来：

大哥，不是吧，我好不容易算好这个点，什么饭必须现在就吃啊？

你打完这把再吃不行吗？

江澈看到这话，轻一抿唇，只轻巧地敲出两个字：走了。

毕竟门外有人等着，还是吃饭比较重要。

临走前，江澈让顾湘把她那一沓钱放书包里，免得招摇过市被不法分子盯上。

顾湘一听乖乖照做，放好后拍拍他的书包，两个人便直奔商场。

虽然都还是初出茅庐的小朋友，他们买手机的过程倒是很迅速，顾湘进店后一门心思地想买跟江澈一样的手机，两分钟就选好自己心仪的手机，只是颜色跟他的不一样。

同款挑下来之后，顾湘才听那个销售姐姐报出价格，听得她心里"咯噔"了好几下，没料到江澈的这款手机竟然这么贵，得9888元，只能硬着头皮被人领着去结账。

厚厚一沓钞票瞬间消失，只找回来一百多块钱，她今年的压岁钱就两张钞票加两个硬币，有零有整的，连请江澈吃顿饭都请不起。

江澈看顾湘被销售姐姐领回来的时候耷拉着脑袋，一副心痛得快哭出来的样子，笑着伸手拍了拍，问："怎么，没钱了？"

"就剩这么多了，"顾湘摊开手，露出握着的112块钱，"我爸他太心机了，还跟我说买手机剩下的当压岁钱，谁家压岁钱就这么点啊！"

江澈看到她手里的零钱，笑了声："你要是不买这个，买四五千的手机,不是能剩挺多的?"

"不行,我就想跟你用一样的,你的手机看起来比较高级。"顾湘伸手把钱塞回兜里,又说道,"不过我钱都花光了,请不起炸鸡了,请你喝奶茶吧?"

江澈闻言,调侃她:"所以你大中午把我叫出门,就只给我喝杯奶茶,还得让我倒请你吃炸鸡?"

顾湘瞥他一眼,看出他没生气,加上他请自己吃饭的次数多了去了,也不差这一次,理直气壮地叉腰回道:"我今天都花了这么多钱了,你请我吃顿饭怎么了?"

"行,没怎么,赶紧去拿手机吧,我快饿死了。"江澈听她还真不把自己当外人,抬抬下巴示意不远处的柜台,催促道。

"哦。"顾湘应了声。

销售姐姐已经从仓库给她拿了部全新的手机,正在帮忙调试跟贴膜,看顾湘过来便笑眯眯地抬头告诉她:"已经帮你设置好了,电量有百分之八十,把你的手机卡给我一下吧,我帮你放进去。"

江澈听到这句话,轻一皱眉,转头问江澈:"你有手机卡吗?"

顾湘看他一副大惊小怪的样子,在柜台前的高脚椅上坐下,从兜里掏出一个用白色塑料袋装着的东西,自信回答:"当然有啊,要不然我之前那个电话手表怎么用啊?"

江澈听到电话手表这种颇有年代感的东西,被呛得咳嗽了声,只好抬手遮住嘴唇。

销售姐姐也有点震惊,认真看了顾湘一眼后,接过她掏出来的sim卡,低头帮她装上。片刻后,销售姐姐还是忍不住自己的好奇心,出声问她:"小朋友,你今年几岁了啊?"

顾湘闻言,也意识到自己说电话手表好像有点暴露年龄,不好意思地抠抠手指,回答:"十二岁半。"

销售姐姐闻言,看了眼顾湘身后那个高高瘦瘦的男生,转头跟自己本来在吃午饭但中途收到消息被帅哥吸引出来的同事交换了个眼神,清了清嗓子,八卦地问:"那你哥哥呢?"

顾湘老老实实回答:"他比我大三岁。"

销售姐姐点点头,在心里算了一下江澈的年纪。

等店员把剩下的配件包好,顾湘提着购物袋跟江澈一块儿出去,就听身后的人压低声音讨论起来:

"才十五岁……现在的小孩都长这么高了吗？"

虽然声音很轻，但手机店面太大，有一点回音，顾湘听了一半才感觉到不对劲，低头从江澈推开门的手臂下钻过，直起身偷瞄了他一眼。

江澈貌似没听见她们的话，只是垂眼看着顾湘宛如一只小老鼠钻过去的动作，末了盯着她的头顶看了好半天，发现她怎么越看越矮了，完全还是个没长开的小屁孩。

顾湘注意到他一直盯着自己的头顶，疑心自己昨天没洗头今天看起来很油，第一时间伸手捂住，紧张地出声问他："干吗啊？"

"没什么。"江澈摇摇头，伸手比画了一下她的身高，发现只拉到自己的胸口多一点的位置，还没到肩膀，便问，"你怎么半年过去一点都没长高？这样以后还能长高吗？"

顾湘有点被戳到痛处，尤其是他那句"以后还能长高吗"，平淡中略带嘲讽，气得她忍不住跳脚，据理力争道："我有长高的！我这学期体测长高了两厘米呢！你感觉不出来是因为你长高了好吧？我妈听你妈说你前两天去量了身高，你都一米八三了，你这个巨人！"

江澈看着顾湘像小跳蚤似的蹦跶的模样只觉得好笑，随手拍了一下她的头顶，像是故意为了惹毛她，来了句："小矮子。"

"你才小……不准叫我小矮子！"顾湘再次被气得跳脚，中途想反击江澈是小矮子的时候意识到反击无效，只好伸手捶他。

等顾湘和江澈在炸鸡店坐下时已经冰释前嫌，顾湘熟练地点了两种口味的炸鸡和一份蜂蜜黄油口味的薯角，连上店里的网络后，开始给自己的新手机下软件。

手机里的微信是预先安装好的，顾湘之前玩电话手表的时候都还没注册，眼下便迫不及待地注册了微信号，在通讯录里找到江澈的手机号码，第一个好友就加了他。

江澈收到她的好友申请，点了通过。

然后就听对面的人突然盯着手机"哼哼"笑了声，一边打字一边告诉他："我要给你备注，就叫'臭江澈'。"

江澈本来已经把手机放下了，听到这话睨她一眼，重新拿起手机，慢吞吞地点进微信，思考给顾湘备注什么比较好。

末了他总算决定好，白皙的手指在屏幕上跳动了两下，给她备注了一个"小屁孩"，后面还加了个"鸡腿"的图案。

输完之后一看,她名字后黄澄澄的鸡腿实在太醒目,在他列表里一溜的"爸爸""妈妈""蔡阿姨"中显得格外醒目。

江澈随手在屏幕上划拉了一下,轻压了一下嘴角,掩饰下浮现的笑意,总觉得"小屁孩"这个称呼尤其适合她。

因为天气太冷,睡觉的时间相应地变长,寒假的日子过得飞快。

顾湘和江澈每天都十点多才起床,一方早一步洗漱完后就去敲对面的房门,然后两个人一块儿顶着黑眼圈裹着羽绒服乘电梯下楼吃早饭。

这种堕落的日子大概过了一个星期,等到新年前夕,江澈一打开房门看到顾湘难得扎了头发穿戴整齐的样子还愣了一下,一边拖着拖鞋出来,一边问:"你今天有事?"

"我今天跟同学约好了出门。"顾湘今天不光认真洗了脸,还涂了保湿的面霜,虽然穿得圆滚滚的,但整个人都神清气爽,"你快点刷牙穿衣服,吃了早饭我就要去找他们了。"

"哦……"江澈应了一声,随手带上卫生间的门。

不久,他也一身清爽地出来,拎着羽绒服和手机跟她一块儿下楼,问:"你跟谁约好了?那个跟你一块儿回家的同学?"

"人家叫阮明昭好吗?"顾湘开口纠正了句,又道,"不过除了她还有很多人,李易阳啊,吴菲啊,戴子健啊……他们都去。"

但她后面说的那串名字江澈都没太注意,只注意到那个特别耳熟的,忍不住皱起眉问了句:"怎么又是你那个同桌?"

"什么叫又是我那个同桌啊?人家今天生日,我们本来就是为了庆祝他生日才约的。再说了,他过两天就跟他妈妈去深圳了,不留在这儿过年,下学期就转学了,以后很难见到了……"顾湘絮絮叨叨说了一些,再抬起头时就看江澈已经别过了脸,只好伸手扯住他的衣袖,"你有听我说话吗?"

"听见了。"江澈没好气地应了声,抬腿迈出电梯。

顾湘听他这口气,轻轻皱了一下鼻子,也想起来他莫名其妙地不是很待见李易阳,明明他们俩都没怎么接触过。

杭城这会儿已经是隆冬腊月,到了一年最冷的时候,两个人从小区单元楼出来的时候,室内外的温差冻得他们几乎同时哆嗦了一下。

加上今天的天气也不太好,风刮得人脸颊隐隐作疼,抬头看去一片灰蒙蒙的,几乎让人看不出来已经是上午十点。

江澈只在羽绒服里穿了件卫衣，领口直灌风，被冻到后才肯老老实实抛弃偶像包袱，把外套拉链拉到顶，顺便拎起某人的帽子，把她的脑袋整个盖住。

顾湘被他盖得两眼一黑，伸手把帽子往后拽了拽，换了个话题："江澈，你都放假这么久了，我怎么都没看你出去玩过啊，你都没跟同学约好吗？"

江澈垂下眼睫瞥她一眼，想着都放假这么久了，倒也没见她主动请他出去玩，于是轻飘飘地把她的话堵了回去："你以为谁都像你？整天不写作业光会玩。"

顾湘听他竟然还给自己泼脏水，顿时气不打一处来："嘿，搞得好像你写了作业似的，我也没看你写啊，整天不就在那儿打游戏吗？还好意思说我！"

"我跟你能一样吗？"江澈不咸不淡地回了句，就看她格外认真地仰起头，露出浅蓝色羽绒服下的半张脸，等着听自己的下文，才轻一弯嘴角，故意把她的帽子往下一扯，反问，"我寒假作业两天就能补完，你呢？"

"我……"顾湘这次是真被他副趾高气扬的模样气伤了，但骂又骂不过，只好掀开帽子冲他翻两个大白眼，小声嘟囔，"成绩好有什么了不起。"

两个人就这么一路吵嘴，直到在拉面馆坐下，点了两碗牛肉面，才面对面闷头吃早饭。

但江澈今天心情不好食欲不振，吃了两口就饱了，放下筷子后，盯着对面那个还在"呼噜呼噜"嘬面的小屁孩看了会儿，末了忍不住问她："你给人庆祝生日怎么这个点去？"

"我又没说现在就去过生日，"顾湘伸手抽了张纸巾，擦了擦嘴，"我还没给人家买礼物呢，所以先跟阮明昭约好了去商场逛逛，下午还要一起去看个电影。"

"看电影？"江澈很快抓住重点，"你那个同桌也去吗？"

"去啊。"顾湘说着，低头喝了口汤。

江澈闻言，一下子陷入沉默，良久之后突然掏出手机，一边低头浏览，一边问她："今天有什么电影？"

"别的我不知道，反正我们要去看《饥饿游戏3》，票都买好了，"顾湘说到这儿时，一下子反应过来，警惕地看他一眼，"你不会也想去吧？"

"不行吗？"江澈掀起眼皮，凉声反问。

顾湘收到他不太友善的视线，满腹疑虑地盯着他看了一会儿后，放下勺子认真发问："江澈，你不会是来当我妈的眼线的吧？"

江澈闻言，在手机上滑动的指尖顿了一下，轻抿了抿唇，没来由地生出几分可笑的怄气来，他摁灭手机，及时掐断了自己还想跟在她屁股后跑的愚蠢行径，告诉她："你想多了，只是我突然也想看电影了而已，不会跟你们看同一场的。"

顾湘放下心来，随口又问："那你打算看什么？"

江澈手上的动作再次卡住，抬眸看了她一眼。因为事先不过脑地说了傻话，现在骑虎难下，他只能硬着头皮继续往下圆。

江澈不得不再次拿出手机，随便翻了两页，到头来发现场次最合适的竟然只有《喜羊羊与灰太狼之羊年喜羊羊》。

江澈看到那张花花绿绿的海报后，头疼地闭了闭眼，末了把手机塞进兜里站起身，自暴自弃道："票买得太迟，没合适的场了，今天就算了。你继续吃吧，我先上楼了。"

"哦……"顾湘应了声，也看出他好像心情不太好，只敢弱弱地冲他挥一下手。

顾湘出去玩了之后，江澈一个人回到家，只觉得周围一下子冷清了不少。

虽然平时他们俩也隔着两堵墙，彼此见不到面，但至少他能感觉到她就在隔壁，只用敲一敲门就能看到她。

他有点说不清楚这种空落落的感觉到底是为什么，可能是想到她抛下自己去跟别人寻欢作乐就有点妒忌，也可能只是单纯因为假期太久没跟其他人接触了，觉得寂寞。

这么想着，他在床上躺着放空了一会儿后，总算打起精神，发微信找人打篮球去了。

但江澈没料到的是，顾湘这人一出去浪就不着家的毛病也不知道是哪儿学来的，等他下午五点多打完球回来，洗完澡到她家吃饭的时候，发现她还没回来。

于是江澈跟蔡女士聊天的时候装作不知情地问了句："阿姨，顾湘她今天去哪儿了？"

"她没跟你说吗？说是哪个同学生日，给庆祝去了，还说那同学下学期就转学了，班里去了好多人，以后说不定都见不着了……"蔡芬芬一边在餐桌边对账本，一边回答。

江澈若有所思地应了声，片刻后又问："那她没说什么时候回来吗？要是回来得迟，晚上有人去接她吗？"

蔡芬芬闻言，握笔的动作一顿，抬起头来："也是。你说顾湘她那个样，玩起来就不记得时间，到时候我跟她爸去店里了又让我去接，麻烦得要命……这样吧，你先帮阿姨给她打个电话问问，免得我问她还嫌烦。"

"好。"江澈得体地应下。

想了想，他又说道："要不这样吧，阿姨，待会儿我去接她好了，你们忙你们的，就不麻烦了。"

"那也行，要不她一个人回来我也不放心。你顺便催催她，整天在同学家待着像什么样子，还是男生家里。"蔡芬芬一边收拾起桌上的东西，一边示意他，"行，那你慢慢吃，阿姨先出门了。"

"好。"江澈点点头，一直等蔡芬芬披上外套开门出去，才拿出手机，给顾湘打了个电话。

铃声响了好久，等得他忍不住皱眉。直到响铃快要结束，对面才懒洋洋地接起来。

听筒里霎时涌进来嘈杂的声响，背景里似乎有人在唱着难听的歌，之后才听顾湘大剌剌地问了句："喂？怎么了啊？"

江澈一时半会儿没应，还在认真分辨她电话里的背景乐，隐约像是周杰伦的《一路向北》，两个男生完全不在调上。

末了总算能确定她身处何处，他格外严肃地开口问她："你去哪儿了？未成年不能进KTV知不知道？"

估计对面太吵了，顾湘反应了好半天才听懂江澈的话，大着嗓门解释："我没去KTV。我们现在在酒店吃晚饭呢，你都不知道李易阳今天这生日搞得还挺有阵仗，买了两个蛋糕，而且订的这家酒店有K歌系统，他们都在唱歌呢！"

江澈光听她的语气就知道她已经乐不思蜀，轻轻叹了口气后，老父亲似的告诉她："你妈妈让我晚上来接你，怕你一个人回家不安全，你快结束的时候给我打电话，知道了吗？"

"好好好，那我先挂了，我点的歌快开始了……"顾湘应得很敷衍，然而话刚说到一半，背景里就有人切了歌，顿时急得扯起嗓子喊，"阮明昭！你别抢我歌啊！"

江澈能见对方回了句"我没想抢,谁叫张一鸣唱这么难听",之后又赶着前奏着急地进调,开始唱"你若离去后会无期",同样也被音响肢解得七零八落。

他听得眼皮直跳,忍不住把手机拿远了点,开口问她:"你点的什么歌,怎么这么土?"

"不是我土,是这里点歌系统没有新歌啊!哎呀不说了,我赶时间呢,拜拜拜拜!"顾湘飞快说完一串,还没等他回答便率先挂断电话。

听筒里只剩短促的"嘟嘟"声,江澈低头看了眼暗掉的手机屏幕,安静片刻后,再次深深地叹了口气。

大概是因为有人来接有恃无恐,等顾湘终于想起来要回家的时候,已经是晚上十点半了。

江澈那会儿依旧穿戴整齐,等接到某人的电话,第一时间带上手机出门,临走前还被他妈妈敷着面膜撞见,诧异地问了他一句:"大晚上的,干什么去?"

"顾湘让我去接她回来,她晚上给人庆祝生日去了。"江澈一边弯腰穿上鞋,一边回答。

"哦哦……那你赶紧去,别让她等急了,早去早回啊……"江露丝扬扬手,听他应下,便压着脸上的面膜转身回房间。

晚上的出租车有点难打,江澈插着兜在冷风里站了半天,总算拦下一辆,谁知道这头刚坐进去,某人就又来了电话。

"喂,江澈啊……你要多久才能来啊?我现在在酒店楼下了,冻死我了……"顾湘的声音夹杂着风声,还有些瑟瑟发抖。但或许是因为累了,电话里她的声音跟早先中气十足地去唱歌那会儿不太一样,而是声线很软,落在耳边暖融融的。

这头江澈跟司机报完位置才出声回答她的话:"很快就到,你要是冷就先回酒店大堂坐一会儿,我到了会给你发信息。"

"哦……"顾湘应了声,她昨天睡得很迟,今天又早早起来梳妆打扮,这会儿说着说着就忍不住打了个长长的哈欠,在夜色里铺成大片白雾,之后很快消散,又嘱咐他,"那你快点哦……"

"嗯。"江澈被她电话那头拖长音打哈欠的动静听得好笑,低头弯了弯嘴角。

江澈抵达酒店门口时,给顾湘发了个消息,不一会儿就看到她穿着那身浅蓝色羽绒服出现，还怕冷地戴上了白色的毛线帽。

羽绒服在昏暗的夜色里隐隐反射着路灯的光，她一路小跑着穿过斑马线，像跳动着的光点，中途帽子几度被风吹开，她只好费力地伸长手把它拎回来抓紧。

她挟着外边的寒气打开车门，跑得有些气喘吁吁，鼻间呼出的白气在车内像雪似的化开，连说了两句"累死我了"。

江澈看她一眼，轻说了句"你也知道累"，便提醒司机师傅可以走了。

顾湘没听出来他话里的幽怨，靠在后座一动不动地休息了一会儿，总算长吁了一口气，兴奋地告诉他："你都不知道我们今天晚上有多热闹，你说之前还看不出来，今天生日会一办，才发现李易阳人缘还挺好的嘛，能请到班里这么多人，我们还往他的脸上抹蛋糕了……"

她叽叽喳喳说了一些，江澈安静听着，垂眼看着她。

"而且我今天给他买的生日礼物真的太合适了，他不是要转学了吗，我就给他买了本同学录，今天所有人都给他写了呢。希望他去深圳之后不要忘了我们，以后他要是回杭城，我们还能一起出来聚聚。我还答应了到时候请他们所有人来我爸的店吃饭呢，想喝多少饮料就喝多少饮料，反正不用给钱……"

顾湘说到最后，大概是真的感受到离别的伤感了，话音渐渐低下来，没忍住叹了口气。

江澈看她难得露出点惆怅的情绪，跟她没心没肺的样子相比，像是一下子长大了不少，所以即便违心，也出声附和了句："会有机会的。"

顾湘闻言，很快接上话："我也这么觉得，我昨天查了一下，从深圳到我们这儿，坐飞机也就两三个小时嘛，他寒暑假肯定有很多时间的。而且他在我们班QQ群里，大家还能一起聊天。"

江澈看她给点阳光就灿烂，轻抿了一下嘴角，没再接茬。

但顾湘自说自话的能力很不错，之后又跟他汇报了一下今天晚上吃了什么好菜，又说以后成年了一定要去真正的KTV唱歌，还说等自己今年生日了，也要这么办生日会，这样就能收好多礼物……

江澈接不上话，全程只能低声应着，直到她最后说累了，困意席卷而上，就不再费劲，打了个哈欠后挪了个舒服的姿势，懒洋洋地把头枕在车窗上，一道道路灯掠过的橙黄光影在这时候看起来催眠得很。

车里陷入安静，只隐隐透进来外边的风声和车流声，弥漫开深夜里平和的困倦。

等到睡意逐渐浓重，顾湘不自觉合上越来越沉的眼皮，车子在路面上行驶时的轻微震动借助车窗传递过来，而且有不断放大的趋势，震得她的脑袋有点头疼，加上玻璃很凉，让得她的头皮阵阵发冷。

顾湘眯着眼睛支起身来，左右看了两眼，想找个更舒服的姿势睡一会儿。她很快就发现江澈身上的那件白色羽绒服看起来很软，于是挪了一下屁股，咂吧咂吧嘴靠到他的肩上去，含混道："借我靠一下啊，我先睡会儿，等到家了叫我……"

江澈虽然注意到了她抬起脑袋张望的动作，但没料到她靠上来的动作这么自然，嘴边的那句"嗯"发不出声，眼睫轻敛了敛，下意识屏息。

等回过神时，他才发现隔着羽绒服，她靠上来的触感实际上并不真切，像隔了层雾看远山。加上她的个头很小，只能勉强枕在他的手臂上，够不到肩膀。

这样一来，江澈便不敢动，只能尽量保持着原来的姿势，怕打扰到她。只是一旦过于关注这件事，原本自然的姿势都逐渐变得别扭。末了他只能尽量忍住自己想活动一下手臂的念头，小心地低下头来看她。

在外面玩了一天，她早上整整齐齐扎好的辫子现在已经解掉了，头发软软地披散下来，和暑假那时候相比长长了很多，在羽绒服上散乱地画着图案，一圈又一圈地缠绕着。

车窗外一道又一道的路灯摇晃着，贴着她的长发和脸颊滑过，有一缕碎发落在了她圆圆的鼻尖上，只有当路灯闪过时才会泛起微光，在呼吸间轻轻摇动着，并不引人注意。

他见状，小幅度地移动另一侧的肩膀，想伸手帮她把头发拨开。

只是等指尖靠近她的脸颊，又倏地停下，因为找不到合适的角度，避免触碰，怕惊醒她，他只能收回了手。

已是深夜，马路上的车流成了稀疏的几痕，偶尔才会有车灯擦过玻璃窗，把多云的天际映出微弱的惨白，夜空并不彻底的墨色上隐隐放着紫光。

直到某一刻，终于有雪花没有在落地前先一步融化，晶莹而细弱地沾上车窗，在汽车的行驶间划出一道风的痕迹，很快在车窗上错落地拉出银白的水痕，像晶莹的流星雨。

江澈一开始还以为是小雨，直到注视良久，才发现是下雪了。

是杭城的初雪。

他下意识转过头,想喊醒靠在自己身上的人,想告诉她下雪了。

但顾湘睡得有点沉,雪又下得不够大,江澈犹豫片刻,最后决定还是再等一等。

等到雪落得更大一点,大到足够在路灯下照出飞扬的形状,足够在长青的树叶上积攒起薄薄的一层,她看到之后会更高兴。

顾湘实际上只睡了十几分钟,但这么点时间已经足够她做一场奇怪的梦。

梦里自己早上急急忙忙地要去上学,但出门时鞋带怎么也系不上,妈妈的包子怎么也蒸不熟,折腾了好一阵,她出门坐上黄色的幼儿园校车,看到江澈也在校车里,就坐在她身边。

校车一路上堵了好久,一会儿穿过吵闹的菜市场,一会儿又经过万象城,但无论如何都到不了学校。顾湘知道自己已经迟到了好久,在梦里急得都快哭出来了,直到耳边有人轻声喊她:"顾湘,到家了,该下车了。"

她的睫毛动了动,睁开眼蒙蒙眬眬地看到江澈之后,总算从梦里醒过来,抬手揉了揉眼睛,劫后余生地吁了声,意识到自己不用再上幼儿园了,现在是寒假。

江澈看她醒了,扫码付了车费,开口提醒:"外面下雪了,快去看看。"

"什么?"顾湘作为一个在东南沿海生活了十几年的人,一听"雪"这个字便倏地睁大眼睛,赶紧手忙脚乱地打开车门,穿着笨重的羽绒服滚下了车。

等抬起头来,就发现竟然真的下雪了,细碎的白绒乘着风直往她脸上落,在她的体温里融化后成了冰凉的小点。

顾湘就这么怔怔地仰着头看了好半天,觉得自己的灵魂都得到了升华,忍不住拖长音"哇"地感叹了声。

江澈走向她。

顾湘感受到身边的动静,转头看了他一眼,满是震撼地重申:"江澈,竟然真的下雪了呢!"

"嗯。"江澈也抬了抬头,微微眯起眼睛,温声应了句,然后就看边上的小屁孩正兴奋地踮起脚想伸手去抓雪,却扑了个空,只留下手心薄薄的水渍。

后来顾湘索性仰起头,大张着嘴,也不管会不会呛风了,想接住雪尝尝味道。

江澈见状，下意识伸手去捂她的嘴，蹙眉提醒了句："别吃，很脏。"

那头顾湘被他提醒之后，明显收敛了一些，不再像小狗似的企图用嘴接雪吃了，而是仰头问他："江澈，杭城每年都会下雪吗？这还是我这辈子第三次看到雪呢。"

江澈回过神来，想了想回答："好像是吧。"

"什么叫好像？以前下没下雪你不知道？"顾湘追问，头发上已经沾上了细碎的雪花。

江澈一时被问住，抬头看着夜空里越下越大的雪，微微皱眉，最后回答："之前下雪没太注意，就不记得了……"

顾湘闻言，给了他一个匪夷所思的眼神，嘟囔道："下雪这么大的事你都不记得？"

江澈垂眸看她一眼，轻一抿唇，不知道该怎么回答。

之前刚搬来的时候，没有需要他提醒下雪了的人，也没有会跟他一起看雪的人，所以下雪没什么特别的，也没必要记住。

即便他承认，雪天很美。

两个人在初雪里站了一会儿后，顾湘问他："你说明天早上能积起来吗？"

"能。"江澈回答。

"那就好，那我明天就早一点起床，喊你一起下楼堆雪人。"顾湘说到这儿，光是想象到就高兴，没忍住"嘿嘿"笑了声。

江澈很快应了句"好"，然后问她："还要再看一会儿吗？冷不冷？"

"冷。"顾湘被他这么一提醒，也注意到自己露在外面的手都已经快从通红冻成绛紫，于是赶紧把手揣回兜里，让它们回回温，然后一扬脑袋示意他，"行了，我差不多看够了，今天先回去睡觉吧，明天早上再来。"

"好。"江澈回答。

初雪之后的第三天，就迎来了除夕。

可惜当天没有下雪，前几天珍贵的积雪也化得差不多了，天气干冷得厉害，只能在家里一边开暖气，一边开加湿器。

顾湘记得自己小时候都是和江澈他们家一块儿过年的，过了正月才会跟爸妈两边的亲戚一块儿吃酒席。所以今年也像以前那样，一早，她爸妈就跟陈叔叔、江阿姨一块儿去菜市场买菜了，留她跟江澈在家睡懒觉。

两家虽然是南方人，但过年爱吃饺子。顾湘十二点多是被厨房里菜刀砰砰剁馅的动静吵醒的，出门一看，陈叔叔、江阿姨和妈妈都围在餐桌那儿，桌上放着已经包好的两大盘饺子，边上还有一摞一摞的饺子皮，不知道准备吃到何年何月。

江阿姨看顾湘出来，开口招呼了声："醒了啊，湘湘，你跟哥哥午饭吃饺子行吗？包了虾仁和三鲜馅儿的。"

"啊，好啊，我想吃煎饺。"顾湘抓抓头发，点头应了声。

"行，那让你爸赶紧别剁肉了，把这盘包好的拿去煎了给你们。"江露丝说着，又意识到什么，"对了，你哥哥他还在睡觉呢，整天晚上打游戏打到不知道几点，你去叫他起床，你喊他他不敢发起床气。"

"哦，好……"顾湘对这套业务已经熟练得不能再熟练，拉上自己毛茸茸的奶牛睡衣的帽子，遮住乱蓬蓬的头发，换了鞋出门。

中午两家人吃完饺子，江阿姨他们也没回去，就在客厅里看电视，一边嗑瓜子，一边聊天。

江澈吃完饭就回家去了，说要去写作业，一下子把在那儿鬼鬼祟祟掏年货吃的顾湘比得一文不值。

这句话也给顾湘敲响了警钟，寒假就剩两个星期，连江澈都开始补作业了，她再不写可就来不及了。

于是她掏了两把猪肉脯便回到房间，开始闭关学习。

作业一补就是好几个小时，等到夜幕降临，窗外此起彼伏地响起烟花爆竹的声音，顾湘琢磨着又到吃晚饭的点了，收起笔清点了一下自己的作业进度，总算意识到事态的严峻：就照她这个速度，剩下的两个星期里恐怕写不完。

这么想着，外头她爸已经在喊她出来吃饭，顾湘应了声，推开椅子出去。

顾湘他们家的年夜饭向来豪横，顾东胜今年还特意做了个海鲜大拼盘，上头龙虾、鲍鱼、螃蟹荟萃，顾湘看得口水直流，迫不及待地洗了手在饭桌上坐下，直等蔡芬芬拍好照片发了朋友圈就出手。

没一会儿，江澈也从他家过来，在她身边坐下。

顾湘在啃螃蟹的过程中抽空问他："江澈，你寒假作业还剩多少啊？"

江澈看她一眼，想了想，反问："你不会真觉得我下午回去写作业了吧？"

"啊？不然你回去干吗了？"

"之前买的高达模型到了,下午拼了一会儿,估计还得拼好几天。"江澈面不改色地回道。

顾湘气得差点当着爸妈的面说出脏话,好在及时闭上了嘴。

江澈也知道她问这话到底是为什么,咬了口饺子,问:"所以你呢,还剩很多?"

"是啊,我八张数学卷子一个字都没写,孙老师还勾了下学期会教到的内容,让我们翻书预习,你说这不是为难人嘛……还有我的语文作业,老师让我们读三本书写笔记,还得写两篇命题作文。"顾湘越说脸上的表情越苦,连饭都吃不香了。

"那你打算什么时候补?还有两周就开学了。"江澈看她这副样子,翘起嘴角,莫名有些幸灾乐祸。

"我在补了啊,写了一下午英语阅读,头都写疼了。但是写着写着我就忍不住去看小说、漫画的更新,然后刷刷淘宝,还补了一集电视剧……"顾湘说到最后,愤愤道,"都怪手机害人!"

"明明是你自己不自觉,还怪手机。"江澈毫不留情地戳穿她,"你以后要是真想补作业,就把手机放家里,去我那儿补。"

顾湘闻言,没忍住撇了一下嘴:"这是不得已才要采取的措施,我现在还没到绝境,再歇几天吧,等最后一个星期了再说。"

江澈听她一副死猪不怕开水烫的语气,扯扯嘴角回答:"随便你。"

年夜饭前后吃了快两个小时,直到春晚开始才暂时休席,一帮人在沙发上四仰八叉地靠着看春晚。

顾湘中途还回房间把每天陪自己睡觉的那只小羊抱了出来,舒舒服服地枕在羊肚子上斜眼看电视。

江澈在一旁看了眼这只眼熟的羊,想起来是那天从娃娃机里抓出来的,没想到她保存得还挺好,羊脸白白净净的,她甚至还在羊角上绑了个蝴蝶结。

但春晚有些无聊,歌舞类节目让人眼花,顾湘瞄了没一会儿就掏出手机,例行巡查关注的作者有没有更新。

江澈看她那副百无聊赖的样子,低头看了眼时间,便提出要回家洗澡。

几个家长们当然没什么异议,让他不要熬夜,早点睡觉。

顾湘听到动静后也抬起头,没心没肺地挥挥手:"你要走啦?拜拜,晚安。"

江澈点了点头,出门回家。

家里所有灯都开着，因为是除夕，有守岁的习俗。

可即便如此，跟顾湘家相比还是太冷清了，她家会在客厅里挂两个红艳艳的大中国结，茶几上摆起用火龙果和橙子堆起来的果盆，还新搬回家两盆粗壮的发财树，到处都热热闹闹的。

这么想着，江澈有些感慨地轻叹了口气，进厨房烧了壶水，转身到浴室洗澡。

只是没想到头发吹到一半，某人突然给他发了条微信：

你想吃冰激凌吗？

江澈诧异地一挑眉，关掉吹风机，回复：

你知道现在室外几度吗？

顾湘闻言，很快理直气壮地回道：

我知道啊，可是我们又不在室外。

我就是突然很想吃嘛。

江澈抬手揉了揉眉心，只好回复：

你大冬天的去哪儿买冰激凌？

超市现在都歇业了吧？

顾湘看他松了口，迅速"噼里啪啦"地打字：

我前几天跟我爸去超市的时候偷偷买的，藏在冰箱里，朗姆酒口味的！

你在家等着啊，我马上就来，记得给我开门。

之后顾湘就没再发消息了，江澈拗不过她，轻叹口气，带着手机到门口等着她。

另一边，顾湘跟他达成约定后，便借口要喝水溜下沙发，跟偷奶酪的老鼠似的鬼鬼祟祟钻进厨房，打开冷冻室拎出那桶1千克装的冰激凌塞到自己的奶牛睡衣下面，然后佝偻着背捂着肚子出来，急匆匆地打开门，背对着客厅里面的人道："爸、妈，我去找江澈哥哥玩一会儿。"

话一说完，不等里面的人回应，她已经托着满载冰激凌的"奶牛肚子"火速溜出家门。

江澈在听到对面开锁关锁的动静后，第一时间打开了门，就看某人穿着那身幼稚的奶牛套装，一路猫着腰从他身前钻进来，示意他赶紧把门关好。

江澈照做，关上门回来，看到顾湘已经一屁股在地上坐下，被怀里的冰激凌冻得"咝咝哈哈"的，像母鸡下蛋似的掏出睡衣下藏着的那一大桶冰激凌。

他在看到那桶冰激凌的真面目时，忍不住皱眉，光是想到要吃这么冷的东西就觉得自己的牙隐隐作痛。

但面前这小屁孩揉了揉自己被冻得冰冰凉的肚子后还在那儿傻乐，抬起头来差遣他："快快快，你去拿两个碗两个勺子来，我先到你房间，免得他们突然回来发现我们俩。"

她在这方面倒是有够心思缜密，江澈无语地看她一眼，转身去厨房帮她拿东西。

等两个人各捧着一小碗冰激凌在床上盘腿坐下后，江澈打开电视，给她放了部《神探夏洛克》。

只是刚放没一会儿，他又有点怀疑某个十二岁小孩的理解能力，转头问她："你看得懂吗？"

"你瞧不起谁呢，我看过好多本《福尔摩斯》！"顾湘愤愤地抬脚踢了他一下。

江澈这下无话可说，老老实实收回视线。

英剧的画面色调偏暗，开着灯看不清楚，顾湘很快让他把房间里的灯关掉，捧着冰激凌专心致志地看剧。

窗外不时有烟花盛放，光束透过窗帘照亮房间，和屏幕里透出的荧光融在一起。此时没了春晚喜庆的背景乐的遮盖，烟花爆竹的声音变得清晰，一声声沉闷地透进来，敲在鼓膜上。

冰激凌很甜，朗姆酒的味道和气味也很奇妙，在舌尖上冰凉地融化铺展开来，很快被口腔的温度带出隐秘的酒香，在他们这个年纪看来是不适宜的。

只是年夜饭吃了太多，冰激凌到头来也没吃多少，他们只好把碗放到床头柜上，奶黄色的冰激凌在夜色里以极缓慢的速度融化。

直到某一刻，顾湘提醒江澈把窗帘拉开来看看。耳边的烟花声越来越密，显然是好多人也都吃完了年夜饭，开始带着烟花爆竹出门庆祝新年。

等江澈下床拉开窗帘，顾湘转头看去，相较于他身后无数升起绽放又迅速熄灭的橙红花火，他看起来要更夺目。

那束离他们最近的烟花升起后，随着划过窗户的尖锐破风声结束，金色的焰火先是怒放成灿烂的大丽花，倏地照亮了他的前额和眉眼，在他微湿的短发上跳动起星芒，随后响起舒缓的"沙沙"声，在他身后一边燃烧一边纷纷坠落，落成一窗的烟花雨。

江澈在那一刻实在太过耀眼,叠在烟花和夜色的背景上,昭昭若神明。

好在认识这么久了,顾湘对某人的颜值还是有些定力的,前后也就发了几秒的呆,等到江澈身后的烟花熄灭,他侧脸的轮廓也被夜色笼罩,她便飞快眨眨眼睛挪开视线,在心里默念了两句"非礼勿视"。

她在心里这么叮嘱了自己两句后,江澈已经重新坐回床上,她身侧的席梦思跟着微微下陷。即便他只是在身边安安静静地看电视,存在感也强烈得让人没办法忽视。

顾湘感受到这一点,偷偷挺直后背,往一旁挪了挪屁股,借着夜色飞快地瞄他一眼。

窗外的彩色花火和电视屏幕上的光落在他的脸上,像在轮廓完美的瓷白雕塑上敷彩,从眉骨到鼻梁,再到嘴唇的弧度和下颌的线条,他深陷的墨色瞳仁随着火光的闪烁而跳动,整个人都在过分秾丽的色彩中显得不真切。

顾湘只看了一眼就止不住出神。

江澈的头发还乱着,带着疏懒的湿意,被屏幕的白光照亮后,把他倏地拉回到人间。

顾湘突然伸手按下遥控板的暂停键,飞快地从他床上爬下来,拍拍屁股道:"冰激凌太腻了,我不吃了。"

江澈看她忽然着急要走的样子,茫然地眯了眯眸子,轻声问她:"你现在要回家了?"

"嗯。"顾湘一点头,帮他把房间里的灯"啪啪"打开,又道,"不过冰激凌就放你家吧,我带回去不方便,等以后想吃了再来你这儿。"

江澈应了声,正准备出门送送她,就听她又突然转身提醒:"对了,那两个碗你记得洗了,消灭一下罪证。我先走了,你不用送我!"

"好……"江澈只好收回脚步,把床头柜上的两个碗跟冰激凌都带了出去。

他刚一出门,还没瞥着她的影子,就听到大门口传来"砰"的一声,震得他的动作微顿,往门口的方向看了一眼。

但顾湘那会儿早就已经紧急逃出生天,甩上门后才深吸了一口气。

年后。

顾湘在假期余额不足一周时终于意识到不能再坐以待毙,于是每天早上九点就带上自己的作业本，把手机锁在家里，到江澈家补作业。

江澈家过年收了不少客户送的礼物，还有各种超市卡，顾湘在他家一边补作业一边吃零食，还能不被她家蔡女士拎着耳朵骂，也能勉强做到苦中作乐。

等到开学的前两天，蔡女士提出要带顾湘去剪头发，说她这个头大半年没剪，都长得跟疯子似的了，得收拾得清清爽爽迎接新学期。

顾湘当时不疑有他，想着这一来还能休息半天不写作业，老老实实被拎去剪头。

谁知道这竟然是蔡女士跟理发师联手设计的局，顾湘当天高高兴兴地过去，哭哭啼啼地回来，等拎着作业本打着泪嗝敲开江澈家的门时，还把他给吓了一跳："你怎么了？又被你妈骂了？"

顾湘现在提到她妈妈就来气，抬起被眼泪黏成一绺一绺的睫毛看了江澈一眼，深吸了一下鼻塞了的鼻子，闷闷"嗯"了声，回答："你看不出来吗，我都快被剪成光、光头了！"

话音到最后，她光是想到自己被剪了这么多头发还是悲痛欲绝，眼泪跟着涌出来，只好用力地伸手抹掉。

江澈闻言只觉得哑然，想不到她都这么大了，竟然还会为剪头发这种事哭鼻子。

只是说到剪头发，顾湘的趣事还真不少。因为顾湘从小就邋遢，蔡芬芬又嫌麻烦，不会给她扎什么五花八门的小辫子，所以从幼儿园以来就一直给她剪个蘑菇头了事，给她洗头也方便。

可小朋友也爱美，顾湘小时候看《还珠格格》那会儿就想留香妃娘娘一样的长头发，还想编成辫子，每次被拉去剪头就跟拉犟牛去犁田似的，剪完了回家还要大闹一场。

蔡芬芬那时候甚至试过故意把顾湘哄睡再拉去剪头的花招，气得顾湘绝食了一下午，最后只能一边往碗里掉金豆子，一边握着勺子吃眼泪拌饭。

所以等她好不容易小学毕业，第一件事就是想留长头发。

谁知道这一回头发才刚刚留过肩胛，蔡芬芬就又犯了老毛病，偷偷联络理发师把顾湘的头发剪到了肩膀以上。等顾湘转头一照镜子，当场哭得天崩地裂，差点把那家理发店的屋顶给掀了。

但这会儿见到江澈，她已经冷静下来不少，只是犟着不肯擦脸，就这么满脸通红地抽噎着进门。

江澈跟着她进屋,中途盯着她后脑勺的头发看了一会儿后,出声道:"这不是剪得挺好的吗,比你小时候长啊。"

谁知道这话一出来,简直踩痛了某人的小尾巴,顾湘第一时间恶狠狠地转过身来,指着自己的头发比画:"你别说了,你想气死我吗!原、原本都长得这么长了,她现在一、一剪,我就只剩这么多了!我之前半、半年都白长了,气死我了气死我了!"

说到最后她又忍不住,把手里的作业本往地上一摔,"扑通"一声坐到了地板上,一边埋头抹汹涌的眼泪,一边口齿不清地哭着"我好不容易才长的头发,我的头发啊"之类的话。

江澈也没料到自己一句话就把顾湘给说崩溃了,无措地在一旁站了一会儿,只好走近蹲下来,小心翼翼地拍拍她的肩膀,轻声问:"那怎么办?不然还能把头发给你接回去吗?"

"我、我倒是想……我还把、把头发带回来了……不信你、你看……"顾湘一边抽抽噎噎地回答,一边伸手从自己的羽绒服口袋里掏了掏,掏出一包用皱巴巴的塑料袋装着的东西。

江澈的眼皮轻跳了一下,等她哆哆嗦嗦地解开塑料袋的结,露出里面乌黑缠绕的头发,只觉得画面诡异得让他觉得匪夷所思,甚至有点好笑。

可偏偏顾湘认真得很,还特意挑出一根最长的头发递到他面前跟他比画:"你、你看,剪了这么长,原本我都、都这么长了……可是接、接头发,很贵,那个理发师说要好几千……气、气死我了,都怪我妈……"

江澈费劲地听到最后,想了想,问她:"那你想把头发接回去吗?要是想的话,我有钱,我带你去接。"

顾湘原本还只是在发火撒气,谁知道他突然来了这么一句,着实把她给说蒙了,半天后才颤巍巍地回了句:"啊……"

"啊什么啊?要是想的话现在就去,不然再过两天开学就赶不上了。"江澈回答。

顾湘闻言,难得冷静下来,一边抹了一把哭肿了的核桃眼,想努力把眼泪憋回去,一边抬眼偷瞟他,想确认他是不是认真的。

江澈貌似真的没在跟她开玩笑,加上他压岁钱确实多,能拿出几千块钱来。

这么想着,顾湘在良心和欲望之间挣扎了一会儿,最后还是认了怂,老老实实回答:"算、算了吧……我就是说气话,头、头发不是还能再长吗，接头发太、太贵了……再说要是被我妈知道你出钱给我接头发，她会把我的腿打、打断的……"

江澈没料到她一副哭昏了头的模样，说话竟然还挺有条理，还能考虑到她妈妈把她腿打断的结果。

他一时被她这副戾了吧唧的样子逗得笑出声，下一秒意识到她现在心情不好，不是笑话她的时候，只能赶紧抿唇憋住，努力正经地开口问她："那现在怎么办？再哭一会儿还是去写作业？"

顾湘听到"写作业"三个字，再次拉下脸来，恶狠狠瞪他一眼，显然觉得他在哪壶不开提哪壶。

江澈收到她的视线，轻叹了一口气，起身把茶几上的湿巾拿过来，顺带从盘子里抓了一把巧克力，然后重新蹲下来，把巧克力递给她。

顾湘也不跟他客气，拆开一颗巧克力塞进嘴里，顺手把糖纸塞到他的外套口袋里。

江澈注意到她的小动作，没好气地睨她一眼，抽出湿巾帮她擦那张脏兮兮的脸。

吃甜食能让人心情变好，等巧克力慢慢融化，顾湘也懒得计较他粗糙的手法，自动收起眼泪，任他在自己的脸上糊来糊去。

这头江澈确实没什么经验，尽量放轻手法，小心把她东一块西一块的泪渍擦掉，她脸上甚至还有几根剪头发落下的碎发。

手里的湿巾很快被她的体温和呼吸浸透，成了暖融融的一块，他放下手，认认真真端详了她一眼。

顾湘的脸颊依旧通红，眼睛肿得老高，鼻子一张一翕，跟刚出生的小猴子似的。

江澈看到最后，忍不住伸手拨了一下她肩膀上晃动着的发尾，轻声告诉她："剪了头发不是也挺漂亮的吗？"

"真的吗？"顾湘原本还在低头剥第二颗巧克力，听到这句话顿时受到鼓舞，睁大眼睛抬起头来。

江澈猝不及防收到她亮晶晶的目光，不得不承认她的眼睛很好看，即使哭成这样，眼泪却成了某种点缀，把她圆而清亮的眼睛映得很生动。

于是他点点头轻"嗯"了声。

顾湘给点阳光就灿烂，闻言便不依不饶地扯住他的袖口，凑近摇头晃脑地展示了一下自己的头发，问："那你觉得剪头发之前好看还是剪了之后好看？我觉得我留长发更好看，你不觉得吗？"

"我……"江澈有了刚才一句话把她说泪崩的前车之鉴,这会儿不敢乱说话,斟酌着回道,"我觉得都好看……但是你更喜欢留长头发的话,以后就留长头发。"

顾湘闻言鼓了鼓脸颊,思索片刻后决定:"你说得对,我想留长头发就留长头发,以后绝对不会再上我妈的当了,我把头发留长到脚指头!"

说到这儿,她又低头看了眼自己手里的那团塑料袋,里面装着她饱含血泪的头发,道:"那这些头发……我就埋到小区楼下的花坛里好了。"

"啊?"江澈的眼皮轻跳,不知道她又想的哪出。

"啊什么啊?古有林黛玉葬花,今有顾湘悲痛埋发,我还想给它们立碑呢!"顾湘大概是最近古装剧看多了,皱眉摆出一副痛心疾首的模样,伸手去捂胸口。

江澈无言,正准备起身逃离现场,下一秒就被她一把抱住腿。

她理所当然地抬头问:"你家有铁锹什么的吗?"

"没有……"江澈语塞,只能低头尝试推开她的手,急中生智道,"要不我去给你买你一直想吃的小蛋糕吧。"

顾湘没料到世上竟然还有这种好事,再次振奋起来,迅速站起身,郑重地握了握他的手,说道:"好的,小江同志,这件事就交给你去办,我下去埋头发,天黑之前我们在这里碰头,再会!"

说罢,顾湘对他行了个不伦不类的脱帽礼,火速带着自己的头发出了门。

第八章
樱桃红与盛夏

2015年，暑假。

初一的第二个学期过得奇快无比，顾湘觉得前一天才跟某人一块儿熬夜补完寒假作业，还没过多久，就准备起初一升初二的期末考来了。

除了这些繁杂又机械的作业啊、补习啊、考试啊，其他事物的变化也快得不可思议。她还记得自己刚脱下冬天的大袄子没多久，课上偶然往窗外一瞥，就发现枝头白玉兰都开了。

春雨过后，玉兰花谢，学校里的各种落叶乔木一块儿长出新绿的嫩叶，把窗外都染成绿油油一片，上课的时候总引得人往窗外看。

很快，树梢上的新绿成了陈绿，到了四月份，天气转暖，教学楼两侧的柚子树开始冒出黄白的小花，每天早上大课间排队的时候就能嗅到柚子花影影绰绰浮动的香气。

随后就是最热烈的盛夏，得脱下制服外套，单穿在阳光下白得耀眼的衬衫。学校里栽的栀子花香过一阵，就迎来了"臭名昭著"的石楠，前往食堂的小路上长久地弥漫着那股刺鼻的味道，一直延续到期末周结束，学生们放假回家。

顾湘这一整个学期都过得平平无奇，身上发生的最大的事莫过于四月她迎来了自己的十三岁生日。蔡芬芬当天早上带她去商场买了新的内衣，她中午跟家里人吃了蛋糕，晚上又请班上的同学吃了蛋糕，忙忙碌碌了一整天。

在这之外，她当然也收了很多礼物：漫画、毛绒玩具、零食大礼包，还有财大气粗的江澈送的蓝牙耳机，跟他之前生日收到的是同一个牌子，还是粉色的，带出门很拉风。

那头江澈的一整个学期也过得平平无奇，他在学习跟生活上没什么困难，总有时间打游戏。加上顾湘这学期也老实得很，她那个前同桌转学之后，新同桌是个女生，两个人关系搞得很不错，他也没什么可操心的。

迎来暑假后，蔡芬芬跟顾东胜两个人好几年没出去玩了，便盘算着出去旅游，加上他们好友遍天下，有个长期在新疆工作的朋友邀请他们，他们就当机立断地成了行。

但顾湘那会儿才刚考完期末，在空调房里边吃西瓜边补番，美滋滋得很，只想在家瘫着舒服两个月，索性两手一摊，告诉二老把生活费留下就行，人就别带走了。

蔡芬芬当时在饭桌上听到这话，恶狠狠地骂了句"懒死你得了"，转头便问江澈要不要跟他们一块儿去新疆玩。

江澈当时正走神，不知道话题怎么就到了自己的头上，只惯例摆出一副应对家长的腼腆表情，微笑着摇摇头说不用麻烦了，他暑假还得去上竞赛冲刺班。

他这种发愤图强的话一说，顾湘免不了收到两句"你看看你江澈哥哥，多自觉啊，你也给我抓紧点，趁这两天赶紧把你那暑假作业写了，别再跟之前那样半夜不睡觉还补作业"之类的训斥，然后乐呵呵地看她爸她妈当晚就收拾起行李，留下钱让她一个人在家自生自灭。

自由的日子来到后，顾湘做的第一件事就是邀请阮明昭来自己家里住，两个人去超市买了一大堆零食，在家里足不出户地宅了整整三天。

零食吃完后，阮明昭就回家去了，顾湘看了看自己剩下来的十几块钱生活费，老老实实地敲响了江澈家的门，厚颜问他能不能让她蹭几天饭。

江澈早就料到会是这个结果，答应下来，每逢饭点就准时喊她出去吃饭。

一个平平无奇的午后,他们俩早上九点才吃早饭,午饭便相应地延迟,直到一天之际阳光最为毒辣的时刻。

顾湘不喜欢江澈按门铃,等他进屋看了眼,就发现她正在床上以一个非常扭曲的姿势坐着,费力地把脚丫子掰到眼前,眼睛一眨不眨地给自己涂指甲油。

江澈看到这一幕时,准备敲门的手顿了一下,片刻后,才轻叩了两声。

顾湘还是第一次玩指甲油这东西,只是没想到她的柔韧性差得离谱,连涂个脚指头都累得她腰酸背痛。这会儿听到动静,她赶紧"哎哟哎哟"地直起身来,转头冲他扬扬下巴,嘘声道:"你别告诉我爸妈啊,我前几天跟阮明昭偷偷买的。"

江澈点了点头,走近拖开她书桌边的椅子坐下,问:"什么时候涂完?"

"我才涂了四个指头呢……你说这人的骨头是怎么长的,为什么我都够不到我的小指头?我正着涂费劲,把脚背过来涂也费劲……"顾湘掰着自己的脚给他演示了一遍后,伸手捶捶自己酸痛的后背,又道,"你先等等吧,先让我休息一会儿,脚还没干呢。"

江澈耐着性子"嗯"了声,随手翻了两下她桌上才写了两个字的作业本,发现她拓展题一个字没写。

于是他偏过头,又看了两眼她涂得毛毛糙糙的指甲油。

房间里的光线很亮,大概是为了看得更清楚些,只拉了一层白色的薄纱窗帘,阳光透过柔软的纱帘,被过滤成恰到好处的蜜色,把她淡紫色的墙纸和米色的床单映得柔和。

顾湘套着她印满粉色桃子图案的睡衣套装,正费劲地俯下身来,一只手握住自己的右脚,一只手捏着指甲油刷,在上面一笔一画地细致填色。

但或许是背上的某条筋实在太硬,涂了没两下她就有点支撑不住,两只手跟着发起抖来,蘸着樱桃红指甲油的刷子也在指甲上不受控制地滑来滑去,冒出来好几笔。

顾湘见状,不耐烦地轻轻"啧"了声,从一旁抽出纸巾,把涂出去的指甲油擦掉,在纸巾上蹭出一抹艳丽的红。

江澈就这么垂眼看着她的动作,涂好的釉面樱桃红和白皙的肤色对比很鲜明,反射着盛夏的光。

他当机立断地起身,刚想告诉她外面等,就看她也突然抬起头来。

江澈顿时收回动作,和她对视。

顾湘沉默的那两秒在他看来漫长得不可思议,直到她突发奇想般地开口问他:"要不要我帮你也涂一个指甲油?"

江澈低声反问:"你疯了?"

"别嘛……反正你闲着也是闲着,我涂你的脚上,别人也发现不了。"顾湘光是想到那个画面就觉得好笑,忍不住咧开嘴,冲他张牙舞爪地伸出手。

江澈侧身躲开她的动作,伸手摁住她不安分的脑袋,夺过她手里危险的指甲油。

顾湘"哎哟"了声,在他的掌心挣扎了两下,无果。到头来她只能不服气地哼哼两声,跷起自己的另外一只脚,示意他:"不给涂算了,那你帮我涂吧。"

江澈松开手,轻一抿唇:"不要。"

"求你了嘛,我背上的筋真的很硬,涂脚指甲很累的,你还想不想早点吃饭了?"顾湘第一时间开口求人。

江澈看她一眼,冷冷地说:"那别涂了,先去吃饭。"

"不要,我就要涂!"顾湘像是跟他犟上了,往床上一倒,想也不想就拒绝。

江澈看她脾气还不小,简直被气笑了,弯腰在她的头上重重一弹,恶狠狠道:"脚拿出来,涂坏了别怪我。"

顾湘闻言,飞快坐起身递出自己的脚丫,得意地"嗯"了声。

江澈只得重新坐回床边的椅子上,用刷子蘸了蘸指甲油,深深叹了一口气,然后毫不走心地在上面涂涂抹抹,也不管指甲油均不均匀,有没有涂到外面去。

鲜亮得炫目的樱桃红色和刺鼻得近乎妖娆的指甲油的气味,让人有些头晕目眩。

不出所料的,他涂得很差,即便是最简单的大脚指头都坑坑洼洼一片,殷红溢得到处都是。

所以当顾湘把脚缩回时,他下意识以为她是因为自己涂得太差生气了。

这头顾湘抬起脚,故意往他的眼皮子底下递了递,问:"江澈,你觉得我脚臭吗?"

江澈冷不丁被她的话呛到,迅速躲开她的臭脚攻击,抬头给了她一个冷眼:"把脚放下。"

"哦……"顾湘应了声,讪讪地把脚放回到被子上。

这样一来,她才看清自己的脚趾,险些被那惨不忍睹的一团血红看得岔气,不知道的还以为江澈给她的脚趾动了什么私刑。

顾湘被气得呛住,刚准备抬头骂他,又意识到是自己逼他涂的,她不占理,到嘴边的话一下子卡在那儿。

到头来她只能悻悻地"哼"一声,抽出纸巾把溢出来的指甲油擦掉,小声嘟囔着埋怨他:"就你这手抖的,还不如我呢。"

江澈闻言,利索地把手一摊,问她:"那不涂了?"

顾湘看他一副求之不得的模样,没好气地"哦"了声,伸手拿回自己的指甲油,拧上瓶盖。

江澈已经站起身来,暗自松了口气。

中途经过空调的风口,他才发现不过一时片刻,背上竟然出了一层薄汗,被风吹得凉飕飕的。

想了想,他转头问她:"你热吗?"

顾湘还在床上拿草稿纸给自己扇脚,闻言愣了一下,然后老实点了一下头:"嗯……热。"

"那去吃冷饮?"江澈问。

"好。"顾湘丢下草稿纸,也懒得再管自己已经一塌糊涂的指甲油,光着脚从床上下来。

当天晚上,江澈成功失眠了。

一直挨到凌晨,窗外开始响起晨间的各种声音,有车辆驶过路面发出的低低轰鸣,还有窗外飞快掠过的鸟鸣,他才在发了烧似的晕眩和困倦中合上眼。

江澈在洗手间里待了很久,突然听到门锁打开的动静,随后就是顾湘一大早起来精气神十足的嗓门:"江澈,早饭吃什么去啊?"

他在听到她声音的一瞬间,开门走出了洗手间。

"我不吃了,不饿,"江澈摇摇头,快步从她面前错身而过,"你自己去吃吧。"

顾湘眨了眨眼,饶是她再迟钝也感觉出来江澈今天怪怪的了,想了想,开口:"你今天怎么了啊?生病了吗?哪儿不舒服?"

"没有。"江澈不看她,再次摇头。

话一出口,又怕以她的脾气继续问下去他会招架不住,他再次催促她离开:"你去吃饭吧,不用管我,家里有吃的。"

"哦……"顾湘这下没话可说了,瞄了他一眼,老老实实转过身,临走前又放心不下,开口道,"可是我来是想告诉你一件事的,你知道了别生气啊!"

"什么?"江澈抬头,视线触及她那双眼睛后便迅速收回。

顾湘抿了抿唇,谨慎地开口:"李易阳前几天从深圳回来了,今天喊我出去吃饭呢。"

江澈有好久没听她提起这个名字,这会儿乍一听到"李易阳"三个字,怔了一下才反应过来,是她以前那个同桌。

想不到这人转学大半年了还想着约她出去吃饭。

江澈轻声问她:"你去跟他吃饭为什么要跟我打报告?"

"啊?"顾湘听到这句话,小心翼翼地抬头扫了他两眼,问,"你生气啦?"

"我有什么好生气的?"江澈反问。

话一出口,连他也意识到自己有点控制不住语气里的恶意,深吸了一口气,尽量平和地提醒她:"我没生气,你不用管我,快走吧。"

说完,他便转身回到洗手间。

剩下顾湘在门外愣了两秒,完全分辨不出来他是不是在说气话,但江澈又不给她追问的机会,最后她只好郁闷地皱着脸转身离开。

顾湘跟李易阳出去玩得很开心,没想到大半年不见,他不但长高了不少,还晒黑了一些,看起来不像之前那么病恹恹的了。

午饭吃的是牛排,顾湘一开始还怕跟李易阳很久没见面会有点生疏,却没料到李易阳变得比之前开朗不少,主动跟她说了点在深圳那边上学的事,说了那儿有什么好吃的好玩的,还客气地邀请她以后有机会可以去那儿旅游。

顾湘边听边"哇哇"感叹,之后也迅速开启话匣,跟他叽里呱啦了一堆班里的事情,还问他过几天要不要去学校看看。

可惜李易阳这次只来杭城待两天,今天晚上就要坐飞机走,来去匆匆的。

饭后他们俩又去看了个电影,是当时特别火的《西游记之大圣归来》,之后还吃了鲜芋仙。

就在顾湘一边美滋滋地享受着鲜芋仙店里的空调,一边晃荡着小腿吃甜品时,李易阳从书包里掏出一个礼品袋递给她,告诉她是生日礼物。

她当时愣了一下便咧开嘴,伸手接过礼品袋,夸道:"想不到嘛,李易阳,你在深圳待了半年,怎么像变了个人似的,竟然还会给我补生日礼物?"

李易阳看她二话不说就要拆开看,第一时间开口阻止:"东西你回家再看吧,当着我的面我有点不好意思。"

"嗯?"顾湘忍不住抬眉看他一眼,虽然被勾起了好奇心,但还是老老实实放下袋子,"好吧。"

过了一会儿,顾湘又忍不住一歪脑袋,轻声问道:"问你一个问题啊,就是你……你搬过去之后,感觉跟之前在这里住的时候比,有什么变化吗?"

"你是想问我爸妈离婚之后有什么变化?"李易阳看出她在努力含蓄地措辞,有些忍俊不禁。

顾湘被他一秒戳穿,只能小鸡啄米般地点头。

李易阳想了想,回答:"现在挺好的,比之前要好。"

顾湘一听也松了口气,追问道:"那怎么个好法呢?"

李易阳被她问得失笑,只好详细地说:"我妈妈找了个新男朋友,挺年轻的,对她很好,所以她过得比之前开心很多。她一开心,就不会整天逼着我上这个辅导班上那个辅导班,所以我也过得挺好的。"

"这样啊……那就好。"顾湘应了声,又问,"那你现在成绩怎么样,不会下滑了吧?"

李易阳没想到她的脑回路突然连到那儿去了,差点被她逗笑,但还是装出一副严肃的表情,反问:"你是不是巴不得我成绩下滑?"

看她吓得赶紧摇头撇清说自己没有,他才又回答:"可能成绩好是天生的吧,有些人学不学习成绩都好,比如我。"

顾湘听他这臭屁大王的语气,忍不住翻了个白眼,脑海里条件反射地想到另一个人——江澈。

当下她轻轻叹了口气道:"唉……老跟你们这种人待在一起,真让人挫败。"

"我们?"李易阳没太反应过来。

"唉,就是我那个邻居啦,我看他也不读书,不知道为什么每次都能考高分。"顾湘小声嘟囔。

"是吗?"李易阳若有所思地附和了句,片刻后不经意似的问她,"是叫江澈吗,你好像跟他关系很好?"

"啊?你也知道他啊?"顾湘有些意外。

"不算吧,只是你经常提到他,之前也是。"李易阳回答。

"哦……"顾湘应了句,低头用勺子舀了口快化完的仙草冰沙,解释道,"因为我们就住对门嘛,我每天都跟他待在一起。"

话说到最后,她的声音轻下来,总觉得她的习惯被这么久不见的李易阳说出来,莫名让人有点不自在。

李易阳要搭晚上七点的飞机,下午吃完鲜芋仙之后就送顾湘回家了,两个人在小区门口挥手道别。

然后不等踏进小区的大门,顾湘就火速拆开了李易阳送的生日礼物,发现是一块很可爱的手表,圆形的白色贝母表盘搭配纤细的金属表带,看起来很别致,不像是李易阳能选出来的礼物。

顾湘看到手表的第一眼就忍不住弯起眼睛,迅速给自己戴上试了试,好一阵臭美。

之后她把手表的包装盒整理好塞回袋子,才注意到里面竟然还有一封信。

按下电梯键,她一边低头拆信封,一边进门。

却没想到信看到最后,她忘了按自家的楼层键,就这么在静止的电梯里待了整整十分钟。

顾湘:

其实很早之前就想给你写一封信,至少在转学之前。有些话当面说不出口,也怕说得不好,你可能会误解我的意思,最后还是觉得用书面表达最合适。

至于为什么一直拖到现在,之前是觉得时间太仓促,来不及动笔,但现在知道不是这样的,只是那个时候我没有勇气。

我们第一次见面是在开学报到那天,你给我的第一印象很特别,甚至可以说不算太好。我那个时候不喜欢主动和周围的人交流,也不擅长应付陌生人的示好,所以你在我看来太聒噪了,我当时甚至想过要换同桌,只是后来不了了之。

　　虽然不知道你对我的第一印象是什么样的,但在你看来我应该很奇怪吧,怎么会有人不爱吃零食,怎么会有人下课不往小卖部跑,怎么会有人一整天都不说几句话……我经常听你这么说。

　　但这不重要,我写这封信,是想向你形容我眼中的你。

　　可一时又不知道该怎么形容比较好一些,阳光鲜花的比喻太俗套。

　　你可能更像自由的风吧,而且是夏天的风,无拘无束,热烈洒脱。

　　至于剩下的,我好像已经不知道该怎么形容,这已经是我能想到的最好的表述。

　　我还记得有一天下午的历史课你睡着了(其实每天下午你都会忍不住打瞌睡,就算你中午明明趴在桌上睡过了),当时窗户开着,教室里有风,阳光从窗户外面透进来,你的头发被照成金色,我那天在课上忍不住转头看了你很多次。

　　我写这封信只是单纯地想要告诉你,跟你相处的那段时间很开心,也很珍贵。

　　你不需要回复我什么,把这封信看完就够了。

　　最后的最后,希望你可以永远像现在这样自由快乐。

——李易阳

　　李易阳的字很好看,工整清秀,笔锋柔和,很像他那个人。

　　或许正因为这样的笔触,他的信一字一句读起来很温柔,至少比他平时所展现出来的要温柔得多。

　　顾湘看到最后,有点不知道该怎么形容自己的心情,只觉得眼眶热热的,忍不住眨了好几下眼睛,觉得很感动。

　　这还是她这辈子第一次收到这样的信呢,虽然之前根本没看出来,也想象不出来,自己在他的眼里竟然这么好。

　　想到这儿,顾湘忍不住翻回第一页,把这封信又从头到尾看了一遍。

　　她心里暖洋洋的,在电梯间里来回踱了两步,才意识到有点不对劲,抬头看了眼一动不动的显示屏，赶紧伸手按下电梯键。

等回到家，关上门，顾湘又把这张沉甸甸的信纸翻来覆去看了好几遍。

等刚开始的新奇跟高兴过去，顾湘很快迎来一个难题——她不知道收到信之后应该怎么做。

虽然李易阳说得很清楚了，她不需要回复什么，但她总觉得，不回点什么好像不太礼貌，更何况他还写得这么认真。

顾湘在床上抓耳挠腮了好一会儿，最后突然想起一个人。

江澈肯定知道怎么回。

想到这儿，顾湘飞快从床上跳下来，到江澈家去找他。

谁知道他早上一副身体不舒服的样子，这会儿竟然不在家，顾湘在他家晃荡了一圈，只好悻悻地回去。

她一直等到傍晚觉得嘴馋，在外卖软件上点了几斤龙虾，在餐桌上一边剥壳一边看电视的时候，才倏地听到门外电梯打开的声音。

顾湘第一时间脱下手套擦了擦手，打开门。

江澈今天的脸色看起来不是很好，身上的黑色 T 恤更是衬得他皮肤苍白，连脱子上的青筋都清晰可见。

顾湘从门缝里探出脑袋问他："江澈，你吃饭了吗？"

江澈愣了一下，才意识到自己今天到图书馆查资料一整天都没吃东西，只是眼下他还没想好该怎么面对她，只能忍着夺门逃走的冲动，冲她点了点头："嗯，吃过了。"

"吃过啦？"顾湘闻言有些意外，眨了眨眼睛，迅速顺水推舟道，"那正好，我点了小龙虾外卖，不占肚子的，你来跟我一起吃！"

说着她就伸出手，揪着他的书包带把他拽进了家门，之后殷切地张罗他吃小龙虾，又是倒果汁又是递纸巾，还特意给他剥了好几只以示诚意。

江澈抿了一口橙汁，被遗忘一整天的胃才总算有了点反应，饿得烧心。

可他刚刚才说自己吃过饭了，只能慢吞吞地咽下龙虾，从嗓子眼一直辣到胃里。

但更让人觉得焦灼的是对面的顾湘，她一直用巴巴的眼神看着他，一副有要紧事要干的样子。他受不了她的视线，只能头皮发麻地保持沉默。

他这副别扭的样子在顾湘看来，还以为他是饱得吃不下东西。顾湘果断把手里剥好的小龙虾塞进自己的嘴里，开始旁敲侧击地问："江澈啊……如果有女孩子给你写信你要怎么回啊？"

江澈察觉到一丝不对劲，往后仰了仰身，看她一眼："你怎么问这个？"

"我……"顾湘一时语塞，她事先不准备告诉他这件事，毕竟那是属于李易阳的心意和秘密。

谁知道她这一僵住，竟然直接让江澈猜了出来："你收人信了？"

顾湘原本还挺得直直的腰杆瞬间塌了下去，只能弱弱地缩进身后的椅背。

江澈光是看她这副样子就知道被自己说中了，想了想，又问："谁送的？李易阳吗？他今天跟你出去的时候送的？"

他问得很快，顾湘被这一连串的命中都快听傻了，最后只能尴尬地一抿嘴，喝了口橙汁，努力装出淡定的样子。

下一秒，对面冷不丁"呵"了声，从语气到声音都凉飕飕的，吓得她一激灵。

顾湘吞了吞口水，偷偷瞄江澈一眼，就发现他的脸色比刚才还要差，眼睫轻轻垂着，压着瞳仁里的光，明明也没看她，但就是有种不怒自威的感觉。

片刻沉默后，江澈轻叹了口气，放缓语气问她："所以你打算怎么办？回他什么？"

顾湘赶紧抬头解释："他都转学去深圳了……而且他在信里写了，只是想告诉我而已，还让我别给他回复。"

江澈微微眯起眸子，于是反问："既然他都这么说了，你还问什么？"

顾湘咬了咬嘴唇，老实回答："我就是觉得他的信写得很好，我看了好多遍呢……所以觉得还是应该有一点表示，说个谢谢也好啊，不然我会有点过意不去。"

江澈听到最后，轻扯了扯嘴角，突然觉得她为了这种事情苦恼的样子很陌生，完全不像平时神经大条的样子。

只是她正在为另一个男生苦恼，还夸对方的信写得很好。

他沉默片刻，有些突兀地问她："那你是什么意思？"

顾湘解释道："我只是看完之后觉得挺高兴的，他在信里把我说得特别好……我之前都不知道我有这么多优点呢……"

她说到这儿,大概是想到信里的一些内容,觉得有点不好意思,声音也低了下来:"所以我看完就觉得……还挺开心的。"

"挺开心的?"江澈蹙起眉心。

片刻后,他开口问她:"所以你今天,是想问我的建议?"

"嗯嗯嗯……"顾湘听他总算松了口,赶紧点点头,殷勤地给他倒了第二杯橙汁。

江澈没喝,浓长的睫毛轻振了一下,好看的眼睛如迷雾一般。

他用低沉的嗓音开口:"开心就好好收着,对方已经表达了想法,这段友情对你们来说,都是很美好的回忆。"

"哦,"顾湘认真点点头,答应道,"好,我知道了。"

江澈闻言,在心下暗叹了声,推开椅子站起来,告诉她:"那我回去了。"

"好。"顾湘高高兴兴地应下,抬头冲他挥挥手。

她的脸被灯光照得柔和,眼睛也亮亮的。

江澈看了她一眼,转身到门口换鞋,然后等身后的门关上,才抬起头深深叹了口气。

不知道是不是叛逆期到了,顾湘觉得江澈最近变得越来越奇怪。

暑假那会儿,她还以为只是数学竞赛班太忙,他整天早出晚归地去补习,晚饭也不来她家吃,他们甚至有过整整一星期碰不着面的情况。

等假期即将结束,她被迫戒了番剧和小说,每天在空调房里浑身燥热地补作业的时候,对江澈的强烈需要会让她一天想到他几百遍。

可她也知道自己不能因为几个拓展题打搅他紧张激烈的竞赛补习,只能忍辱负重地下载了一个搜题软件,整天咬着笔头眉头紧锁地看名校老师解析,最后愣是凭着自己在孙老师面前的求生欲,把一整本暑假作业补完了。

之后就到了开学,江澈依然整天见不着影,顾湘知道他要去参加数学竞赛,这个比赛貌似跟他考大学有关。

她当时只觉得大学、高考这些字眼很陌生,对于她一个才刚上初二的学生来说漫长又遥远,也让江澈对她而言变得遥远起来。

她不敢打扰他,两个人的作息又随着高二年级段作息时间的调整错得更开,他早读的时间提早到了七点,晚自习延长到九点半,可以做到像消失了一样早出晚归。

这种状况持续的时间一长，顾湘忍不住开始想念起他，不管是吃饭还是写作业，总觉得每天都过得空落落的，仿佛原本拼得好好的拼图被挖走了一角，怎么也填不满了。

暑假的预赛通过后，九月初就是数学联赛，江澈不出所料地拿了省内一等奖，之后就要准备十二月的冬令营，冲刺国奖。

可这些事江澈没跟顾湘提起过，顾湘懵懵懂懂地连他去参加比赛的具体时间都不知道，直到饭桌上听蔡女士"啧啧啧"地夸起江澈的成绩，才得知他竟然考完了。

她当时听到这话，有点形容不出自己的感觉，先是久久回不过神的震惊，之后才爆发出一股巨大的委屈，想不到之前每天都会跟她吃饭写作业的人，现在竟然连这么大的事都不告诉她了。

甚至好像只没告诉她，她爸爸、妈妈早就知道了。

看她一脸茫然的时候，她妈妈还诧异地问："江澈没跟你说吗？"

顾湘气得没胃口吃饭，丢下筷子沉着脸"噔噔噔"跑回房间。

等关上门，眼泪就着急地掉下来，快得连她都没反应过来，直到伸手擦了一把才确定自己哭了。

与此同时，胸口那股恶气已经到处乱窜，气得她眼眶连着太阳穴那片地方突突地疼，只能咬牙忍着。

她也不知道为什么，就是觉得很委屈，而且越想越委屈。

明明他都考完试了，现在却依然不回来吃饭，宁愿吃食堂。

而且就算他真的这么忙，难道就连周末抽空跟她说说话的时间都没有了吗？在她的印象里他都很久很久没跟她好好聊过天了，现在连这么大的事都不肯跟她说。

她想不通为什么。

江澈简直像是故意的，装作自己还在考试的样子，这样就不用再跟她聊天了，她也会识相地不去打扰他。

想到这儿，顾湘掏出手机狠狠地看了一眼微信里的聊天记录，才发现上一次跟江澈聊天竟然还是快开学的时候，她给他发了两张淘宝截图，问他哪个书包好看，他只回了句"第一个"，之后她还连发了四条信息，他都没有回。

顾湘看到这儿，再次气得掉了两颗眼泪，一屁股坐到地上，后背抵着门，然后握着拳头擦了一把眼泪，努力思考到底为什么。

明明她也没做错什么，没惹他不高兴，他干吗这么针对她？

难道就因为她数学题写不出来,他之前教了那么久觉得烦了,就单方面跟她绝交了吗?

可是他只要说出来,她就不会继续拿数学题烦他了啊,之前那么厚的暑假作业本她都一个人写完了。

顾湘在脑海里把这些念头车轱辘似的倒了好几回,到头来才发现江澈明明就是故意躲着她,避她如洪水猛兽,只是她一直傻乎乎的,直到今天才发现。

可是为什么呢?

她想来想去也想不通,只是平白攒了一腔愤慨,于是忍不住低头打开手机,点开他的微信,紧了紧拳头给他发消息:

你最近为什么都不理我?

我哪儿招你惹你了?

信息发出去之后,江澈一时半会儿没回。

顾湘仰头算了一下,意识到他现在估计还在学校吃难吃的食堂,或者在教室写一堆一堆的卷子,学校又不让带手机,他根本不可能看到她这两句怒气冲冲的质问。

这个结论无异于往顾湘发热的脑袋上浇了盆冷水,气得她重新站起身,不甘心地在房间里来回踱了两圈。

她今天非要找江澈对质不可,她才不会轻易咽下这口气。

然而现在离他晚自习结束还有整整三个半小时,加上他从学校回来的时间,她还得再硬生生忍四个小时。

想到这儿,顾湘既生气又无能为力,抬头环视了一眼自己的房间,最后跳上床,对着枕边那只可恶的大羊捶了十几拳发泄怒火,好歹是把眼泪憋回去了。

只是捶到最后,她再一看小羊笑眯眯的脸,顿时又跟泄了气的皮球似的,从鼻间半是怄气半是心疼地哼哼了两声,伸手抱紧小羊,埋头趴在它肚皮上放了一会儿空。

虽然江澈很可恶,但小羊是无辜的。

末了,她伸手掏出手机,又看了一眼微信,江澈果然没回。

晚上十点。

顾湘怕自己在楼道里蹲得腿麻,还特意从家里拎了张折叠小板凳出来坐着。

不知道等了多久，总算听到电梯缓缓上升的动静，她看着面板上鲜红的数字不断地跳动上升的过程中，甚至能听到自己"扑通扑通"的心跳。

一瞬间紧张得不可思议，从板凳上站起来的时候甚至觉得腿软。

可明明不久前她才觉得自己占尽了理，想气势汹汹地找他对质。

顾湘抿了抿嘴唇，她不喜欢这种感觉。因为她知道这是因为害怕，害怕江澈真的变得很陌生又或是很冷漠，让自己下不来台。

刚想到这儿，电梯门"叮咚"一声打开了，她轻轻地抖了一下，才抬起头。

江澈从电梯里走出来，被身后的光拉成薄薄的影子，身上的白色衬衫被光线穿过后几乎透明，映出他窄瘦的腰线。楼道里的灯随后亮起，把他照得清晰，像从迷雾中浮现。

顾湘在看清他的一瞬间有些恍惚，就这么直勾勾地盯着他的脸，从眉眼到鼻梁，他五官的轮廓在暖色的灯光中仿佛水里的月亮，随着他的动作摇曳着。

顾湘的鼻尖开始酸酸地发胀，再次被他气得想哭，只能努力地抿着嘴唇。

因为在看到他的这一刻，顾湘才真正清晰地感觉到，她真的已经很久很久没见到他了，以至于现在光是看着他的脸，都有种熟悉又陌生的感觉。

江澈原本还在一天的疲惫中放空，直到转过头来看到她，一下子怔住，停下脚步。

他没料到顾湘今天竟然还没睡，像是在刻意等着他。

而且他似乎也知道，她为什么在等他，第一时间便产生了某种可耻的心虚。

被她发现也很正常吧，毕竟他表现得实在太明显了。

两个人就这样僵持在楼道里，没人主动开口，只好尴尬地沉默着。

良久后，江澈低声开口："怎么还没睡？"

他的嗓音揉着夜色，带了几分沙哑，顾湘刚才好不容易忍住的鼻酸顷刻就被他好听的声线勾了出来，在低头的过程中掉下来两滴重得要命的眼泪。

江澈一开始还没发现什么不对劲，直到走近后听见她鼻间细微的啜泣,才倏地反应过来她在努力忍着哭腔,一下子手足无措。

他不确定她是不是因为自己才哭的。

他马上伸出手,想帮她把眼泪擦掉,却又僵在她眼前无从下手,只能轻声喊她:"顾湘?"

顾湘没理他,光是哭鼻子就够忙的了,加上她又忍不住喉咙里的啜泣,最后索性哭出声来,不停抹往外冒的眼泪。

这一来实在吓到了江澈,他微微弯下腰,想看看她现在的样子:"你怎么了?"

他看她哭得这么惨,猜测应该不是因为自己。

毕竟他应该……不至于让她这么难过吧?

顾湘听他竟然还好意思问,顿时气得呼吸不畅,鼻子全被眼泪塞住了。

但想跟他吵架的欲望更胜一筹,她用力吸了吸鼻子,满是鼻音地跟他呛声:"你管我怎么了,你不是不想理我了吗?"

"我……"江澈看清她哭得通红的眼睛,到嘴边的话一下子卡住,不知道该说什么。

顾湘把他问倒也来劲了,她下午在心里骂了他好久,吵架的说辞准备了好几套,用力抹了一把眼泪,道:"你也别解释你是为了准备竞赛,我都知道了,你九月就考完了,现在离冬令营还远呢!你之前高一的时候都还有时间打游戏,我才不信你现在升了高二就连回来吃饭的时间都没有了!"

然后不等他开口,她又接着问:"你就是故意不想理我的是不是?我哪儿让你觉得不高兴了?你干吗一声不吭就针对我?你不能告诉我一声吗?"

"不是……你没有让我不高兴,只是我最近……"江澈被她问得大脑一片空白,下意识想开口,又意识到自己不管解释什么都徒劳,到嘴边的话戛然而止。

片刻后,他只能抿一抿唇,低声下气道:"对不起,我知道错了,你别哭了。"

他不知道该怎么哄女孩子,这会儿被顾湘指出自己前阵子的种种行径,意识到是他弄巧成拙了。

他有些愧疚,没想到自己会让她这么难过。

他暗暗叹了口气,实在不知道该怎么办,只是看她在自己面前掉着眼泪,鼻尖哭得通红,便忍不住开口跟她保证:"我以后不会再这样了,我跟你道歉……你别生气了。"

顾湘听到这句话,觉得耳熟,很快想起去年刚开学那会儿,他叛逆地不跟自己一起上下学的时候,也是这么道歉的。

可现在一年多过去,打个巴掌再给颗甜枣的把戏在她这儿已经不管用了,她能听出来他在回避她的问题,不告诉她为什么,只说不会再犯。

这人怎么能这样呢?

顾湘光是想到这儿就气得头疼,加上自己刚才已经哭得够惨了,也不再在意自己的形象,重重"哼"了声,本能地低下头,像头刚出生的牛犊用脑袋重重顶了他一下。

她也不知道自己为什么会做出这么幼稚的举动,可等她回过神来,头已经撞上去了。

下一秒,感觉到他的胸口硬得要命,把她的脑袋硌得有点疼,铆足了力也只把他顶得往后退了一步,甚至还感觉到他伸手护住了她的脑袋。

顾湘发现自己的攻击无效后就更气不过了,迅速抬头从他的怀里挣脱,发泄地伸出拳头,在他身上胡乱揍了一顿。

江澈知道是自己把她惹生气的,这会儿看她发泄出来反倒松了口气,也不敢有别的动作,就这么老老实实站着挨打。

直到顾湘最后放轻了力道,怕把他给打坏了,抬头看了他一眼。

谁知道这一眼猝不及防对上他的视线,他原本清亮的瞳仁这会儿有些黯,跟平时很不一样,但她说不出来到底哪儿不一样。

只是看了一眼后,顾湘隐隐觉得,他好像有点难过。

可是为什么呢?

就因为她打他吗?

顾湘意识到这一点,刚才还憋着的一肚子火顿时消了大半,突然觉得有点后悔。

她懊恼地放下手,垂下眼睫,想说一句"算了"。

虽然其实没有算了,但是她不想看到他这个样子。

这么想着,还没等她开口,江澈已经先一步伸出手,用指腹小心翼翼地帮她把脸上的眼泪擦掉,轻声哄道:"别哭了,是我不好,再也不会这样了,我保证。"

他的手很好看,修长洁白,把她的脸衬得很小。

顾湘冷不丁被他碰到,眼泪温热的湿意被他的手指抚开,像在心头柔软地蹭过,随后是逐渐干涸的泪痕,在皮肤上泛起酸麻。

加上他这会儿靠得太近,她一抬眼,光是看到他的眼睛就觉得紧张,没办法理清乱糟糟的思绪,只好点点头,搪塞道:"我困了,还是先回家吧,要不然会被我妈发现的……"

江澈闻言,只好直起身,轻轻点头:"好,那你早点睡,晚安。"

"嗯嗯……晚安……"顾湘赶紧低声应了两句,飞快转身打开门,钻回自己家里。

只是不知道是因为哭得太累还是因为脸太烫,才刚关上门,她就觉得有点头重脚轻,脑袋晕乎乎的。

她现在不但搞不清楚江澈到底在想些什么,也搞不清楚自己在想些什么了。

深夜。

明天是周末,顾湘睡不着觉,翻来覆去地思考自己今天跟江澈在楼道里的对话。

只是想到最后,她才发现江澈这个人可真鸡贼,到现在也没告诉她他前段时间为什么不理她。

可是看他的态度,她又确定自己没做错什么,都是江澈的问题。闭着眼睛在心里罗列了好多个可能,之后又一个个排除,直到闪现出一个终极答案。

顾湘倏地睁开眼睛,摸过床头的手机,在刺眼的屏幕前眯着眼睛给他发微信:

江澈,你是不是有喜欢的人了?

肯定就是因为他有喜欢的人了,所以才不想跟她玩,怕被对方误会。

江澈今天晚上当然也睡不着,尤其是顾湘今天的反应很奇怪,好像特别在意这件事,还哭得这么难过。

他有点不确定,只是因为她太习惯依赖自己了,还是因为别的什么。

江澈在床上冥思苦想了大半天,突然,床头的手机"叮"一声亮了起来,把天花板照得蓝莹莹一片。

然后就看到她的那句:你是不是有喜欢的人了?

江澈一时愣住了,不知道她为什么这么问,但还是第一时间回复:没有。

这头顾湘当然是不相信的,抬头盯着天花板思考了几秒后,继续追问:

那你最近为什么这么奇怪?

江澈犹豫了一会儿,拿起手机给出了一个合理的解释:只是最近太累了。

哦……

好吧,我知道了。

顾湘觉得自己好像也问不出什么。

江澈虽然不知道顾湘到底知道了什么,但看她没有再继续问问题的意思就松了口气。

不久,手机又亮了,他看到顾湘问:

那你以后要是真谈恋爱了,能第一个告诉我吗?

语气听起来很小心。

江澈在心里回味了两遍她的意思后,嘴角忍不住翘起,回复:

好。

只是他想了想又补充:

但是在你高中毕业之前,我不会谈恋爱的。

免得又让她觉得自己要早恋,然后哭鼻子。

顾湘好不容易才等到那个"好"字,谁知道他紧接着就说了这么一句话。

她不自觉用力地咬着嘴唇,觉得脸上滚烫的温度都快把脑子融化了,也让她几乎想不明白,他们的聊天怎么莫名其妙就说到这儿去了。

她犹豫片刻后,垂着眼睫一字一句地问:

为什么啊?

对面很快回复:

我怕你不高兴。

顾湘看到这句,总算受不了地丢下手机,伸手捂住自己滚烫的脸,躲进被子里。

她跟江澈到底在说什么啊?

装了一会儿鸵鸟后,手机又轻轻振了一下,振感隔着被子传到她的脸上,泛起一整片躁动的麻痒。

顾湘忍了一会儿,还是抬起自己今晚因为小动作太多而被折腾得毛毛糙糙的脑袋,看了一眼屏幕。

明天带你去吃烤肉行吗?

顾湘闻言,飞快回了个"好",这才又像丢烫手山芋似的把手机丢回床头。

江澈看到她的回复，知道这样就算和好了。

顾湘每次吃顿好的就能哄好，前提是她愿意跟自己出来吃饭。

于是他放下手机，仰头枕在手臂上，看着不远处书架顶上放着的礼品盒，被房间里的夜色模糊成暗色的一团。

第九章
还要再等等

11月,体测。

顾湘去年已经经历过一次死亡800米,谁知道一转眼一年过去了,又要在周四下午最后一节体育课上被赶鸭子上架地到操场等候发落。

800米被放在了最后一项,之前还得进行一系列身高、体重、肺活量之类的测试,顾湘没料到自己在长跑的致命打击来临之前,就先被身高、体重狠狠地打击了一次。

她之前从来没有什么定期称体重的概念,蔡芬芬是干吃不胖的体型,顾东胜又是个厨子,家里根本没放称。反倒是江阿姨这种精致的都市丽人比较注重保持身材,江澈家的客厅常年摆着个称,也难怪江澈的身材保持得很好。

距离上次称体重已经有整整一年,顾湘再次勇敢无畏地站上了称,很快便被上面的数字吓得屁滚尿流地跳下来。

她依稀记得自己上次好像才九十斤,那个时候身高才一米五六,是非常标准的体型。

可谁知道这次称上的指针越过五十这个红艳艳的数字后就一去不复

返，最后径直弹向了五十六。

她在脑子里先把它转化成一百一十二斤后再减去自己之前的体重，最后得出结论：她，顾湘，一年里竟然胖了二十二斤。

顾湘不可置信地在脑子里把这几个数字掰开来揉碎了地算了好多遍，最后觉得自己整个人都裂开了。

后面老师报的身高她都没怎么注意，只顾神游地过去抓住阮明昭的手，欲哭无泪道："昭儿啊……"

她才开口，下一秒就被班长点名："顾湘，到我这儿登记啊。"

顾湘只好撒开手，慌忙回去问身高。

她这才发现自己已经一米六一了，长高了整整五厘米，变重也情有可原。

阮明昭也跟过来看了眼她的身高体重，下意识感叹了句："好家伙。"

顾湘瞟了一眼阮明昭雷打不动的九十斤，她整个人都瘦得跟麻秆似的，没忍住抬起胳膊肘撞了她一下，警告道："你不准说出去啊！"

"哎呀，不说不说。"阮明昭赶紧把头摇得跟拨浪鼓似的，意有所指地瞟了一眼顾湘的胸部，小声补充道，"再说你肯定都重这儿了啊，你不是说之前去买内衣，胸围有86了嘛，我才78呢！"

顾湘听她突然扯到胸围，赶紧冲她嘘了两声，拉着她的手远离称体重的大部队，然后在空地上跟她大眼瞪小眼了一会儿，忍不住满脸严肃地问："你说我这胸，能有二十斤吗？"

"噗——"阮明昭顿时破功，呛得直咳嗽。

一节体育课的时间根本测不完这么多项目，等顾湘累死累活跑完800米，已经是晚上五点，天色都暗下来了，她只能跟阮明昭双双拖着散了架的身躯行尸走肉般地回到家。

等电梯停在十七层，顾湘没有第一时间回家，而是打开江澈家的门，在客厅卸下自己的书包，上秤称了一下。

上面显示"56.7"。

顾湘没料到自己拼死拼活跑了800米出了那么多汗，没变轻就算了，竟然还敢变重，不服气地把自己的运动服外套给脱了，又上秤称了一次。

"56.1"。

她这下没辙，低头瞄了眼自己的裤子，总不好在江澈家脱了裤子称体重，只好悻悻地捡起外套穿上。

她一边穿,一边想起自己跟阮明昭跑完步太累了,放学后到小卖部买了水,还喝了酸奶,吃了脆骨丸。

好吧……

顾湘想到这儿,被迫接受了现实,然后转头瞄了眼江澈的房门,决定拖着书包到他那儿问问。

毕竟她都这么大了,有点"偶像包袱",江澈又长得这么好看,她比较想听听帅哥的意见。

她推开房间的门时,江澈听到动静,转头看了她一眼,问:"怎么这么迟才回来?"

"下午体测去了,跑了800米,累死我了……"顾湘忍不住冲他哼唧了两声以示愤慨,凑到他的书桌边上,站直示意他,"江澈,你快看看我,有没有发现我有什么不一样?"

江澈闻言,老实停下手里的笔,抬头看向她。

顾湘刚跑完800米那会儿,脸上因为充血红成好笑的绛紫色,好在这会儿已经休息了大半个小时,瓷白的皮肤只剩下两颊粉红色的余韵,看起来很漂亮。

尤其是她用期待的眼神看着江澈的时候,眼睛睁得大大的,表情认真又专注,像是会有鲜花从她的目光中盛放。

江澈本来还以为只是随便看看,谁知道她这么仔细地盯着自己,不自觉握紧指间的笔,有些无措。

但又怕答不出来会让她不高兴,他只能努力集中精神,仔细地从她的头发一路打量到她的袜子,却愣是看不出有什么不一样。

直到下一秒,顾湘试探地问了句:"看不出来?"

江澈被催得紧张,下意识脱口而出:"是不是比昨天更漂亮了?"

顾湘听到这句话,忍不住皱了一下鼻子,怀疑地看了眼自己今天邋里邋遢的运动服,反问:"真的吗?"

"嗯……"江澈看她露出这个表情,就意识到自己猜错了,但只能硬着头皮点点头,紧了紧发干的嗓子。

这头顾湘虽然不知道他怎么突然夸自己漂亮,但对这种好话总是受用的,高兴了两秒才继续回到之前的话题,提示他:"不过我不是说脸啊,我是说身体,你没发现我身体变得不一样了吗?"

江澈闻言,脸上的表情僵了一下,犹豫地把视线往下挪了挪,又不敢多看,耳朵一下子变得通红。

他不确定顾湘到底在说些什么，只知道自己不大对劲，她的话很难不让人想歪。

顾湘本来还以为这个问题很好回答的，谁知道江澈一副欲言又止的样子，她伸手挠挠后脑勺，疑惑地问：“你没发现我长高了吗？”

"哦……长高了啊，"江澈总算反应过来，暗暗松了口气，点头道，"嗯，是长高了。"

"我告诉你啊，我现在都一米六一了呢，跟我妈差不多高。"顾湘想到这儿还挺得意，挺了挺胸膛站得笔直，跟新兵在接受检阅似的。

江澈本来也没觉得她长高了，听到这个数字，眉心轻跳了一下，想说一米六一其实不高，都还没到他的肩膀。

不过表面上他也不敢说，只能继续点头附和："嗯，长高了就好。"

"那除此之外呢？你没发现还有什么不一样吗？"顾湘紧接着又问。

江澈这回不敢多猜，虚心跟她请教："还有什么？"

"你没发现我变胖了吗？"顾湘抬了抬胳膊，睁大眼睛问他。

要是他看不出来，那就证明她根本没胖，只是长高了而已。

江澈闻言，犹疑地摇了摇头，片刻后回答："可能看习惯了吧，你这次体测长胖了？"

"就是体重吧……重了很多，"顾湘不情不愿地回答，往一旁的凳子上一坐，又道，"但是我这不是生长发育阶段嘛，变重也正常吧？"

"你重了多少？"江澈又问。

顾湘听到这话，纠结地皱着脸哼了两声，挤出一句："你就别说重了多少吧，那个数字听起来太可怕了……你就说我现在的体重，差不多五十六吧。"

江澈若有所思地点了点头，转了圈手里的笔后，很快告诉她："那你现在的 BMI 差不多是 21.6，挺标准的，保持现状就行了。"

"BMI 是什么东西？"顾湘抬头看着他。

"身体质量指数，粗略判断你的体重健不健康的，"江澈说着，重新把身体转向书桌，"所以你要是真觉得自己不健康，就每天下午都去操场跑步，你不是快参加体育中考了吗？"

"怎么就快了啊，这不是还有一年多嘛……"顾湘嘟囔了句，刚才听他说自己一点都不胖就放心了，迅速从长胖二十二斤的悲伤中走了出来，满脑子想着今天晚饭吃几碗比较好。

"那我问你，你现在 800 米要跑多久？"江澈看她根本不把中考的事放在心上,轻声反问了句。

顾湘今天下午刚跑了班里倒数第五的800米,脸上不由得浮现出一丝窘迫:"呃……四分……三十……呃……哎呀,你别问了啦,我到时候会努力的。"

江澈对此只是轻嗤一声,睨她一眼:"你也别以后了,就从明天开始,每天放学到操场上跑两圈,我到时候路过监督你。"

"啊?"顾湘没料到他竟然当真了,忍不住从凳子上跳下来。

"啊什么啊?"江澈抬手弹了一下她的脑袋,第一时间镇压下她的气焰,"让你多运动运动还不乐意?想不想读高中了?"

顾湘被他堵住话头,理亏地咬了咬唇,只好摆出一副可怜兮兮的样子盯着他。

一直盯到江澈不自在地轻咳了声,移开视线,她才伸手扯扯他的袖口,弯着眼睛讨好道:"我们不说这个了,先吃饭去吧?"

江澈受不了她这一套,只能深深叹了一口气,被她从椅子上拉起来,半推半就地到她家吃饭去了。

但顾湘还是遭了江澈的暗算。

坐上饭桌后,江澈便径直对蔡芬芬提起顾湘的800米成绩,格外语重心长地开口:"体能是需要长时间锻炼积累的,顾湘不可能到明年四月临时抱佛脚,得提早练起来。"

蔡芬芬闻言,第一时间转头示意顾湘:"听见了没?你江澈哥哥让你赶紧多运动。你多看看人家,身体锻炼得多好,哪像你啊,满肚子肥肉。"

"我肚子上才没有肥肉!"顾湘第一时间出声辩解,她现在年纪大了脸皮薄了,不想被江澈听见这样的话。

"那你就赶紧听哥哥的话,每天下午给我跑步去,不跑步就别回来吃饭了。"蔡芬芬给她下达最后通牒。

"我……"顾湘在两个人的淫威之下不敢造次,只能捏着筷子戳戳自己碗里的饭,不情不愿地"哦"了声。

然后,她就这样赶鸭子上架地开启了她的血泪跑步史。

距离期末考还有一个月的时候,江澈收拾起东西,出发去参加CMO(Chinese Mathematical Olympiad,中国数学奥林匹克)的冬令营。

等他再回来的时候,已经是传说中的全国银奖获得者,名次很靠前,还收到了来自清北大学的合同,貌似高考只需要过一本线就能去读他们的数院。

一本线对江澈来说小菜一碟，顾湘当时光是听说他有可能去上清北就傻眼了，没想到跟自己从小长大的人竟然有可能会去上自己从小听到大的传说中的学校。那段时间，她每天看江澈的眼神都怪怪的，总觉得江澈很快就要羽化成仙飞走了，甚至会时不时盯着他发起呆来，过一会儿突然冒出一句："你真的要去读清北了吗？"

江澈对此倒是淡定得很，听她这么问只回答"还不确定"，每天依旧早出晚归地去上学，只是花在游戏跟篮球上的时间翻了好几倍，估计是想把之前落下的补回来。

这样的日子持续了没多久，顾湘很快就被江澈回来后每天都要跑步的现实给打败，也不管他是不是快要去读清北的神童了，每逢下午去操场跑步就必定要在心里骂他。

但更可气的是她虽然每天都跑步，体重倒是稳定得很，下午饥肠辘辘地回来恨不得干三碗饭，能变轻才怪。

这种可耻的跑步持续了两个星期，期末周总算甜美地如约而至。

顾湘宁愿每天写十道小车跟木块的受力问题也不愿意继续跑步，这一来总算找着借口，整天装得比谁都勤奋刻苦。

可惜期末满打满算只有两周，等到寒假开始，顾湘就又被某个雷打不动的锻炼狂魔每天早上七点拉去晨跑，在刺骨的寒风中口吐白雾地绕着小区跑完四圈才能坐下来吃顿饱饭。

但这就算了，更惨的是她妈妈这个寒假还动了给她报辅导班的念头，就因为她这学期的科学始终在八十分上下横跳，这门科目到了初三占分又多，实在不能放任她自流。

顾湘当时得知妈妈在咨询辅导班的事情，第一时间饱含热泪地求助江澈，最后总算成功拜到了他的门下，每天拎着那本厚厚的《科学培优讲义》趾高气昂地到他那儿补课。

江澈作为顾湘的新晋科学老师，秉承着最先进的劳逸结合的学习方法，顾湘每天在那儿学一个小时科学，玩一个小时电脑，还有他洗好切好水果呈上来，小日子过得挺逍遥。

也就是在这段日子里，顾湘偶然开启了橙光游戏的新大陆。

让顾湘生气的是，她中途不小心走错了一步贴吧的攻略，又不小心把之前的存档给覆盖了，硬着头皮刷到结局只有镜花水月一场空，气得她在电脑桌前狂怒了一阵。

等她发完火静下心来，翻出昨天的存档打算再走一遍剧情又有些不耐烦，最后索性关了游戏页面，翻开科学卷子让自己冷静冷静。

只是今天下午为了提早写完作业牺牲掉了午睡时间，这会儿兴奋褪去，卷子上的白纸黑字乏味得要命，她又怕冷，房间里开着让人昏昏涨涨的暖气，困倦很快上浮。

顾湘没一会儿就打起了第一个哈欠，一手撑着脑袋，在卷子面前两眼无神地发着呆。草稿纸上的第一笔还在画受力分析，之后的 FG 之类的字母就开始变形，到最后干脆成了蚯蚓一般深深浅浅的乱线。

江澈补完自己这学期因为参加竞赛而落下来的化学教材全解，转头一看，就注意到某人拎着笔在桌前不停地小鸡啄米的画面，眼皮跟百叶窗似的耷拉着，显然是困得不行了。

他看了她一会儿，饶有兴味地伸手戳了一下她指间摇摇欲坠的中性笔，笔杆应声滑落，"啪嗒"一下，在草稿纸上留下两点墨迹。

顾湘慢了好多拍才反应过来手里空了，茫然地抬起眼皮，从鼻间懒洋洋地冒出一声："嗯？"

江澈看她这副样子，轻声提醒道："困了就睡会儿吧，晚饭的时候我叫你。"

"唔……"顾湘应了声，头重脚轻地推开椅子站起来，掀开被子甩掉拖鞋钻进去，不到两秒就睡着了。

她这个寒假没少偷懒，一开始睡江澈的床还有点不好意思，但越到后面越熟练，现在已经能做到沾枕即睡。

江澈的被子很干净，和他的校服一样，有很淡的洗衣液的香味，对她来说已经熟悉到成了某种习惯。

江澈没一会儿就听见身后传来均匀的呼吸声，难免被她惊人的入睡速度逗笑，转过椅子来看了她一眼。

顾湘寒假在家的时候喜欢穿毛茸茸的睡衣，去年的图案是奶牛和小黄鸭，今年又换成了唐老鸭和史迪仔。

那套深蓝色的睡衣把她的皮肤映得很白，像刚蒸好还在冒热气的糯米糕团，两颊浮着被暖气熏得恰到好处的红晕。

顾湘睫毛很长，江澈伸出手指很轻地碰了一下，触感像想象中一样，软得像幼鸟腹部的绒毛。

顾湘似乎在睡梦中感觉到了这样的触碰，无意识地闭紧了眼睛，像风拂过后含羞草受惊敛起的叶子，从鼻间无意识地冒出两声呓语。

江澈条件反射地收回手，怕她被自己惊醒。

好在顾湘睡得很熟，咂吧了两下嘴，扭过头没动静了。

江澈松了口气，不敢再伸手碰她，轻轻站起身来，出门去了。

2017年，6月。

江澈这一届的高考正好遇上省内改革，原本的文理分科成了七选三，除了物、化、生、政、史、地六门学科，多加了一门信息技术与通用技术，有三十五种不同的组合。

但一、二班作为年级里的实验班，理论上是不会因为选科而重新分班的，在高二时便默认选了物、化、生三门，只有个别例外的同学会提交申请另选其他班级，空出的名额由平行班中成绩拔尖并选了物、化、生的人补上。

江澈之前花费了太多精力去准备数学竞赛，选文并不占优势，高二依旧留在了一班，等到竞赛结束就老老实实跟班上的人同步复习。

考试科目改革后，考试时间和次数也有相应的变化，原本6月的一考定终生改成10月跟4月两次选考机会，英语也能在10月和6月各考一次，大大提升了高考的容错率。

只不过对江澈来说，多出来的一次考试机会没什么用，仅仅是让他在高三的上半学期就拿下了140分的英语和300分满分的物、化、生，提前开始在高中养老。

那段时间他的课表空得可怕，四门课不用上，数学卷子也不怎么写，晚上还能大摇大摆地不去学校上晚自习，让在初三摸爬滚打的顾湘妒忌得眼都红了，每天碎碎念"怎么高三比我初三还轻松"。

等高三下学期的自招跟三位一体结束，江澈4月去了江大一趟，中间他不知道是收了江大什么好处，最后竟然放弃了跟清北的合约，签了江大王牌学院的工科试验班，这里前几年的高考录取分数跟清北持平，听起来牛哄哄的。

到了6月的高考，江澈只需要考语文和数学两门，闭着眼睛都能在9月跨进江大的校门。

但轻松归轻松，仪式感还是得有。高考这天早上，顾湘她爸特意起了个大早，到菜场买了菜回来给江澈做长寿面，虽然也不知道为什么高考要吃长寿面，但他那一大盆热气腾腾的面煮出来后摆得花团锦簇，看着就喜庆。

高考这几天,初中部的教室得腾出来做考场,顾湘托江澈的福在家放假,早上难得没赖床,硬着头皮跟着他们几个家长起了个大早,睡眼蒙眬地顶着鸡窝头在餐桌上一块儿吃长寿面,不想错过江澈高考这件人生大事。

等早饭吃完,几个家长纷纷表示要回去补觉,毕竟考点离家走路才十分钟,不用他们送。反倒是顾湘最有良心,她想也不想溜下凳子,一路把江澈送到了门口。

然后看江澈穿完鞋准备出门,她忍不住也跟着换了鞋,出声叫住他:"我送送你吧,我送你到楼下。"

江澈回头看她一眼,点头应好。

只是顾湘嘴上说着只送到楼下,送着送着就莫名其妙送出了小区门,一直到江澈出声提醒:"你不回去吗?"

"我陪你去学校吧,免得你路上出什么意外,我得把你送到校门口才放心。"顾湘回答得一本正经,只是语气隐隐有些低落。

她中途抬头看了眼面前熟悉的马路和红绿灯,大约是今天高考的缘故,学校附近的主干道不鸣笛,还多了自愿免费接送考生的车辆。路上有三三两两没穿校服的学生,脸上的表情和平时很不一样,一看就是准备去高考的。

她看着他们,没忍住有些艳羡,叹了口气道:"你以后不会再走这条去学校的路了,今天是最后一次了吧!"

江澈注意到顾湘情绪的变化,垂眸看了她一眼。

或许也有早起的原因,顾湘那些奇怪的酸涩这会儿发酵得有些厉害,风一吹似乎都能闻到酸溜溜的味道。

她光是想到江澈的高中生涯今天过后就结束了,心里的落差就不可避免地越拉越大,嘴里低声喃喃:"江澈,你今天考完,九月就能去读江大了……我之前看了好多江大的照片,比我们学校大多了,有十几个食堂,操场也有好几个,还有很多社团活动,肯定很有意思……我也好想读大学啊,可是我中考都还没考呢,还得在这儿读好久的高中。"

说到这儿,顾湘抬头吸了吸鼻子,感叹道:"高考真好啊……我也好想今天就高考。"

江澈听到这儿,不得不停下脚步,低头看着她:"你是不是……"

然而话一开口,他又不知道该怎么形容她现在的感觉,尽管他比谁都明白她为什么怏怏不乐。

末了,他只能伸手轻揉她的脑袋,安慰道:"很快的,高中学习这么忙,三年一下子就过去了。"

顾湘完全没被这句话安慰到,尤其他还哪壶不开提哪壶,说什么学习很忙的话。

但这会儿她没什么心思回嘴,垂下眼睫抿抿唇,忍不住道:"可是你读大学之后,一个学期都不会回来几次了,我只能一个人在这儿。"

高中本来就够难熬的了,更何况他还早早脱离了苦海,离她这么远。

"不会的。"江澈长叹了口气,有些无奈,"我又不是去北城读书,江大校区离我们这儿开车才半个小时。"

"才半个小时?"顾湘听到这句,诧异地抬起头,想想自己平时走路上学都得十分钟呢,他上大学竟然才半个小时。

下一秒,她忍不住伸手重重打了他一下:"你怎么不早说!"

亏她昨天晚上因为想这件事想到失眠。

"我还以为你知道……那个校区就在银泰边上,对面是西城湿地,你不是都去过吗?"江澈问她。

顾湘听他这么一讲,似乎也有了点印象,蔡女士以前开着车带她路过的时候甚至特意指着窗外让她看过,说什么那就是传说中的江大,江澈以后说不定就能上这个大学呢。

只是当时那个校区的大门貌似不是很气派,就在一块大石头上写了个字,潦草得很。

在江澈面前闹了个乌龙,顾湘有点窘,只能移开视线小声辩解:"还不是怪我妈,说你上大学之后就不回家了,得跟大学同学住寝室什么的,还说亲戚家那些小孩上了大学一年都见不着几次面……搞得我还以为有多远呢,谁知道你上的是什么家门口大学。"

江澈被她的形容听笑,拍拍她的脑袋提醒:"行了,快走吧,现在知道了就好。"

顾湘赶紧点点头跟上,这会儿松了一大口气,连带着脚步也轻快了许多。

只是不知道是错觉,还是一早起来着凉了,等一路走到新世纪外国语中学的校门口,她的肚子从刚开始的隐隐作痛变成了一跳一跳地疼,又怕打搅他考试的心情,只能偷偷捂着肚子忍着。

但江澈光是看她佝偻的背就意识到不对劲,问:"你的肚子怎么了?

又疼了？"

顾湘肚子疼的毛病是最近一阵子才有的，吃完了饭老是胃胀气，只不过全家都以为是她吃太多了，泡两包午时茶喝完就好了，她也没说什么。

但今天似乎疼得格外厉害，顾湘本来只想用一句"可能吃坏肚子了"一笔带过，只是紧接着就警觉起来，抬头看向他："完蛋了，不会是我爸做的长寿面有问题吧？那你怎么办？你现在疼不疼？"

江澈听到她的话，低头跟她面面相觑，很快安慰："应该不会，我现在不觉得难受。"

"不行不行，你等一下啊，我打电话帮你问问我爸我妈。"顾湘光是想到他高考可能会掉链子就吓得要命，也顾不上自己痛得像在被机关枪扫射的肚子了，赶紧拿出手机打电话。

那头蔡芬芬跟顾东胜显然都睡死了，过了好一会儿才接起电话"喂"了声，紧接着就被顾湘说早饭可能有问题的话给吓清醒了，睁开眼仔细感受了一下自己的肚子，最后得出结论：他们没事，只有顾湘疼，赶紧回来喝午时茶。

顾湘也放下心来，挂断电话示意江澈："太好了，就我一个人疼，肯定是昨天晚上吃坏了，早饭没事。"

但江澈轻松不起来，他担心地问她："那你怎么办，要不要去医院看看？"

顾湘赶紧摇摇头，伸手把他往学校里面推："没事没事，你快别担心我了，赶紧进去，多想想你的考试。"

江澈当然也知道高考重要，只是进去之后仍然不大放心地一步三回头，刚想提醒她别再喝什么午时茶了，赶紧去医院看看，就看她有点着急地踮起脚尖，摆摆手催促他："快进去，等你下午考完了我就来接你！"

他暗暗叹了口气，只好听她的话，转头去找自己的考场。

江澈下午提早交了数学卷子出来，却没在挤挤挨挨站满家长的校门口找到顾湘的影子。

他来回绕了几圈，差点被校门口蹲守的记者拉去采访，最后他才总算接受了顾湘没来的事实，一边转身往家的方向走，一边从书包里拿出手机开机。

手机里有几条未读消息，他点开看了眼，发现是顾湘的妈妈发来的：

江澈啊，湘湘今天肚子疼是得急性阑尾炎了，现在在医院做手术，还特意让我跟你说一声，下午不能来接你了。

江澈看到这个消息，原本因为没看到某人来接自己而产生的一丝怨念瞬间消失，第一时间给蔡芬芬打了个电话。

蔡芬芬这会儿也还在医院，他问清地址后，打了车过去找他们。

顾湘今天早上才确诊了阑尾炎，但因为再过两个星期就是中考，怕到时候因为这件事掉链子，加上蔡芬芬断言她要是再大冬天吃两盆冰激凌迟早要完，便本着晚割不如早割的原则，也不采取什么保守治疗了，下午就被打了麻药推上手术台。

江澈到的时候手术已经结束，麻药的药效也过了，顾湘正在病床上睁着眼睛生无可恋地挂点滴，她妈妈在一旁吃顾爸爸从店里带来的午饭。

直到顾湘眼角的余光瞥见江澈熟悉的身影，眼睛才跟着亮了亮，努力不牵动肚子上的刀口，轻轻出声招呼他："你怎么来了啊？考试考完了？"

"嗯。"江澈走近看了她一眼，发现她动完手术后脸上都没什么血色了，忍不住皱起眉心，低声问了句，"做手术疼不疼？"

"之前打完麻药睡着了不疼，现在有一点感觉了，动一下就疼。"顾湘说着说着，嘴角一个劲地往下耷拉。

"那得多久才能恢复好出院？"江澈又问。

"好像得七天吧，学校那儿就去不了了……而且我这两天都不能吃东西，只能挂水，现在闻到我妈妈吃的饭都快香死了。"顾湘习惯性地冲他哼哼唧唧卖惨。

那头蔡芬芬没好气地睨她一眼，主动收拾起饭盒："行行行，我出去吃行了吧？来，江澈，这位置给你坐。刚好我跟湘湘她爸去店里一趟，你帮我看着她一会儿。"

江澈点头应了声"好"，在顾湘的病床边坐下。

家长走了之后，房间里很快陷入安静，江澈这辈子还没在医院陪过病人，眼下又没什么事可做，跟她对视了一眼，问："你住院这几天不去上学的话，学校的作业怎么办？"

顾湘听到这句话，给了他一个无语的眼神，反问："江澈，你觉得现在跟我谈作业的事合适吗？"

"不好意思。"江澈被她一问也反应过来，想了想，又问，"那你想听什么高兴的事？"

"你高考完不就挺高兴的嘛，我妈说你九月才开学呢，你能放三个月的假。"顾湘光是想想就羡慕得要命，咂了咂嘴又问，"你暑假有没有什么安排啊？比如跟同学出去旅游什么的？"

江澈摇摇头："没什么安排，不过放假之后第一件事应该是学车吧，到时候上下学会方便一点。"

"学车？"顾湘眼前一亮，"那你学完了是不是就能开车去读大学了？"

"嗯。"江澈点点头，大概是想到了什么，嘴角跟着弯了弯。

"除了学车呢？"顾湘又问。

江澈看了顾湘一眼，回道："就是监督你学习吧，你不是得上高中了吗？"

顾湘翻了个白眼，往后仰了仰头，把脸缩进被子里。

过了一会儿后，她闷声提醒他："那你每天下午都到学校帮我把卷子拿过来吧，我待会儿给阮明昭发个消息，让她下星期帮我把卷子收着。"

"好。"江澈看顾湘一副气鼓鼓的样子，再次失笑。

等到天色渐沉，顾湘头顶的水总算挂完，虽然连着两顿没吃饭，这会儿胃里却毫无知觉，因为尿急的感觉强烈到完全无法忽视。

但这会儿刚做完手术，下床还有些困难，虽然护士几次进来提醒可以试着下床动一动，帮助肚子排气，但顾湘都摆摆手说不用，努力忍着尿急的焦灼。

至于为什么要忍，还不是因为江澈一直在她边上形影不离地待着，她下床又得有人搀扶，总不能让他把她搀进厕所，那她活了十五年的老脸可就全丢光了。

顾湘就这么辛苦地在床上忍了大半个钟头，一边还得对江澈的嘘寒问暖赔笑，中途忍不住拿出手机跟妈妈求救，让妈妈赶紧回来把她支走。

蔡芬芬嘴上应着好，实际上还是姗姗来迟，等她的身影出现在病房门口时，顾湘都快憋得失去知觉了，恍惚间觉得有天使降临。

蔡芬芬一进门就遵循了顾湘的指示，热络地出声示意某人："辛苦你了啊，江澈，帮忙看了这么一下午，晚饭都还没吃吧？现在时候也不早了，赶紧去吃点东西吧，这儿阿姨来就行，要不得饿坏了。"

顾湘一个劲地在床上点头，用殷切的目光驱赶某人。

谁知道江澈闻言，竟然摇摇头说自己不饿，甚至还补充了句："阿姨，要是你们晚上忙的话，我可以在医院给她陪床，刚好考试都考完了。"

"别别别……"顾湘一听这句话都快被吓晕了,第一时间出声阻止,"你快回去吃饭吧,高考都考完了晚上干什么不行啊,是家里游戏不好玩,还是家里的床不软?干吗在医院待着,这儿这么无聊。"

江澈闻言,有些讶异地转头看向她,没料到她竟然这么不想让自己留下。

好在蔡芬芬及时出声打了圆场:"没事啊,江澈,阿姨晚上不忙,店里有湘湘她爸在呢,都收拾好了。你赶紧回去吧,你妈妈刚刚还问你什么时候回去,说得跟你问问明天晚上班里散伙饭的事。"

"哦,好,那我先走了。"江澈听她都说到这份上了,也不再强留,拎上自己的书包出门,只是临走前不太放心地问了句,"那我明天再来看她,行吗?"

"行,当然行啊。"蔡芬芬露出一个笑容,用力点点头。

床上的顾湘也挤出一个微笑,直到目送着江澈关上房门离开,才崩溃地喊了声:"妈!快扶我起来!我快憋死了!"

蔡芬芬闻言,赶紧放下手里的包,一边走近帮她把床头调高,一边"啧啧啧"地出声嫌弃她:"你说你,我都不知道你怎么想的,干吗硬憋着啊?人家都跟你认识多少年了,让他帮忙扶一把怎么了,谁活着不上厕所啊?"

顾湘这会儿尿急得很,还得顾及肚子上没愈合的伤口,每一寸挪动都显得格外艰辛。

尽管如此,她嘴硬的功夫倒是不减,理直气壮地回:"我就不要,我才不好意思!"

蔡芬芬看她那样,忍不住轻嗤:"不知道的还以为你暗恋人家,连上个厕所都不好意思,平时数学考八十分怎么没看你不好意思?"

顾湘不知道妈妈突然胡说八道些什么,扯什么暗不暗恋的,默默闭上嘴,片刻后才从鼻间闷哼了声。

阑尾炎的手术创面小,也不用拆线,七天后顾湘就恢复得差不多了,又能够活蹦乱跳吃嘛嘛香,只好老老实实回学校上最后一周的冲刺复习课。

不过中考她倒是不太紧张,毕竟新世纪外国语中学的初中生百分之九十九都能升高中部,剩下的百分之一也大多不是因为成绩,而是因为不想再交这么高的学费。

这样一来,中考对新世纪外国语中学的学生而言更像是分班考试,成绩好的能进传说中的一班、二班,好比江澈,而成绩中等的则会均匀分配到剩下的十个平行班,比如顾湘。

但鉴于新世纪外国语中学这所学校的整体实力,平行班并不差,师资跟生源普遍强于杭城一般的民办学校,只是没有一班、二班那些用时间跟金钱堆积出来的卷中之王那么恐怖罢了。

等中考考完,顾湘当天晚上就跟江澈出去大吃了一顿,还买了新的手机和平板,借此度过她紧张刺激的高中生涯前的最后一个暑假。

只是说是暑假,却并没有两个月,新世纪外国语中学八月就"贴心"地给新生安排了预备班,顺便穿插一个军训,这个假期满打满算也就五十天。

但那头江澈的假期有整整八十天,顾湘特意在日历上一天一天地数下来,再次红了眼睛。

唯一让她觉得有点安慰的,大概也只是江澈暑假竟然没安排出去旅游,头一个月考完了驾照买了车后就老老实实待在家里,除了打游戏、打篮球,还自觉地买了学校列出的标准用书,学起《大学物理》跟《高等数学》来,看得顾湘眼皮直跳。

不过江澈考完驾照倒是便宜了顾湘,放假偶尔跟人约着出去吃饭看电影不用再顶着大太阳去坐地铁,也不用卑微地求她爸妈晚上来接她,给江澈打个电话就行,他那辆新车空调舒适,风雨无阻。

而这种老麻烦江澈做司机的事被蔡芬芬知道后,晚上吃饭那会儿她不经意地提了一嘴:"等你过两年高考完了也像江澈这样,赶紧把驾照给考了,到时候给你买辆mini,以后想干什么就都自己去,省得老麻烦别人。"

顾湘当时吃着饭,不以为然地回道:"江澈不是都学完了嘛,我就不用学了吧,到时候坐他的车不就好了?你说是吧,江澈?"

江澈闻言,轻点了点头。

蔡芬芬看顾湘一副没志气的模样,嫌弃地瞥她一眼,毫不留情地问:"哦,他学了车就得老带着你啊?你给人家开工资了没啊?再说江澈都上大学了,等以后谈了女朋友,你一个电灯泡打算坐他的车顶还是车底?"

顾湘听到这句话,总算后知后觉地意识到了什么,费力咽下嘴里的饭,抬起头来。

她在这一刻突然回想起很久之前他们的一次聊天,当时江澈还说什么不会谈恋爱之类的话,现在想想根本就不可能算数。

如果他真的在大学遇到了喜欢的人，他又这么优秀，怎么可能会因为她高不高兴这种无足轻重的理由拒绝谈恋爱？

他们又每天见不着面，就算他谈了，只要不告诉她，她就不会知道。

这头江澈握着筷子的手也僵了一下，意识到话题变得有些敏感，条件反射地转头去看顾湘。

同一时间，他的大脑在紧急思考顾湘的妈妈说这句话是不是有什么更深层的用意……

饭桌上的气氛一瞬间凝固。

直到半天后，顾湘闷闷收回视线，用筷子戳着自己碗里的米饭，嗫嚅了句："他要谈了女朋友我就不坐他的车了呗……反正等我上了大学，我也可以找一个会开车的男朋友嘛。"

江澈闻言，眼皮狠狠跳了一下，不太明白怎么就发展到这一步了，她怎么就要找个会开车的男朋友了？

蔡芬芬也没想到这小兔崽子竟然敢拿男朋友这样的话反驳，一时语塞，不知道该怎么说她比较好。

饭桌上的气氛再次凝固。

第十章
目标上江大

9月。

江澈去学校报到那天,顾湘得去学校上课,没能跟他一起去传说中的江大逛逛。

不过他早上把行李箱放进后备厢的时候,顾湘就在一旁看着。一直到江澈摸摸她的脑袋跟她道别,他们一家三口都上了车,红红的尾灯消失在地下室透着白光的出口后,她才忍不住掉了两滴眼泪,上楼之后还把自己关在房间里傻乎乎地哭了一把。

之后她重整旗鼓,安慰自己熬个三年也能去读大学,便收拾起书包去学校。

暑假的预备班结束后,正式上课的日子就到来了。只是顾湘这一届卷得厉害,从高一开始晚自习就延迟到了晚上九点二十,比江澈当年要累得多。

这样一来,她爸妈也不放心她晚上一个人回家,加上住校生不能带手机到学校,刚好能让她戒戒网瘾,便商量着让她住校去了。

顾湘对此难得没什么异议,江澈考上江大后,她偷偷去看了高考状元榜,发现只有前一百五十名的人能上江大,而她现在的成绩……还在三百名开外游荡。

她这才深刻意识到事态的严峻,她嘴上虽然不说,心里还是有点念想的,想跟他考同一所大学。

于是她老老实实上交了所有用来吃喝玩乐的电子设备,收拾好行囊,生平第一次离开妈妈、爸爸住校。

初升高之后,寝室都打乱重新分配,大家彼此之间都不熟,也不存在她刚住寝室融入不进去的情况。加上寝室里的床虽然小,但顾湘还是坚持把陪了她三年的小羊带了过去,她已经养成了习惯,晚上没羊就睡不着,多少还是有些安慰的。

所以唯一让人不太适应的,大概也只是开学之后,她真的从早到晚都见不到江澈了。

以前只要她觉得无聊就能打开他家的门进去骚扰他学习,跟他一块儿拼他买的高达模型;觉得饿了就能到他家的茶几上看看有没有什么好吃的,或者让他带自己出去下馆子;学习学困了能在他的床上倒头就睡,躲避蔡女士的念叨,夜幕降临便带他一起回家吃晚饭……

但是现在不行了,一个星期到头连微信都发不了,晚上熄灯后突然很想跟人聊天,也只能睁着眼睛安安静静地盯着她那顶小小的蚊帐,直到迷迷糊糊地翻过身抱着小羊睡着。

至于身边唯一能跟外界沟通的工具,只有寝室里安装的老式电话,只是大部分时间都被三床的一个女生占用了,她也是第一次住校,每晚固定要给她妈妈打电话。

加上顾湘平时待在寝室的时间不多,没有跟人煲电话粥的机会。每天早上六点半的起床铃响起后就得忙着叠被子、刷牙、洗脸、整理内务,中午饭后的午休时间只来得及在桌上趴着眯一会儿,晚自习下课后都得赶时间跑回来,寝室六个人得在十点之前洗完澡熄灯。

这种跟江澈断联的日子持续了整整两天后,周三的晚自习结束,顾湘跟一个室友绕到超市买了冰棍回来,边吃边打开寝室门,就看三床的彭可瑷刚好放下电话听筒,示意她:"顾湘,刚刚有人找。"

"谁啊,是我妈吗?"顾湘吸了一口山楂味的冰棍,问。

"不是,一个男生,声音还挺好听的,叫江澈。"对方帮她把电话上回拨列表调出来,站起身。

"江澈？是上届刚毕业的那个江澈吗？老师说江大为了签他给了二十万元奖金那个？"跟顾湘一块儿去买冰棍的室友叫周敏敏，一听便兴奋起来。

"说到这我就不困了啊，"在下铺的一床突然掀开一角，探出个脑袋来，"顾湘，你和他什么关系？"

"哎呀，我们就是邻居……"顾湘赶紧摆摆手澄清，争分夺秒地在桌前的椅子上坐下，给江澈回拨电话。

"邻居干吗要给你打电话啊，还特意卡在你晚自习之后？我刚才一回来电话就响了。"彭可瑗正准备收拾东西去洗澡，顺口戳穿。

"对啊，而且人家都上大学了吧，还跟你有联系啊？"周敏敏意味深长地看着顾湘，然后趁她不注意，飞快俯身按下电话上的免提键，"彭可瑗还说他声音很好听，我倒要听听有多好听。"

"哎……"顾湘猝不及防被她开了免提，电话扬声器的里很快发出响亮的"嘟"声，吓得她赶紧关掉。

但周敏敏及时阻止了她，冲她双手合十拜了两下，满脸真诚地求她："顾湘，就听一句，我还没听过学霸给人打电话呢，后面你们俩的小秘密我们保证不听！"

"对对对，保证不听！"床上的吴畅阅这会儿已经趿拉着拖鞋下来了，火速凑近了电话。

顾湘看她们俩这样子也不好拒绝，加上某种微妙的虚荣心作祟，嘴上小声应了句："好吧。"

电话的两遍"嘟"声响过后，那头接了起来，响起江澈的嗓音："顾湘？"

江澈清朗的声线在话筒的电流过滤后显得格外磁性低沉，以至于他喊完顾湘的名字后，原本躁动的寝室一下子安静下来，连顾湘一时都没反应过来，只觉得耳朵被他的声音烘得热热的。

他又温声问了句："晚自习下课了？"

顾湘这才回过神，捧着听筒乖乖地"嗯"了一声，尽管现在还开着免提。

那头江澈听清她的声音，也安静了一会儿，末了突然问她："你正式开学多久了？"

顾湘自从开学就恨不得每天数着日历度日，闻言想也不想就回答："三天了。"

"那寝室里有电话吗?"江澈又问。

"有啊。"顾湘不知道他为什么这么问,只顾老实回答。

江澈顿了顿,又问:"三天了你都不想着给我打个电话?"

顾湘捧着电话筒回答:"刚开学太忙了嘛,平时都在教室,没什么时间打电话。"

"这样啊。"江澈听她说了这么多理由,轻轻应了声,很快示意她,"那现在挂了吧,我不打扰你休息了。"

"哎哎哎,别啊,好不容易才能跟你通一次电话呢……"顾湘听出来他语气里的不高兴,第一时间讨好道。

"是吗?"江澈的手指在桌上弹动两下,想了想,问,"你不会是忘了我的手机号码吧?"

"怎么可能!"顾湘闻言,格外流利地背了一遍他的电话。这串数字她从初一拨到高一,怎么可能不记得,她背完还吸了一口手里快融化的山楂冰棍。

江澈听完,满意地轻笑了声,问:"又在吃什么呢?"

顾湘回答:"吃冰棍呢,山楂味的,超好吃!"

江澈被她美滋滋咂嘴的语气逗笑,都能想象出她吃冰棍的模样。

顿了顿,江澈提醒:"大晚上少吃点凉的,你阑尾炎手术才做了多久?"

"没事没事,阑尾不都被割走了嘛,以后再也不会得阑尾炎了。"顾湘不以为意地回答,把冰棍棒嗍得干干净净后丢进垃圾桶。

"那你知不知道吃坏了肚子还可能得胃肠炎跟胃溃疡?又不只有阑尾炎这一种病。"江澈反问。

"哎呀,我知道啦……"顾湘怕他念叨,只得赶紧答应下来,紧接着转移话题,"你这几天是不是还在军训啊?感觉怎么样?大学军训跟高中有什么不一样吗?"

"都差不多,就是排方阵站军姿,很无聊。"江澈回答。

"那你们学校食堂呢?好吃吗?"顾湘又问。

"还行吧,万一难吃还能点外卖,学校边上很多外卖店。"江澈耐心解释。

顾湘闻言,没忍住羡慕地叹了口气:"真好啊……不像我,住宿之后不能玩手机,外卖也点不了,学校食堂我吃了三年都快吃吐了。"

"你想吃什么外卖?我明天给你点。"江澈说到这儿,想了想又补充,

"顺便点几份给你室友分吧,你一个人吃独食不合适。"

顾湘闻言,瞬间来了精神:"好啊,那我想喝奶茶,还想吃麦当劳。"之后她又转头问几个室友,"你们明天想喝奶茶吗?喝什么?一点点还是古茗?"

"古茗古茗,我想喝百香果双响炮!"周敏敏第一个举手参与,紧接着问,"是江澈要给我们点吗?快帮我谢谢他。"

"好。"顾湘点点头,然后吩咐电话那头的人,"你快拿什么东西记一下,我们寝室六个人呢,要吃的可多了。"

江澈应了声,调出手机备忘录来,低声示意她:"都记着呢。"

点外卖对她们这群住校生来说简直是天大的事,等周敏敏第一个报完菜单,剩下的人也不客气,纷纷报上各自想喝的东西,连在厕所洗澡的彭可瑗都没错过分一杯羹。

只是等六个人都点完各自想吃的东西,熄灯前珍贵的半小时已经所剩无几。

有人出声提醒:"顾湘,九点五十八分了,再过两分钟断电。"

顾湘没想到时间过得这么快,明明她什么都还没跟江澈聊呢,才点了个外卖就得挂电话了。

她的心情一瞬间从刚才高涨的巅峰跌落,告诉江澈还有两分钟熄灯,又跟他确认了自己平时下午回寝室洗澡的时间。

他都一一应下,挂电话之前还告诉她:"我周五下午就一节课,三点半就上完了,到时候能来你们学校接你。"

"好。"顾湘想也不想就应下,然而说完后又觉得不对劲,"可是我晚上还得上晚自习呢。"

电话那头笑着回答:"下午先带你出去开个小灶,等你晚自习结束了再来接你。"

"好!"顾湘的嘴角高高扬起,只是下一秒眼看电话上的数字从58跳到59,又不想跟他说再见,握着听筒安静片刻后,又开口道,"江澈,我好想你啊,还想我爸做的饭……"

江澈知道她现在一个人住校,刚开始又没什么熟悉的同学,肯定很不适应,很想家。

但现在快到熄灯时间了,他来不及说更多安慰的话,只能低声回答:"嗯,我也是。"

顾湘从鼻间挤出一句温热的"嗯"来。

江澈嗓音依旧温润又和缓，提醒她："不早了，挂电话吧，晚安。"

"唔，晚安。"顾湘乖乖附和了声，这才慢吞吞放下听筒，挂断电话，然后忍不住哀叹了声，抱着脑袋趴在桌子上，让自己冷静了两秒。

等她坐直身体转过来时，顾湘看到周敏敏这一干吃瓜群众正盯着自己。

顾湘局促地眨了眨眼睛。

好在下一秒，整栋宿舍楼都在同一时间熄了灯。

顾湘安静了一会儿后，摸着黑起身："我得刷牙洗脸了……你们都刷过了吗？"

"别刷牙了，你给我老实交代，你们俩到底什么关系啊？"吴畅阅在黑暗中伸手拦住她的去路。

"不是都说了吗……他住我家对门，是邻居啊……"顾湘也不知道为什么，明明说的是实话，声音却有些心虚。

"世上还有这么好的邻居啊？"周敏敏在一旁拱火，"我怎么没遇到呢？"

顾湘弯腰从吴畅阅的手臂下钻过，一边进卫生间，一边回答："他以前就经常给我买零食的，点个外卖也不算什么吧？"

"好家伙，这还不算什么，你不要给我。"周敏敏跟着她进卫生间，好一阵乒乒乓乓才找到自己的牙杯。

顾湘听周敏敏越说越离谱，把牙刷塞进嘴里，含含混混地回："怎么给啊？他又不是个东西……"

这句话带着点歧义，跟着钻进卫生间的彭可瑗闻言，没忍住笑场了："噗！"

但就在几个人在回音极大的厕所里嘻嘻哈哈到一半时，每晚巡逻检查的同学路过，敲响了她们的门，提醒："508，熄灯了啊，安静。"

几个人刷牙的动作跟着一顿，相互视了一眼，只好噤声，然后安静如鸡地摸黑洗漱完，上床去了。

顾湘平时总是沾枕即睡，今天却有些不同。她一条腿压着被子，手上无意识地薅着小羊肚子上细软的毛，在脑海里反复回味了好几遍今晚跟江澈的电话。

尤其是，挂完电话之后周敏敏她们说的话。

最近杭城又来了秋老虎,顾湘翻来覆去,觉得有些热。

但一整天的学习太累,困意很快来袭,顾湘闭着眼睛,迷迷糊糊地记不清自己脑袋里在想些什么。

仅仅是临睡的上一刻,脑海有个念头一闪而过。

周五下午。

最后一节化学课老师讲得太忘我,下课铃刚响起时说了句"我再耽误你们点时间啊",就一口气多讲了二十分钟,到最后几乎忘了已经下课了。

顾湘在底下等得那叫一个焦灼,中途瞟了不下上百次墙上的挂钟,担心江澈会不会在外面等烦了,她又没有手机,联系不上他。

直到班上的学习委员总算鼓起勇气举手,提醒讲台上的人:"老师,已经四点五十了,您看是不是……"

化学老师闻言,这才作罢,挥挥手示意他们赶紧吃饭去,剩下的下节课再讲。

班上顿时响起一阵欢呼。

顾湘见状,赶紧背上自己偷偷收拾了大半天的书包,第一个冲出教室的后门。

从教学楼到学校正门有好一段距离,书包在背上一颠一颠的,打得她的骨头都有点疼。

直到总算气喘吁吁地跑到校门口,她冲保安叔叔亮了亮自己从初一起就珍藏的走读证,钻过小铁门便东张西望起来。

江澈的车跟人都很显眼,就在不远处的临时停车位上,车前窗反射着夕阳的余晖,漾出一圈蜜糖色的虚影,把他的身形烘托得失焦。

他看见她后,冲她招了招手。

顾湘见状,再次撒开腿朝他飞奔。

江澈一早就隔着学校的伸缩门看见她了,她跑起步来的样子很可爱,莽莽撞撞的,鲜活又热烈,他看过无数次。

而他也无数次地迎接过这个会像热风一样跟自己撞个满怀的飞奔。

顾湘看到他太兴奋,跑到头的时候差点刹不住车迎面撞进他的怀里,但好在忍住了,及时停下脚步。

尽管在靠近的一瞬间,她真的差点就要伸出手来抱他了。

可能是看多了电影中久别重逢的画面,也可能是因为这是再自然不过的反应了，在这种时候理应索取一个拥抱。

江澈也以为顾湘是要扑过来抱他，身体先一步做好了准备，微微挺直后背，展开手臂，给她腾出了怀抱的空间。

谁知道她临门的一脚是后撤步，他手上的动作顿了顿，悄然放下，笑着轻声问："跑这么快干什么？又不着急。"

"这不是老师拖堂了吗，我怕你等太久。"顾湘说着，伸手看了眼表，赶紧示意他，"快快快，现在都快五点了，再不走来不及了。"

江澈伸手帮她打开副驾驶的车门，问："你想吃什么？"

顾湘低头坐进去，想也不想就答："吃火锅！想吃海底捞了！"

"好。"江澈弯腰帮顾湘把挂在外面的书包带塞回去，反手关上车门。

顾湘系好安全带，转过头来盯着江澈。

刚刚碰面的那一眼有些仓促，她来不及细看，只觉得他好像有一点变化，现在总算让她琢磨明白了。

江澈几天不见竟然换了个发型，在刘海间撩了个小中分，露出他清俊深邃的眉眼。

加上他现在也不穿校服了，虽然只是简单的黑T恤和长裤，但完全没了之前穿衬衫打领带的三好学生模样，整个人的气场都变得有些冷冽，帅得飞扬跋扈。

顾湘说不出是太久没见了还是怎么，总觉得江澈今天格外好看，忍不住多盯了一会儿。

直到江澈因为她过久的注视变得不大自在，主动出声问了句："怎么了？"

"没什么。"顾湘赶紧回过神，"你是不是换发型了？"

江澈点点头，不大确定地转头问她："不好看吗？"

"挺好看的。"

顾湘犹豫了一会儿，又接着说道："不过……我就是觉得有点……"话音卡了一下，好不容易才找到一个合适的形容词，"有点社会。"

江澈轻一抬眉，不解道："这是什么评价？"

顾湘看他一副不明就里的样子，抬手抱臂，酸溜溜地哼了两声，回答："意思就是你这样一点都不清纯，太成熟了。"

他才刚开学多久啊，就急匆匆地打扮得花枝招展的，生怕让人看不出他是个帅哥。

可惜江澈没有读心术，要不然此时估计比窦娥还冤。他这阵子军训每天风里来雨里去，顾不上仪容仪表，今天为了接她去吃饭才特意理了头发，端正衣冠以示重视，谁知道她好像不喜欢。

安静片刻后，江澈问她："你想让我换回去吗？"

顾湘闻言，讶异地转头看他一眼，想不到他还挺听她的话。

但也就是这一眼，她又有点舍不得让他换发型。毕竟他之前清纯"校草"的样子看惯了，换换口味也不错，于是摇摇头回答："算了，就这样吧，这样也挺好看的。"

2018年，9月。

高一下学期的最后两周，学校安排了一次统一的摸底考试，之后便是分班。

顾湘偏科的现象从初中开始就特别明显，历史和地理一骑绝尘，物理烂泥扶不上墙。所以分班之后，她成绩单上直接除去了三个最低分，数学在江澈的一对一辅导下又能保持在120分上下，年级排名"噌噌"往上升了不少，一跃成为老师眼中的可塑之才。

江澈对她分班之后的成绩倒不是很意外，只问："你有没有想过考哪所大学？"

顾湘当时还挺不好意思，在书桌前端坐了一会儿，小声开口："我想考江大……你觉得我有可能考上吗？"

"为什么没可能？"江澈轻声反问，脸上的表情看起来像是松了口气，低头看她的成绩单，"你的语文和英语分数都很漂亮，加起来有252分，历、地、生上次模拟考的赋分是285分，只有数学是短板……今年江大最低录取分数线是655分，你算算你数学至少要考多少。"

顾湘闻言，低头算了一下分数，顿时眼前一亮："118分？那我不是能考上吗？"

"但这是最低录取分数线，"江澈提醒她，很快打开电脑上的网页，把江大各个专业的分数线都拉出来，"你有没有想好要读什么专业？"

"专业啊……我都还不知道大学有什么专业呢……"顾湘跟着凑近屏幕，想了想，"不过我不喜欢理科，只有生物好一点，大学有没有什么不用学数学和物理的专业啊？就好比你这个专业，我一点都不想学。"

江澈被她这么嫌弃了一通，无奈看她一眼，回答："江大现在改成了大类分流制度，头两年读大类，之后再细分进各个专业。你要是完全不想读理工科，就只有人文社科几个大类班级能选了，像人文方向、传媒方向，还有外国语言文学。"

"哎，这几个专业听起来还行哈，得多少分啊？"这还是顾湘第一次这么正式地考虑大学专业的问题，听到什么都挺新鲜，颇有到菜市场买菜问价的架势。

江澈听得好笑，轻轻摇了摇头，回答："659、660、662，外国语言文学最高，省内需要排名三千以内吧。"

"啊……"顾湘一听，再想了想，回答，"那我要是想学外国语，数学岂不是至少得考 125 分？可是我还挺想学日语的呢，这样以后追剧追漫画都不用看翻译了。"

"但你这次的语文和英语是超常发挥，不能估得太高。"江澈说着，帮她把那本记录高一一整年考试分数的本子拿出来，示意她认清事实。

"那我说不定高考历、地、生能考 300 分呢，不是有两次机会吗？"顾湘不服气地反驳。

江澈对此只是笑而不语地摇摇头，提醒她："那就等你考完再说大话，现在距离明年 10 月选考还有十三个月，到时候你就知道自己在全省到底什么水平了。"

历、地、生三门是顾湘引以为傲的科目，眼下被他看扁，倒真把她的好胜心给激出来了，她抻长脖子回答："试试就试试！"

气人的是江澈根本不把她的这点脾气放在眼里，而是拿了支笔，圈起她这一年来的数学分数，然后提醒她："125 分的数学是不够的，每年数学卷子上的题型就那几样，分数拿得比文科稳得多，我建议你还是把目标往 130 分上放放。"

"哈？"顾湘听他还挺敢狮子大开口的，低头看看自己那一溜 120 分的数学，再看看自己没学完的那几本的教材，只好压低声音嗫嚅，"我看难……"

"到时候就知道了，"江澈没反驳，只是合上她的成绩本，长指撸猫似的把她的头发揉乱，"等你高二学完，到时候就知道了。"

"哎哎哎，别把我的头发摸乱了！"顾湘不客气地把他的手拍开。

只是没想到，顾湘下午才跟江澈粗糙地讨论了一下高考的事，这人晚上竟然就跟她妈妈打起了小报告，在那儿一本正经地捧杀她：

"顾湘是偏科比较严重的那一类，现在分班对她来说是有优势的，排名比之前高了很多……

"今天下午她才跟我说想要考江大,以她现在的分数来看,不是没有可能,只要数学再往上提个十分,年级里的排名保持在一百名左右,就很有把握了。"

蔡芬芬之前从来没想过自家女儿能考江大,只以为她这次模拟考就是瞎猫碰上死耗子,本来觉得她在新世纪外国语中学随便混个211就差不多了,闻言转头看向某个小兔崽子,惊喜道:"可以啊你,顾湘,什么时候还有这志气呢,想考江大啊?"

顾东胜对这些大学的事也不太明白,光是听说顾湘能跟江澈考一个大学就觉得很了不得了,第一时间开口附和道:"好好好,江大好啊,能考上爸爸就奖励你五万。"

"我……"顾湘左右看了他们两眼,没料到这件事八字都还没一撇,江澈就给她爸妈画起大饼来了,一时间承认也不是,否认也不是,只好胡乱地点点头,愤而埋头吃饭。

江澈在一旁倒是笑得挺高兴,还板上钉钉地来了句:"叔叔、阿姨放心吧,只要她想考,肯定能考上的。"

他这话一出,再次收获一波蔡芬芬跟顾东胜喜悦的笑容,不知道的还以为顾湘是拿到录取通知书了,看得顾湘在饭碗前忍不住暗翻白眼。

等这顿饭结束,顾湘憋了一肚子的气,放下碗筷便把某人从家里扯到楼道上,在暖黄的灯光下气势汹汹地问他:"江澈,你怎么能现在就告诉我爸妈!我这不还只是初步的设想吗?万一以后考不上怎么办?"

江澈早看出来她在饭桌上憋着火,笑着摸摸她的脑袋:"俗话说得好,有压力才有动力。我先帮你把话放出来,免得你哪天数学写累了反悔,说自己不想考江大了,到时候又要浪费我的感情。"

顾湘闻言,一时来不及细想他的话,只顾低头狠狠地踢他一脚:"哼,我怎么浪费你的感情,明明是你浪费我的感情!到时候要考不上,你替我到我爸妈那儿谢罪去!"

"放心吧,肯定考得上的。"江澈被踢之后反而弯起眼睛,伸手捏了一把她的脸颊,继续给她洗脑。

"走开!我回去写数学题了!"顾湘被他捏得恼火,扭头躲开他的手,转身回家。

她百思不得其解,怎么好好的一个江澈,自从上了大学之后,就变得一肚子坏水了!

一晃开了学，兢兢业业地上了五个月的课后，一晃就到了顾湘高中的最后一个暑假。

顾湘这个假期得专攻数学，因为江澈这个大预言家果然没说错，上了高二之后，那些老师评卷的标准就上来了，语文作文别说 50 分以上了，能批个 48 分都算不错。顾湘班的老师还在课上放话说他们根本没吃透命题作文的得分要点，说等到今年十月他们选考结束，必定要给他们恶补一通。

语文、英语拉不开分数的结果，就是顾湘的年级排名再次从百名内掉到了两百，她当时看着成绩单眨巴了两下眼睛，滚落了两行热泪，最后只能耷拉着蔫吧的脑袋回家，在江澈面前哭着打滚。

至于江澈，早在暑假之前就给她筛选了合适的卷子，只等假期一开始，便让她以一天一张的最低频率好好练练解题速度，最好练出肌肉记忆，用他的话说叫"手感"。

于是顾湘这整个暑假都活在痛苦之中，本来假期就够短了，每到中午饭后，江澈看准了时间，就会拿出卷子让她从两点写到四点，刚好是数学高考的时间，也是她一天中最困的时间。

但这还不是最痛苦的，最痛苦的是她写完之后得战战兢兢地看他拿着红笔帮自己改，偶尔她在那种低级的题目上犯错，就会看他的眉心轻跳一下，紧接着皱起，用那只修长漂亮的手把她的错误答案圈起来。

每到这种时候，他的气压都低得吓人，比顾湘的正牌数学老师还恐怖，顾湘在一旁大气不敢喘，就差"扑通"一声跪下来给他磕头高呼"大人我错了，小的下次再也不敢了"！

等到整张卷子改完，江澈才会抬起头，满眼复杂地看她一眼，却又没有严厉地训斥，只会轻抿嘴唇，用笔尾点点卷子上的题目，问她："这道题你不会吗？"

顾湘咽咽口水，小心翼翼地回答："我会的，就是写的时候想错了，下次会注意的。"

或许是因为江澈脾气太好了，又在她身上花费了这么多时间，顾湘每次写错这些必须要得分的题目，就会有种辜负了他厚望的负罪感，觉得很愧疚。

江澈也看出来她的表情不对，缓和了语气问她："你这么紧张干什么？这又不是真的高考，下次记住就行了。"

顾湘闻言，忍不住扁起嘴，小声回答："我就是觉得很不好意思，明明写的时候我很认真的，不知道为什么一对答案就这样子了。"

"因为练得还不够多，"江澈回答，伸手把卷子放到她面前，"下次拿笔把题干圈一圈，多提醒提醒自己，有时间自己校对一遍。"

"哦……"顾湘应了声，打开笔盖，老老实实按照他的话圈起题干，在草稿纸上算了两行，把答案改过来。

江澈在一旁看着她的动作，想了想，又告诉她："你最近进步其实挺明显的，选择、填空题除了最后一道都能得分，最后一道大题也能得一半分数，知识点掌握上没问题，重点是提高准确率。"

顾湘闻言，却没怎么被安慰到，长叹了一口气回答："道理我都懂啊，可是有时候就是会做错，要不然130分还不是囊中之物？"

"行了，把卷子订正完就休息一会儿吧，要是你现在就累了，休息完再订正也行。"江澈说着，压了一下红笔的笔尾，往椅背上靠了靠。

顾湘闻言，试探性地往床的方向勾了勾脚，问："那我现在休息行吗？"

"嗯。"江澈点点头，拿出手机，看了眼不久前收到的新消息。

末了他放下手机示意她："把电脑开一下，我得看个论文。"

"好。"顾湘帮他开机后，一个翻滚就躺到了床上，抻开两条腿摆成一个"大"字。

谁知道放空了没一会儿，她突然听见一个女孩子的声音："听得见吗？"

顾湘一时还以为自己幻听了，下一秒，书桌前端坐着的人便出声回答："嗯，听得见，你说。"

顾湘顿时骨碌碌翻了个身，从床上抬起头，一脸探究地抬眼看向江澈。

她之前还从没听过江澈跟女孩子聊天呢！

对面的女声接着道："崔教授说我这次的论文有很多问题，让我向你请教请教，你的论文我看过了，模型确实很巧妙，不过我有几点没看懂，在论文里标出来了，想请你帮忙解答一下。"

"好，你稍等一下。"江澈的鼠标滚轮发出清脆的声响，一页页看得飞快，末了开口，"我大致看完了，边看边讲吧。"

他这话出来后，顾湘也跟着歪了歪脑袋，竖起耳朵想听听他到底怎么讲。

谁知道他跟对面做的竟然是数学题，张口就是设了多少多少个变量，变量之间的变化率加入另一组观测值用一个什么算式推导之后加以表示，但是为了模型最简操作的原则，他用的是另外一种求解思路，另外除了基本的求解答案，其实还可以考虑……

这一套一套的方程听得顾湘在床上晕头转向，虽然每个字都能听懂，连起来就完全不明白是什么意思。

但最恐怖的是对面那个女生竟然完全跟上了他的思路，迅速纠正了自己论文中的错误点之后豁然开朗，跟他讨论起考虑到其他几个参数应该做什么样的算法，最后又说自己另外找了几个题目，问江澈有没有兴趣，到时候做完可以一起讨论。

江澈对题目来者不拒，应了几声"好"，接收了她发来的文件。

那个女生在结束通话时跟他道谢："今天谢谢你啊，跟你讨论之后我真的放心多了……我之前没有竞赛经历，基础知识不像你们那么扎实，挺怕到时候比赛给你们拖后腿的。"

江澈闻言，得体地安慰她，语气很真诚："你基础知识没问题，只是这类题目接触得不够多……现在离比赛还有一个月，时间很充裕，接下来有什么问题都可以跟我一起讨论，我们是一个队伍，这是应该的。"

对方闻言，似乎也松了口气，又笑着跟他道了一次谢："谢谢你啊，江澈，我现在再去复盘一遍。"

"嗯，好。"江澈应下，挂断聊天语音。

他转过身来活动了一下颈椎，就看床上的某人这会儿正眼睛一眨不眨地盯着他看，一副若有所思的表情。

顾湘刚才听江澈跟这个女孩子聊天，突然就想起来很久之前，他也用她的电脑登过QQ。

她当时也不知道为什么，在帮他退出登录的时候没忍住瞄了一眼他的QQ页面，有上百条未读消息，还有六七十条鲜红的好友申请，大部分填的验证都是"江澈同学你好，我是某某学院的某某，想跟你认识一下"。

顾·福尔摩斯·湘当时看着那一溜的好友申请，眯起眼睛一摸下巴，以她灵敏的第六感推测，这些估计都是他出门在外吸引来的桃花，只不过他都没有通过。

当时看到这儿，顾湘又悄悄瞟了眼他的最近联系人，发现基本都是发布新公告的班级群和大大小小的社团组织群，正经得很。

底下还有几个宣发部部长之类的人,想邀请他跟系里的同学一块儿联谊聚餐。

除此之外,他的 QQ 还建了一个新的分组,叫"大学·乱糟糟",里面有一百三十九个人,也不知道以他狭窄的社交圈,到底哪来的这么多大学校友。

顾湘当时看到这儿,险些挨个点开那些备注为"17 人文社科张星满"之类的联系人,看看他加了好友之后到底都和对方聊些什么。好在紧接着顾湘就意识到自己这样不好,于是赶紧帮他退出登录,还特意上微信告诉了他一声:

你 QQ 忘记下线了,我刚刚看了你的 QQ。

江澈那会儿虽然出门了,消息倒回得不慢,虽然只回了一个"哦"字。

顾湘看他无动于衷,有种一拳打在棉花上的感觉,忍不住鼓了鼓脸,不甘心地问:

你就不怕我看到你的小秘密吗?

那头江澈看到这句话,闷笑了声,动手回复:

我有什么小秘密?

我上的是大学,又不是传销组织。

然后他就看顾湘给他发了串省略号,旁敲侧击地来了句:

那你就没跟什么新认识的人聊天吗?比如女孩子什么的?

江澈再次失笑,想不到顾湘年纪不大,管得倒是挺严,想了想回答:

都是学术交流,没有闲聊。你可以再看看。

顾湘看到这句,再看看电脑上已经退出的 QQ,一边后悔莫及地"哎哟"了声,一边还得在微信上装模作样地回复:

我干吗要看?早就帮你下线了。

想到这儿,顾湘抬头看看刚刚挂断通话的某人,再次仰面倒在自己的小羊身上,意有所指地感叹:"唉,这就是传说中的学术交流吗?"

江澈闻言,也想起她说的学术交流是什么,靠在椅背上意味深长地看了她一眼,轻笑道:"你记性倒是挺好。"

顾湘"哼"了声,被他说得耳根隐隐发烫,只好伸手捞起自己的小羊,抱在身前挡住她的脸。

江澈抬手敲敲书桌,指节叩着实木的声音很清脆,出声示意:"行了,休息够了就赶紧起来,还有两道大题没订正呢。"

顾湘听他又像赶驴拉磨似的催她来了,装作自己没听见,躺在床上一动不动。

谁叫他刚刚跟人聊天打扰她休息,她集中注意力听他们那段跟间谍暗语似的学术交流不知道有多费劲,根本没休息够。

江澈看她又开始耍赖,有些无奈,再次提醒:"快点,再不起来就把你从床上拖下来了。"

"嘿!"顾湘听他竟然还敢威胁自己,歪着脑袋看他一眼,挑衅道,"你有本事就把我拖下来,我今天就是死也不会下床的!"

江澈没料到这小丫头生了反骨,看着她安静片刻,轻哂了声,随后站起身来,到床边俯身握住她的脚踝,微微用了几分力以示警告,给她下最后通牒:"起不起来?"

顾湘也没料到他还真敢拖自己,脚踝传来他掌心温热的触感,加上他生得高,这会儿居高临下地看着她,脚又被禁锢着动不了,莫名让人有些心慌。

只是她面上依旧强硬,犟着嘴回了句:"我就不!"

"好啊。"江澈小幅度地点点头,跟个反派似的冲她弯起嘴角,摆出一个皮笑肉不笑的表情,抓紧她的脚踝,毫不客气地把她往床下拖了一大截。

顾湘当时感觉到自己被他从床中央拖到床尾都惊呆了,微微张嘴,睁大眼睛看着他。

"今天死也不会下床?"江澈眯起眼睛又问了一遍,却没等到她的回答,只好进一步扣住她的腿弯,把她往身前拖。

"哎……"顾湘一个不留神,只觉得自己屁股下空荡荡的,要不是他还捞着她的两条腿,她估计已经滑到地上了。

一时间,她只能咽咽口水,不知所措地看着他。

这头江澈也没料到她竟然这么矮,才拖了两截就快掉下去了,两个人眼下的姿势看起来有些诡异。

他在意识到这一点后,飞快松开她。只是中途看她重心不稳差点滚到地上去,又帮忙扶了一把,这才清清嗓子,跟她保持距离道:"快写吧,有不懂的一会儿问……我出去倒杯水。"

"哦……"顾湘应了声,垂着脑袋到椅子上坐下。

顿了顿,她又提醒他:"那个……也给我倒一杯。"

"好。"江澈应了声,转身出门。

顾湘听身后传来关门的声音便泄了气,趴在桌上忍不住用自己滚烫的额头撞了两下硬邦邦的桌面。

　　一直到桌面都被她给贴热了,她才抬起头来,长吁了一口气,努力静下心来订正题目。

第十一章
夏天的晚风

2019年，10月，第一次选考。

随着残酷的高三到来，原本就残缺不全的双休日变得更加残缺，改成了大小周，意味顾湘着半个月才能回家一次。

9月1日，年级段做了一次激动人心的动员大会，确立了第一次选考的重要战略地位，并提出"保一争二"的口号，大意是各个班的三门选考科目至少要考出一门高分，之后就能把它们彻底丢掉，腾出大把时间冲刺其他学科。

但这还不够，最打鸡血的是年级主任给学生们举了许多美好的例子，比如他们上几届的学姐学长，有人第一次选考就考出了英语外加三门选考科目超过430的高分，之后就只需要上两门课，只考两门模拟卷，还能不上晚自习……总之，好处多多。

这样的大饼一画，学生们都跟疯了似的开始冲刺选考，语、数、外三门课的老师也得退让一步，连不写作业都睁一只眼闭一只眼，只会在课上开玩笑地对学生们来一句："等着吧，不是不报，时候未到。"

顾湘历、地、生三门的成绩一直很稳定，加上她的记忆力好，厚厚的一本历史提纲早就背得滚瓜烂熟。9月年段里一周安排一次模拟考，四次成绩出来后，她的赋分基本稳定在291分左右。

当时不论是周围的同学还是她的老师，都觉得顾湘这个10月考完至少能放两门，顾湘自己也是这么觉得的。

甚至在考试结束后她的感觉都还算良好，在历、地、生课上偶尔还会开开小差，觉得自己接下来肯定不用再听这几门课了。

直到真正出分的那天……

顾湘后来回想起来，都觉得那天惨痛得可怕。

分数是在11月13日出来的，周三，刚好是上课的日子。

早自习下课后便传出风声，说老师办公室已经在给学生们打印成绩单，有些学生甚至已经看到了自己的成绩。

顾湘当时听到消息也很兴奋，因为分数一下来，今天下午的生物课就不用上了，她可以大老远去五班找阮明昭，两个人一块儿去小卖部买关东煮吃。

谁知道，早上跑操结束回来，桌上压着她的成绩条，上面竟然会是这样的分数——

英语129，历史91，地理97，生物85。

她的草稿纸上还有班主任给她留下的一句话：

中午吃饭之后，来办公室找我。——林

顾湘当时看着那张成绩条，久久回不过神来，从左到右再从右到左来回看了三遍，还是不敢相信自己会考出这样的分数。

按理来说，那三门不是100分就应该是97分，她一直是这么认为的。

教室里的大多数人这会儿也都回来看到了分数，到处都是"嗡嗡嗡"的嘈杂声，有男生咋咋呼呼地捏着自己细细的条子哀叹两声，也有关系要好的女孩子们互相查看分数，说"我过了两门""我三门全过了"之类的话。

中途还有人惊叫了声："张菁繁，你英语怎么能考这么高啊！"

大家便都闻声而去，去查看那个女孩子高达144分的英语。

但顾湘完全听不见这些声音，总觉得离自己很遥远，她像被装在真空包装袋里，随着空气的流逝被不断吸紧压扁，到最后动弹不得。她只能垂下视线，无意识地缩起肩膀，想让自己看起来不那么起眼，或者直接变成透明的，让人看不见最好。

直到前排的女生突然转过来问她："顾湘，你考得怎么样啊？都过了吗？"

她这才如梦方醒般地抬了抬头，这会儿整个脑子都是木的，还不至于难受到哭出来，能做到提起嘴角，冲对方摇摇头，轻声回答："考得不好，还得再考呢……"

话说到这儿，她知道自己出于礼尚往来，应该回一句"你呢，你考得怎么样啊"，只可惜喉间的声带已经紧绷得厉害，根本说不下去。

对面那个女孩子似乎没料到顾湘会考差，尤其在看到她的表情后，一下子意识到自己问了不该问的，半晌后才挤出一些安慰的话："这样啊，这次应该只是运气不好……不过没事的，不是还有一次机会吗？"

顾湘闻言，无意识地绞紧手指，指甲用力地陷入掌心，总觉得自己这样很可怜，不仅自己尴尬，也让别人无故卷入了尴尬当中。

她只能努力笑了笑，装作轻松地回答："没事啊，再考一次就再考一次吧。"

面前的女孩子赶紧附和地点点头，之后又不知道该说什么，不大自在地慢慢转过身，悄然结束这个话题。

上课铃很快响起，原本因为发成绩而显得过于兴奋的教室也勉强安静下来，像往煮沸的锅里浇了瓢冷水。

顾湘偷偷松了口气。

只是后面的三节课依旧难挨，当数学老师戏谑地说出"接下来我发卷子就不用看你们历史老师的眼色了"的时候，班里的大部分人都笑了。

顾湘笑不出来，只是浑浑噩噩地听着课，脑子里被"85"跟"91"这两个数字反复纠缠着，甚至在草稿纸上自虐般地把三门分数算了一遍又一遍，加起来只有 273 分，和她预想的少了整整 18 分。

这 18 分放在高考上，就是几千几万人的差距，她怎么可能还考得上江大呢？

第五节课的下课铃打响，顾湘没什么胃口，又觉得自己不配吃饭，梦游似的到老师办公室去了。

班主任看到她，讶异地张口："怎么不吃饭就来了？下午还有课呢。赶紧吃饭去，吃了饭再来。"

顾湘闻言，刚想开口，又觉得难受，鼻子里酸酸涨涨的感觉差点跟泄了闸的洪水似的，好一会儿才忍住。

之后她才冲班主任摇了摇头，小声回答："老师，我不饿，您找我有什么事吗？"

班主任看出她在努力忍着眼泪，有些忧心地叹了两口气，把她带到一个空着的办公椅边让她坐下，转身去翻箱倒柜，过了一会儿拿着杯热腾腾的奶茶回来，塞到她手上："先喝点。"

奶茶是用开水冲的，有些烫手，顾湘无所适从地捧着奶茶想从椅子上站起来，不知道该怎么办才好。

下一秒，班主任就把她按了回去，示意她："行了，好好坐下吧。"

顾湘只好僵硬地坐回去，捧着让她手心滚烫的奶茶，低眉顺眼地等老师接下来的话。

班主任看她一眼，开口跟她谈心："虽然老师之前总说你心不够定，晚自习爱看闲书、爱跟人讲话，但是你这一个多月来的努力我是看在眼里的，小说也不看了，每天晚自习在走廊里背书，你们生物老师也老说你上进，她坐班的时候你问的问题都很好……

"但是啊，有时候考试就是这样，高分是要靠一点运气的……你的水平肯定不差，要不然之前那些模拟考哪儿来这么多100和97？这一次没考好不要紧，你也不要怀疑自己，咱们就等明年四月。

"再说了，你这次地理97分，考得还是很好的。六中、七中的学生定的目标就是放一门，这是正常进度，一点都没有落后进度，只是你水平高，心理预期也高，有时候不用给自己这么大的压力。"

班主任说到这儿，停顿了一下，去看顾湘的反应。

顾湘听着，只能勉强牵起嘴角，点点头"嗯"了声。

道理她当然都懂，但这种道理对她来说根本没什么用，她没有一蹶不振，知道自己肯定还要再去考第二次。仅仅是现在的事实太让人难以接受，她觉得丢人又荒唐，没办法控制自己的难过。

班主任也看出她的低落，想到接下来要说的话，再次叹气："还有一件事……今天早上开会的时候，年级主任跟我们班主任都传达了，接下来的选考科目会改成走班制，年段里准备二战的同学到时候会在阶梯教室统一上课。原来的班级形式不变，只是多出来的那些自习课，肯定会有老师偶尔进班给他们讲题目的。

"这对只放一门的学生来说，压力确实有点大，所以老师觉得你可以考虑把你的历史放掉，91分已经很不错了，没有你想象的那么低，明年四月你专心提高生物，能把平均分拉到95。

"当然了，老师也只是给你一个建议，你现在的目标是江大，想考江大排名靠前的专业确实不能放松，对自己有要求也是好事，还是看你自己的取舍,这几天好好考虑考虑。"

这段话的信息量太大,顾湘只觉得脑子里乱糟糟一片,像有无数飞虫在里面"嗡嗡"作响,让人头皮发麻,时不时还会撞上她的颅骨。

但就在她囫囵地点头,谢过老师准备回教室时,又听班主任放软语气安慰:"老师知道你的情绪一时半会儿肯定调整不好,要是觉得心里不舒服不想住校,老师给你开张假条,今晚回家跟爸爸、妈妈好好聊一聊。"

顾湘闻言,脑海里下意识浮现江澈的影子,迟疑地点点头:"好,谢谢老师。"

只是话一出口,她又有些后悔。她跟江澈约定好要考江大的,现在却离这个目标越来越远了。

江澈听到她的分数后估计会很失望吧?

想到很久之前,他们对着电脑上的分数线算数学应该考多少分的时候,可没料到历、地、生她只能考 273 分。

当时她还信心满满的呢,觉得这几门考高分一点都不难,还跟他说了好多大话。

顾湘一瞬间觉得自己糟糕透了。

江澈那么厉害,跟他同专业的女生也那么厉害,而她连本应该做好的事情都没做好,被远远甩在后面。

顾湘想到选考的前一晚,他还特意打电话来给她加油,声音在电话里听起来特别温柔,告诉她一定能考好的。

然而实际上呢?

她不努力的时候差劲,努力了也还是差劲。

想到这儿,她深深吸了一口气,伸手抹掉脸上的眼泪。

下午放学后顾湘就回家了,本来还以为蔡芬芬和顾东胜看到她的时候会吓一跳,谁知道并没有,两个人在听到开门的动静第一时间起身到门口迎接她,像是早就料到了。

顾湘看见他们脸上小心翼翼的神情,就知道他们什么都知道了,安静良久后,垂眼告诉他们:"考得很差,对不起……"

蔡芬芬还从没看过顾湘这么垂头丧气的样子,跟霜打了的茄子似的,平时总是乐呵呵天不怕地不怕的,现在却开口就对他们说"对不起",心里跟着揪紧,但面上只能挤出满脸的笑容,伸手把她拉进家门,絮絮叨叨起来:"老师都跟我们说了,这有什么啊,地理97分不是考得挺好的嘛,剩下的咱们下次努力就行……你说你今天难得回家住,这高三也不知道干什么,半个月才让你们回来一次,你爸刚从店里捞了条鱼回来,待会儿就做给你吃……"

顾东胜听蔡芬芬提起自己,也赶紧点头:"对对对,鱼你想怎么做啊,红烧还是葱油?还想吃点什么?爸都好久没给你做饭了,学校肯定没家里吃的好,你读书又这么耗体力。"

顾湘听这两个人突然合起伙来说这样的话,忍了一整天的眼泪一下子就不受控地跑出来,她低头抹了一把,反倒弄巧成拙地越抹越多,校服袖口很快蹭出两块水渍,最后忍不住呜咽起来。

蔡芬芬看她竟然还哭鼻子了,心疼得要命,赶紧抽出两张纸巾帮她擦,只是力道猛了些,把她哭肿的眼袋都蹭红了:"湘湘,哭什么啊?你之前对答案说选择题全对呢,后面哪有这么多分让他扣,指定是那些临时凑的改卷老师瞎改。"

顾湘本来哭得正伤心,谁知道蔡女士突然诽谤起改卷老师来了,她下意识地开口解释:"妈,您别乱说……我、我们学校也有老师……去改卷的……"

"哦……"蔡芬芬一听马屁拍到了马腿上,语塞了一瞬,很快转移口风,"行了行了,我管那些老师怎么改的卷子呢,反正妈相信你的水平,快别哭了,好不容易回家一趟,回房间把手机拿出来玩玩,干吗费时间在这儿抹眼泪啊?"

顾东胜闻言,接话道:"是是是,你赶紧去把手机拿出来玩玩,爸都给你充好电开机了,玩一会儿之后刚好出来吃饭。"

顾湘被他们安慰得一愣一愣的,也不知道哪个高三家长会催自家孩子去玩手机,最后拗不过,几乎是被她妈妈推回房间的。

但不争气的是,在房间里待了一会儿,顾湘本来还以为自己已经平复好情绪了,哪知道面对一桌子菜,眼眶再次被热腾腾的烟火气熏得通红。

她爸爸给她做了十几年的饭了,知道她爱吃什么,每道都烧得很用心,甚至操刀给她雕了几朵胡萝卜花摆盘,还在一个劲儿地给她夹菜。

以至于顾湘吃着吃着,在某一刻就又掉起眼泪来了,一颗一颗顺着脸颊滚到饭碗里,在米粒的缝隙间化开。

顾东胜跟蔡芬芬从这顿饭开始就在不停瞄她的脸色,纷纷束手无策地停下吃饭的动作，相互对视了一眼。

末了，蔡芬芬清了清嗓子，努力温柔地开口："湘湘啊，这是怎么了？"

顾湘用力吸了一下鼻子，嘴角因为哭得太动情微微颤抖，只能口齿不清地回答："我就是觉得很、很感动……我都考成这样了，你们还愿意给我做饭吃……"

顾东胜听到这话，估计是觉得挺荒唐的，伸手挠了挠头，给了蔡芬芬一个"我搞不定"的无奈眼神。

蔡芬芬责怪地开口："胡说什么呢，你这考得哪儿差了？你这分数要能给你大姑家那个儿子，人家都得烧高香拜佛了，我跟你爸还有什么不知足的啊？"

估计是她的话开辟出了新思路，顾东胜也出声开导顾湘："不就一个考试吗，考不好就算了，我看路上那些考不上高中的一大把，爸爸店里那几个帮厨，初中毕业就出来打工了，也没看人家天天在那儿哭啊。再说你爸我就初中学历，你已经是咱们家学历最高的了，还有什么不知足的？"

顾湘听到这句话，都快气出鼻涕来了，崩溃地出声呜咽："人家之前考不上高中的时候没准也在家哭呢，再说你们花这么多钱把我送到新世纪外国语中学读书，不会只想让我读个初中学历吧！"

顾东胜听到这儿，也意识到自己例子举得不太对，尴尬地低头咳嗽了下。

顾湘越想越伤心，放下筷子抽了张纸巾，擤完鼻涕继续哇哇大哭："再说我们这代跟你那时候怎么比啊，我们学校一本率百分之九十五，杭城就江大这么一所好大学，考不上江大我总不能连211都上不了吧？"

"那你就非得在杭城读大学啊？隔壁宁城跟申城，211不是一抓一大把，哪个你上不了？"蔡芬芬出声反问。

"我……"顾湘的话一下子被堵在嘴边，只能一抹眼泪，低下头执拗道，"我就要考江大！"

过了一会儿，她又接着解释："再说就我现在这个分数，哪个211肯要我啊……班主任今天还跟我说了，我们段这次考得很好，要考第二次的学生走班上课，剩下不用考的自习加课，这样一进一出，我就比别人落下好多时间了……"

想到这儿顾湘焦虑极了，太阳穴隐隐发烫，血管扯着一突一突地跳动，声音都有点发抖："我本来数学就差，再、再这样下去，差距只会越拉越大、到时候更考不过别人。"

蔡芬芬知道她说的是事实，虽然想安慰，又找不到合适的语言，只能忧心地低叹一声。

一旁的顾东胜就更不知道该如何是好了，只好给顾湘夹了一筷子鱼，又给蔡芬芬夹一筷子，示意她们："吃饭吧吃饭吧，再不吃都凉了，咱们不聊这些……"

顾湘闻言，只能垂下眼睫，夹起鱼肉往嘴里塞，然而刚才哭得太狠，嘴里直发苦，鱼吃起来都不像是鱼。

等顾湘勉强咽下一碗饭，躲进房间关上房门，蔡芬芬跟顾东胜在厨房一个洗碗一个擦灶台，不约而同地沉默了大半天。

末了，蔡芬芬把抹布往灶台上一丢，突然开口："不行，再这么下去我怕湘湘钻牛角尖，你想前阵子七中不是还有孩子出事吗，现在小孩考试压力太大了。"

顾东胜闻言，紧张道："你说是不是得给她找个心理医生？"

蔡芬芬本来是想跟他好好交流一下教育经，谁知道这老头不开窍，没好气地横他一眼："找什么心理医生，找江澈。他跟湘湘关系好，知道该怎么开导她，我待会儿就让他给湘湘打个电话好好劝劝。"

顾东胜赶紧点头："咱们也不懂心理，确实还是让江澈来说……你说我跟你也不要求湘湘考多好的大学，每天能过得高高兴兴就好了。"

顾湘在房间写完今天的作业已经是九点半，这个时间刚好是学校晚自习结束的时间，班上的同学打铃后便会从教室蜂拥而出，去超市买零食或者去食堂吃夜宵，入夜后寂静的校园很快会热闹起来。

只是她今天不在学校，像个打了败仗的逃兵灰溜溜地躲回家。

顾湘趴在书桌上，漫无目的地盯着自己面前的软木墙，因为太久没回家，上面还钉着她考试前列的一张任务表，从默写洋流气候图到整理历史错题，重看历史书上躲在犄角旮旯甚至拓展知识里的考点……后面都一一打上了钩。

她看到最后，只觉得不甘心极了，伸手狠狠地把便笺拽下来，揉成一团丢进垃圾桶。

这个动作做完，放在桌上的手机突然开始振动，吓得她手抖了一下，以为自己才发泄了这么一通就遭报应了。

等拨过手机看清上面的来电显示，顾湘脸上的表情一黯。

是江澈。

可是怎么办？她还没做好准备，也没调整好心态，不知道该怎么面对他。

等明天再给她打电话也好啊，睡一觉起来她应该就能振作了。

顾湘这么想着，握着手机迟迟没接电话。

最后，她索性掩耳盗铃地把手机塞进枕套，振动声隔了一层布料，听起来更闷了，"沙沙"地挠着耳朵，像秋风里的落叶。

铃声不知道响了多久，最后总算停下。

顾湘松了口气，盯着枕头看了一会儿，良久后才把手机从里面拿出来。屏幕是亮着的，江澈给她发了消息：*我到家了，你想不想下来找我？*

顾湘看到这句话，就知道他肯定是知道她考试成绩的事了，要不然也不会大晚上从学校赶回来，今天才星期三。

她想，估计是妈妈跟他说的吧，妈妈现在对江澈极度信任，觉得事情只要找他就能得到解决。

好像她一个人就一定解决不了似的。

想到这儿，顾湘垂下眼睫，恨死了自己现在的处境。

她根本不想被江澈看到她现在这个样子，在她的想象中，她应该是拿着漂亮的成绩单风风光光地告诉他好消息的。

可是现在呢，竟然还要让别人告诉他那些难看的成绩，让他赶回来帮她一把……她就像个无药可救的小丑，一个总是向他索取的、深不见底的大洞。

像江澈这么优秀的人，她才不想成为他的负担。

顾湘的眼眶很疼，喉咙间紧涩得几乎作呕。

末了，她咬了咬下唇，在聊天框里输入：*你不用回来的，我自己可以解决。*

然而写到这儿，她就意识到话毫无说服力，她根本就没有好好地解决过任何事。

更何况他都回来了，从学校到这儿至少要半个小时车程，难道还能让他现在就打道回府吗？

顾湘轻吸了一下鼻子，慢慢把那行字删掉，然后告诉他：*你等我一下。*

入秋的夜晚渐凉，路两旁的树木在风里簌簌作响，把路灯投下的光晕大片大片地碾碎。

顾湘从单元楼出来就看到江澈了，他的身形被灯光打成瘦长的一痕，路灯下的灰尘在空中变幻升腾，落在他黑色的风衣外套上，像下了场飞雪。

他升了大三之后也变得很忙，要带队参加比赛，到导师的项目小组见习，周末经常留在学校，她都算不清他们多久没见面了。

顾湘在看清他的眼睛时，喉间倏地哽住。

于是她下意识往他那儿迈了一步，之后才想到什么，停下来。

江澈光是看她抿紧的嘴角，就知道她又在忍眼泪，安静片刻后，故作轻松地弯起嘴角："干吗不过来，突然不认识我了？"

他的声音太熟悉了，裹着风和晚间的寒气，微扬的尾调听起来温柔又有磁性。

顾湘听到之后，才想起自己已经很久没跟他通过电话了，脚下不自觉挪动步子，向他走去。

然后在下一秒看他冲自己张开手臂，也意识到了什么，加快脚步，在耳边鼓噪的风声中扑进他的怀里，伸手抱紧他。

江澈伸手环住她，加深了这个拥抱。

顾湘的身高升上初三就长停了，满打满算只有一米六二，江澈比她高大半个头。这会儿被他严严实实地裹在怀里，她的额头抵着他的胸口，感觉到他身上的温度一点一点透过风衣外套，暖融融地落到她的身上来。

在这样的秋夜和晚风中，他的衣襟带着淡淡洗衣液的味道，很熟悉，会给人一种宽阔到足以停泊的安全感。

察觉到顾湘情绪好转，江澈适时松开她。

江澈轻轻低下头，低声问："今天拿到成绩单，是不是觉得委屈了？"

他的语气很像在哄小朋友，却又一针见血。

顾湘扁了扁嘴，今天都快哭干了的眼眶差点又被他勾出眼泪，只好低着头，闷闷地"嗯"了声。

确实是委屈的，明明她考前该做的努力都做了，却没想到会拿到这样的成绩。委屈其实比难过、焦虑和愤怒加起来都要多。

只不过应完，她怕他担心，也不想让自己显得太幼稚，小声补充了句："但是现在好多了。"

他看了一眼她脸上的表情，问："你接下来打算重考两门吗？会不会压力太大了？"

　　顾湘现在的情绪已经平静许多，摇摇头，回答："我想考江大……那两门肯定要重考的。"

　　江澈早前接到蔡芬芬打的电话时，只听说顾湘在饭桌上哭得天昏地暗，情绪很不好。本来还以为他回来之后也会看到她哭得稀里哗啦的样子，谁知道现在听起来，她似乎比他想象中坚强得多。

　　他松了口气，低声应道："那就好。"

　　只是顿了顿，他又提醒她："不过我不希望你给自己太大压力，历史那门其实可以放弃，91分没有你想象中那么低，提升空间也没有你想象中那么大，万一你第二次还是没有达到心理预期……会浪费很多时间。相反，放弃之后你会轻松很多，心态也会更平稳。"

　　顾湘今天已经考虑过很多次，很快摇摇头回答："我明白……但是不管结果怎么样，91分我真的很不服气，也不想连尝试都不做就直接放弃，你不用把我想得那么脆弱。"

　　江澈闻言，难免有种"孩子长大了"的欣慰感，弯起嘴角，伸手揉了揉她的脑袋，温声应下："好，那我支持你。"

　　顾湘也看出他脸上的欣慰，落在衣袖上的手指紧了紧，又鼓起勇气开口："不过江澈……我以后，不想总是麻烦你，就像今天，你这么远从学校跑回来……不太好。"

　　江澈闻言，脸上划过一丝错愕，不知道她为什么突然这么说。

　　看着她安静了一会儿，他轻抿了抿唇，问："我让你觉得有压力了吗？"

　　顾湘一下子被他问住，抬眼时，细密的眼睫被路两侧的灯光映得透明，像纤细的雪花或是飞絮。

　　是压力吗？

　　江澈看她的嘴角再次耷拉下去，只觉得无奈，伸手捏了一下她的脸颊，打破她的愁眉苦脸："我明白了，你要是觉得这样有压力，或者不喜欢我们的相处模式，我可以改。"

　　顾湘听着他的话，手指一点一点掐着袖口上的针织纹路。

　　片刻后，她摇了摇头，轻声回答："没有不喜欢……"

　　江澈松开手，眸光温润，注视着她。

　　顾湘："我只是不想……跟你差太多。"

江澈反应过来她的意思，眉眼倏地舒展开来，嘴角噙起笑意。

片刻后，他问："那你现在，是不是已经调整好心情了？"

顾湘点点头："嗯，好多了。"

于是江澈换了个话题："我听你妈妈说，你晚上只吃了半碗饭，现在饿不饿？"

顾湘想了想，点点头。

江澈看她点头，确认她心情的确好多了，摸摸了她的头，问："想吃什么？"

顾湘感受到他的动作，有些出神地回答："……什么都可以。"

2020年，顾湘高三下学期。

江澈这个学期到MIT（Massachusetts Institute of Technology 麻省理工学院）交流学习去了，顾湘作为一个还没出过国的小土包子，在他临行前的电话里挥洒着热泪要求他多拍点照发给她，好让她开开眼界。

于是在他走后的第二个周末，顾湘回到家里，就看到手机上他给自己发的将近三百条微信，从MIT那座著名的融合了大穹顶和罗马万圣殿的标志性建筑拍到他的一日三餐，图片后面还跟着一些介绍，比如某某雕塑是为了纪念建校一百五十周年，某某菜很难吃，还去隔壁的哈佛拍了几十张游客照发给她……

顾湘当时坐在床上翻了大半个小时才看完，她虽然身在杭城，却仿佛真的跟着江澈一块儿游览了两座顶尖学府，每个细节都很动人。

只是碍于时差，顾湘写完了一张数学卷子，又练了两篇英语完形填空，好不容易熬到晚上九点，估摸着江澈起床了，才给他发了条消息。

江澈没一会儿就回复了她，两个人在微信上天南海北地聊了大半个小时，直到江澈催促她赶紧去洗澡睡觉，才不得不结束聊天。

顾湘放下手机，仰头往床上一倒，深深叹了口气，根本没有去洗澡的心思。

算算日子，他都交流学习大半个月了，也不知道什么时候才能回来。

快要第二次选考了，希望他能早点回来。

短暂的周末很快结束，顾湘星期天下午就得回学校，学校每周日下午都贴心地给他们安排了数学周练。

周练周练，名字听起来好像小菜一碟，但事实上是150分真材实料的卷子，得考两个小时。

数学周练宣告着一周的开始，但这个周末就是第二个选考，对一些只需要考一门，甚至不用考的学生来说，他们即将迎来一个难得完整的、长达三天的清明假期。

顾湘当然没有这个福气，心态也放得挺平稳的，每天老老实实上课刷题背书，用功到没时间开小差吃零食，肉眼可见地瘦了一圈。

直到周四下午，只要上完明早的课就能放假回家，班里弥漫着躁动的气息，大部分学生心猿意马。

顾湘这个倒霉蛋刚好轮到今天值日，她扫完教室的地面，便按照平常三点一线的作息赶回寝室洗澡、洗衣服。

就在她洗完澡，在阳台上手搓袜子时，寝室里的电话响了。

有一个室友接起来，没一会儿就放下听筒，跑到阳台上来喊她："顾湘，你的邻居又打电话来了。"

顾湘闻言便放下手里的袜子，冲了个手回寝室接电话。

江澈今天的心情似乎很好，声色朗润，语气轻快地问她："在干什么？"

顾湘被他这么一问，刚才苦巴巴搓袜子的心酸感顿时没了大半，回答："在洗衣服呢，洗完马上去吃饭了。"

江澈应了声，转而问："那你现在有时间吗？"

顾湘下意识回答："有时间啊，怎么了？"

"我现在在你们学校后门，你能不能想个办法溜出来？"江澈的话到最后，语气止不住地上扬。

顾湘的眼睛顿时亮了，扬起脑袋回想了一下他们上次联系的时间，问道："我以为你还在国外呢，什么时候回来的？"

"你先下来，见面再跟你说。"江澈只道。

"好。"顾湘受不了被他吊着胃口，火速挂断电话。

正是饭点，学校后门聚集着一批特意来给学生送饭的家长，出入还算自由。

顾湘大老远就隔着小门看到外面站着的江澈了，没想到他也跟那些为孩子操碎了心的家长似的，手里提着好几包东西，看起来有点好笑。

她看到他的第一眼，没忍住冲他龇牙傻笑了一下，转而跟门卫大叔求了两句情，成功混出了校门。

江澈今天穿得很好看，是一件她没见过的新外套，有好几块颜色鲜亮的涂鸦，很衬他俊俏的五官，也很适合春天这个季节，少年感十足。

加上他这会儿整个人都笑吟吟的，眼神清亮又和煦，光是这么看着她，就让人觉得心口怦然。

下一秒，江澈抬起手转了个方向，露出刚才被前面的两个纸袋挡住的蛋糕盒，示意她："生日快乐！"

顾湘愣了一下，先是露出茫然的表情，紧接着就瞪大眼睛。

对哦，今天是她生日！

她最近学习都快学傻了，竟然连自己的生日都忘了。

顾湘意识到这一点，一瞬间有种想要掩面哭泣的冲动，简直被自己这种可贵的拼搏精神感动到。

江澈看到她的表情，也有些诧异，带了几分好笑地开口："不会吧，真把自己生日忘啦？"

明明她是最喜欢过生日的，每次想要什么东西，都会对蔡芬芬说"就当作今年的生日礼物送给我吧"，还会提早一个多月就旁敲侧击地提醒他某周某日是个非常非常重要的日子。

"这不是最近学习太用功了嘛？"顾湘埋怨地看他一眼，凑近脑袋去看他手里的袋子，问，"所以你准备了什么生日礼物啊？这些都是？"

"嗯。"江澈应了声，提起袋子——递给她检查，"怎么说也是十八岁生日，在学校过已经够可怜了，礼物总要多准备一些。"

顾湘闻言，满意地冲他一弯眼睛，从一个纸袋里拎出第一个礼物，拆开包装纸才发现是卫衣，胸前印着硕大而醒目的"HARVARD"。

顾湘震撼地眨了眨眼，没想到自己的十八岁生日会收到来自哈佛大学的卫衣，其中督促她好好学习，天天向上的寓意十分明显。

但更让人哭笑不得的是他虽然是去交流学习的，纪念品倒真买了不少，袋子底下还有各种徽章、笔记本和小挂件，拎在手里沉甸甸的。

除了纪念品，江澈还送了她一张电子阅读器的礼品卡，依旧保持着督促她好好学习的传统。

唯一例外的貌似只有那瓶香水，顾湘把它拿出来摆弄了两下，几乎不敢相信这是出自江澈的手笔，他以前从来没送过这么……成熟又女孩子气的礼物。

于是她抬头问他："你怎么会买香水？"

江澈认真回答："我觉得……挺适合你的。"

"哦哦。"顾湘又问，"那它是什么味道的？"

江澄回忆了一下，回答："薄荷、葡萄柚和海水。"

顾湘再次被他的形容惊讶到，没想到他还挺懂香水。虽然还没闻，她就已经有了直观的感受，低头瞄了眼香水的名字，"Sailing day"，航海日。

江澄还挺了解她的喜好的嘛……

顾湘当下忍着自己都快翘到天上去的尾巴，把香水重新放回纸袋，又看了眼他买的鼓鼓囊囊的两大袋零食，心满意足地一点头："谢谢，我很喜欢。"

"那就好。"江澄跟着弯起嘴角，看了眼手表上的时间后，揉了揉她的脑袋道，"时间也不早了，快进去吧，生日快乐。"

顾湘没料到自己还没高兴多久就被他泼了冷水，转头看向那扇黑色铁门，郁闷地鼓着脸颊点了点头。

只是拎着沉重的大包小包礼物转过身，还没走两步，顾湘又停下了脚步。

之后她转过身来，突发奇想地仰头看他："江澄，你带我逃走吧！我不想上晚自习了！"

她眼底的光太过热烈，藏着世界上所有的期待。

江澄仅仅跟她对视了一眼就招架不住，忍不住漾起笑意，点点头回答："好啊，不上晚自习了，带你去吃火锅。"

明明是很放肆的话，被他这样的"五好"学生说出来，就带上了一股理所当然的味道。

"好耶！"顾湘第一时间欢呼出声，差点兴奋地扑到他身上，可惜礼物太重了，她连手都抬不起来。

江澄走近，帮她把手里的那堆东西搬进后座，一边打开副驾驶的车门，一边笑着提醒她："到时候要是被抓住了，你可别告诉你妈妈我是从犯。"

顾湘闻言，只是傻乎乎地冲他嘿嘿直笑，有点兴奋过头。

毕竟能和江澄一块儿做这些叛逆的事，光是想想就让她热血上涌。

出发前往火锅店的路上，顾湘特意把窗户降到最低，让晚间混着草木清香的风一个劲地往车里灌，风大到足以撑起白衬衫的袖口和衣襟，足够在呼吸间感到自由，在胸腔热烈的心跳声中，会让人想冲着窗外的风放声喊些什么。

刚好是夕阳时分,大片浓郁的粉紫色晚霞在高楼后缓缓浮动,路边的行道树被车子的前进抛成残影,只剩晚霞是唯一确定的、惊人的、流动的,把一切都映照得瑰丽又奇异,像是只有梦中才会出现的场景。

顾湘看到这里,下意识转头看了一眼身边的江澈,一瞬间只觉得当下的场景浪漫得不可思议,有种一直进行下去就能够抵达天涯海角和世界末日的自由感。

她在半个小时之前从来没想过在这个普普通通的下午,竟然还能发生这样的奇遇。

火锅的味道很不错,顾湘吃了大半个月食堂里十年如一日的饭菜,觉得麻辣嫩牛是让人吃一口就两眼泪汪汪的人间美味。

只不过顾湘嘴上虽然说要翘晚自习,实际上是个有贼心没贼胆的,全程不自觉吃得飞快,中途一度被会爆浆的芝士丸子烫出眼泪。

那头江澈也看出她赶时间,全程没怎么动自己那双筷子,光帮她下菜捞菜就够忙的了,还得给她递纸巾,倒柠檬水,顺便提醒她慢点吃。

这样紧赶慢赶的一顿火锅结束,前后吃了不到一个小时,顾湘到学校的时候天色才刚刚暗下去,只迟到了十五分钟,跟她之前放出的狠话根本不成正比。

车子停下,江澈打开车门,帮她把东西都拎下来,一直送她到校门口。

只是临走前,他还是问了一句:"后天要考试了,紧不紧张?"

顾湘摇了摇头,回答:"不紧张,我最近模拟卷写得可好了,我就不信这次还会倒霉。"

"那就好,"江澈闻言,跟着笑了一下,然后示意她,"那快进去吧。"

顾湘听到这句话,心里一下子空落落的,忍不住抿起嘴角。

现在天都黑了,她光是想到自己要一个人穿过清清冷冷又黑漆漆的学校,就别扭得有点想哭。

但她刚刚已经任性过一次了,也知道不能再有第二次,还是得转身面对现实,到头来只能抬头看他一眼,问:"江澈,你能抱我一下吗?"

江澈闻言,眼底的情绪有些复杂,末了只能轻叹一声,主动弯下腰来,伸手环住她的肩膀。

他当然也不想这么快就跟她分开,毕竟她升了高三之后,每一次见面都很难得。

但是又不得不分开,现在是她最关键的冲刺阶段。

想到这儿,江澈小幅度地侧过脸,轻抚了一下她被晚风牵起的发丝,带着淡淡洗发水香气的发梢在黄昏时刻跳跃着细微的光,一如仲夏林间的精灵翅膀。

末了,他松开她的肩膀,低声道:"回去吧,考试加油。"

嗓音落在耳畔,温热地化开,像辗转至夏天的晚风。

选考成绩在四月底公布,顾湘承认当她看到熟悉的噩梦般的成绩条躺在她桌上的时候,她不争气地想要逃走。

而事实上,她在看成绩之前也确实迂回地跑去打了水、上了厕所,一直等看到同桌磨磨蹭蹭地回到教室,才赶紧抓住同桌,双手合十道:"救救我,快帮我看看成绩!"

"成绩出来啦?"慕久跟着她回到座位,完全没考虑到二战考生的心理承受能力,一把拿起成绩条。

顾湘被慕久的动作看得心都快跳到嗓子眼了,尤其对方还一板一眼盯着看了半天,吓得她一句话都说不出来。

慕久看完后,冲她"啧啧啧"地摇头晃脑道:"唉,不愧是我们小顾老师,我自愧不如。"

顾湘的眼睛倏地亮起来,赶紧夺过成绩条看了眼。

之后一上午的课都让她如坐针毡,第五节课一结束就冲出教室,飞奔回寝室"哼哧哼哧"地爬到五楼,最后一屁股在电话前坐下,一边喘气,一边"嘟嘟嘟"地输入已经背得滚瓜烂熟的号码,在对方接起电话的第一时间告诉他:"江澈!我历史 100 分,生物 97 分,我厉害吗?"

江澈的话音一顿,很快藏不住笑意地回应她:"嗯,真厉害。"

顾湘觉得他的反响还不够热烈,端正语气追问:"就这?你没什么别的话要夸我吗?"

江澈一本正经地回答:"江大 2020 级新生还需要怎么夸?"

这话深得她心,顾湘清了清嗓子,也学着他的语气开口:"这倒也是,江大 2017 级学长说得对。"

江澈失笑。

第二次选考成绩出来后,班级里挂着的高考倒计时很快从四字头变成三字头,随后只剩不到一个月的时间。

课表里满满当当的八节课外加三个小时晚自习完全成了语、数、外的天下,每天的日常就是语文基础、现代文阅读、文言文训练、作文题解……最后一个选择题、最后一个填空题、最后两道大题……英语听力、完形填空、阅读理解、十三种应用文模板……

所有人都变得格外忙碌,但也没有人错过图书馆外墙上新绿的爬山虎、绕着校园跑操时会路过的蔷薇花,以及傍晚教室窗外大片大片的晚霞。

直到初夏六月的到来。

6月8日,高考第二天。

下午的英语考试有听力部分,学校在附近一律设置了禁止鸣笛的告示,确保考生们能够听出好成绩。

英语卷子的题量不小,又得大量填涂,考场的最后半小时里,教室里此起彼伏地响着2B铅笔在答题卷上细密的"唰唰"声,但并不嘈杂,反而让人很安心。

顾湘一个字母一个字母工工整整地把作文誊抄到答题卷上后,考试时间已经所剩无几。

很快,墙上的指针来到五点,响起广播:"考试时间到,请所有考生停止作答。"

考场里的学生几乎同时松了口气,放下手中的笔。

顾湘在一瞬间也形容不出自己的感觉,微微仰头看向头顶一圈一圈旋转的风扇,除了如释重负便只剩下感慨,没想到自己的高中三年到这里真正结束了。

她的脑海里甚至浮现出三年前她送江澈去高考那天他说的话——

"很快的,高中学习这么忙,三年一下子就过去了。"

那么以后呢?

她又想起班主任跟年级主任总跟他们提的一句话:

"别看你们现在苦现在累,等你们今后走出校园,步入社会,你们一定会怀念自己的高中三年,只有这三年是你们人生中真正有一分耕耘就有一分收获的三年……"

顾湘有些晃神地看着监考老师收走她的卷子,在课桌上托着脸。

她以后会怀念她的高中生活吗?

她现在还不知道。

监考老师清点完卷子已经是十分钟后,好在入夏后天黑得迟,顾湘跟一众考生从考场里出来时，头顶的天空还是湛蓝的，浮着几片舒卷的云，映着学校里的红砖建筑，有着傍晚时特有的闲适。

高考已经结束了，所有人的脚步都很轻快，渐起的晚风吹散了暑热，有些人欢呼着飞奔向校门口，也有些人放慢脚步，回头看了好几眼那段只属于高三年段的教学楼，上面仍然挂着"每一个不曾起舞的日子，都是对生命的辜负""三载备尝酸甜苦辣，一朝书尽花样年华"这样的横幅，红艳艳地缀满了教学楼，在风中微微浮动。

顾湘看了一会儿，深深吸了一口气，又长长呼出，这才转身加快脚步走向校门。

外面的交通已经完全瘫痪了，到处都是攒动的人头和高呼着"在这儿呢"。有家长特意穿了旗袍，寓意"旗开得胜"，也有家长高举着"恭喜我女考成归来""鱼跃龙门，蟾宫折桂"之类的横幅，满脸都是喜气洋洋的笑容，在接到自家孩子后纷纷庆贺拥抱。

顾湘昨天就听蔡芬芬千叮咛万嘱咐过了，说她会穿一身绿色带喜鹊花纹的旗袍，顾东胜会穿镶红边的中装，他们俩会挽着手在学校门口等着，要顾湘睁大眼睛好好找找。

虽然顾湘最后找到他们不是因为发现了传说中带喜鹊花纹的绿旗袍，而是因为看到了江澈。

没办法，谁叫他个子太高，在一众黑压压的脑袋里鹤立鸡群，手里还拿着一束金色的花，衬着他蓝白色的衬衫，好看得灼眼。

她爸妈就在他边上站着，蔡芬芬为了穿旗袍特意配了双带跟的小皮鞋，估计是站得脚疼，得让顾东胜在一旁搀着她，两个人还不时转头跟江澈说着什么。

顾湘看到这一幕，只能努力忍住快要咧到耳根的嘴角，飞快地穿过面前密匝匝的人群。

蔡芬芬中途也发现了她，赶紧冲她招招手，"湘湘、湘湘"地喊了两声，等她一走近，不知道从哪儿掏了个喷瓶出来，冲着她的脸上就来了两下，嘴里施法似的念着："菩萨保佑菩萨保佑，保佑我家乖女儿顾湘高考顺利，门门考一百五，今年九月上江大……"

顾东胜等蔡芬芬念完，在一旁友情地解释了句："这是我跟你妈昨天早上五点去庙里给你求的，说你今天高考考完一出来就得用，保学业的。"

顾湘对此也只能老老实实点头，不敢多嘴。

蔡芬芬把装着"圣水"的喷瓶收起来后,第一时间"心肝宝贝"地叫唤了两声,伸手抱住她,在她脸上左右各亲了两下:"考完了好,考完了好,放了假赶紧出门好好玩玩。"

顾湘被妈妈这么一亲也有点不好意思,只能在过程中偷偷瞄江澈一眼。

顾湘被妈妈松开,也如法炮制地跟爸爸抱了一下。

最后她才面向某人,有点不好意思地抬头看他一眼。

江澈见状,笑着把手里那束金灿灿的向日葵递给她:"恭喜啊,毕业快乐。"

顾湘接过花束,点点头回答:"嗯,谢谢……"

也不知道为什么,现在考完之后,她光是看到他就有点脸红,也不知道自己在忸怩些什么。

顿了顿,她只能尽量自然地问他:"今天不是星期一吗,你怎么来了啊?不上课吗?"

江澈闻言,闷笑了声,意有所指地回答:"我又不像你,关键时刻得阑尾炎,你高考考完我当然得来。"

顾湘没料到他连这笔账都记着,一时语塞,只得抿抿唇,装作自己没听见。

江澈看她收完花后没有丝毫表示,安静片刻,索性弯下腰来,盯着她看。

一直盯到顾湘的睫毛乱颤,完全不知所措,他才两手一摊,眉目含笑地问她:"爸爸、妈妈都抱过了,对我就这么区别对待啊?亏我之前还辅导了你那么多数学题,现在高考完了就过河拆桥?"

顾湘没料到他盯着自己看是为了这件事,脸上一下子发起烧来,再转头看看一旁的爸妈,发现他们竟然只是笑眯眯地看着,丝毫没有要反对的意思。

这样一来,她只好轻轻咬唇,不得不腾出一只手,踮起脚抱住江澈。

江澈在过程中无比自然地抬臂搂了一下她的腰,微微侧过脸,在她的耳边低声喃喃:"这还差不多……"

顾湘的脸颊被他的气息一掠,蓦地浮上两片绯红,侧腰怕痒地缩了一下,没想到这人竟然敢当着她爸妈的面搞小动作,简直无法无天。

但更让人无语的是她的家长心也够大的,眼睁睁看他们俩抱完,还乐呵呵地提醒她:"你是得好好感谢感谢江澈,人家为你这高考出了多少力啊？现在好不容易放了假，还不赶紧多请人家吃几顿饭。"

顾湘闻言，只能重新伸手抱住那束花，拿肩膀顶了顶妈妈的手臂，催促道，"知道了知道了，走走走，回家吧……"

第十二章
薄荷、葡萄柚与海水

高考已经结束,又过了十八岁成年生日,从束缚中解脱后,顾湘现在突然可以做很多之前不能做的事情:可以喝酒,可以去网吧,可以考驾照,甚至可以谈恋爱……

手里一下子有了大把大把的时间和自由,脚下的路也变得开阔又坦荡,她躺在床上眯着眼看窗帘间透入的盛夏的阳光时,额头很快被晒得发烫,心脏也怦然跳动,隐隐在期待着什么。

可惜她忘记了一点:她现在是考完放假了,江澈还没有。

加上高考那天是星期一,意味着江澈满满一个星期的课才刚刚开始,他当天下午就被导师叫回实验室去了,晚上也没回家住。

最近他还刚好赶上各课老师在期末前扎堆收论文,顾湘每次在微信上给他发消息,都会收到一张他的电脑桌面截图,上面全是一些她看不懂的实验数据和程序代码,看得人头皮发麻。她只能飞快回一句"告辞"结束聊天。

但忙归忙,江澈倒也不是完全没有休息时间。顾湘某天下午百无聊赖地躺在床上看了不下几十个旅行地的旅游攻略,最后选了个自己最喜欢的分享给他,问:你觉得这个怎么样?

他很快回复:

挺好的。

你想让我跟你一起去吗?

顾湘当时差点被他给呛死。虽然她的潜台词是这样的,但也架不住他这么明晃晃地把窗户纸捅破。

但犹豫两秒,她怕错失良机,只能硬着头皮问:

不行吗?

江澈见状,跟着一弯唇,故意又问:

你爸妈同意了吗?

顾湘眨了眨眼,反问:

为什么不同意?

我早就跟他们说过我高考结束要出去旅游,他们不放心我一个人出去,跟你结伴安全一点。

江澈回了句:那倒也是。

顾湘便紧接着向他确认:

那就这么说定了吗?

等你期末考考完,我们就出去玩?

江澈闻言,随手翻了一下自己电脑桌面上列出的一长串截止期限,很快反问:

为什么要等到我期末考完?

不是快放端午假了吗?

顾湘皱起鼻子,想到前不久才听他说端午结束就是期末周,第一时间回了他三个问号:

???

你不是快期末考了吗?端午你不复习,还想着出去玩啊?

江澈对此只是理直气壮地回答:

我们专业又不需要背书,只是最近写论文忙,期末有什么忙的。

而且端午假期从周四开始放,我周三没课,我们可以周二晚上就走,玩到周日晚上回来。

顾湘看他安排得还挺快,赶紧过去翻了翻日历,发现满打满算能出去玩五天,第一时间回复:

太好了!

那我来做攻略。

江澈闻言，翻到前面她发的那篇攻略看了眼，最后告诉她：

我来吧，订个酒店和机票的时间还是有的。

你等着玩就行。

顾湘看到这句订酒店的话，第一时间想歪了……

她伸手抓了抓头发，简直此地无银三百两地给他发了句：

酒店……你记得订两个房间。

江澈的眼皮跟着一跳，被呛得咳嗽起来，想不到小屁孩身板不大，肚子里花花肠子装得倒不少。

过了一会儿他才回复：

顾湘，你满脑子想什么呢？

顾湘刚刚把这句话发出去之后也意识到自己不对劲，正准备撤回，就看到他的回复。

一时间，她绝望地闭了闭眼，意识到自己在他那儿纯洁的形象有了裂痕，估计维持不了多久了。

但这也没办法，毕竟她这些年饱览群书，没吃过猪肉，还没看过猪跑吗？

这么想着，顾湘只能硬着头皮回复：

提醒你一下而已。

高三这一年，顾湘几乎没买过新衣服，整天就靠那几套越洗越薄的校服度日，考后顾东胜给她拨的资金到位后，她一个人在家又没事做，天天缩在空调房里刷淘宝消费，还在她同桌慕久的安利下照葫芦画瓢地买了一整套化妆品，勤奋地照着网上的教学视频练了好几天。

所以等江澈周二傍晚从学校回来，接顾湘一块儿去机场的时候，就看她从头到脚都穿得崭新崭新的，脸上打了粉底，涂了口红，画着完全没晕染开的眼影，配上她两颊的婴儿肥和圆圆的鼻尖，给人一种幼儿园小朋友为了参加文艺汇演偷用了妈妈的化妆品的错觉。

她脸上的变化太明显，江澈就是想不注意到也难，前后忍不住转头看了她好几眼，到头来实在是觉得好笑，只能拼命装作自己咳嗽，握拳挡在嘴边。

可惜他演技太差，顾湘没一会儿就发现了他的异常，加上今天是她第一次化妆出门，心里确实没什么底，只好硬着头皮一抬下巴，问他：

"干什么，你觉得很奇怪吗？"

江澈闻言，又看看一眼她调色盘似的脸，只能斟酌着字句进谏："我觉得你本来就很好看了……不需要化妆。"

顾湘眯着眼睛审视了他一番，默默在心里把他的高情商发言转化成实话，意思就是她化了妆很难看，还不如不化。

这么想着，她不信邪地伸手拨开副驾驶前面的镜子，跟镜子里那个顶着浓郁大地色眼影的人对视了整整两秒后，如遭雷击："怎么会这样！我刚刚在我家那个灯下面看明明不是这样的！"

江澈看顾湘总算发现了真相，在心里暗自松了口气，庆幸自己没说错话，冲她耸耸肩，递出一个无辜的眼神。

于是在接下来的半个多小时的车程中，顾湘全程对着镜子用湿巾狂蹭自己的眼妆，好不容易擦干净，才愤愤地把湿巾往车载小垃圾桶里一丢，放下狠话："我再也不化妆了！"

两个人登上飞机已经是晚上六点半，但这仅仅是一个开始，飞机在停机坪上磨磨蹭蹭地转来转去，直到窗外的天色完全暗下来，乘务员才开始检查他们的小桌板跟安全带，总算有了要起飞的意思。

顾湘这几年的高中生活太闭塞，都快记不清自己上一次坐飞机是什么时候了。等到飞机倏地加速，在加速时发出尖锐的破风声，脚下的地面也一个劲地颤抖起来时，她的心都快跳到嗓子眼，下意识伸手抓住江澈。

江澈感受到手腕上传来的力道，低头看她一眼，之前倒是不知道她怕坐飞机。就这么安安静静地让她抓了一会儿，直到飞机终于脱离地面滑入空中，他才不动声色地把手腕从她的手里抽出来，长指一点一点引导她展开掌心，最后和她十指相扣。

顾湘原本只是想到飞机失事的新闻和《死神来了》，脑补了一些不该有的画面才伸手抓住他的。可谁知道这人等飞机平稳起飞后竟然光明正大地去牵她的手，完全超出了她的预料。

顾湘一时间有些坐立难安，时不时瞟一眼他们握在一起的手。江澈的掌心很大，衬得她的手很小，加上她最近学了点专业的化妆知识，分析出来他是冷白皮，她又是暖白皮，两只手放在一块儿对比，就像包子皮和包子馅的区别，他能把她整个包在里面。

顾湘承认自己这比喻有点奇怪，实际上他们牵手的画面还挺好看的。江澈白皙的手背上浮着淡淡的青筋，像通透的玉石，带了几分凉意，极契合地扣着她的手指。

尽管顾湘能感受到江澈掌心的温度,不像看起来那么凉,在他们紧贴的皮肤下温暾地流动着,到头来不知道是因为紧张还是兴奋,她觉得指间出了层薄汗,湿漉漉的。

与此同时,她脑中在一个接着一个地往外冒问题:江澈为什么牵她的手呢?他们现在这样算是什么关系?暧昧吗?

顾湘越想到后面越觉得紧张,连带着手心里的汗也越冒越多,又怕被江澈察觉,从耳尖到脸颊一路发起烫来,只能时不时用一种欲言又止的表情瞄他。

到头来江澈总算察觉了她的异样,轻一垂眼,松开了她的手。

顾湘的手心一空,心头也跟着空了一下。

脑袋里随之而来的就是更多的问题:他为什么松手?是嫌她手出汗太多了吗?难道刚才跟她手拉手没有别的意思,只是想安慰她吗?

顾湘想到最后,只能默默扭过头,把汗蹭到裤子上,装出一副在欣赏舷窗外的风景的样子。

尽管这举动颇有欲盖弥彰之嫌,因为舷窗外的天已经黑透了,连刚起飞时地平线上的那一抹橙红色都消失不见,飞机已经穿过云层,到处都是漆黑一片,只有微弱的星子。

顾湘今天下午又是收拾行李又是刻苦化妆,这会儿一旦陷入无聊,就有些困倦起来,不时变换着角度和方向,却始终找不到一个舒服的姿势。

到头来还是江澈主动伸手去搂她,嗓音低沉而柔和:"困了就靠着睡会儿吧。"

顾湘看他一眼,从鼻尖轻"唔"了声,很快就歪着脑袋靠在他的怀里睡着了。

飞机落地时已是深夜,晚风渐起,但毕竟是热带岛屿,吹到脸上是温热的海水味道。

两个人打车抵达酒店,在前台寄存了行李就出去觅食,吃完大排档还打包了两份清补凉回来,之后在房间门口分开。

江澈道晚安时顺便提醒顾湘:"记得定闹钟,明天别睡过头了。"

顾湘嘴上答应,实际上却失眠了,在床上翻来覆去地调整姿势想要睡觉,却总觉得心浮气躁。

这还是她第一次单独和江澈出门旅游,没有爸爸、妈妈在身边,只有他们两个人。

虽然以前他们也经常一起出去玩,可那个时候她年纪还小,不懂事,江澈也幼稚得很,和现在完全不一样。

他现在已经完完全全是个大人了。

顾湘想到这儿,翻了个身,迷迷糊糊地猜测起明天的行程来。不知道他们会去哪儿玩,会吃什么好吃的,又会聊些什么?最重要的是,明天并肩走路的时候,他还会像飞机上那样去牵她的手吗?

她很好奇江澈到底是怎么想的,有时候觉得他的心思一点都不难猜,有时候觉得他捉摸不透,或许他真的只是单纯地、对她很好而已,没有别的意思。

次日。

因为前一晚的辗转反侧,顾湘第二天成功睡过了头。

直到某一刻惊醒,她抓起手机看了眼,发现江澈八点给她发了消息,问她醒了没有。

她当然没回,江澈深知她的脾性,等了三分钟便了然,认命地发来一句:*醒来给我发消息。*

顾湘瞥了眼手机上的时间,飞快回复"起来了起来了"就一跃跳下床,冲进洗手间。

她中途"噼里啪啦"放鞭炮似的往脸上拍爽肤水的时候,慕久这个八卦大王给她来了电话:"你现在在海南?"

虽然高中生涯已经结束,但她们的同桌情谊依旧深厚,放了假也腻腻歪歪的,顾湘更是每天如实上报行程。

当然,汇报也包括与有关江澈的事。

顾湘把手机放到一旁,按成免提,回答:"嗯,昨天晚上到的。"

"昨晚就到了啊……"慕久若有所思,紧接着问,"那你们发展得怎么样了?"

顾湘被问倒,看着镜子里的自己眨巴眨巴眼睛,只能装作自己没听懂:"什么怎么样了?"

"顾湘,禁止装傻啊。"慕久一句话戳穿了她,今天本来就是为了听喜讯来的,可不想被她敷衍,"你们俩都孤男寡女出去旅游了,怎么可能没发展,你邻居还没跟你表白吗?"

"我……"顾湘再次语塞,脸上闪过一丝窘迫,只能压低声音回答,

"什么表白啊,别乱说。"

"我哪有乱说,他绝对喜欢你!"慕久信誓旦旦地开口。

"可他就是没有表示啊!"顾湘下意识反驳,中途意识到自己的反应过于激烈,像是很迫不及待似的,只得刹住车,生硬地咳嗽两声。

慕久也没料到会是这种情况,有点纳闷地咂了咂嘴:"不合理啊。"

"我怎么知道……"顾湘郁闷地回答,拧开防晒开始涂脸,"有可能是我……可能是你想多了吧,我们俩之间就是纯洁兄妹情。"

慕久倒吸一口凉气:"打死我也不相信!不过咱们太着急倒是有可能,你才刚到海南,总得给你邻居一点准备的时间。"

顾湘听她还在往回找补,叹气道:"没关系,纯洁兄妹情也没什么,世上三条腿的蛤蟆不好找,两条腿的男人多得是……不过我今天睡过头了,现在得收拾收拾出门。"

"行,那你玩得开心。"慕久挂断电话。

顾湘洗了个手,正要收拾盥洗台上乱糟糟的东西,眼角的余光突然瞥见镜子里浮现出一个影子,跟鬼一样。

顾湘吓得差点把手里的精华甩出去,定睛一看才发现是江澈,拍拍胸口松了一口气,凶他:"你想吓死我啊!进来怎么不敲门呢?"

"敲过门了,但是你没应,我还以为你又睡过去了,才拿房卡开了门。"江澈拎着房卡在她眼前晃了晃,解释。

酒店一个房间有两张房卡,顾湘怕自己丢三落四,昨晚特意给了江澈一张。

眼下她闻言便点点头,拉上洗漱包的拉链。

谁知道下一秒这人突然来了句:"两条腿的男人……说的是我吗?"

顾湘的眼睛倏地睁大,才意识到自己刚才跟慕久打电话开着免提。

那他岂不是全听见了?

顾湘一瞬间咬舌自尽的心都有了,大脑紧急搜索慕久和她刚才都胡言乱语了些什么。

但不等她回忆,江澈已经顶着一脸的困惑和无辜重复道:"还有,我们俩之间是……纯洁兄妹情?"

顾湘绝望地闭了闭眼,嘴硬地摇头,恨不得钻进他的脑袋把刚才那段记忆删除。

江澈也没料到她否认得这么快,眉梢轻轻一挑,忍着笑点头赞同:

"知道不是就好。"

"……啊？"顾湘没反应过来，等意识到她刚才摇头否认了什么，再次社会性死亡，"不、我不是这个意思，我们是纯洁兄妹情……"

江澈俯下身来，清润的眸子盯着她，反问："真的？"

他的语气变得认真起来，顾湘看着他，紧张得连眼睛都忘了眨，不知道该怎么回答。

江澈看她的脸一下子通红，也不再逗她，主动解释："你没误会，我是打算告白的。"

"啊？"他这直球打得太快，顾湘听得愣住，反应过来只能眨巴两下眼睛。

"啊什么啊？"江澈被她的反应看得好笑，弯腰靠得更近，"如果我表白，你会答应吗？"

他的眼睛在灯下太好看，盛着清亮的光，像深邃的海。顾湘被他这么直勾勾地盯着，思绪也跟着乱了乱，只能下意识地缩起肩膀，扶住身后的洗手台。

片刻后她才轻咬下唇，磕绊地挤出一句："那你倒是表、表白啊……"

江澈没料到顾湘竟然不上当，眼尾倏地滑开一抹笑意，喉结向下滚动，直白道："我喜欢你。"

顾湘的视线霎时被他这句话拨乱，指尖在沁凉的洗手台上无措地摸索了一下。

在这个距离下，她甚至能听见他低低的呼吸声，来回在耳畔撩动着，刺激得她的喉间微微发干。

她还从来没有被人当面告白过，更何况现在告白的人是江澈。

到头来她只能舔舔嘴角，嘴笨地答应下来："哦……哦。"

"就一个哦？"江澈再次反问，上扬的语气听起来和善又勾人，实际上却步步紧逼。

顾湘当然也发现他靠得越来越近，轻软的睫毛在紧张中止不住地扑扇着，手偷偷扣紧洗手台的边缘，紧了紧嗓子回答："我……答应还不行吗？"

江澈稍稍直起身来，给她一个喘息的空间，轻一抬眉："这么勉强？"

顾湘闻言，也意识到自己这样的反应不大合适，赶紧小幅度地摇摇头："不勉强不勉强……"

生怕被他误会。

江澈闻言，半是好笑半是无奈地弯唇。他原本以为他们都认识这么久了，很多事情心照不宣，她应该能很快接受他的告白才对，谁知道今天这么一看，她分明紧张得话都不会说了。

认真看了她两秒后，江澈伸手捏了一把她的脸颊，提醒她："让你说一句喜欢就这么难？"

"啊？哦、哦……"顾湘这下总算反应过来自己忘记了什么，顿时窘得脸颊滚烫，第一时间开口找补，"我、我也喜欢你。"

他们在一起经历了太多太多，一直以来，他都占据着她生命中很重要的位置。

"这还差不多。"江澈听到她的回复总算心满意足，还算她有点良心，翘着嘴角看了她两眼，最终确认，"那我们现在就算在一起了？"

顾湘对此当然不敢说个不字，老老实实点起头来。

谁知道下一秒，就看他抬手撑在她身侧，几乎把她整个人罩在阴影中，在她耳边低声问："那我现在可以亲你了吗？"

他话末的语调止不住地上扬，像含了一池春水。

顾湘被他嗓音蹭过的耳尖跟着微微发麻，像有细小的电流淌过，一路从耳朵温热地蔓延到脖颈，之后是侧腰。

于此同时，她脑中像雨后春笋似的冒出一个念头：他刚才靠得这么近，原来是想亲她。

可惜现在显然不是让她胡思乱想的时候，江澈问完那句话后没有等到她的回答，很快撑着手臂直起身，呼吸沿着她的侧脸划过，随后拂上她的鼻尖，柔软得像夏季傍晚的云。

顾湘在过程中只能紧张得一遍遍咽口水，不住地抬眼瞄他。在这个角度下，他的眉眼精致又细腻，鼻梁连接着眼窝的地方会落出一弯深邃的月牙形的阴影，映着在灯下纤长的眼睫，好看得像一幅画。

江澈也没料到在这种重要的初吻时刻，顾湘竟然会这么仔细地盯着自己，难免让他有些紧张。

片刻后，他只好一清嗓子，开口提醒她："闭眼。"

"哦……"顾湘条件反射地闭上眼睛，小声答应。

下一秒，唇上落下一个柔软的触感，她想不出该怎么形容，只知道自己的耳朵一下子变得滚烫，下意识想仰头往后躲。

江澈也感觉到她青涩的回避,微微往前压,她就躲得更厉害,到头来他索性伸手扣住了她的后脑勺,结结实实地吻住她。

顾湘躲闪不及,下意识抓住他的衣摆稳住重心,才反应过来现在是他们的初吻,她不应该躲的。

可有了这样的觉悟也没什么用,她只能僵硬地抓着他,脑袋都不知道该怎么摆。

好在江澈在这方面似乎比她懂得多一点。

这个初吻结束时,她的腿已经抖得快站不住,需要伸手扶着江澈的手臂才不至于滑下去,还偷偷抬眼瞄他。

谁知道那头江澈正一脸探究地看着她,捕捉到她做贼心虚般的眼神后,正经地问:"你觉得怎么样?"

顾湘没料到这人把接吻都弄得跟学术研究似的,还时候采访起她来了,顿时羞得脸红,半天才挤出一句:"还、还行……"

"只是还行吗?"江澈闻言,微微蹙起眉心,觉得有些不满意。

然而很快,顾湘就发现他这副表情是装的,因为在他低喃了句"那再试一次"后就低下头来亲她的时候,眼尾明显藏着一抹得逞。

于是顾湘就这么半推半就地又被亲了一次,也不知道江澈从哪儿学来的把戏,亲得她从头皮一路酥麻到尾椎骨,喘不上气来,只能努力伸手推推他的肩膀,提醒他适可而止。

江澈会意,不紧不慢地从她的唇齿间退出,松开扣着她的手。

顾湘失去助力后,就像被抽走了脊梁骨,软绵绵地低头埋进他的怀里,一边鹌鹑似的试图藏起自己通红的脸颊和耳朵,一边努力平复呼吸。

江澈也没想到她会是这个反应,有些好笑地伸手抱住她的脑袋,随手揉了揉她的头发。

顾湘感觉到他的动作,顾不上被揉得乱糟糟的头发,隔着他身上的印花衬衫闷闷开口:"你……"

江澈垂眼,轻轻"嗯"了一声,等待她的下文。

片刻后,顾湘总算把头从他怀里抬起头,绯红的脸蛋顶着严肃的神情,抬头瞪着他。

偏偏江澈的表情坦然得要命,看到最后还是她更害羞,咬咬下唇,支吾地问:"你在大学……真的没背着我谈过恋爱吗?"

江澈闻言,给了她一个不可置信的眼神。

顾湘不太敢直视他,只好垂下视线小声嗫嚅:"要不然……你怎么这么熟练?"

江澈再度怀疑自己的耳朵,歪着脑袋看了她一眼,啼笑皆非:"你觉得我很熟练?"

顾湘当然看出他这表情是在笑自己,目光尴尬地闪烁了一下,只能慢吞吞地抬起手,手指顶着手指扭来扭曲,示范给他看:"你还不熟练吗……你都会……这样那样这样那样了……"

江澈看着她的比画,抬手按了按嘴角,想努力忍住不笑场,但最后还是没忍住,笑出声来。

好一会儿,他才端回一本正经的模样,手臂穿过她的侧腰,指尖轻点她身后的大理石台面,试着跟她打商量:"刚刚是我的初吻,你要是不相信,可以再感受感受。"

"不、不用了不用了……"顾湘听他这么开口,赶紧摇头谢绝,伸手挡住自己被亲得红艳艳的嘴唇,睫毛眨得飞快,像小动物的绒毛,"这样太快了……你先让我缓缓……"

江澈忍俊不禁地"哦"了声,暂时高抬贵手,放了过她。

顾湘看某人没了动静,便从他身前钻出来,重新拿起防晒涂手臂,装作自己很忙的样子。

她现在不知道该怎么正常地面对他说话。

但更羞耻的是陷入沉默后,刚才发生的一切就在她的脑海里反复放映,顾湘想得心猿意马,直到两只手两条腿都涂完防晒,才意识到一点——

江澈刚才跟她说他是打算告白的。

虽然不知道他到底打算什么时候,但至少,绝对不是在早上十点的盥洗室。

想到这儿,顾湘顿时顾不上害羞,看着他,清了清嗓子开口盘问:"你本来打算什么时候告白的啊?"

"今天晚上,"江澈很快回答,"本来想把场面准备得隆重一点。"

他说到这儿稍顿了顿,嘴角跟着翘起,估计又想到她刚才"三条腿的蛤蟆""两条腿的男人"之类的言论,意有所指地睨她一眼:"只不过算漏了一点,没想到你这么着急。"

"我……"顾湘一时语塞,被他强行回忆起自己刚才口出狂言的事,脸色一下子涨得通红,想挖个坑把自己埋了的心都有了。

但她面上只能厚起脸皮，抬起下巴瞪他一眼，理直气壮地狡辩："我才没有着急！"

江澈忍着笑，正经地附和她："嗯，你说得对。"

"那、那你现在打算怎么办啊？"顾湘环视了一圈盥洗台，提醒道，"这地方可一点都不隆重啊。"

"放心吧，我晚上会再跟你告白一次。"江澈从善如流，顺便贴心提醒她，"你到时候跟慕久汇报美化加工一下，别说我们是在洗手台成的。"

顾湘听他这么一说，也觉得有点好笑，想不通他们俩怎么连这么严肃的事都能搞得这么乌龙。

到头来她只能哼哼地回一句"这还差不多"，正准备把防晒收起来，又想到什么，问他："你要不要涂？"

江澈没拒绝，只是理直气壮地示意她："那你帮我涂。"

顾湘没想到这人还挺蹬鼻子上脸的，刚准备回呛"那你别涂，晒死你算了"，就想到这人现在毕竟是她的男朋友，要是这一身细皮嫩肉从外面晒完回来，变丑了她也拿不出手。

这么想着，顾湘只好把话咽回去，拧开盖子在他手臂上划拉了长长两条，然后示意他抬头露出脖子，踮起脚尖凑近，在他的锁骨跟颈窝上挤了两道。

江澈在过程中只是垂眸看着她，任她摆弄。

顾湘的脸上还带着几瓣红晕，碎发混着她轻柔的呼吸，猫爪似的挠在皮肤上。直到防晒霜尖细的圆口在乳液的顺滑下勾勒过锁骨，随后沿着他的脖颈向上滑动，江澈被刺激得呼吸一乱，喉结跟着向下滑动了一下，觉得口干舌燥。

意识到这一点后，他的视线便下意识往她湿润的唇上瞟，转念想到她刚才的反应，怕惹她不高兴，只得默默挺起后背，忍着那些在身上到处乱窜的热流。

顾湘没发现他的异常，防晒涂得正认真，毫不客气地伸手按住他的肩膀，带得他不得已弯下腰来，勉强到可以跟她平视的高度。

然后江澈就看她拎着防晒在他的脸上涂涂画画着什么，从脸颊一路涂到鼻尖，末了仔细端详了他一眼，嘴角抿起得意的笑，示意他："好了，你照镜子看看！"

江澈直起身，半信半疑地转头看了眼镜子，就发现这个幼稚鬼竟然在他的左脸画了个简笔小猪，右脸画了三根猫胡须，还把他的鼻尖涂白了，看起来傻得要命。

但顾湘这会儿估计是觉得自己创作出了什么杰作，歪着脑袋看着他，笑容满面的。江澈只能好笑又好气地抬手把那个白色猪头涂开，冲她牵起嘴角。

顾湘看他就范，把防晒霜跟乱七八糟的东西都塞回去后，想了想问他："你说我要化妆吗？"

"你想化就化。"江澈低头搓着自己白花花的胳膊，顿了顿，补充，"不过现在十点半了，你不饿吗？"

顾湘听他这么一说，感受了一下自己空虚的胃，果断在化妆跟吃饭之间选择了后者。她转身钻进房间，再出来时已经戴上草帽和墨镜："我这样一穿，化不化妆都一样，就当我化了吧。"

江澈默默点头。

谁知道这还没完，顾湘的脚步一顿，又转身回去了。

片刻后，她捧着一瓶香水回来，是江澈送她的十八岁生日，连包装盒都好好地保存着。她学着电视里高贵名媛的样子在自己手腕上喷了两下，然后在他面前甩了甩："你快闻闻，是不是很香！这个香水在海边玩的时候喷很合适！"

江澈牵住她乱晃的小手，笑着点头赞同："嗯，是很好闻。"

顾湘闻言，给了他一个"你很识货"的眼神，把香水放回去，挎上自己的小包，拉着他出门："走吧走吧，我都快饿死了，你快看看附近有什么吃的。"

江澈看她跟小牛似的一个劲拖着自己往前走，加快脚步，一本正经地教育："哪有跟男朋友说话是这个态度的？不应该以'亲爱的'开头以'谢谢'结尾吗？"

顾湘现在已经重新回到跟他自然相处的模式，闻言便露出一个匪夷所思的表情，伸出空闲的手打了他一下："美剧看多了吧你，还亲爱的，睡醒了吗？"

江澈对此只能轻一歪头，回答："没睡醒，亲爱的。"

旅行前两天的酒店订在三亚湾，离南山旅游区很近，中午吃过饭后，顾湘和江澈就顶着太阳打车去景点，乘观光车绕了一圈。

至于为什么非去这个景区不可，是蔡芬芬得知他们俩决定去三亚后，千叮咛万嘱咐顾湘一定要到南海观音底下抱抱佛脚，保佑她考试顺利。蔡芬芬还怕顾湘这个懒蛋每天在酒店吃了睡睡了吃，怕热不肯出门，安排了江澈贴身拍照取证，免得某人偷懒。

今天三亚的天气晴朗得让人发指，到处都是白灿灿的阳光，两个人在观光车上被蒸得暑气腾腾的路面映得头晕眼花，直到顾湘手里满电出门的小风扇彻底耗尽电量，总算抵达巨大的观音像脚下。

恰逢高考季，有不少考生特意来这儿抱佛脚，观音底座里黑压压全是等着乘电梯的人。两个人在里面等得又闷又热，只好认命放弃，沿着外面的石阶一阶一阶往上爬。

顾湘爬到一半就累得气喘吁吁的，中午吃的椰子鸡很快消化完，到最后是让江澈手把手拉扯上去的。

她一到顶就像被抽走了骨头，满脸通红地趴在观音的脚趾上歇气，头发被汗浸透了，软塌塌地贴在脸上，像刚蒸了桑拿出来。

但江澈不觉得累，还有闲情逸致在一旁拿着手机把她的狼狈模样记录在案，第一时间发给了她妈妈。

顾湘也不瞎，当然看到他在拍自己了，但因为实在太累，连大声说话的力气都没有，只能伸手捂住自己的脸，有气无力地警告他："江澈，赶紧把照片撤回删掉，要不然等我休息好了，你看我不把你丢海里！"

江澈根本不怕她的威胁，不怕死地放大照片仔细端详了两眼，忍着笑递到她面前，睁着眼睛说瞎话："特别可爱。"

顾湘半信半疑地抬起头，下一秒就瞥见照片里那个晒得红黑红黑的猴精，下边甚至还有她妈妈秒回的一句"湘湘出了门怎么这么丑"，气得她站起身来费力地踮脚钩住他的脖子，想给他来个锁喉。

可惜锁喉不成，她的手臂因为身高差使不出力，只能跟个蚂蚱似的在他面前跳来跳去，最后被他反手钩住腰，像扛沙袋似的把她单手抱了起来。

顾湘没料到以她的体重竟然能被江澈这么轻松地搬离地面，紧张得扑腾了一下。

下一秒，她感觉到他不知道要把自己往哪儿扛，只好紧紧抱住他的胳膊："你不会想把我丢海里吧？"

江澈闻言，转头看她一眼，好笑地反问："你怎么总是以小人之心度君子之腹？"

顾湘这才放下心来，不服气地嘟囔："哼，要不是你力气大，我也能把你扛起来。"

江澈闻言，松开手放她下来，乖乖张开手臂示意："那你现在试试？"

"你想得美。"顾湘哼了声，从他的口袋里顺手牵羊地掏出手机，点亮屏幕，"密码多少？"

"你生日。"江澈答得很快。

顾湘意外地看他一眼，"噼里啪啦"输入后发现还真打开了，于是飞快地删除相册里的照片，恃宠而骄地吐槽："江澈，你好土哦！"

海上观音这处景点只是他们观光车票的第一站，两个人从观音像下来后就跟从水里捞出来似的，但还是秉持着"来都来了"的原则，拖着疲惫的身躯游览了长寿谷跟南山寺，直到傍晚四点多才打道回府。

顾湘当时一打开酒店房门就一个劲想往床上倒，可惜身上又脏又臭，已经完全闻不出早上喷的海洋调香水味，只好强忍着疲惫从行李箱里挑出衣服，到浴室洗澡。

等一身清爽地出来，她懒得吹头发，用干毛巾草草一包就在床上躺成个大字，吹着比外面的海风凉爽百倍的空调风，转头就能看到落地窗外将沉的天色和波光荡漾的海水。

直到隔壁的江澈也洗漱完毕，敲响了她的房门。

顾湘当时在床上懒得动弹，只扬声回了句："你自己开门。"

江澈带了房卡，下一秒就听房门传来悦耳的电子音。他换了简单的白T恤和沙滩裤，头发吹得半干，整个人都散发着沐浴露清爽的味道，走近示意她："该出门了。"

"啊！"顾湘听到这话，浑身的骨头跟肉在第一时间发出抗议，只能拖长音发出个一波三折的音节，根本没在床上挪动哪怕零点一厘米。

江澈在她床边站定，弯腰拨开她头顶盘着的那坨毛巾，很快皱起眉心，伸手捏了一把她的脸蛋，催促："快把头发吹了。"

"我太累了，不想吹，要吹你帮我吹。"顾湘理直气壮地回答，在床上懒洋洋翻了个身，把脸埋进枕头，露出自己的后脑勺。

江澈被她这副咸鱼的模样看得无奈，只好到浴室帮她把吹风机拿出来，然后毫不客气地抬手拍了一下她的屁股，示意："坐好了吹，有谁像你这么躺着吹的？"

顾湘被他打得一个激灵，肉肉的屁股弹性十足，片刻后只得勉为其难地叹口气，撑起自己的上半身，晃晃悠悠地从床上坐起来。

房间里随后响起吹风机"呜呜"的动静，顾湘闲着没事干，又顺手从江澈兜里摸出他的手机，检查今天下午他拍的照片。

离谱的是她今天删掉的那几十张丑照这会儿都还在他相册里好好躺着，估计是他趁她不注意，在背地里偷偷恢复了数据。

江澈看到自己的行径暴露，只得放软语气，开口跟她打商量："别删了，我不会发出去的，就自己欣赏。"

"这种照片你怎么欣赏？"顾湘快被他的话给气笑了，反手亮出一张她被海风吹得惨绝人寰的"贞子"照。

江澈仔细盯着那张照片看了眼后，明显也被逗笑，关掉吹风机，认真解释了句："你不觉这张很可爱吗？等我们以后重温这些照片，会觉得很美好。"

顾湘闻言，不知道他哪来的勇气说出"可爱"两个字，但很快又被他的后半句话说服，只得认命地翻到下一张，警告他："那你不准发出去。"

"好。"江澈见自己谈判成功，高高兴兴地答应下来，重新打开吹风机。

很快，等顾湘翻完他拍的那些照片，发现自己竟然找不到半张合适发朋友圈的素材，转念想到他的手机密码是自己的生日，索性打开他的微信，想看看他给自己的备注有多老土。

她是置顶的第一个，备注是一个向日葵图案，倒是没她想象中那么土。

顾湘看到这朵向日葵，总觉得有些熟悉，很快想起她高考考完之后，江澈当时在门口迎接，手里捧的就是一束向日葵，于是扭头问他："为什么我是向日葵？"

江澈垂眼看着她，轻一挑眉："你不知道向日葵是什么意思？"

顾湘狐疑地眨眨眼，想了想反问："我为什么会知道？我又不是学这个的。"

江澈看她一脸状况外的样子，只得放下吹风机，撩了撩她吹得半干的头发，问："我送你花的时候，你不会查花语吗？"

顾湘再次睁大眼睛，没想到这人送花送得这么细节，还会在意花语，倒是显得她五大三粗的。

当下她只好默默低下头，飞快在他手机上输入"向日葵的花语"，最后弹出答案——

太阳，沉默的爱，爱慕。

中文的魅力就在这儿，即便没有语境的铺垫，光是简单的三个词，也能让人一瞬间联想到蓬勃生长的向日葵，感受到日光下明媚又热烈的爱意。

顾湘不得不承认，自己在看到这三个词的时候，心头一热，嘴角控制不住地上扬。

江澈当然瞥见了她快咧到耳根的嘴角，本来还以为她早就知道，谁知道是个木头脑袋。于是他伸手把床上她的手机拎过来，示意她："我的备注呢？给我看看。"

顾湘闻言，自觉心虚，只得抢过手机，一骨碌翻到床的另一头去了。

江澈微微眯起眼睛，看她这反应，就知道自己在她那儿的备注不是什么好词，估计就是小时候一直用到大的"臭江澈"，幼稚得要命。

这头顾湘的手指在"臭江澈"上犹豫了半天，也想不出该给他改成什么比较好，虽然他们现在的关系不一般，但她怕"男朋友"什么的太羞耻，最后只好开口征求他的意见："你想我给你备注什么？"

江澈用他一本正经的脸蛋说出最肉麻的话："亲爱的。"

顾湘的眼皮跳了一下，听完他的建议，顿时觉得"臭江澈"这个备注也挺好的，便装作自己什么都没听见，挪动屁股回到他身前，示意他："头发还没吹干呢，你继续。"

江澈无奈地摇摇头，重新打开吹风机。

中途还听到她要求很多地指指点点："你吹头发别光吹一个地方，你得顺着我头发的生长方向往下吹，这样才不会打结。"

江澈闻言，听话地改变手法，长指顺着她的头发往下拢了拢，好让温热的风顺利穿过发隙，问她："怎么还有这么多讲究？"

"当然了，吹头发是门学问。"顾湘抬手伸了个懒腰，舒展肩膀后又道，"再说了，帮女朋友吹头发是男德班第一课，要是连这个都学不好，你以后还怎么毕业啊？"

江澈本来只是面无表情地听她臭屁，直到她话末很自然地冒出"女朋友"三个字，脸上的表情有所松动，很快翘起嘴角。

末了，他便语气轻快地回答："你说得对。"又虚心向她请教，"男德班又是什么，怎么才算毕业？"

"这个……"顾湘没料到他还认真跟自己讨论起男德来了，歪着脑袋想了想，信口胡说道，"男德班就是你要一直修学分啊，比如给女朋友吹头发、做饭、洗碗、倒垃圾什么的……要是一直修不满学分毕不了业的话……就等着三个月清退吧。"

"明白了，"江澈轻一颔首，琢磨着她的头发吹得差不多了，便关掉电源，一本正经地向她保证，"我会努力的。"

耳边的嘈杂顿时消失，顾湘伸手顺了顺头发，就听他突然放软语气，声线在尚有余温的空气中听起来低缓又温柔，带了几分诱哄："你转过来，我帮你看看吹好了没。"

顾湘"哦"了声，乖乖照做。

谁知道下一秒就看他低下头，带起一阵细小的热风，在她的唇上飞快亲了一下。

顾湘一时没反应过来，只感觉到唇上被柔软地一碰。片刻后她才轻一抿唇，有些意犹未尽。

那头江澈亲完就跟偷了腥的猫似的，直起身来得意扬扬地解释："头发吹完了，申请两个学分。"

顾湘被他的样子看得好笑，点点头："行吧，准了。"

晚餐定在三亚最适合欣赏日落的椰梦长廊，顾湘磨蹭归磨蹭，最后还是赶在日落前跟江澈出了门。

岛上的夕阳和他们以前在杭城看到的完全不一样。海水和天空没有任何遮蔽地袒露着，橙红色的夕阳大片大片地流淌在天际，从浅粉迅速沉淀至赤红，在入夜的海风和遥远的海平面上炽热又温暾地燃烧，倒映在湛蓝的海水上，在潮汐的翻涌中飞溅出无数火光。

来欣赏落日的游客虽然多，但海岸线足够长，长到足够让他们找到可以安静牵手散步而不被打扰的地方。中途江澈分了一只耳机给顾湘，耳边一半是海浪和风的声音，一半是落日飞车温柔低喃的："I know you know, I love you babe……"

连顾湘这么懒的人在散步途中都没有喊累，反而时不时抬头去看每隔一段距离就会路过的高大椰子树，在夕阳的剪影中打破了沙滩、海水和天际相互之间平行的横线，画面的构图在加入纵线后陡然升华。

背景很美，当然少不了要拍照。

江澈作为她的御用男模，被她"咔嚓咔嚓"拍了好多绝美游客照。在背光的夕阳中，他生涩的表情管理被很好地掩盖，只显露出清雅流畅的侧脸,身后浓墨重彩的天际给他做衬,看得顾湘不住地"啧啧"称叹。

至于她的游客照,江澈只有蹲在地上才能不把她拍成小矮人,幸亏夕阳中看不清脸,乍一看还能落一个活泼可爱的美名。

江澈当时听她竟然开尊口认可了他的拍照技术,有点不敢相信自己的耳朵,反复跟她确认了两遍,最后问:"那这两张我能发朋友圈吗?"

顾湘听到这话愣了一下,反问:"你平时不发朋友圈的吧?"

"之前是不发,"江澈应了声,语气变得有点不自在,似乎觉得这个问题解释起来有点复杂,"但现在不是有女朋友了嘛,发了之后……别人就知道我不是单身了。"

他话说得含蓄,顾湘回味了好半晌才明白他的意思,估计是这人的桃花太多,想发了之后一了百了。

于是她点点头答应:"行,那你发吧。"

只是话刚出口,她又急急忙忙撤回:"不行不行,你先等我修一下,我把我的腿拉长了你再发。"

"你还有这种技术?"江澈有点惊讶。

"哎呀,很简单的,你看着啊。"顾湘说着,把照片导进修图软件,当着他的面把自己的腿拉长了一大截,成功收获江澈震惊的表情。

她这才满意地伸手拍拍他的肩,示意他:"这样就行了,发吧发吧。"

江澈盯着手机里她发来的腿长一米八丝毫不尊重人体自然结构的女朋友,只觉得无言。

在沙滩上散完步,顾湘已经饿得前胸贴后背,着急地跟江澈赶到他提前定好的餐厅。

餐厅很有特色,是扎在沙滩上的一个个帐篷,顶部点着一串一串星星灯,能远远地看见日落后浓沉的大海和微微泛光的潮汐。

顾湘从今天知道向日葵的花语之后,不得不承认江澈这人搞浪漫比她有天赋。这会儿看到这么有情调的餐厅,她神采奕奕地对他夸了句"真不错",之后便被美食吸引,在服务生端上现烤的烧烤后不停地点头夸赞"好吃好吃",完全把他早上说的表白的事抛在脑后。

等海风渐起,服务生过来帮他们点起篝火,顾湘还跑过去兴奋地围观了半天,时不时问人家现在加的是什么东西、篝火烧多久会熄灭之类的问题。

最后,她被江澈满脸头疼地带回座位上,总算意识到有什么不对,因为餐厅里响起了音乐,是那种很舒缓的古典乐。

之后就像电视里拍的那样,有服务生推着小推车,在沙滩上一步一个脚印地来给他们送东西,餐车上摆放着蜡烛和鲜花,花里胡哨的。

顾湘见状,乖学生似的老老实实把手放在大腿上,眼看服务生帮忙把她吃得干干净净的盘子撤掉,依次摆上鲜花、蜡烛、餐后甜品,甚至帮他们打开了一瓶冰镇过的酒。

顾湘眨了眨眼,盯着服务生在酒瓶下垫着口布帮他们倒上,酒液带着很浅的粉色,在高挑香槟杯里优雅地浮起气泡,随后烟花般熄灭。她的心情一点点变得局促起来,没料到江澈的表白仪式搞得这么隆重。

她一时甚至庆幸他们早上就在一起了,要不然她吃着饭毫无准备地突然收到这些,估计会紧张得手脚都不知道该往哪儿摆。

一直憋到服务生推着推车离开,顾湘总算能松一口气,清了清嗓子,问江澈:"你怎么还点了酒啊?"

"你不是成年了嘛,已经可以喝酒了。"江澈回答,五官在跳动的烛光中瑰艳无比,在周遭花团锦簇的点缀下,恍然给人一种男妖的错觉。

他用温和的嗓音补充:"这个酒的度数很低,喝起来是甜的,你先试试,要是不喜欢就放着。"

顾湘闻言,鼓起脸颊"哦"了声,不大熟练地端起酒杯,试探地抿了一口。

酒很凉,在舌尖上泛起柔和的气泡,不像冰雪碧那么刺激,尝起来确实是甜的,直到咽下去才会泛起一点淡淡的酸涩,像甜品店里卖的桃子气泡水。

顾湘尝出味道,有些惊奇地低头看了眼,确认自己喝的是酒而不是什么别的东西,之后又忍不住喝了一口,眯起眼睛,藏在洁白桌布下的小腿轻晃了一下,满意道:"嗯,挺好喝的。"

江澈也放下心来,端起酒杯抿了一口,素白的长指衬着纤细通透的玻璃高脚杯,酒杯反射着桌上粉色的鲜花和摇曳的烛火,画面很好看。

顾湘忍不住多瞄了他两眼,在心里偷偷确认他没有更进一步的举动后,才放心大胆地拿起勺子,开始享用自己面前那块摆盘精致的芝士蛋糕。

等到冰桶里的那支莫斯卡托不知不觉被某人牛饮了两杯,外边的天色已经彻底黑下来,晚风不时扫过他们头顶的帐篷,在晃动的星星灯中发出沙沙的声响。

直到某一刻,江澈低头看了眼手表,起身示意她:"走了,带你出去看烟花。"

"啊?"顾湘讶异地抬起头,飞快地擦了擦嘴便伸手握住他的掌心,跟他一起出去。

沙滩在夜色中已经看不明晰,但好在周围的一个个帐篷前都点起了篝火,在风中摇曳着,不时有松木渗出的油脂在火中爆开,发出细碎的噼啪声,坠出一两颗炽热的火星。

烟花点燃的地方离他们有一段距离,在这个角度下便仿佛是从深邃的海面上升起的,在海风中发出尖锐呼啸的长鸣,随后热烈地绽放,在夜空上恣意铺彩,也照出一方海面上绚烂的涟漪,有着冷而秾艳的色彩,像凡·高笔下的油画。

顾湘怔怔地抬眼看着,眼眸也像无数海上的涟漪的一抹,倒映出天际的花火。

她蓦地回忆起很久以前的一个新年,当时她就和江澈一起欣赏过这么美的烟花,谁知道现在也是。

他们真的一起经历过好多好多美好的瞬间。

这么想着,她忍不住转过头去看他。

谁知道江澈并没有在认真看烟花,和她的目光触上。

周围的声音很热闹,剧烈升腾和绽放的烟火声,远处宽广的潮汐和风的声音,身边低沉安和的篝火的噼啪声,还有似有若无的心跳和呼吸的声音。

他们置身在色彩和声音的海洋中。

直到不知道过去多久,烟花熄灭,耳边骤然一轻,于是心跳声开始鼓噪。

顾湘看江澈弯下腰来,微微侧过脸来,在她的耳垂上轻轻一碰。

她不可避免地感到心动,持久的夜风把短暂的唇瓣的触感勾勒得无比清晰,成了某种永恒的印记,她的呼吸被那抹短暂的触碰撞乱,到最后也没有找回原本的节奏。

很快,她感觉江澈伸手环住了她的腰,温热的呼吸在耳边潮汐般起伏,嗓音清澈而低沉,他告诉她:"这是我一开始准备的告白……打算在烟花下告诉你我喜欢你。"

话音到这儿,他顿了顿,又郑重地重复了一遍:"我喜欢你。"

顾湘本来还以为自己在已经被预告的情况下,今天晚上的告白会一切尽在掌握中。

可谁知道他说完后,眼眶突然被风吹得泛酸,只能伸手抱住他,在他的怀里一个劲地点头。

不过现在想来,今天早上的那次……彩排,也不算毫无用处,至少顾湘记住了她的失误。

于是在感动过后,她很快抬起头来,认真告诉他:

"我也是。"

"我也喜欢你。"

江澈闻言,眼底一下子浮上笑意,即便此刻的烟花已经结束,他的眼睛依然很亮,藏着无数的星星。

末了,他低笑着夸奖了句"有进步",便伸手勾起她的下巴,闭上眼睛吻她。

大约是喝了酒,晚上的这个吻比白天的还让人觉得晕乎乎,像是有一束粉色香槟气泡在脑袋里放烟花似的升腾破碎。

顾湘在过程中只能努力闭紧眼睛踮起脚尖,感受着他柔软的触碰,心跳随着唇齿试探的交织一点点加快,舌间全是清甜的酒香,混着呼吸间有关薄荷和葡萄柚的海风的气息,在温度的缓步上升中,呼吸也像醉酒似的变得散乱。

于是到处都乱了套,她闭着眼睛,脑袋昏涨得快失去平衡,只好紧紧伸手钩住江澈的脖子,免得摔倒。

只是这样一来,两个人之间完全失去了间隙,他身上的温度顺着她裸露在外的手臂毫无阻碍地传递进来,到处都是属于他的温度。

她喝了整整两杯,他的体温就像火药的引子,混着酒精,串通了躁动的血液,在她的皮肤下一点就燃。她就像一支被丢进大海的燃烧瓶,从海平面"扑通"一声,呼啸着划过一道热流,直到照亮一片深海。

顾湘的后腰和小腿开始发软,快要被这样的温度贴得融化,于是无意识地从鼻尖难耐地轻哼了声。

谁知道这一声哼得又娇又软,完全不像她平常的声音,顾湘在意识到自己干了什么后,大脑"轰"地炸开,脸颊瞬间从酡红进化成了熟虾的鲜红,完全被羞赧淹没……

后来,她只想像鸵鸟一样在沙滩上挖个洞把自己的脑袋埋进去,根本忘了他们最后是怎么在沙滩上结束这个吻,之后又是怎么手拉手回到酒店,在房间门口互道晚安的。

直到迷迷糊糊地冲完一个澡,她才意识到今天晚上她真的喝醉了。

第十三章
得偿所愿

吹完头发灌了大半瓶冰凉的矿泉水下去,顾湘已经清醒不少。

打开电视当背景音乐放着,顾湘在床上来回换了好几个姿势,出神地盯着天花板回味今天发生过的一切。

之后经历了一连串拿枕头捂脸、在床上滚来滚去的迷惑行为,才从害羞中平复,重新拍拍枕头,整理了被子,准备关灯睡觉。

只是不知道过去了多久,她还是没睡着。

最后只能不信邪地探出头,看了眼手机上的时间,才发现现在竟然还不到十一点。

但作为一只刚刚高考完的自由的小鸟,她前段时间在家不熬到凌晨一点是不可能睡觉的,十一点对她来说实在太早了。

在床上扑腾了好一会儿被子,顾湘突然心血来潮地从床上爬起来,下床穿上拖鞋,准备到江澈那儿突击检查。

她昨天给了江澈一张自己的房卡,作为交换,她也有一张江澈的,可以不需要敲门就直接刷开他的房间,正好吓唬吓唬他。

这个念头让她兴奋得很,她的行动力也很强,毫不犹豫地下了床,就这么套着睡裙鬼鬼祟祟地探出头看了眼走廊，确认周围没人，火速钻出来，反手就刷开了隔壁的房门。

江澈当时正穿戴整齐地在床上半靠着，腿上放着笔记本电脑，还戴着耳机，看起来好像在干什么正事。

但顾湘嘴边一早准备好的吓唬人的怪叫来不及憋回，趿拉着酒店拖鞋蹦到他的床边，摆出张牙舞爪的样子：「嘿嘿嚯嚯嚯！」

江澈刚才没听见房门打开的声音，注意力都放在电脑上，冷不丁被顾湘的声音吓了一跳，抬起头才发现是她，很快浮现出好笑又无奈的神情，抬手对她比了个"嘘"。

顾湘见状，也意识到自己好像闯祸了，第一时间伸手捂住嘴，老实巴交地点点头。

果然，他导师被这只怪物小精灵的号叫听得诧异，在耳机里出声问他："刚才是有什么声音吗？"

江澈只得忍着笑意回答："抱歉教授，刚才是我女朋友，她不知道我在跟您打电话。"这么说着，他顺手迎着某人惊恐的视线把屏幕转到她的方向，示意她看看。

顾湘只得弯腰凑近他的电脑屏幕，发现页面上密密匝匝打开了十几个窗口，光看标题就让她有些晕乎，没想到他出来旅游竟然还在学习。

江澈看她一副不可置信的样子，笑着伸手拉住她往床上带了带，小声说："很快就结束，你再等等。"

"哦……"顾湘应了声，默默掀开被子钻进去。

她睡过很多次他的床，这会儿溜进来也只有一点脸红。

江澈的注意力已经重新放到通话上，在他导师的打趣下语气腼腆地说回刚才的正题。

顾湘盖着被子在他边上窝着，忍不住探头探脑地去看他到底在电脑上做什么。

但她看不懂，很快又觉得无聊，有意无意地瞄了他好几眼后，忍不住探出一只手来，抻长胳膊在他的脸上轻轻戳了戳。

江澈打小就是冷白皮，顾湘戳了一下，发现他的脸颊软软滑滑的，很有弹性，便爱不释手地又捏了好几下，得逞地弯起眼睛，直到这人递给她一个"安分点"的眼神。

顾湘见状便举手投降，躺在那儿老实了好几分钟。

只是等江澈的视线移开，她很快又卷土重来，偷偷摸摸地从床上坐起来，把脑袋搁到他的肩膀上发呆。

他颈窝里有好闻的沐浴露的香气，开口说话的时候，声带和胸腔会微微震动，把她的下巴震得痒痒麻麻的。

顾湘中途歪着脑袋注意到他修长白皙的脖颈上凸起的喉结，会随着吞咽时不时地上下滑动，很性感，勾得她有点心痒。

直到不知道过了多久，江澈对着通话那头应了句"好，报告我假期结束就发给您，您也早点休息"，便摘下耳机。

顾湘难得能听见一句日常交流用语，瞬间从他的肩膀上支棱起脑袋，眼神亮亮地问："结束了？"

"嗯。"江澈应了声，把电脑跟耳机都放到床头，转头看她一眼，很自然地亲了她一下，问，"这么晚还不睡，过来干吗？"

顾湘被他一亲，嘴唇条件反射地抿起。

与此同时，她脑海里的计数器跟着往上跳了一下，发现他们今天亲亲的频率过高了，便鼓起脸小声问他："江澈……你怎么谈恋爱之后变得这么热情啊？"

明明印象里江澈根本不是这样的人，高考前给她讲题目的时候正经得要命，偶尔她脑袋转不过弯来，还会接受他"你再好好想想"的死亡凝视。

那头江澈闻言，意味不明地哼笑了声："这样就算热情？"

"对啊，"顾湘把头往床头一靠，"你谈了恋爱之后老是对我动手动脚的。"

她话音刚落，就看江澈的表情突然变得严肃起来，下一秒俯身靠近，扣着她的肩膀把她摁倒在床上。

顾湘猝不及防被他压在身下，吓得闭紧眼睛，感受到自己的脑袋陷进被子，被底下的席梦思震得嗡嗡作响。

然而等了一会儿，面前的人又没了别的动作，顾湘这才睁开眼睛，在逆光中看不清他脸上的五官，在这个仰视的角度下，只让人觉得他高大得过分，能把她完全笼在他的影子下。

顾湘偷偷咽了咽口水，脑海里迅速扯出一团乱麻。

她毕竟也长这么大了，已经明白了很多事情，他们俩现在这个姿势……不太对劲。

但问题是，他们今天才刚在一起，这样真的好吗？

顾湘舔了舔发干的嘴角，借着眼角的余光往床头柜的方向瞄了一眼。

他们住的是大床房，她昨天一进房间的时候就发现了，床头柜上有一个很人性化的设施，自动售货机，扫码付款就行了……

可奇怪的是，江澈的房间竟然没有。

顾湘在瞥到他空荡荡的床头后，还没来得及细想，就感觉身侧的床垫晃了一下。

江澈原本是想逗逗她的，谁知道她不但没被吓唬到，还骨碌骨碌转起了眼睛，满肚子花花肠子的模样。

当下他便松开她的肩膀坐起来，带了几分头疼地问："想什么呢？"

顾湘这才回过神，飞快摇头否认："没什么没什么……"

只是她嘴上这么说，心里还是有一点落差。

明明都已经那样了，他最后却亲都没有亲一下……难不成自己看起来很没有成熟女人的魅力吗？

这么想着，顾湘下意识瞄了一眼自己的胸，觉得没道理。

江澈完全不知道顾湘脑袋瓜里装了什么，只是拍拍她的脑袋催促："好了，回去睡觉吧，明天还得早起。"

顾湘光是听他开口赶人，一点情趣都没有，身上的反骨就翘起来了，用幽怨的眼神深深看了他一眼。

下一秒，她耍赖地掀开被子，一边像毛毛虫似的一个劲往里面拱，一边开口拒绝："不要不要，你再让我待会儿，我现在还不困。"

江澈看她这样子，毫不留情地抬腿压住被子，挡住她的去路。

顾湘见遁地术不成，只得破罐子破摔地把被子一掀，在他的床上躺成一个大字："我来的时候就带了你的房卡，我的那张锁里面了，现在回不去了。"

"我有你的房卡，我给你开门。"江澈回答。

顾湘再次吃瘪，只好一边气势汹汹地瞪着他，一边握拳在床上捶了捶，理直气壮地通知："我不管，我不想回去，我今天晚上就睡你这儿了。"

江澈确认自己听清楚她的话后，缓缓皱起眉心："你再说一遍？"

"我说，我今天晚上就睡你这儿了。"顾湘一字一句地重申，嚣张得不得了。

江澈这下真让她给气笑了，舔了舔嘴角问她："你确定？"

顾湘听出他语气里的威胁，飞快伸手护住自己的胸："你别想歪了，我没别的意思，一个人睡太无聊了，我们就盖着棉被纯聊天。"

江澈点点头，喉结滚了滚，觉得牙痒。

她就是仗着他不会对她做什么，才敢骑到他的头上撒野。

事实上，他也确实不会对她做什么，至少现在不可能。

沉默片刻后，江澈只能轻叹一声，放软语气问她："你有没有考虑过，我跟你盖着被子纯聊天会挺难受的？"

顾湘没料到他的话突然这么直白，舔了舔下唇，转头看了眼空空如也的床头柜，满脸写着欲言又止。

最后，她从床上坐起来，用膝盖一点点蹭到他面前，盯着他的眼睛认真开口问："江澈，你的意思是……你现在对我有那种……世俗的欲望吗？"

江澈听到这句话，差点一口气没提上来，生生卡在喉间。

他深吸一口气，心平气和地问："顾湘，是不是我最近对你太好了，把你惯得皮痒痒？"

顾湘心虚地往后挪了挪屁股，冲他讨好一笑："别嘛，我是认真的，大家讨论一下生理问题怎么了？我们都认识这么久了，我也算看着你长大的，好奇一下不是很正常吗？"

她那句"看着你长大的"一出来，江澈的脸色再次变化，忍无可忍地伸手钳住她的下巴，警告："闭嘴。"

顾湘被他扣住后动弹不得，这下没法语出惊人，只能闭上被他捏得变形的嘴巴，冲他真诚地眨眨眼睛，表示自己不说了。

江澈看她老实下来，这才给了她一个没好气的眼神，慢慢松开她。

不等他开口赶自己回房间，顾湘便狗腿地抱住他的手臂，一边摇来摇去，一边无所不用其极地哼唧："可是江澈，我一个人睡有点害怕，我之前从来没有一个人睡酒店的……再说过几天我们回了家，你又要回学校，我们连面都见不上，你就别赶我走了嘛。"

她说得真真假假，理由充分到连她自己都被打动了，抬起头，耷拉着嘴角，给了他一个可怜巴巴的眼神。

江澈对她这个表情完全没有抵抗力，光是看到她小狗似的眼睛就心软了，脑海里飘过"完蛋"两个大字，轻叹了口气，伸手揉揉她的脑袋："好好好，不赶你走，你就在这儿睡吧。"

顾湘见目的达成，瞬间变了嘴脸，咧开嘴冒出两声得逞的"嘿嘿"，生怕他反悔似的掀开被子钻进去，躺成一个无比安详的条状，随后拍拍身侧的位置，示意他："快来快来，关灯睡觉啦！"

江澈无奈地看她一眼，总有种自己掉进圈套的感觉。他在手机上定好明天的闹钟,关掉灯,掀开一侧被子躺下,中间跟她隔了好一段距离,简直像防狼似的防她。

周围暗下来之后,顾湘身上的躁动因子也自觉安分不少,怕一个不好就会被他丢出去。

但两个人躺在一张床上毕竟不那么自在,她不敢大幅度动弹,只能闭着眼睛,时不时别扭地在被子下调整睡姿,生怕碰到什么不该碰的地方,即便江澈上床时穿着T恤和长到膝盖的短裤,把自己保护得很好。

酒店的被子面料偏硬,在摩擦间发出窸窸窣窣的动静,在黑暗里听起来似乎格外响,也格外暧昧。

顾湘的脸上微微发烧,越想克制自己就越是别扭,到头来也放弃了这样无望的挣扎,侧过身来面朝着江澈,用气声告诉他:"江澈,我睡不着。"

江澈对此只是闭着眼睛轻轻"嗯"了声。

顾湘看着他无情的背影,不甘心地鼓了鼓脸颊,绞尽脑汁地想跟他搭话。

"江澈,你平时睡觉也会穿这么多衣服吗?还是因为今天为了跟我一起睡,所以特意穿得这么保守?"

江澈跟她躺在一张床上本来就够难受了,鼻间全是她身上混合着葡萄柚香气的甜香,她又不安分地被窝里拱来拱去,细小的声音让人呼吸散乱,现在还一个劲地找他搭话,他根本静不下心来。

所以等她问到睡觉穿多少衣服这个怪问题时,江澈深吸一口气,睁开眼睛反问:"那你觉得怎么样算穿得少,不穿吗?"

顾湘闻言,条件反射地想象了一下他不穿衣服睡觉的场面,飞快伸手捂住自己的嘴。

江澈虽然知道她整天嘻嘻哈哈没个正形,但是直到今天才意识到她根本不单纯,满脑子奇怪想法。对此,他只能轻抿抿唇,不再说话。

然而下一秒,身侧又响起试探的声音:

"江澈,问你个问题……"

"你这儿的床头柜上……没有那个……自动、自动售货机吗?"

江澈听到这儿,眉心忍无可忍地跳了跳,她口中的自动售货机售的是少儿不宜的货,他怕她进自己房间看到后影响不好,就事先拔了电源塞到床头柜里去了。

谁知道她这会儿不但不避嫌,还主动提起来。江澈平日里的耐心总算耗尽,抬手掀起被子把她结结实实蒙住,一边伸手扣住她的腰,一边隔着被子在她的屁股上重重打了一下。

羽绒被因此发出"砰"一声响,打在身上根本不痛,只是听起来唬人。

但顾湘的确被他一气呵成的动作惊到,听他给自己下最后通牒:"安静,睡觉,再废话就把你遣送回隔壁1702。"

她动弹不得,不敢再造次,闷闷开口应了句:"哦。"

她每次用这样的语气说话听起来就委屈得很,江澈松开她,怕她被自己凶过会偷偷生闷气,只好又在她的额头上亲了一下,放软语气哄道:"听话,快睡吧。"

他这软硬兼施的伎俩对顾湘来说相当奏效,被他亲完,她就彻底老实下来,在他肩头蹭了两下,小声回了句"晚安"。

次日。

两个人昨晚失眠了好一阵才睡着,等早上闹钟响起,顾湘不爽地踢了一脚,江澈就抬手把闹钟关掉了,之后帮她把踢掉的被子盖好,再次陷入沉睡。

一直到日上三竿,两个人才结束漫长的赖床,打起精神出门。

原本计划要去的第一个景点现在已经泡汤,他们索性推翻了攻略,租了一辆小电驴环岛兜风,开到哪儿吃到哪儿。

顾湘事先做过一些功课,知道来岛上肯定是要骑行的,出门前便特意跟妈妈速成了骑小电驴的技能。

这会儿一租到车,她为了在某人面前臭显摆,抬腿一跨便坐上去,摇摇晃晃地沿着街道往前骑了十几米,费力地蹬着小短腿掉转车头又骑了十几米,然后在江澈面前自以为很帅地刹住车,然后自信地递出一个头盔,拍拍小电驴的后座示意他:"上车!"

江澈轻一抿唇,有些为难地低头看看她的后座,再抬眼看看她,递出一个不大确定的眼神。

顾湘看他竟然不相信自己,不高兴地"啧"了声,再次拍拍自己的后座催促:"快点,我的技术你放心,绝对给你飞一般的体验。"

江澈眼里流露出不忍戳穿的无奈,深吸一口气,抬腿跨上车。

谁知道光是上车这个动作顾湘就已经受不住,前面的车头太重扶不动,后座加上江澈的重量后一下子失去平衡,差点翻车。

好在江澈的反应够快,腿也够长,脚迅速落到地面上,生生帮她把小电驴撑住。

顾湘松了口气,一时心虚,不敢跟他搭话,只是默默拧动把手,试图发动小电驴。

然而江澈的身高和体重决定了他在后面就跟个秤砣似的,腿长长地拖到地上,整个车子头重脚轻,她铆足了劲也没开动。

顾湘不信邪地低头看了眼,总算找到问题所在,出声提醒:"江澈,你得把腿抬起来,不抬起来我走不了。"

江澈闻言只回了句大实话:"我抬起来你会倒的。"

"不会的不会的,你相信我,车子一开起来就马上会平衡了。"顾湘再次拍着胸脯保证。

江澈拗不过她,只得照做,寒碜地屈起长腿。

下一秒,车子再次不可避免地往一侧翻去。顾湘手劲小,想伸腿撑住,语无伦次地哀号起来:"啊啊啊,不行不行不行,你放下你放下……"

江澈不等她提醒,已经先一步放下腿,伸手扶住她的腰,帮她找回平衡。

但一次失败是不会让顾湘轻易放弃的,江澈后续抬脚放脚循环了数次,无一成功。

最后,他只得轻叹一声,开口掐灭她的希望:"你带不动我的,要真开车上路,我们俩都会死。"

这话一出,面前的人便陷入沉默。

之后为了安全,顾湘老老实实把车头交还给他,一屁股坐到他身后。

小电驴总算回到正轨,很快驶出商业闹市区,风一般闯入环岛公路。

今天的天气很好,岛上的天空澄澈碧蓝,映着公路一侧波光粼粼的海面,低头就能看到雪白的浪花冲上礁石,在阳光下闪闪发光。更远一点就是泛白的海平面和天空的交界处,长长的一痕,没有边际。

除了暑假刚开始学小电驴的那两趟,顾湘已经不记得自己有多久没有坐过这样的车,一开始还有点放不开,紧紧地伸手抱住江澈的腰,把脸靠在他的背上。

但到后来她已经完全适应了,解放双手,高举起掌心让风从指间穿过,在她耳边自在地呼啸。

她一瞬间想起高考前那次生日,江澈也带自己兜过风,但似乎比不上这次。

　　因为岛上的风更自由,带着微咸的海水和草木的气味,可以把衣摆吹得猎猎作响,可以卷起长发从她的每一丝发隙间穿过,把整个人都涤荡一遍。

　　她没办法形容自己现在的心情,只知道兴奋随着"怦怦"作响的心跳声快要冲出胸膛。

　　到最后,她忍不住朝着一侧无边无际的湛蓝海面和掠过的海鸥大喊了声:"呜呼!大海!"

　　江澈在前面听到她的这一声,一时失笑。

　　她得意地"嘿嘿"笑了声:"反正这儿谁也不认识我,傻一点就傻一点。"

　　大概是这句话给了顾湘底气,下一秒,她的嗓门比刚才还要大,中气十足地拖长音喊:

　　"我——要——上——江——大——"

　　这句话喊出来后,她觉得神清气爽极了,伸手拍拍前面那人的肩膀,示意他:"快点,你有没有什么愿望,喊出来很爽的!"

　　江澈闻言,过了一会儿后,看到边上有另一辆摩托车开过,故意开口喊了声:"顾——湘——"

　　"哎哎哎……"顾湘当然也听见了摩托车轰鸣的声音,赶紧伸手拍他的肩膀,"你喊我名字干吗,这样别人不就知道我叫什么了吗?丢脸死了!"

　　江澈闻言,毫不脸红地回道:"我故意的。"

　　紧接着,他便趁顾湘语塞的空当,又大声喊了一遍:"顾——湘——"

　　"哎,你怎么这样呢?"顾湘看他还来劲了,顿时不服气地以牙还牙,"江——澈——大喊大叫的人是江澈——"

　　江澈听见她对着空气打小报告,不得不承认自己稍逊一筹,片刻后,他才又了灵感,开口道:"臭——臭——有个人小名叫臭臭——她小时候……"

　　"啊啊啊,你不准说!"顾湘跟被踩到尾巴歹毛的猫似的,第一时间用惨叫打断他的话。

　　但这会儿为了行车安全不能伸手揍他,她只好又对着空气无能狂怒:"江澈江澈江澈!江澈大笨蛋!江澈大猪头!我要下车!我要下车!"

　　江澈被她那两句椎心泣血的"我要下车"听得乐不可支,忍不住笑出了声。

然而下一秒,就被她伸手揪住耳朵,他顿时老实了,清了清嗓子,眼皮也不眨地转移话题:"待会儿想吃什么?"

顾湘闻言,下意识准备拖长音回答,又在开口前顿住,发现自己根本不是为了跟他斗嘴才这么忘我地大喊大叫,而是因为她喜欢。

于是下一秒,在呼啸的带着海水味道的风中,传来她认真报菜名的高呼:

"我想吃清补凉——要加——椰子冰沙——芒果——西瓜——芋圆——还有很多很多很多西米——"

江澈一路听她报着一长串的加料,笑着应下:"好,现在就带你去吃清补凉。"

两个人要在岛上住六天,前几天主要欣赏欣赏自然风光,之后还安排了亚特兰蒂斯水世界跟水族馆之类的项目,于是换了个离水世界更近的酒店,在海棠湾附近。

顾湘自从跟江澈睡过同一张床后,就再也没回1702,除了偶尔回来浑身是汗地跑去洗澡。等换到第二家酒店时,他们索性退了一个房间,把原来预定的海景大床房升级成了泳池大床房。

顾湘刷了房卡打开房间的门,伴随着舒缓的欢迎音乐,映入眼帘的是明亮的落地窗和窗外碧蓝的泳池,泳池再往外就是更远的沙滩和海,看得人眼前一片清凉。

她感叹地"哇哇"大叫起来,飞快跑进房间推开落地窗,到泳池边蹲下来,把手浸入水里,又试探地掬起两捧往上泼。

水在空中散成大片细碎的琉璃,反射着阳光,最后在泳池上灿烂地飞溅开。

那头江澈把行李箱拖进房间,把空调调到24℃,便提步到她那儿看了眼:"怎么样?"

顾湘抬头看向他,下一秒就以迅雷不及掩耳的速度撩起一捧水往他身上泼去,笑容满面地回答:"非常好!"

可惜她蹲下来只有小小一团,那捧水几乎全洒在了他的裤子上,顺着裤管淌过他匀称修长的小腿的肌肉线条。

江澈没料到她突然会来这么一下,低头看了眼自己湿透的裤子,被她气得发笑。

下一秒，他弯腰把她跟小鸡崽似的拎起来，吓得她惊叫了声，一手扣住她的腰，另一只手帮她把两只鞋脱下丢到一旁，用威胁的语气开口："给我的鞋道歉，不然就把你丢下去了。"

　　谁知道顾湘根本不按常理出牌，早上跟他搬着行李换酒店热得她够呛，这会儿看到沁凉的泳池，恨不得一猛子扎进去，闻言便大声回应："我才不道歉，你把我扔下去吧！"

　　她的嗓门很响亮，颇有一副英勇"就义"的架势。

　　江澈原本只是吓唬吓唬她，没真想把她丢下去，抱着她的手不由得顿了顿，低头问她："真的要扔？"

　　"真的啊。"顾湘点点头，认真回答。

　　江澈哼笑了声，也开始耍赖皮，收回手臂紧紧箍着她往泳池的反方向走，最后无情关上了落地窗的门，把她丢到床上："那我偏不扔。"

　　顾湘也没料到他还有这招，在床上支棱着脑袋看他两眼，索性伸手扯了扯他被自己弄湿的裤子，示意："那你快去换衣服吧，泳裤什么的带了吗？我真的想游泳了。"

　　她突然伸手扯他的裤子，江澈条件反射地攥紧了裤腰，满脸写着警惕。

　　顾湘愣了一下，反应过来自己被他当成大色狼后，气急败坏地一拍大腿："江澈，你这是什么反应？你不会觉得我想扒你裤子吧？我顾湘是这样的人吗？"

　　江澈一时被问住，只好轻咳一声，转过身："我去换衣服。"

　　顾湘看他拎着衣服进洗手间的背影，两手抱臂，重重"哼"了声。

　　只是谁也没想到打脸来得如此之快，上一秒才义愤填膺地说出"我顾湘是这样的人吗"的人看他换好衣服后，不由得嫌弃地皱眉，招招手示意他走近，扯了扯他的T恤，问："哪有人游泳还穿上衣的？"

　　江澈耸肩，转头看向玻璃门外玩具似的小泳池，回答："这儿也游不了泳吧，最多泡一泡。"

　　"就算是泡一泡你也不用穿T恤啊……还是说，你怕我把你看光光？"顾湘抬起头。

　　江澈没想到她会在这种事上跟自己较真，有些招架不住，垂下眼睫笑着叹了口气："你就这么想看？"

　　顾湘吞吞口水，理直气壮地点头承认："对啊，不行吗？"

　　她一直都知道江澈的身材很好，可惜还没看过，这次都来海边了，她当然要名正言顺地欣赏欣赏。

江澈被她的耿直听得语塞，俯身捏了捏她的脸蛋，回答："我长这么大还没被人看过，不好意思。"

顾湘闻言，想了想，回答："怎么没被人看过？你高中篮球赛的时候，我们班好多女生都看到了，当时大家都知道高一（1）班那个江澈有腹肌。"

江澈从来不知道自己高中还有这么个远扬的美名，沉默两秒后，只庆幸还好已经毕业了。

这么想着，他坦然不少，看她一眼后甚至有心思打趣："那你不是也看过了？"

"没有，我那个时候可纯洁了，阮明昭让我看我都不肯呢。"顾湘第一时间把自己给摘干净。

顿了顿，她尝试着伸出一根手指，学着电视里小妖精的把戏，隔着衣服在他的侧腰慢吞吞地划了划："但现在我跟你什么关系啊……还不准我正大光明地看？"

侧腰本来就是敏感区，江澈被她的小动作磨蹭得发痒，只能垂着眼皮忍着，直到被她那句"女朋友"哄得弯唇，伸手撩开T恤下摆，示意她："你说得对，不给女朋友看给谁看。"

顾湘没想到他的动作突然狂野，怔了两秒才眨巴眨巴眼睛，仔细盯着他露出来的地方。

江澈的腰很细，但该有的肌肉线条一点都不少，腹肌匀称又清晰，落在他白皙的皮肤上，并不显得夸张，反而有种清瘦有力的美感。

顾湘欲盖弥彰地轻咳两声，脸色发红地坐到床上去。

中途她没忍住诱惑，当着他的面试探地伸手在他的腹肌上戳了戳。

手感很不错，坚实又有弹性。

江澈虽然已经是个成年人，但从小到大都挺保守的，几乎是条件反射地吸气往后躲，却还是被她柔软的指尖碰到，一路燎原般地烧起来。

他的呼吸因此重了一拍，声音也微微沙哑，抬眼问："还要看？"

顾湘闻言，和他的视线碰上，才发现他好像比自己还紧张，不知不觉就红了耳根。

这下她也反应过来，自己好像把江澈想得太成熟了，他虽然大自己三岁，但脸皮一直都很薄，她初一第一次来月经的时候，他显得比她还手足无措。

这么想着，顾湘默默收回自己的手，帮他把T恤扯下来，还捋了捋上面的褶皱。

片刻后,她才轻咳一声,主动打破沉默:"你上大学也有去健身?"

"嗯,学校附近有很多健身房。"江澈应了声,也不自觉扯了一下衣摆。

过了一会儿后,他又问:"还要游泳吗?"

顾湘闻言,这才反应过来一开始要看他腹肌是为了游泳,当机立断地从床上爬起来:"游!我带了泳衣的,现在就去换。"

这头江澈听到"泳衣"两个字,纯洁的大脑不知道是想到了什么,喉结微微往下滑了滑,耳根再次发烧。

事实证明他确实没想多,顾湘打开行李箱掏了半天后,突然抬起头来,一脸神秘地问他:"江澈,我带了两套泳衣,你觉得我穿哪套好?"

江澈垂眼看去,发现有一套还挺正经的,黑色的紧身上衣加平角短裤,看着就像是游泳该穿的样子。

至于另一套……被她拎在手里只有薄薄的几片酒红色布料,下面拖着长长的绳子,能让人想象出只需要轻轻一扯,就能把它们全部脱下来……

这个念头冒出来之后,江澈紧了紧嗓子,不敢想象她穿这套泳衣的样子,第一时间收回目光,指了指那套看着就面料富裕的黑色泳衣,说道:"这个吧。"

顾湘闻言,看他一眼,意味深长地"哼"了声。

其实她早就猜到了,像江澈这么保守的人,肯定不会选她新买的那套性感酒红泳衣,只会选她妈妈在少年宫游泳馆随手给她买的游泳服。

但她偏要穿新买的那套,她当时决定要来海边旅行,可是连夜在网上挑了好几个小时才选中它的,不穿就太浪费了。

顾湘扬起下巴,把那套丑丑的黑色泳衣丢回行李箱,底气十足地告诉说:"可是我觉得这套好。"说完便大摇大摆地拎着酒红色比基尼站起身,留给江澈一个属于成年人的孤傲背影。

江澈听她这语气,才意识到她刚刚根本没打算问他的意见,就是来试探他。

一时间,他只能无奈扶额,转身坐到床上,深深叹了口气。

片刻后,浴室的门被打开。

江澈听到动静，下意识抬头去看，紧接着就意识到什么，默默把头低回原位。

下一秒，身下的床垫轻震了一下，他能感受到顾湘像猫踮着足跟似的一点一点靠近，伴随着床垫一阵一阵下陷，最后在他身侧撑着手臂，居高临下地看着他，满眼写着狡黠。

江澈当然知道她的身材很好，只是以前她都套着宽大的校服，只有影影绰绰的轮廓。

然而这会儿，那套酒红色的泳衣把她身体的线条清晰地勾勒出来，细白软滑的皮肤在床单的白色和妖娆的酒红之间显眼极了，在落地窗透进来的阳光下淌着细腻的光。

江澈在视线触到的一瞬间，喉间就跟着紧涩得厉害，浑身上下都滚烫地烧着。

偏偏顾湘还不尽兴，得寸进尺地俯下身，故意凑近亲了一下他的脸，在他耳边小声问："你觉得好看吗？"

虽然不用说她也知道很好看，她收到这件泳衣的当天就在房间里试过了，也不知道是剪裁还是什么原因，只要稍微吸一吸肚子，看起来就很显身材。她当时非常自恋地在落地镜前面欣赏了大半天，脱下来的时候还有点不舍。

江澈不敢看她，她说话间的热气一阵阵扫过敏感的耳垂，身上的燥热禁不住这样的煽风点火，一切反应都在迅速凸显。

所以等顾湘学着小说里的桥段，在轻软的呼吸间小心翼翼地凑近他的耳边时，他总算失去耐心，伸手扣住她的下巴，另一只手禁锢着她的肩膀，让她没办法继续动弹。

深吸一口气后，他坐起身来，压低声音提醒她："顾湘，别学网上那些乱七八糟的东西。"

顾湘闻言，没想到江澈看着这么纯洁，竟然也知道网上那些乱七八糟的东西，眼底倏地闪过一丝兴奋。

下一秒，她挣脱了他的桎梏，不依不饶地跟着坐起来，伸手钩住他的脖子，仰头在他的嘴唇上亲了一下，眨眨眼睛，问："我就要学，怎么了？"

江澈垂眼看着她，知道她现在有恃无恐，思考良久后轻一抿唇，索性反客为主，低下头吻她。

这个吻和之前那些蜻蜓点水相比要热烈得多。

两个人的皮肤上蹭出燥热，房间里的温度很快过高，但更热的是江澈贴在她腰上的掌心。

顾湘到这会儿也意识到事情变得有点不对劲，江澈之前还从来没这么大胆过。

可事实上她就是纸糊的老虎，刚刚只是想调戏调戏他，这会儿要是动真格……她紧张得快不能呼吸，脚趾也紧紧蜷起来，只能屏息感受着他的动作。

但江澈似乎是真的铁了心，丝毫没有要停下来的意思。

顾湘就这么忐忑地感受着他的吻，受不了这样的煎熬，伸手抓紧了他的衣服，眼睫哆嗦地扑扇着，嗫嚅道："江、江澈……你不会真、真要……"

后面的话她没说出来，只来得及用力地咽下口水。

江澈看她总算招架不住了，暗暗松了口气，停下动作。

他抬头看了一眼，发现小姑娘这会儿脸上已经烧透了，粉红一片，衬得脖颈瓷白，上面还浮着他吻过后尚未褪去的水红。

他的喉结滑动，末了一撑手臂坐起来，恢复成平时正经的模样，一边下床，一边提醒她："行了，游泳去吧。"

顾湘上一秒才被他亲得晕晕乎乎的，谁知道下一秒他已经无情地下了床，一时没反应过来面前突变的局势，躺在那儿呆滞了两秒，为了不显得自己太傻，才慢吞吞坐起来。

这下才反应过来江澈其实根本没打算做什么，只是在以其人之道还治其人之身。

想到这一点，顾湘再想想自己刚才泫然欲泣的反应，气得她鼻子都快歪了，伸手在床上恼火地捶了一拳。

谁知道江澈在落地窗外听到了她的动静，转头看了她一眼，成功把她被耍之后满脸气恼的表情收入眼下。

顾湘第一时间刹住了手上的动作，梗着脖子抬起头来，不甘示弱地瞪他一眼。

江澈对此只是翘起嘴角笑笑，下一秒转过头去，背对着她伸手脱了上衣，窄瘦的腰线在阳光下显露无遗，后背的肌肉线条也清晰可见，在动作间漂亮地起伏。

顾湘刚才没看到他这优越的背肌，不由得愣怔了瞬，没料到他亲完自己之后突然变得这么开放，现在都敢当着她的面脱衣服了。

可惜好景不长，江澈把T恤丢到一旁的靠椅上，便抬腿沿着泳池一侧的台阶一步步迈下。蓝色的池水在过程中一寸寸吻上他修长的小腿，沿着他的腰线一圈圈上浮，最后贴上他平直的肩膀，只露出他的脖颈和后脑勺。

顾湘看到这一幕，也意识到不能继续在床上坐以待毙，便光着脚从床上跳下来，踩到被外面的阳光晒得烫脚的瓷砖时，没忍住皱起眉心轻"嘶"了声。

江澈听到她的动静，转头看了一眼，发现某人上下打量了他一眼后，在泳池边试探的脚丫倏地折回，飞快地"哒哒哒"光脚跑回房间，拎着手机出来。

他一开始还没反应过来她想干什么，直到瞥见黑乎乎的摄像头，表情迅速变得警惕，开口问她："你要干吗？"

顾湘拍湿身裸男拍得正高兴，嘴上不肯回答，一边光顾着"咔嚓咔嚓"按拍摄键，一边在瓷砖上踮着脚尖移动位置，免得自己的脚板被烫焦。

直到下一秒，她看镜头里的江澈一步一步从泳池上来，嗅到一丝危险，往后退了两步："哎哎哎……你过来……我给你拍纯情少男私房照呢，不发出去的，就给我自己欣赏。"

然而解释无效，江澈长手一伸，手机就被他无情拎走，丢到一侧的白色靠椅上，然后他随手在她的额头上赏了个清脆的爆栗。

顾湘张了张口，没来得及说话便先发出一声尖叫，江澈轻轻松松把她打横抱起，蓦地腾空的失重感吓得她伸手紧紧抱住他的脖子。

下午的阳光太好，视野里只剩他下颌清晰漂亮的线条，还有近在咫尺的喉结。

他的喉结轻轻滑动了一下，然后他好听的嗓音响起："憋气，松手。"

"啊？"顾湘下意识开口。

他低下头，顾湘对上他的视线，一下子反应过来他要干什么，犹豫两秒后，老老实实松开挂在他脖子上的手，闭上眼睛，紧紧捏住鼻子。

她这副束手就擒的模样似乎把他逗笑了，顾湘听到耳边一声好听的轻笑，紧接着就感觉到身下一轻，海风越过一侧的玻璃挡板，"呼呼"地刮过耳朵和脸颊。

屁股一下子撞上水面，响亮的"扑通"一声后，伴随着屁股隐隐传来的阵痛，她整个人顺势沉入水中。

泳衣内外顷刻被凉意灌入，气泡破碎后的水流像游鱼般滑过皮肤，一阵混乱的水流声响过后,只剩水下低沉的嗡鸣。

直到脚尖摸索着触到泳池底部光滑的瓷砖,她轻蹬了一脚后借力上浮,最后从水下冒出脑袋,带出清脆的"哗啦"一声和阳光下一束晶莹的水珠。

江澈在岸上被那束水花刺得微微眯起眼睛,直到看清顾湘被水打湿的粉白的脸颊,唇畔才浮上笑意,弯下腰来问她:"怎么样,好玩吗?"

"好玩吗?"顾湘似乎没听清,重复了一遍他的问题,摆着手臂慢吞吞靠近。

直到游到一个合适的位置,她的脸上才露出一丝得逞的表情,从水下伸出莹白的手臂,迅雷不及掩耳地拉住他的手用力往下一扯,喊道:"下来吧你!下来你就知道了!"

她那点力气其实还不足以把江澈拉下来,但江澈不想扫她的兴,只能装作脚下打滑,半推半就地被她扯进泳池。

于是耳边再次响起"扑通"一声,溅起大片反射着阳光的水花。

泳池的水很凉快,抬眼就能看到不远处的海景,两个人在里面泡了半天,默契地没提要出门看景点的事,顾湘中途还点了个奶茶外卖,一边喝一边在水里玩手机,一整个下午就这么耗过去了。

直到天光渐暗,露台上的风吹在皮肤上有些冷,顾湘的手脚都已经泡得皱巴巴的,便和江澈裹着浴袍回房间,冲完澡换好衣服准备出门。

他们住的酒店附近有一个夜市,到了晚上就会点起橘红色的灯,到处都是大排档和水果清补凉,甚至还有推出一排排衣服来卖的摊子,嘈杂又热闹。

顾湘到夜市的时候已经饥肠辘辘了,下了出租车简直像鱼回到了大海,没一会儿就打包好了几袋卤味和水果,还到大排档点了油炸串串。

大排档有不少游客,串串一时上不来,顾湘东张西望半天,索性拉着江澈到卖花衬衫和花裤衩的路边摊挑起衣服来。

地摊的衣服面料和做工都不太好,但胜在江澈个高腿长,皮肤又白,那些土土的印花衬衫到了他身上看起来还挺时尚。后来他甚至莫名其妙成了这个路边摊的男模,有不少本地阿姨路过后会特意过来扯扯他的袖子,然后指着他跟摊主问价钱。

江澈长这么大还没见过这场面,被阿姨围住后只能僵硬地挺直后背,出声喊还在那儿挑配套花裤衩的顾湘,让她赶紧买完东西过来救他。

顾湘听到自己的名字，一转头就看到江澈在人群中尴尬得脚趾抠地的模样，一时笑出了声，飞快把手边的裤子递出去给摊主结账，这才拎着用红色塑料袋装好的衣服拨开人群拉着他离开。

中途，她忍不住开口调侃他："你还挺受这儿的阿姨欢迎的嘛。"

江澈闻言，给了她一个无语的表情，顺手接过她递来的塑料袋看了一眼，发现她竟然给自己买了条惊世骇俗的带菠萝图案的绿色沙滩裤，不知道的还以为他今年才十岁。

他被这条裤衩呛得咳嗽，低头看她一眼，问："你还真买？"

"为什么不买？才三十块钱！"顾湘答得理直气壮，紧接着又补充，"而且我也有一条带菠萝图案的裙子，这样我们就能穿情侣装了。"

江澈听到这个理由，默默收敛起脸上嫌弃的表情，应了声："好，知道了。"

饿狠了什么都好吃，店里刚炸出来的热腾腾的串串滋滋冒油，腻了还能喝两口清补凉缓缓，顾湘吃得摇头晃脑的。

只不过晚饭吃到一半，手机突然来了电话，顾湘当时两只手都是油，只好用手肘碰碰某人，示意他帮忙把手机掏出来。

江澈照做，看了眼来电显示后，提醒她："是你妈。"然后把手机放到她的耳边。

顾湘应了声，把脑袋凑过去，但还没等她开口，蔡芬芬已经劈头盖脸地问："湘湘啊，我看你们班级群好几个同学的高考成绩都出来了，你去看了没啊？看了赶紧跟我们说一声啊。"

"啊！"顾湘一听"高考成绩"四个字如遭雷击，她这几天在岛上玩得乐不思蜀，都快忘了成绩的事了，好半天她才反应过来，"今天是二十六号！"

蔡芬芬一听她这反应，就知道这马大哈在外面玩得连高考分数都忘了查，恨铁不成钢地问："你还知道今天是几号啊？晚上八点出的分，现在都几点了你看看。"

顾湘闻言看了眼手机才松了口气，发现妈妈又在吓唬她："妈，现在才八点零六分好吧，刚开始查分系统肯定很忙的，我跟江澈还在外面吃饭呢，吃完回去再查。"

"啧啧啧……你还不慌不忙的，我跟你爸在家都快急死了……赶紧吃赶紧吃，查到之后第一时间给我打电话。"蔡芬芬是个急性子，光听她不紧不慢的语气就难受，一言不合就准备挂电话。

"好好好，知道了，我九点……九点半吧，九点半之前绝对查到告诉你。"顾湘只得一边跟妈妈保证，一边偷吃了口炸得软软弹弹的鱼蛋。

"行行行。"蔡芬芬说着，在挂电话之前又想到了什么，特意嘱咐了她一句，"对了，跟江澈哥哥在外边玩乖一点，别老要这要那的，人家百忙中抽出时间来陪你出去玩，让他省点心，知道吗？"

顾湘转头瞄了某人一眼，才想起来在妈妈的眼里江澈现在还是邻居家的哥哥，心头顿时感到一丝微妙，含混地答应下来，挂断电话。

江澈看她放下手机，问："今天晚上出分？"

"嗯，"顾湘点点头，不大高兴地皱起脸，"有点烦，你说迟几天出分也好啊，万一待会儿查出来考得不好，我剩下这两天还怎么玩啊？"

"那你就回家了再查，这几天先好好玩？"江澈轻声提议。

"我妈现在都快急死了，怎么可能答应……"顾湘看他一眼，把最后一颗鱼蛋塞进嘴里，丢下签子擦了擦手，"算了，查就查吧，反正早死晚死都得死，我之前估过分，总不至于一本都考不上吧？"

江澈听到这句只是笑，喝了口矿泉水后回道："怎么可能，你不是估完分回来觉得自己能裸分上清北吗？"

"嘘——"这会儿查分在即，顾湘听他提自己之前乱吹的牛皮就觉得羞耻，加上这家串串店里的人还不少，赶紧埋下头喝了口清补凉，转移话题，"快吃吧快吃吧，这个五花肉真不错……"

"唔。"江澈嘴上答应，但只是拿起一串空心菜做做样子。他本身食量不大，刚刚把顾湘吃了一半的手撕鸡解决就差不多饱了，这会儿只在一旁等她吃完。

不过吃着吃着，顾湘突然又想到一个问题，叼着鸡翅抬起头："江澈，我们谈恋爱的事，还是先别让我爸妈发现吧？"

江澈轻一挑眉，下意识反问："为什么？"

"我现在不是刚高考完嘛……我怕他们要是知道了，觉得我们俩……尤其是你，不是什么正经人，说不定还会觉得我们之前没在一起的时候就不清白，天天躲在房间里补课什么的……"以顾湘对她爸妈的了解，越想越觉得这样的猜测很有可能发生。

江澈在一旁听着，手里绿油油的空心菜一口也没动，直到她那句"不清白"冒出来便忍不住失笑，开口答应下来："好，要瞒我爸妈那边也一块儿瞒着吧，免得说漏嘴。"

"嗯嗯。"顾湘看把他说通就放心了，弯起眼睛用力地点了点头。

只是她又不知道哪儿来的念头，作死地补充了句："再说了，我们两家关系这么好，万一我们俩在一起之后又分手了，搞得大家都尴尬，还不如就一直地下恋呢。"

江澈一听"分手"两个字，脸上的笑意迅速收敛。末了，他放下手里的空心菜，伸手捏住顾湘的下巴，把她的脸挤成一个鼓鼓的河豚，出声警告："我们才在一起多久你就想分手？这么快就玩腻了？"

他的表情虽然严肃，但微扬的尾调听起来温润又散漫，显然没跟她当真。

顾湘本来就是皮痒了想逗逗他，眼下被他捏在手心里动弹不得，只能憋笑着举手投降，开口保证道："没有没有……我都还没开始玩，怎么会腻呢？"

这句话太有歧义，江澈成功被呛到，只好一边咳嗽一边松开手，抬抬下巴示意桌上剩下的几根串串："还吃吗？"

"不吃了不吃了，我也吃饱了……"顾湘说着，又往嘴里塞了口五花肉，端起剩下的小半碗清补凉一口干了，这才心满意足地拎着之前买来的水果站起身，高高兴兴地说，"走吧，回家喽！"

江澈很自然地拉住她的手，也被她的高兴劲感染，在她脑袋上轻轻敲了一下，问："查分了还这么高兴？"

顾湘闻言，抬起下巴轻哼了声，晃着他的手，回道："先高兴着，万一考得好呢？"

入夜之后比白天凉快一些，但毕竟是热带，两个人回到酒店都出了一身的汗，只好暂时把高考成绩丢到一边，先冲了个澡。

等他们洗漱完，换上睡衣坐在床上已经是九点。顾湘抱着江澈的电脑进入查分系统，一个数字一个数字地输入自己的身份证号，心跳微微加速，后知后觉地变得紧张起来。

她一时间都有些忘了自己当时设的密码是什么，转头瞄了江澈一眼后，抬起屁股越过他的大腿，坐到他的怀里去，让他给自己一点安全感，然后深吸一口气，"噼里啪啦"输入一串密码便转头把脸埋进他的胸膛，闷声示意他："你来看你来看！看完了给我说个大概，我心里好有个底。"

江澈轻"嗯"了声，抬手帮她按下回车键，就听电脑"嗡"的一声，提示密码错误。

顾湘听到动静，有点诧异地转过头，就看江澈已经帮她把之前的密码删掉，重新输入了一串，他细白的指尖在键盘上轻巧跳动，按下回车，显示登录成功。

她看到页面跳转便又急急忙忙地扭过头，问他："你怎么连我密码都知道？"

"你不就那几个密码吗，刚刚没开大写……"江澈漫不经心地回答，视线停留在页面上，依次扫过跳出来的那几个数字。

片刻后，他微不可闻地轻舒了一口气，低头亲了亲她的发顶，问："你想先听哪个？总分还是省内排名？还是语、数、英的成绩？"

"别别别……你先告诉我考得怎么样，给我说个整体。"顾湘舔了舔嘴唇，干巴巴地开口，紧张得心都快跳出来了。

江澈看她这副模样不由失笑，安静片刻后，叹了口气道："没有达到预期吧……"

"啊？"顾湘听到一瞬间连哭腔都冒出来了。

谁知道他紧接着又来了句："这个裸分估计是上不了清北了。"

顾湘胸间提着的气顿时被这话打散，反应过来他在耍她玩，气得伸手拧了他一把："谁跟你说清北了？我问的是江大！"

"哦，江大啊……"江澈又不紧不慢地应了声，顿了顿，"那应该可以吧，毕竟你总分675分呢。"

"675？"顾湘乍一听到这个陌生的分数，一时没转过弯，坐在那儿定定地想了三秒后，总算反应过来，"天啊！675！"

"嘘，冷静点。"江澈轻声提醒了句。

但顾湘这会儿才没工夫静下心来，飞快转过身去看电脑，心脏在胸腔里激动得怦怦直跳，每看一个数字就跳得更厉害一些。

语文110分，数学133分，英语138分，历史100分，地理97分，生物97分。

总分：675，省内排名：2387。

顾湘看到最后都快反应不过来了，怔怔地出声问他："江澈，去年江大的外国语文学专业，省内排名要求多少来着？"

"最低分671，排名3125。"江澈想也不想就答出来了，简直像是把这两个数字刻在了脑海里。

"那我排名高出来这么多，岂不是闭着眼睛都能上了？"顾湘又问。

"嗯，甚至可以以上更好的。"江澈回答。

顾湘听到这句话，嘴都快咧得收不回来了，好半天才从屏幕上移开视线，不可置信地对着空气感叹了声："我怎么这么牛啊，数学竟然有133……那我最后一个大题写出来的答案岂不是基本都对了？这也行？"

江澈俯身把下巴枕在她的肩膀上，从身后环着她的腰，眼底也满盛着粲然的笑意，在她的耳边低声附和了句："是啊，你怎么这么厉害？"

顿了顿，他又像是自言自语一般，带了几分骄傲地喃喃："我女朋友怎么这么厉害？"

顾湘这会儿正在兴头上，听到他的彩虹屁更是高兴得不得了，"嘿嘿嘿"傻笑起来，迅速转头在他脸上"吧唧"了两口，给面子道："你也教得好你也教得好，俗话说，名师出高徒嘛，不枉我在你手下写了那么多卷子。"

"嗯……"江澈又笑着附和了声，抬眸看了她两秒，伸手扣住她的后脑勺，吻上她的唇。

顾湘先是一愣，很快也反应过来在这种时候来个庆功吻是必要的，默默腾出一只手来，环住他的脖子。

他们这会儿腻腻歪歪，而远在杭城的蔡芬芬跟顾东胜都快急死了，眼见着手机上的时间跳过21:30，便快马加鞭地给顾湘来了电话。

甚至连语音通话都不足以平息他俩的焦灼，打来的还是视频通话。

顾湘当时被手机上催命符似的来电提示铃声吓得一个激灵，便一把推开了江澈，哆哆嗦嗦地在床上翻来翻去，最后在被子里找到自己的手机。

只是等看清妈妈来的是视频通话时，她吓得手机都快掉了，抬起头来满脸慌张地跟某人对视了一眼。

江澈轻一抬眉，也反应过来，指指自己："我得避嫌吗？"

"嗯嗯嗯！"顾湘赶紧把头点得跟小鸡啄米似的，给他亮了眼自己手机屏幕上的视频来电后，抬手抹了一把自己的嘴，急匆匆示意他，"我妈还不知道我们俩睡一个房间呢，你赶紧的，床上有没有什么你的东西？还有床头柜，快快快，都收起来，收起来躲浴室里……"

江澈闻言，脑子虽然慢了一拍，但是身体已经很自觉地从床上下来，把自己放在床头的手机跟充电器拿走，又转了一圈，拎走了若干件衣服。

只是在抱着这些零碎的东西躲进浴室前，他才总算反应过来，从门后探出头来，蹙着眉心问她："我怎么感觉我现在好像特别见不得人？"

顾湘闻言抬起头来，在仓促间也没空安慰他了，只能远远抛过去一个飞吻，道："委屈你了，宝贝。"

江澈听到她那声"宝贝",脸上的表情变了变,估计是被击中了少男心,显得有些窘迫。

末了他也没再多说什么,老老实实把脑袋缩回去,关上了浴室的门。

顾湘也松了口气,接起视频通话。

蔡芬芬急得都快发火了,一接通便露出一张铁青的脸来,劈头盖脸地问:"不是说好九点半的吗?整天拿着手机不知道干什么,怎么这么久才接电话?"

"没干什么没干什么,刚刚在厕所呢……"顾湘下意识冲他们打着哈哈,飞快把电脑端过来,放到手机摄像头前,转移话题,"哎呀,不说了不说了,高考分数要紧,我刚查到的,你赶紧看看。"

蔡芬芬顿时也没了再追究她的意思,盯着花白的电脑屏幕看了半天后,骂道:"顾湘,你这个照给我们是反的!你直接报给我得了!"

顾湘这才想起来镜像这茬,迅速把电脑转回去,嘴上流利地报了一长串数字。

蔡芬芬听完"嘿哟"了声,语气肉眼可见地明媚起来:"行啊你,顾湘,这是吃了什么药了?你数学能考133分?"

"瞧不起谁啊,我数学牛得很呢!"顾湘听她这语气,顿时就来劲了,对着屏幕指着自己的高考分数大吹特吹,丝毫不觉得害臊。

几分钟后,她爸妈已经完全陷入心花怒放的状态,顾湘还特意截图让他们到什么家族群、家长群里发一发显摆显摆。

蔡芬芬一听,顿时没了再跟她继续瞎掰的意思,恨不得赶紧带着她的分数跟班上那几个早早过来问她"你家女儿考得怎么样啊"的家长交代去。

只不过着急归着急,就在顾湘松了口气准备跟他们说再见的时候,蔡芬芬又突然来了句:"对了,江澈呢?你出成绩没让江澈来看啊?人家之前为了你可是操碎了心!"

"啊?呃……"顾湘脸上的表情僵了一下,才反应过来她刚才跟江澈那通兵荒马乱没什么必要,这个点江澈跟她一块儿查分,非常合理。

眼下她只好"呵呵"干笑了两声,回答:"他、他刚刚来看过了呢……你现在想看看他?那我去隔壁叫他过来?"

顾湘本来只是想客套两句就挂电话,谁知道蔡芬芬闻言,竟然应下了:"是得让我看看,人家这次可帮了你不少忙,等你俩从海南回来了,我还打算给他跟他爸妈都买点东西送过去呢,要不然我们家欠个大人情,这怎么好意思……你赶紧把江澈叫过来。"

顾湘也不敢反抗,只好放下手机,做戏做全套地到门口开了一次门,然后紧急钻进厕所,压低声音提醒里边的人:"我妈妈让你过来,她想跟你说两句。"

江澈先是给了她一个疑惑的表情,很快也了然,跟着她出了门。

顾湘不愧看了全套福尔摩斯,又假惺惺地开了一次门关上,制造出人来了的动静,这才领着江澈到房间里接视频电话。

江澈看到手机那头蔡芬芬熟悉的身影,习惯性地摆出一副得体的模样,笑着打了个招呼:"阿姨好,叔叔好。"

"哎哎,好好好,晚上吃过了啊?"蔡芬芬跟着露出一个灿烂的笑容,比对顾湘要热情得多,一派母慈子孝的场面。

"嗯,吃过了。"江澈老实回答。

蔡芬芬又问:"湘湘那个分数你看过了吧?她说她这次考得很好,什么超一段线 80 分,江大都绰绰有余……阿姨就想问问你到底是不是这样啊?会不会是这次卷子简单,大家分数都考得很高?"

顾湘闻言,就知道自己刚才那通话都白说了,只得抬眼看着天花板。

也不知道为什么,蔡女士根本不相信她,只有江澈说什么她信什么,跟信教似的。

江澈转头看了顾湘一眼,笑着回答:"不会的,阿姨,她这次省内排名两千四左右,学校划录取线是按照排名从上往下划的,每年都差不多,今年扩招之后可能还要再放宽一些,她这个排名很稳,不会出问题的。"

"哦……那阿姨就放心了。要不我看湘湘她那样,老觉得不太靠谱……那行,这样一来到了今年 9 月,你们俩就又能一起上学了……"蔡芬芬说到这儿也有些感慨,长舒了口气,"那阿姨也不耽误你时间了,两个人都早点睡吧……尤其是顾湘,到外面旅游要是再熬到两三点,我看你第二天起不起得来……那就这样吧,挂了。"

"好,阿姨您也早点睡。"江澈温声应下,把手机递给顾湘。

顾湘"拜拜拜拜"地挂断,然后长出了一口气,仰身倒在床上,手和腿撑开成一个大字,有气无力道:"吓死我了,还好我机灵,没在我妈面前露馅。"

江澈对此只是垂眸看她一眼,转身回到浴室,默默把之前搬进去的东西悉数搬回来,放到原位。

顾湘躺在床上看他忙来忙去的,安静片刻后,突然抬起脑袋:"江澈,我突然发现一件事。我们以前上同一所小学,后来上同一所中学,现在竟然又要读同一所大学了?那我们岂不是从小到大都是校友?"

江澈闻言,给了她一个"你才发现"的眼神,抬腿走近,在床沿站定后轻声问了句:"这样不好吗?"说完,不等底下躺平的人回答,他便弯下腰来,在她的唇上轻吻了一下,带了几分自得,"我觉得这样很好。"

第十四章
江澈是我男朋友

从三亚返回杭城的飞机落地有点迟，江澈想着把顾湘送回家后，已经过了学校门禁的时间，加上身边带着一堆行李，到哪儿去都不方便，他只好睡在家里，打算第二天早起再去学校考试。

只是第二天又是周一，顾湘光是想到自己一觉醒来整整一个星期见不到江澈就郁闷，他们才刚在一起，她的新鲜劲还没过去，恨不得每天都黏在他身上当挂件。

等电梯们"叮"声一响，两个人拖着行李箱从里边出来，没等江澈开口道晚安，顾湘率先拉住他的手臂，脚边的滚轮声跟着一轻。

江澈停下脚步，问："怎么了？"

顾湘抬起头来，嘴噘得能挂个油瓶，在楼道的灯光下被照得清清楚楚，像是受了什么天大的委屈。

顿了顿，她又一言不发地踮起脚，伸手环住他的脖子，整个人就像块烙饼似的贴在他身上，娇气得不得了。

江澈看她这副样子，也知道这小朋友是因为要跟自己分开了舍不得，伸手揽住她的腰，在她的额头上亲了一下。

顾湘被他抱住后立马牙疼似的哼唧了起来,在他的肩膀上蹭了蹭,鼻间都是他衣服上熟悉的洗衣液的味道,小声开口:"江澈……我不想让你走……"

江澈伸手揉揉她的脑袋,笑着低声反问:"不走怎么办,期末考试挂科吗?"

顾湘顿时哼唧得更大声,虽然知道不能耽误他考试,但是手臂把他钩得更紧,嘴里说的都是些胡话:"可是你一去上学就要去一个星期……我不想一个人待在家里,都没什么事情做……要不这样吧,你明天带我去考试好了,我就乖乖蹲在考场外面等你,不会发出声音的。"

她难得在这种事情上冲他撒娇,江澈听着心软得要命,轻轻捏了捏她的脸颊。

毕竟他们才刚刚在一起,接下来两周期末考都待在学校的话,他当然也舍不得她。

片刻后,他笑着叹了口气,问:"要不这样吧,我明天早上考完试回来接你,到时候带你参观参观学校?"

"嗯?"顾湘本来只是不舍得分开想跟他腻歪一会儿,嘴里说的话不太受控制,也没打算当真,谁知道江澈不仅当了真,还真敢答应。

她嘴里便叽里咕噜冒出一串问题来:"接我参观学校?那你明天下午没事吗?不用复习吗?我能进你们学校吗?"

"学校是开放的,谁都可以进。我明天早上十点考完,提早交卷会更快,到家之后还能接你去吃午饭,"江澈耐心地一一回答她的问题。

顾湘听到最后,眼睛里都快冒出星星来了,伸手打了他一下:"那你不早说?早知道我高考完就天天去你们学校玩了!"

"不好意思,之前是我没想到这一点。"江澈松开搂着她的手,嘱咐道,"那就这么说定了,回去早点睡,明天十点我来接你。"

"好,"顾湘应了声,踮起脚尖在他的唇上亲了一下,高高兴兴道,"晚安!"

"嗯,晚安。"江澈也应了声,一直等她拉着行李转过身,才收回视线,低下头准备开门。

谁知道密码锁还没打开,顾湘就又丢下行李折了回来,在江澈错愕间一把把他摁在了门上,扬着脑袋说了句"再亲一个",便按着他的肩膀在他的唇上重重一吻,跟土匪过境似的,磕得他下唇微微发麻。

江澈没料到顾湘还会搞偷袭,轻抿了一下嘴唇,眉眼含笑地问她:

"你现在这是上瘾了？"

谁知道顾湘闻言根本不觉得害羞，理直气壮地"嗯"了声后，就这么贴着他的下巴，每亲一下就说一个字："就、是、上、瘾、了、怎么了？"

"没怎么，再接再厉。"江澈对此当然没有异议，就这么被她压在门板上，笑着垂眸看着她，嗓音低低沉沉的，透着几分纵容。

楼道里的暖光把他的五官映得温润又柔和，眼睫纤长，眸光清亮，就像他这个人一样，谈了恋爱之后每天都是笑吟吟的，没有半分棱角。

顾湘看着他，默默吞了口口水，觉得他这副待宰羔羊的模样诱人得要命，尤其是他近在咫尺的脖子，修长白皙，喉结在灯下落出一小块阴影，很漂亮，还会随着他的呼吸微微滑动，让她忍不住脑补出一些过分的场景。

然而就在她又蠢蠢欲动时，身后突然传来断断续续的人声，听不太清楚，但是从她家里传出来的，听起来像蔡芬芬：

"……去看看……我老早就听见……都快十一点了……"

顾湘顿时警惕地睁大眼睛，跟某人对视了一秒后，像被烫到手似的往后跳了一大步，生怕被她爸妈在楼道里当场捉奸。

下一秒，门后近在咫尺的地方传来她爸爸的声音，伴随着开门的动静："知道了知道了，我出来看看还不行嘛，哪有什么……"

刚说到这儿，顾东胜就看亮着灯的走廊里整整齐齐地站着两个人，中间隔着小半米的距离，脚边还摆着行李。他到嘴边的话音因此戛然而止，跟他们六目相对。

气氛一瞬间变得有些古怪，好在顾湘及时打破了沉默，出声寒暄："爸，我回来了，你怎么还特意来开门呢？"

江澈也适时接上话头，开口打了个招呼："叔叔好。"

"哎哎，好，"顾东胜下意识答应下来，回过神后开门把顾湘连人带行李迎进来，顺口问了句，"你妈刚刚说外边有声音我还不信，你回来了怎么不进门呢？"

"我、呃……"顾湘一时语塞，总不能说自己刚刚在跟男朋友你侬我侬地搞煽情，只好转头瞄了某人一眼，急中生智道，"东西落楼下了，找了一趟才又上来的……"

江澈听她脸不红心不跳地扯谎，似乎也有些汗颜，冲她无奈地眨眨眼，用口型说了句"我回去了"。

顾湘只好点头，然而在关门前又飞快从门缝里探出头，抛给他一个飞吻。

江澈失笑，也不知道她从哪里学来这么多罗密欧与朱丽叶的桥段，一直等她粉白的脸蛋从门后消失，传来低低的落锁声，才转过身，带着行李箱开门回家。

次日。

昨天晚上又是坐车又是坐飞机地赶了一路，顾湘收拾完行李上床那会儿都过了十二点，要不是凭着她惊人的意志力，早上差点就起不来了。

江澈把车开到小区楼下发消息给顾湘的时候，顾湘刷完牙洗完脸，正对着一柜子的衣服苦大仇深地思索：第一次参观未来的大学穿什么比较好？

在她的想象中，既然要带上江澈这么拉风的男朋友，她应该穿得成熟而不失优雅，气场十足又不失书卷气。

可惜现实比想象残酷，顾湘是个不经催的，一看到江澈发来的消息就火速脱掉睡裙，抓起白T恤、牛仔裤往身上套，然后把梳子、纸巾之类乱七八糟的东西往包里一塞，就下楼跟他会合去了，完全没有精心打扮的时间。

江澈平时看惯了她素面朝天的模样，并没有觉得不妥，反倒是之后她掏出唇釉涂涂抹抹的时候，他没忍住侧头多看了一眼。

顾湘涂完唇釉，满意地对着镜子抿了抿唇，虽然刚放假那会儿雄赳赳气昂昂买的一整套彩妆已经好多天没动过了，但她很能自我安慰，觉得反正也修炼不出美妆博主的换头术，与其画蛇添足，还不如躺平拉倒。

江澈下午没有考试，吃完饭就把顾湘带到了新校区，新生头两年的大类都在这儿上，校区规划得很好，教学楼跟图书馆都崭新崭新的。

停好车后，江澈带着顾湘在学校逛了两圈，中途路过外国语学院的时候还特意指给她看，让她在外面感受感受气氛，期待一下未来四年的本科生活。

但顾湘现在完全没心情欣赏学校，倒不是因为学校不够大不够漂亮，而是她一路走来，迎面经过的美女让她目不暇接。

以前在高中，身边的同学每天都穿着一样的校服，早上六点起晚上十一点睡，被学习榨干了精气，看起来灰头土脸的。

但大学里的女生各有各的美，染着各种颜色的头发，有穿吊带上衣抱着系统解剖学专业书的辣妹，也有穿着短裙踩着滑板呼啸而过的酷姐，从脸上的妆容到身上的穿搭都各有千秋，擦肩而过的风里隐隐送来香水味,让人感叹青春的美好。

顾湘忍不住转头看了眼身侧的人。

江澈的个子很高,在这个角度下需要她仰起头来看。正午的太阳高悬着,白灿灿的,把他脸上的棱角磨得微微失焦,只剩下高挺的鼻梁和下颌的轮廓。

顾湘转过头问他:"江澈,你们大学美女这么多,你就没认识几个吗?"

"不知道该怎么认识,你有办法?"江澈现在有了名分,这点敏感度还是有的,听出她话里的意思,故意开口逗她。

话一出口,就看她深吸一口气,准备蓄力骂他,江澈及时抬手揽住她的肩,笑着补充:"再说你不就是美女,天使面孔魔鬼身材,认识你还不够?"

"咳……咳咳……"顾湘知道他那句"天使面孔魔鬼身材"是在说她洗完澡对着镜子自恋时自吹自擂的话,再想到前几天她没羞没臊的泳衣大秀,便赶摇头,"没有没有,我都是乱说的……"

江澈紧了紧环着她的手臂,认真开口:"没有乱说,我是这么觉得的。"

顾湘闻言,抿了一下嘴唇,觉得有点不好意思。

转念想到他们学校美女虽然多,但谁叫他早早就认识,嘴里嘟囔了句:"反正我近水楼台先得月了……"

她的话说得小声,但江澈还是听见了,忍俊不禁地看她一眼,反问:"是我近水楼台才对吧?要不是我这些年看得严,你现在说不定已经被别人给拐跑了。"

"哎哎哎……"顾湘反驳道,"你干吗只说我?你明明也收过好多信!"

"现在可没有。"江澈轻一耸肩,冲她无辜地摇摇头。

"现在当然没有了,这年头谁还写情书啊?肯定都是加你微信再聊什么的……"顾湘再次反击。

"哎哎,"江澈也学着她的样子让她打住,抬手弹了一下她的额头,"别给我泼脏水,加微信的都是学术交流,你又不是没听过……"

"我也就听过那一次,谁知道你还有什么别的交流。"顾湘轻哼一声。

两个人一路就这样有一搭没一搭地掰扯了半天,直到抵达学校的图书馆,才默契地收声。

图书馆入口装了刷校园卡的机子,顾湘眼见着那些大学生一个个刷卡进出，再摸摸自己空空如也的裤兜，心里有点没底。

江澈倒是挺坦然的，带着她到一侧小门，跟那儿登记访客的老师打了个招呼："陈老师，我带今年的新生来参观一下图书馆。"

"今年的新生，刚高考完？"那老师估计和江澈挺熟的的，笑着问。

"嗯，前几天不是出分了吗，考江大挺稳的。"江澈颔首应下，说话的语气简直跟蔡芬芬一模一样，逢人就在那儿卖弄顾湘的高考分数，听得顾湘有些汗颜。

"那是得来看看。"陈老师说着，打量了顾湘一眼，转而又问，"你呢，最近不是期末考吗，还特意从老校区过来？"

"上午刚考完。"江澈回答。

老师点点头，伸手开了一侧不用刷卡的小门，不经意地来了句："也是，女朋友都考上了，趁最近图书馆还开门，是得带她来参观参观。"

顾湘闻言，睁大眼睛，没想到他们俩手都松开了，这也能被老师看出来。

倒是江澈挺淡定的，进门后他重新牵起她的手，面不改色地开口道谢："谢谢老师。"

学校的图书馆很大，到处都配备了看起来很高科技的电子屏，用来检索图书和阅读报刊。

顾湘最近出了分，刚好在填志愿，除了作为第一志愿的江大外国语大类，后面还填了申城几所大学的外国语专业，日、法、俄、西填了个遍，跟抽奖似的。

所以今天来图书馆，她不是纯粹来玩的。

顾湘跟着江澈到外国语专业相关的借阅室找到位置坐下后，绕着书架转悠了好几圈，最后搬回厚厚的几本日、法、俄、西语言相关的入门书籍，打算先看两页摸摸感觉，要是完全没兴趣，回家还能改志愿，及时止损。

不过出于兴趣，顾湘翻开的第一本就是日语入门，在那儿对着五十音一本正经地按照罗马字小声叽里咕噜，虽然读的都是错的，但以她多年浸淫日漫的经历，只觉得血液里的 DNA 都动了，自我感觉良好。

下午，很多吃了饭的学生也都纷纷涌入图书馆开始学习。顾湘和江澈在那张桌子前坐了没多久后，阅览室里为数不多的五六张大桌很快也都坐满了。

顾湘在高中待习惯了，有点不适应全是陌生人的自习室，大家都不说话，整个阅览室里只有翻书跟敲击键盘的声响，听得她喉咙发痒，又不敢出声咳嗽。

加上另外那几本小语种她之前从没接触过，实在太陌生，翻了半个小时就熬不住了，默默抱着它们放回书架，眼不见为净。

但就在她刚把书放好准备回去，就发现离江澈不远的一张桌子上，貌似有人正拿着手机拍他。

顾湘先是愣了一下，借着书架的遮掩又仔细观察了两秒才敢确定。

只不过确定完，她的第一反应并不是感叹江澈在大学里还挺受欢迎，而是反倒先松了一口气，庆幸江大图书馆里的学生也没有她想象中的那么严肃，至少大家不光在学习，还有心情拿出手机记录帅哥的盛世美颜，劳逸结合，符合她的学习风格。

这么想着，顾湘回到座位上时，还特意挪了挪屁股离某人远一点，免得别人拍他的时候不小心把她也给拍进去了，之后她就放心大胆地拿出手机，无聊地刷刷微博，偶尔听到有人进来的动静，也不再憋着，会下意识抬头看一眼。

但也就是看得多了，她发现那些学生会先扫一圈阅览室里的大概状况，一眼注意到角落里某位醒目的帅哥，之后习惯性地打量她一眼，因为他们俩坐在一块儿。

顾湘虽然长得不丑，但个子不太醒目，平时走在路上基本没什么人注意，不像江澈招摇过市二十多年修炼得这么淡定。

眼下在他身边承受了成倍的注目礼，随着时间的流逝，她越来越觉得如坐针毡，只得默默埋下头，把手机放到桌子下边，在备忘录上给他打字，打完后又猫着腰伸手碰碰他的手臂，把手机递给他看。

我能换个位置吗，坐你边上太显眼了，好多人看我。

江澈看完这行字，把手机推回到她面前，顺手帮她把那本《日语入门教程》立起来，遮住她的脸，低声提醒："你不看人，人不看你。"

顾湘无言，借着书本的遮掩看了眼入口处，便又拿出手机"噼里啪啦"地打字。

江澈稍稍低下头，凑近看她的手机。

你在大学也很出名吗？我看到有人拍你了，因为你长得帅？

江澈轻抿了抿唇，就着她的手机，在备忘录的下一行敲下：上一级新生入学,我给他们做过演讲,可能还记得我吧。

顾湘的眼皮微跳,想起高中那会儿江澈就是靠当运动会的学生代表宣誓一炮而红的,没忍住酸溜溜地睨他一眼,又问:为什么找你做演讲?

然后就看这位帅哥低调回答:

我前两年专业排名比较高,又得了几个奖,让我去给新生打打鸡血。

顾湘这下无话可说了,大一新生要是听过他的演讲,估计都对他挺印象深刻的,他升了大三,又基本不在这个校区,难怪这趟回来回头率这么高。

江澈看她一副若有所思的模样,只是摸摸她的脑袋,轻声说了句:"看书吧,乖。"

顾湘闻言,冲他做了个鬼脸,伸手握上书页,像小学生一样正襟危坐地瞄上面奇形怪状的平假名和片假名。

但她这会儿注意力不集中,还没用功多久,就看江澈搁在桌上的手机屏幕亮了一下。她怕打扰他复习,只是默默收回视线,憋着没说。

但没一会儿,他的屏幕又亮了一下,顾湘怕对面有什么要紧事,报信鸟似的伸手戳戳他,示意他的手机。

江澈拎过手机来看了眼,发现是他室友在宿舍群里发的,先是转了空间的一条说说,又@了他,下面一连串地问:

你怎么跑金港去了?

边上这小姑娘谁?

不会真是女朋友吧?

端午不好好复习跑去玩了一趟骗回来一个女朋友?

是之前跟我们说的那个吗?

晚上要不带来一块吃饭吧?来的话我跟陈总几个请客,吃二十斤小龙虾。

他这七八条信息发出来,另一个叫陈总的也被炸了出来,开口附和:

可以可以,我也挺想看看,什么姑娘这么吸引他。

江澈看到这儿只觉得无语,没想到消息传得这么快,他在金港图书馆坐着,两个小时不到,那些在临泉老校区的都知道了,明明现在是紧张的期末周。

沉默片刻后,他拿不定主意,靠近顾湘的耳边,压低声音问:"你晚上……想不想跟我室友一块儿吃饭?"

"啊?"他的话有点突然,顾湘皱起眉头,"跟你室友?为什么啊?我又不认识他们。"

江澈轻叹了口气,重新点亮手机,递到她面前。

顾湘接过手机看了眼,看得脸上微微发热,也不知道江澈以前在她不知道的时候到底都胡说八道了什么。

顾湘输入生日密码解锁他的手机,点开刚才没来得及看的那条空间说说。

不看不知道,她点进去才发现发布者叫"江大表白墙",她还是第一次知道大学里有这种神奇的交友渠道,并且这条说说的热度高得离谱,有四百多个赞,还有近百条评论。

表白墙上发了一张投稿人私信江澈的截图,聊天里先是来了张照片,估计就是江澈刚才被拍到的,边上的座位里没有她,江澈正半低着头看电脑屏幕,下半张脸被挡住了,只露出眉眼一角。可即使是这样,光从骨架轮廓也能让人看出是个帅哥。

照片发完,后面跟着投稿人的话:

照片没打码,不妥马上删。

表白刚才在图书馆里看到的男孩子!照片特意拍糊了,真人长得好高好瘦好好看,姐妹们在图书馆学习都有动力了!

不过小哥哥应该不是单身了,边上的女孩子貌似是他女朋友,照片里没拍出来,是长得很可爱的妹妹,祝幸福,呜呜。

顾湘当时看到后面这句,不得不承认自己被哄得很高兴,脸上可耻地露出了一丝微笑。

只是等她划走图片,开始看这条说说下的评论,才发现评论远远比投稿更加精彩。

好熟的脸……姐妹们帮我鉴定一下这是那个江澈吗?

从轮廓上看应该是的。

以我在表白墙无数次刷到他的眼熟程度来看,应该是的。

啊?有没有人能科普一下江澈是谁啊?

姐妹,一般来说我们学校上墙的帅哥十个有六个都是同一个人,江大老墙头了,感兴趣可以翻翻墙之前的动态。

江澈是大三的一个学长,可桢院大佬,院排名前五,很牛的。去年给新生做过演讲,现在在临泉。

当年在演讲现场,所有人都在说他的名字,真·盘亮条顺,很高很白很好看,一上台真的镇住我们了,我还天真地以为江大到处都是这种男生。

楼上姐妹好真实,我当时真以为自己一进大学就能找到这么帅的男朋友,然而事实是一年过去了,找了个空气。

！！！这不是咱们校区图书馆吗?江澈今天来金港了?

好的,姐妹们,我速速收拾书到图书馆偶遇了。

姐妹冷静,投稿人说他有女朋友了,这瓜保真吗?可他前几天上榜不是还有人说他单身吗?

不确定,照片也没看到,不知道是猜的还是真看到了。

估计是真的吧,十亿江大少女的梦,碎了,哈哈哈。

笑死,江大知名颜王了。

顾湘刷到这儿,属实被"江大知名颜王"这个形容词戳中笑点,只能躲在书后努力憋着,肩膀辛苦地一抖一抖。

她在这儿对着手机傻乐了半天,江澈就是想不发现也难,奇怪地凑近看了一眼。

只是这一眼看完,他立马收回了视线。他寝室里那几个闲着没事干的经常会在群里发截图给他看,他之前就知道有表白墙这种奇奇怪怪的东西。

顾湘稍一转头,就看到他一脸"吃瓜吃到自己头上"的无语表情,飞快冲他眨眼笑了笑,满脸写着揶揄。

江澈想到她看得这么高兴,伸手在她脸上拧了一把,低声威胁:"不准看了,再看就把你送回家。"

顾湘完全没被吓到,轻哼了声,随手把江大表白墙的 QQ 号复制下来发给自己,才把他手机递回去,扬着下巴回答:"我、就、要、看。"

江澈当然拿她没辙,只得转移话题:"那晚上想不想跟我那几个室友吃饭?不去的话我现在就跟他们说。"

"为什么不去?"顾湘现在已经改变主意了,"他们不是很好奇嘛,去就去呗,我还能白赚二十斤小龙虾。"

江澈看她一副被小龙虾勾走了魂的模样,无奈解锁手机,给对方发消息:行,就去吃二十斤,把他们吃破产。

两个人当天一直在学校自习到下午五点,等群里发来一个地址,便收拾东西赴约。

只是顾湘嘴上说得硬气,真到了江澈那几个室友面前,跟动物园里的猴似的被他们盯着时,都不敢放开了肚子吃东西,只能腼腆地回答他们的问题,手上以零点二五倍的速度慢吞吞地剥小龙虾。

还好边上有江澈,知道她不好意思大口吃饭,将剥出来的虾全投进了她的碗里,自己倒是没吃几口。

可即便吃饱了,顾湘结束后回想起这顿饭局,还是宁愿自己当初没有那么天真,老老实实听江澈的话别答应比较好。

江澈一共有三个室友,有一个是从头到尾都在沉默的干饭王,另外两个比较活跃,在一开始八卦完他们的青梅竹马传奇历史后就没话说了,沉默大半天,索性讨论起最近期末考的题目来,还跟江澈对了一波早上那张卷子的答案。

顾湘在过程中插不上话,只能摘下塑料手套玩玩手机放放空,顺便想把几个小时前的自己掐死。

最后龙虾也没白"嫖"成功,是江澈做冤大头付了这顿饭的钱,毕竟他才是有女朋友的那个,让别人请自己的女朋友吃饭实在有点奇怪。

等这顿尴尬得让人脚趾抠地的饭局好不容易结束,那几个没车的室友打了车回学校,留下江澈一个没喝酒的开车送顾湘回家。

顾湘当时在车上心疼了一会儿钱,又吐槽了半天这顿奇怪的饭局,最后伸手关掉车上的空调,把车窗降下来,总结道:"江澈,以后我再做出这么傻的决定的时候,你多拦着我。"

"我可不敢,谁拦得住你?"江澈眼皮也不眨地回答。

顾湘闻言,想想白天那会儿他确实拦过了,一时无言。

片刻后,她只好转过头,头发被车窗外灌进来的风吹得到处飞舞,换了个话题:"你今天晚上回家住吗?"

"嗯。"江澈应了声。

顾湘有些意外他的答案,转过头来问:"你怎么又回家住?"

"学校寝室太破了,前几天旅游跟你住的都是星级酒店,现在由奢入俭难,不太想回去。"江澈回答,过了一会儿,又突然冒出来一句,"而且我最近在想,大四可以到外面租房子。"

"租房子?就因为学校寝室太破了?"顾湘问。

"一部分原因吧……最近我们院的保研方案下来了,我跟我这个专业的教授关系还挺好的,估计会留本校,有时候没什么课,会到他的实验室参观学习,所以打算下学期在那儿找个实习,自己租房子的话会比较方便。"江澈回答。

"啊……你都保研了？这么厉害啊……"顾湘第一次听他提起保研的事，也知道这人的学历永远比自己快上一步，不过她这次倒没以前那么酸了，仅仅感慨了一句。

只是片刻后，她突然发现了盲点，眼睛跟着一亮："那你要是在学校外租房子的话，我岂不是可以搬出来跟你一起住了？"

江澈闻言，倒是没料到现在租房的八字还没一撇，她就考虑起同居这种事了。

然而看她一眼后，他又不得不承认住在一起很好，只能轻咳一声后回答："先租了再说吧，你要是不喜欢住校，当然可以搬过来跟我住。"

江澈的办事效率高得可怕，明明那天晚上才跟顾湘提了一嘴租房的事，还没等他的期末周结束，顾湘就听说他不准备租房，打算直接买房了。

这个决定大概是跟他爸妈一起商量的，一来江家确实赚得挺多，负担得起杭城的房价，拿来投资也挺好；二来他现在都二十多岁了，有一套属于自己的房子再正常不过。

顾湘当时听到江澈要买房这个消息，妒忌得眼睛都快红了，当天晚上便在饭桌上冒死进言："妈，江澈都要买房了，你们什么时候给我也买一套啊？"

蔡芬芬当时一听这话，只是冷笑了声："你当你是阿拉伯公主呢，还买房？你爸跟你妈要能随随便便给你在杭城买套房，你还读什么书啊，每天躺在家花钱不就得了？"

顾湘被蔡女士堵得语塞，埋头吃了口饭后，一边咀嚼，一边小声说："你之前算账的时候，不是说这个季度挣得挺好的嘛……"

"哦，你以为一个季度挣得好就买得起房啊？我跟你爸这套房的贷款都还没还完呢。再说了，很多三十几岁的人都还没房呢，你才多大，大学还没读就想着买房了？"蔡芬芬继续呛她。

"这不是投资嘛，杭城的房多值钱啊，早买早升值。"顾湘嘟囔着，说到最后又再次强调，"再说江澈都买了呢！"

"哼，人江澈买房自己出了二十多万首付呢，你要是能给我拿二十万出来，我明天就给你买去。"蔡芬芬一抬下巴。

"他哪儿来这么多钱？"这话确实震惊到顾湘了，江澈早上跟她说的时候语气轻飘飘的，她根本想不到买房这种以万为单位的买卖他竟然也能出钱。"

蔡芬芬看这话镇住了顾湘,接着开口:"你以为呢,人家当年高考702分,江大光是把他招进去就给了二十万奖金,他还年年领奖学金,参加的那些什么比赛也有钱。人家上大学是赚钱去的,哪像你啊,高考完一放假就在那儿烧钱。"

顾湘实在说不过蔡女士,只好一边端起杯子战术性喝水,一边紧急递给她爸一个求救的眼神。

顾东胜会意,老老实实出来打圆场:"会有的会有的,爸爸这几年努力再攒攒,等你大学毕业了也给你买一套。再说现在住的这套不也是你的?等以后我跟妈妈退休了,就回鹿城养老,到时候你在杭城两套房,也能收收租了。"

顾湘顿时觉得自己的未来生活充满了希望,冲她爸狗腿地笑笑,拍了个马屁:"我就知道爸爸对我最好!"

顾东胜向来吃她这一套,闻言便乐呵起来,一边点头,一边给她夹菜:"我们湘湘成绩这么好,爸爸不也得努力努力?"

一旁的蔡芬芬看他们一副父慈女孝的样子,半是好笑半是好气地轻哼了一声:"我看你女儿就是个财迷……不过这样也好,知道自己手里得有几套房,到时候要真买了,房本上就写她的名字,这样万一以后要嫁人也有底气。"

顾湘这会儿正用力地吃菜讨爸爸的欢心,冷不丁听到"嫁人"这句话,差点被嘴里的饭粒呛个半死,只能抽出几张纸巾捂着嘴咳嗽。

但她爸妈就这个话题的对话还在继续,顾东胜接茬道:"也是,你说湘湘现在都十八了,到时候上了大学,男朋友再一谈……咱们是得赶紧看看房子,买套婚前房,这样万一结了婚她跟她老公闹不和,想离就能离!"

"呸呸呸,就你想得多,她才多大啊就结婚闹不和?"蔡芬芬听他扯得无边无际,嫌弃地瞪了顾湘一眼,"我看就她这个样子,说不定也找不到男朋友,就跟咱们过一辈子得了,我才不想她嫁人。"

顾湘本来听爸爸说什么男朋友,心里还挺紧张,谁知道下一秒就听蔡女士把自己踩得一无是处,满脸不可置信地抬起头来。

蔡芬芬看这小样似乎不服气,瞟她一眼:"看什么看?你不会还真信你爸的话吧,觉得自己上了大学就能找到男朋友?"

"我……"顾湘遭到二度嘲讽,一时气结,差点就想把自己跟江澈的地下恋曝出来扬眉吐气，好在她想了想还是忍住了，现在高考才刚考完，不是什么好时机。

她只得低下头来，闷闷地说道："找就找，到时候我把他带回家吓死你们……"

等江澈的期末考结束，买房的事就提上了日程，江澈的爸妈把这件事全权交给他。于是顾湘每天借着到楼下丢垃圾的借口溜去他家时，就会看到他在那儿认真查看学校附近的楼盘，还做了很多分析户型图的功课，看起来很专业。

因为打算开学之后就住进去，所以他看的基本都是带精装修的现房，包括一些才刚买来就因为一些原因准备转手的二手房，最后他列了个信息全面的表格，开始挨个看房。

这种看房的热闹顾湘当然不会错过，更何况房子她以后也要住的，江澈肯定得参考她的意见，便迎着蔡女士"人家买房你也要去凑热闹"的数落高高兴兴地跟着去了。

他们俩最先去的楼盘是最近才交房的，售楼处的小哥态度很好，又是送咖啡又是送饼干，顾湘在一旁负责吃，江澈则负责听一个穿西装打领带的经理卖力推销。

最后，经理提出要让另一个员工带他们去实地看房，临走前还套近乎地来了句："先生跟女朋友看起来年纪都很小，真是年轻有为，现在就准备买房结婚了。"

顾湘当时正握着一次性杯站起来，闻言差点把没喝完的咖啡洒到自己身上，赶紧开口解释："没没没，还没结婚呢，我跟他都还在读大学。"

那个经理听了，继续笑眯眯地捧杀："上大学就快了啊，都达到结婚年龄了，趁现在房源还充裕，赶紧挑一套合适的买回去，到时候结了婚，住起来也舒服。"

顾湘这辈子还没遇到十八岁就被催婚的大无语事件，转头瞄了某人一眼，就看江澈也一副好笑又无奈的表情，只得赶紧伸手拉拉他的手臂，示意他火速撤退。

毕竟是新楼盘，小区的绿化跟基础设施都做得很好，单元楼一进来的电梯间铺着金色的瓷砖，挂着金色的水晶灯，乍一看很豪华。

江澈跟顾湘第一个看的是三室两厅的格局，一百二十平方米，带现代简约风的精装修，户型没什么大毛病，带他们看房的经理还给他们一一介绍了他们公司精装修用的是什么牌子的瓷砖和什么牌子的橱柜，说得天花乱坠的。

顾湘以前没买过房，摆不出什么架子来，这会儿听得一愣一愣的，完全被牵着鼻子走，随着那个经理的停顿时不时点头。

直到对方总算打住时，江澈怕某个不更事的小朋友下一秒就会说出"好，那我们就买这套了"之类的话，适时插声道："好，谢谢，我们心里有数了，你让我们再到处看看吧。"

"好，那您自便，有需要就叫我。"经理知道他们俩想单独讨论，很有眼色地出去了。

经理出去后，顾湘扬起脑袋，开口问江澈："你觉得怎么样？我觉得还挺不错的，要不就这套吧？"

江澈失笑，发现自己对她的了解实在过于深刻，顿了顿，他问："你觉得哪儿挺不错的？"

顾湘闻言，拉着他从客房里出来，示意他与客厅连通的阳台："我喜欢这个阳台，刚刚那个经理说这儿朝西，傍晚能看到夕阳，我们到时候可以在落地窗上挂上浅色的窗帘，沙发也买浅色的，夕阳照进来肯定很好看。"

江澈听着她的设想，认真点了点头，又问："还有呢？"

"主卧我也挺喜欢的，有飘窗，浴室也很大，还可以装个浴缸……"顾湘说到这儿，又突发奇想，"或者我们干脆把浴缸装客厅里吧，就放这儿，我看网上好多人都这么装，可以泡着澡端着红酒杯什么的，想想就很上流。"

江澈垂眼看向她指的位置，忍不住笑起来，屈起指节敲了敲她的脑袋，问："你怎么说起来一套一套的？最近在网上看了很多装修攻略？"

"那当然了，我昨天晚上刷装修攻略刷到凌晨，现在差不多也算半个专业人士了吧。等你买了房，我一定要跟你一块儿装修，我购物车里都已经加了好多家具了，特别好看！"顾湘说着便打开手机，努力给他安利，"你看这个床，是黑胡桃木的，我最近觉得黑胡桃木好好看，我还选了同系列的床头柜跟餐桌，跟这套房子的风格也挺搭。"

江澈没料到她竟然也做了不少功课，俯身看着她的购物车，听她叽里咕噜地介绍，末了在她的脸颊上亲了一下，应道："好，等我们买完之后，就让你来挑家具。"

顾湘其实从小就爱看这些，只不过那时候没钱，只是做做梦而已，谁知道现在梦想突然照进现实，她可以像玩经营小游戏一样买家具装扮房子，忍不住高兴地弯起眼睛，礼尚往来地在他脸上啄了两下："我眼光真的很不错，保证给你弄得漂漂亮亮的！"

"我知道，"江澈笑着看她一眼，"毕竟你挑男朋友的眼光就挺不错的。"

顾湘听他竟然还往自己的脸上贴起金来了，皱了皱鼻子，重新环视了一圈这套样板房，说回正题："不过这里好是挺好的，就是厨房小了点，不过没关系，反正我们也不会做饭，可以做成开放式的。"

江澈听她提起吃饭这一头等大事，便带着她又到厨房里看了一圈，最后开口回答："做饭我会学的，要不然等我们搬进来，总不能天天吃外卖。"

顾湘闻言，给了他一个"孺子可教"的眼神，很快应下："那也行，我可以找我爸要点菜谱，到时候你做饭你洗碗，我在边上给你打打杂。"

"我做饭我洗碗？"江澈忍不住开口质疑，然而他刚一抬眼，就看她威胁地扬起下巴，只好从善如流地改口，"好，我做饭我洗碗。"

顾湘看他一秒放弃挣扎，这才笑眯眯地伸手捏捏他的脸，回道："我开玩笑的，我怎么舍得让你洗碗呢？我们到时候可以买个洗碗机，我昨天都看过攻略了，买那种嵌入式的，科技解放双手。"

江澈看她还算有点良心，嘴角跟着往上翘了翘，答应下来："好，谢主隆恩。"

顾湘最近喜欢跟他玩这种宫里的娘娘跟小澈子的把戏，他的这句"谢主隆恩"成功取悦到了她。看看脚下的这套样板房，她长吁了一口气，眯起眼睛感叹道："江澈，买房真好啊，我好喜欢跟你一起看房子，感觉我们这样真的好像是快要结婚的小夫妻了。"

江澈一开始只是笑，直到她冒出那句"小夫妻"，眼睫轻颤了一下，把视线落向她，带了几分调侃地开口："你现在就想结婚了？"

顾湘本来只是感慨一番，语气正直得要命，谁知道他听到之后突然这么认真地盯着自己，还问出这种话来，难免让她脸上微烧。

她嘴硬地回答："你干吗曲解我的意思？我只是说好像，我们这样好、像、小夫妻。"

江澈看出了她的害羞，抿起嘴角，故意弯下腰来，在她的耳边压低声音说道："可是我当真了……"

话音到这儿，他刻意顿了一下，才用上扬的语调喊她："老婆？"

他的声音本来就好听，这会儿又故意勾引她，落在耳边一片酥麻。顾湘一开始还不相信他真的这么骚，直到下一秒回过神来，耳根倏地通红，乌黑的眼睫一时忘了眨，只是抬起自己亮晶晶的眼睛，毫无威慑力地瞪着他。

然而这一瞪只收到面前这人毫无惭色的表情，气得她低头踩了他一脚，骂道："江澈，你臭流氓！"

大约一周过后，买房的事就全部办完了，签好合同贷好了款，买的就是当初顾湘第一眼看中的那套三室两厅。

房子买下来后，这一整个暑假两个人基本都在忙活装修的事。只不过江澈可以明目张胆地每天跑家具城，顾湘名不正言不顺的，还得每天换着法儿地找借口溜出门，跟女明星搞地下恋似的，偷偷摸摸上他的车。

到了七月中旬，大学的录取结果陆续出来，顾湘手里攥着这么多分数，毫不意外地考上了她的第一志愿——江大的外国语大类专业。

这个结果一出来，顾湘就被蔡女士喜气洋洋地拎回了鹿城，她爸妈请了一堆亲戚朋友在店里摆了五大桌，庆祝她金榜题名。

那些亲戚当时在酒桌上听说顾湘读外国语专业后，便挨个端着杯子来主桌，祝她以后读完书出来做翻译官、外交官，还说以后家里小孩题目不会写都来问她。

顾湘当时听着，一边心里一阵发虚，一边还得在脸上挂着笑，举着自己的橙汁跟这些七大姑八大姨碰了一杯又一杯。

等到这趟"荣归故里"的行程结束，顾湘再次回到杭城，就看自己初中的班级群热闹了起来。

班上这群人基本都直升了新世纪外国语中学的高中，相互之间就隔了几个班，还可能会碰上同一个老师任课，彼此之间便互通课堂小测验的答案，还会把最近吃到的瓜放在一起分享，所以一直到高三冲刺之前，他们班级群基本都挺热闹的，大家的联系也很密切。

前两天录取结果一出来，很快有人冒头问有没有考上同一所大学的，那些考得不错的一看消息，都纷纷出来说话，之后便顺理成章地撺掇起同学聚会的事情来。

新世纪外国语中学今年的高考成绩很漂亮，算上出国留学的学生，一本率高达百分之九十六，其中985跟211的比重更是占到了百分之三十,学校统计出结果后就贴出了红艳艳的大字报,让老师跟家长在朋友圈轮番刷屏。

顾湘当时在群里瞄了眼,很快就找到几个跟她一样考上了江大的,他们班当年的班长宋子秋还靠新概念作文上了清北自招。

顾湘虽然在高考前的百日誓师上就听说了这个好消息,可眼下亲眼看见,还是免不了赞叹,在底下跟着刷起"不愧是班长"的彩虹屁。

班级群里的消息大多报喜不报忧,等成绩和同学聚会的事都热热闹闹地说完,有人冒出一句:

那李易阳呢?我们吃饭也得请他来吧?

之后便陆续有人接茬:

他现在应该还在深圳吧,不知道会不会回来。

不管回不回来都得先请一下吧,怎么说都这么久没见了。

那谁去请?有谁现在还跟他有联系吗?

顾湘当时看到这句,很快回复:

我我我,我可以去问问他。

她现在确实还跟李易阳有联系,高中这几年她虽然没怎么碰手机,但每逢新年或者节假日,他们相互之间还是会发句祝福,问问最近在干什么之类的,她在录取结果出来之后也第一时间告诉了他好消息。

谁知道她的消息刚发出来,下一秒,那个大概有两三年没在群里说过话的账号突然冒出来一句:

我不就在群里吗,还用得着让人来请?

李易阳这一句着实有吓到了群里的众人,很快有人回复:

李易阳,你这个号不是僵尸号?

?!

我也以为你这个号不用了,你不会每天都在群里窥屏吧?

有个僵尸号诈尸,群里再次变得活跃起来,大家也有五六年没见着李易阳了,就跟明星开了见面会似的,在群里挨个采访他:

阳哥,你应该也是今年高考吧?录取通知出来了吗?读哪个大学啊?没准跟我一个大学呢?

李易阳回答:

我这儿不是离香港近嘛,去港大了。

这个消息一出来,群里便再次激动起来,港大的世界排名很靠前,跟清北不相上下,他们学校也有不少考了雅思、托福跑去香港读书的。

有人忍不住感叹：

你阳哥不愧你阳哥啊，初一那会儿天天班里第一就算了，转学了成绩还这么好。

另一个人接上：

李二狗，人阳哥成绩好跟转不转学有关系吗？

对了阳哥，你开学之后我能找你代购嘛？哥们最近谈女朋友了。

这个消息一出来，群里顿时又炸开了花，开始八卦那个人的女朋友是谁，好半天才回到正题。

阳哥，我们打算这周六出来吃饭呢，你来吗？

来的话我们集资给你包往返机票。

李易阳看到后回复：

我来，不过机票就免了。

先学车去了，你们继续。

周六。

顾湘前阵子在网上买了很多可爱的小杯子、小碗，还有各种杂七杂八的摆件、花瓶、冰箱贴、隔热碗垫⋯⋯今天下午收到快递她跟江澈在新家拆了大半天，差点错过晚上的同学聚会。

等江澈开车把她送到酒店那会儿已经有点迟了，他还得回新家丢垃圾打扫卫生。

临走前，他在车上按住她，提醒了句："聚会喝果汁就行了，少喝点酒，结束了给我打电话。"

"收到收到！"顾湘连声应下，一手解开安全带，侧身在他的脸上"吧唧"了一下，便一阵风似的打开车门离开。

当年的三班一共有四十六个人，但有些人因为外出旅游或者各种原因没办法赴约，包间里只坐满了三桌。

顾湘有一段时间没看到他们了，这会儿一进去，不免感叹学校果然使人憔悴，眼下脱离了牢笼，大家脱下千篇一律的制服，个个都穿得光鲜亮丽。女孩子们鬈发的鬈发美甲的美甲，男生也都打理得挺整洁，有的烫了锡纸烫，还有人很夸张地在头发上打了定型水之类的东西，比之前在学校碰到时灰头土脸的样子要好看得多。

只不过班上大部分人顾湘在学校都能经常看见，大概也只有李易阳面生一些，第一眼差点让她没认出来。

印象里，李易阳就是个干瘦干瘦的男生，看起来手无缚鸡之力，要不然他那次运动会跑400米也不至于让人这么诧异。

然而现在五年过去，他明显蹿了个儿，少说也有一米八，是再也不可能跟一米六二的她坐同桌了。

但这还不是最让顾湘惊讶的，最惊讶的是以前薄得风一吹就能倒的李易阳现在练得壮实不少，加上他本来五官就长得清秀，现在完全是个标准的帅气男大学生，把顾湘看得一愣一愣的。

一开始她还没好意思开口跟李易阳打招呼，直到李易阳转过头来，一眼就认出了她，笑着开口："顾湘！"

顾湘只得赶紧点头，笑眯眯道："你这么早就来啦？"

"嗯，下午三点就到了。"李易阳应了声，示意不远处的位置，"你坐那儿吧，阮明昭给你留了位置。"

"好嘞。"顾湘答应下来，便迎着某个在疯狂跟她招手的辣妹过去。

阮明昭今天一早就在手机上轰炸顾湘，让顾湘赶紧过来，这会儿她浑身上下都精心搭配过，紧身的短款紫色上衣露出一截小腰，下面是短裙配黑色中筒袜。

顾湘过去后往椅子上一坐，一边打量着她，一边"啧啧"出声："牛啊阮姐，今天这打扮可够隆重的。"

阮明昭也上下瞟了顾湘一番，忍不住摆出一副充满迷惑的表情："不是吧姐，你就这么不重视我们啊？你这穿的什么啊，工地刚搬完砖回来？"

"咳……"顾湘被阮明昭的话呛到，低头看了眼自己的装扮，就是普通的白T恤配背带裤，还背了个帆布包。只不过这条背带裤走的是日系风格，白中透着一点黄，加上她今天拆快递蹭脏了一点，又赶时间来不及化妆，看起来确实有些潦草。

但当下她只是打了个哈哈，把帆布包拎到椅背上挂好，回答："最近在搞装修呢，刚刚从新家回来，没时间捯饬了。再说咱们谁跟谁啊，我什么样你没看过？"

阮明昭听到这句，满脸写着吃瓜，问："你跟那谁的新家啊？"

"……不算吧，房子是他买的，我只是借住。"顾湘解释了句，很快迎着阮明昭欲言又止的眼神提醒，"哎哎，你别这么看着我……我就是帮忙一起装修，没有什么乱七八糟的，你千万别说出去啊。"

毕竟江澈在他们新世纪外国语中学太出名，顾湘从来没在朋友圈或者空间里发过任何跟谈恋爱有关的东西，就怕暴露，这件事就只有几个关系要好的小姐妹知道。

"知道了知道了。"阮明昭听见顾湘这么小心翼翼的，也识相地转移了话题，"你喝什么？果汁吗？"

"嗯，橙汁吧。"顾湘想到江澈先前的叮嘱，加上她本来也不爱喝酒，老老实实开口。

只是没等阮明昭把桌上的果汁转过来，就听一个男生问她们："你俩不喝点酒吗？大家都是成年人了，整一点啊。"

"我可以喝一点，顾湘就算了，她不爱喝。"阮明昭挡回去，打开橙汁替她倒上。

顾湘在一旁跟着点头，接过玻璃杯抿了口，就准备埋头吃饭。

阮明昭看她一副什么也不管的模样，凑近她耳边，小声说："宝，你刚刚和李易阳打招呼了对吧？我今天才发现他竟然是个帅哥，救命，突然觉得自己以前对帅哥潜力股太冷漠了。"

顾湘默默抬头看了眼对面的某人，小幅度地点点头："变化是挺大的吧，不过他以前长得也不丑啊。"

阮明昭听到这句话，脸上顿时露出一丝意味深长的笑容，靠近顾湘，撞撞她的肩膀，问："那你心动吗？人家以前不是跟你玩得很好嘛。"

"哎哎哎，打住啊，"顾湘听阮明昭突然哪壶不开提哪壶，赶紧出声截过话头，警告她，"我现在是有夫之妇了，你可别唆使我犯罪。"

"喊，"阮明昭看顾湘一副忠贞烈妇的模样，只好收敛了打趣的心思，拎起筷子去夹排骨，嘟囔道，"行行行，我懂我懂，你青梅竹马那一棵树就能抵一整片森林了。"

"这不是废话？"顾湘伸手截获了她夹来的那块排骨，"要不然我也吃不消一片森林啊。"

"噗……"阮明昭发现话题有些不对劲，没忍住破功，顿了顿，反问，"那你一棵树就吃得消了？"

顾湘闻言，差点被嘴里的排骨噎死，赶紧抬手赶她："滚滚滚！"

虽然后来事实证明……阮明昭一语成谶，顾湘确实吃不消。

晚饭前后吃了不到两个小时，桌上毕竟都是才刚高考完的小孩，喝不了什么酒，吃完菜大家就饱了，也没什么业务要洽谈，都纷纷起身约着去 KTV 来第二轮。

这回不像李易阳当年生日那样，去的是真正的 KTV，二十多个人开了最大的包间，里面放着长长的沙发，头顶挂着两颗大灯球，还有经理来给他们送果盘，社会得要命。

顾湘唱歌一般，二十多个人也轮不到她去唱，便只跟一群女孩子在震耳欲聋的噪音中瞎侃。

直到后来阮明昭脱离了聊天，非常自信地过去搂着带落地支架的话筒开始献唱汪苏泷，顾湘才停下嗓子，准备吃两口果盘里的西瓜歇一歇。

李易阳刚好在果盘前的沙发上坐着，看她过来后，指了指桌上的芬达，问："喝吗？"

"喝。"顾湘在他身侧坐下，看他帮忙开了芬达的盖子，插上吸管后递给她，便道了声谢。

大概是KTV里的声音太嘈杂，他们现在坐在一起，气氛倒没有傍晚刚见面那会儿那么生疏。李易阳主动问了她暑假里有什么安排，她也顺势跟他打听了考驾照的事，就像他们会在微信上聊的天，只不过现在面对面了而已。

直到后来，顾湘一时嘴快，夸了他一句："你高中是不是经常去运动啊，我以前觉得你长得跟豆芽菜似的，现在这样就好看多了。"

李易阳被她的形容听笑，回答："到深圳之后没那么死读书，是有经常去跑步。毕竟现在男生这么多，不把身材练得好一点，以后怎么找得到女朋友。"

顾湘今天全程跟他聊天都挺放松的，眼下听他突然提到"女朋友"三个字，心头才一紧。

虽然也有她想太多的成分，但他这样主动透露自己还单身，顾湘总觉得不能马马虎虎地敷衍过去，无意识地咬着芬达里插着的吸管。

直到片刻后，她才意识到自己停顿的时间实在太久，轻咳一声，借着周围嘈杂的音乐告诉他："那个……我跟你说件事啊。"

"嗯。"李易阳轻一点头，转头看向她。

他这么盯着自己，顾湘更加难以启齿，只能磕磕绊绊地挤出一句："我、呃……我已经谈恋爱了，找到男朋友了……"

她的话虽然没说完整，但李易阳向来是个有风度的男生，很快从意外中回过神，笑着点点头："我懂，你不用说得太详细，再说就显得尴尬了。"

他的反应很坦然。

顾湘听他的语气，就知道自己没会错意，他先前那句"女朋友"不是随口提的。她不由得暗暗松了口气，庆幸还好自己说得早，要不然更尴尬。

李易阳被她明示之后，态度反而比刚才更自然，往身后的沙发上靠了靠，跟她拉开距离，完全退回到一开始作为朋友的位置，问她："是跟那个男生吗，你邻居？"

"啊？"顾湘愣了一下，下一秒微微睁大眼睛，"你怎么知道？阮明昭跟你说的？"

"不是，我猜到的。"李易阳轻轻摇了摇头，转而又问，"你们什么时候在一起的？"

"我高考完之后，到现在也没多久，才一个月吧。"顾湘回答。

李易阳听到这个答案，微不可见地点了一下头，应道："高考之后……那还差不多。"

顾湘满脸真诚地补充："对吧，还没多久呢，我第一时间就告诉你了。这件事连我爸妈都还不知道呢，够意思吧？"

李易阳这才反应过来她的意思，是怕他觉得她通知晚了生气，不由得闷笑了声。

顾湘看他恢复了之前的神色，也放心下来，吸了一口芬达，问："但是你怎么猜到是我邻居的啊？你们也不熟吧？"

李易阳闻言，微微眯起眼睛："你自己一点都意识不到吗？"

"啊？"顾湘被这么一问也愣了。

"算了。"李易阳看她这副模样，轻叹了口气，换了个思路解释，"你记不记得初一运动会那次，你陪宋子秋跑1500米？"

"嗯……"顾湘扬起脑袋认真想了想，回答，"记得，我那个时候真是不知道天高地厚，跑到最后都快累死了。"

李易阳看她想起来，又说道："那次你跑完步之后，我看到你们俩一起回家。"

当时的画面他现在回想起来都还很清晰，那个瘦高的男生推着自行车，身上背着两个书包，顾湘就跟在一旁，时不时仰起头来跟那个男生说话。在他们头顶上方，傍晚的天际流淌着大片梅子色的晚霞，炽热又绚烂，把他们的背影映得很好看，像一幅画。

"啊？"但当局者迷，面前的小姑娘还是满脸茫然，"这有什么？我们经常一起回家的，而且我那天跑完了步走不动……你从那就能看出来我们五年后会谈恋爱？"

李易阳看她这副样子,也不打算再解释,只是一本正经地拍拍她的肩膀,回答:"总而言之,凭男人的直觉,懂吗?"
　　"……哦。"顾湘听他笃定的语气,只好半信半疑地点点头。

　　高考完的这个暑假没作业,最近又出了录取结果,也算尘埃落定。大家心里没什么负担,玩起来就都不遗余力,晚上的这场 KTV 一直唱到深夜十一点才收官。
　　从 KTV 出来后,迎面就是夏季的晚风,跟里边的空调风相比,暖融融的,吹得人脸颊发烫。
　　虽然大部分人都已经成年,但考完驾照的一个也没有,出来后在路边打车的打车等人的等人,很快散成一团一团的。
　　路旁的停车位不多,顾湘快速瞄了一眼后,没看到江澈的车,便跟着一群女生往前走,准备送她们上出租车。
　　中途有人问她:"顾湘,我记得你跟阮明昭家挺近的吧,这辆车先让你们回去。"
　　"不用不用,我有人来接的,你们先走吧。"顾湘摆摆手回答,帮忙打开出租车的门。
　　之后目送着她们离开,她才低头摸出手机,做贼似的问自家男朋友:
　　你到了吗?
　　江澈很快回复:
　　嗯,不过车停得有点远,我过来找你。
　　顾湘看到这句,眼睛倏地睁大,意识到江澈要是来接她,他们俩的"奸情"岂不是暴露了?于是赶紧给他打字:
　　别别别,你坐车里就行,开个位置共享给我,我现在过来找你。
　　江澈看到这句,微微停下脚步,回复:
　　可是我已经到了。
　　看到这条消息,顾湘停下手里打字的动作,顿了顿,默默把后面那串"我不想被人看到你,他们肯定都认识你"给删掉,抬起头来。
　　江澈那会儿已经穿过了人行道,他明显是洗完了澡才出来接她的,白 T 恤外还套着她之前从地摊上给他买的短袖花衬衫,在路灯下被照得色彩斑斓,招摇得很。
　　顾湘一眼就看见了江澈,见他发现自己后显而易见地加快了脚步,吓得她赶紧跟边上的几个女生开口道别:"接我的人来了,我先走了啊,拜拜，下次再见！"

话一说完她便撒腿开溜，企图在江澈被她们发现之前带着他逃离。

然而还是慢了一步。

她听见身后的女生在跟她"拜拜"完之后嘀咕了一句："是我眼花了吗，那个男生看起来怎么这么眼熟啊？就那儿、红色的车旁边那个……"

顾湘闻言，脚步跟着一顿，就听到另外一个人接上："真的呢，有点像我们学校之前那个'校草'吧？毕业好几年了……叫什么来着，江澈吗？"

"江澈？我怎么记得那个人跟顾湘好像认识，还是我记错了？"说话的人分析到这儿，转头喊住某人，"顾湘？"

"不不不……"顾湘心里"咯噔"了一声，被迫转过身来，努力摆手撇清自己的嫌疑，"不认识不认识，都是别人乱传的。"

谁知话音还没落，就听身后传来一个声音："走了，顾湘，回家了。"

顾湘绝望地闭了闭眼。

江澈本来已经看她准备往自己这儿走，没一会儿又停下来，转身跟人聊天去了，这才不得已出声提醒。

然而上一秒才说出"不认识"三个字的某人听到他的声音后，只觉得五雷轰顶，眼睁睁看自己面前的女生震惊地睁大了眼睛，看看她，再看看她身后的人。

僵持片刻后，女生出声问她："他是？"

顾湘的嘴角抽了抽，意识到自己好死不死弄巧成拙，还不如一开始就承认了算了。

但这会儿没时间装死，她转头瞄了眼站在身后的人，总不好打自己的脸，只得口不择言地胡扯："他是我邻居家的哥哥，今天刚好路过附近，就顺便送我回去。"

江澈本来还等着她的名分，甚至都做好了跟她那些同学打招呼的准备，谁知道下一秒就听见这种鬼话，不由得怀疑自己的耳朵，低头看向她。

顾湘的那些同学听到这解释也愣住了，明明这俩人之间的气氛一看就不像什么邻居。

面面相觑两秒后，那个女生只好再次疑惑地出声："那他是我们学校那个……"

"不是不是，认错了认错了……"顾湘猜到她们想问什么，抢先开口打断，伸手拉住江澈的手臂，后退了一步，"我们先回去了，你们也赶快叫车吧，拜拜。"

"嗯……拜拜……"那群吃瓜群众已经完全被顾湘搅糊涂了，只好冲她挥挥手。

应付完那群初中同学，顾湘还没来得及松一口气，就知道自己现在才真要大难临头。

江澈刚才在人前没说什么，但领着她到停车位的路上一句话也没说，气压低得可怕。

顾湘被他这反应弄得心里没底，只好狗腿地紧紧抱住他的手臂，时不时瞟他的脸色，在心里琢磨他是不是真的生气了。

但江澈没搭理她的小动作，连一个眼色都没给她。

顾湘实在受不了这样的沉默，伸手扯扯他的袖口，故作自然地问："你晚上是回家洗澡的吗？新家现在收拾好了？"

江澈这才垂下视线，定定地看她一眼。末了，他总算忍不住，伸手扣住她的下巴，收紧指节捏了捏，凉声问道："你觉得我现在有跟你聊天的心情吗，我的好邻居？"

顾湘自知理亏，说不出话，只好闭上嘴呈给他一个可怜兮兮的眼神。

江澈看出她又在装可怜，但这次涉及原则问题，他不吃她这套，冷哼了声松开手，放狠话道："一会儿上了车再收拾你。"

顾湘吞了口口水，灰溜溜地耷拉下脑袋。

两个人走了好一会儿才回到车上。

路灯把行道树的影子投在车窗玻璃上，随着晚风一阵阵晃荡，发出细碎的"沙沙"声。

顾湘老老实实坐上副驾驶座，像待审犯人给自己扣上安全带。

一旁的江澈发动车子后并不准备走，只是打开车里的空调，出风口伴随着呼呼声冒出冷气，很快驱散车外带进来的暑热。

顾湘能感觉到他的目光落在自己身上，沉甸甸的，他修长白皙的指节有一搭没一搭地轻轻敲着方向盘，声音很清脆，似乎在盘算怎么教训她比较好，听得她心里一个劲地发紧。

她跟他认识这么久了，也没见过他真的生气发脾气的样子，此时此刻她的心里很没底。

片刻后，江澈手上的动作戛然而止，听不出情绪地开口问她："刚刚什么意思,邻居家的哥哥?"

顾湘的良心已经被他无声的谴责反复折磨过了,第一时间低头:"我错了,江澈,不应该说你是邻居家的哥哥的……"

话才起了个头,还没来得及让她狡辩,就听他低哂了声,打断道:"知道不应该你还说?"

"我……"顾湘扁了扁嘴,讨好地揪揪他的衣摆,回答,"事发突然嘛,我当着那么多人的面不好解释……再说他们都是新世纪外国语中学的,也都认识你,我怕他们知道之后……"

话说到这儿,她一下子卡壳,脑袋一片空白,不知道该怎么解释。

江澈听她这么快就圆不下去了,略带嘲弄地勾了勾唇,侧过脸问她:"怕什么?怕丢脸?跟我在一起让你觉得很丢脸?"

"没有没有……"顾湘脸上的表情再次耷拉下来,觉得这些话有些耳熟,似乎在哪里听过。

但现在还有这么大一个人要哄,不是胡思乱想的时候,顾湘安静了一会儿,索性解开安全带,越过中控台爬到驾驶座,挤进方向盘和他身前的缝隙,在他的腿上坐下。

江澈显然也没料到她会有这样的动作,微微抬了抬手,没有阻止她。

顾湘伸手抱住他的脖子,迎着他黑沉的视线盯着他看了一会儿,下一秒本着"哄男人不用讲道理摁在墙上亲一顿就好了"的原则,压着他的肩膀支起上半身,重重亲了上去。

江澈没料到他们之间话还没说开她就突然干这种事情,蹙起眉头,抿紧嘴唇,不肯就范。

但顾湘铁了心想讨好他,便学着他平时的样子对他又舔又咬,跟撒欢的小狗似的,一个劲冲他摇尾巴。

可惜亲了没多久,她就发现他还在气头上不肯回应她,顿时泄了气,软绵绵地一下一下啄他的嘴角,最后恋恋不舍地松开,低头枕在他的肩膀上。

江澈垂下眼睫看她一眼,轻轻动了动肩膀,提醒:"可以下来了。"

顾湘听他竟然这么绝情,顿时难受地哼哼,在他身上小声求饶:"江澈,我知道错了,你别生气了嘛,我真的不是故意的。"

这种无意义的话对江澈来说一点效果都没有,他不为所动。

顾湘说着说着,声音越放越轻,只能怏怏地趴在那儿,认真反思起自己来。

可能只是觉得被人八卦很麻烦，也可能是觉得像江澈这种"万人迷"，暗恋他的女生太多了，她怕公开之后自己成为众矢之的，少不了要在背后被人评头论足……

这么想着，顾湘的语气低落下来，小声告诉他："江澈，我只是觉得你太好了，想把你藏起来，不想让别人知道……万一别人知道我们在一起之后，觉得我不够好、配不上你什么的，我会很不高兴的。"

江澈听到这儿，微微皱起眉，板着的脸色顿时缓和不少，伸手环住她的腰，低声问："我只喜欢过你一个人，谁说你配不上我了？"

顾湘听他放缓语气，就知道自己差不多哄好了，抬头大着胆子指挥他："那你先亲亲我。"

江澈一时有点分不清她刚才的话到底是认真的还是在施苦肉计，加上她从小就会演戏，吹拉弹唱样样精通，总是能轻而易举地把人带进沟里，他早就不知道中招过多少次了。

想到这儿，江澈无奈地叹了口气，只得低下头来吻她。

只是某人理亏在先，这个吻便格外热情，火急火燎地一个劲缠着他，车里很快只剩他们愈发急促的呼吸和细碎缠绵的水声，听得顾湘有点脸红。

江澈最后不得不停下这个吻，低头枕上她的颈窝，深吸了一口气平复呼吸。

顾湘跟他在一起这么些天，也察觉到他的异样，乖乖让他抱着，不敢轻举妄动，一面又被他落在耳畔的呼吸勾得心里发痒。

等江澈好不容易冷静下来，侧过脸轻吻了吻她的耳垂，重新回到他们一开始的话题，妥协道："我们谈恋爱的事，你觉得怎么高兴怎么来吧，公不公开都无所谓，只要你不脚踏两只船。"

顾湘听他说得这么委曲求全，觉得有点好笑，伸手摸摸他的头发，回答："我只是当着那么多人的面觉得不好意思，其实公开也没什么，本来我也没有跟所有人都保密，阮明昭和慕久她们都知道……再说你今天都不高兴了，我才不敢不公开呢。你等我今天晚上选几张图，在朋友圈里发一发，会给你个名分的。"

江澈听到最后，眼底才浮上笑意，低哼了声："这还差不多。"

顾湘看他这反应，也跟着哼了声，伸手捏住他高高的鼻子，道："我就知道你刚才不是真心的，你明明还是很在意这件事！"

"不是真心的又怎么样？"江澈被她戳破后也不恼，随手拍了一下她的屁股，出声赶她，"行了，坐回去吧，该回家了。"

顾湘看着江澈一脸恃宠而骄的样子，轻一撇嘴，从他身上一路爬回副驾驶座，系好安全带。

车子在路边停了半天总算启动。

顾湘这会儿解决完了自家男朋友的小情绪，总算能心平气和地跟他唠唠嗑："江澈，你知道今天同学会还有谁来了吗？"

江澈听她这么刻意地提起，很快猜中："李易阳？"

顾湘诧异地睁大眼睛，想到李易阳今天晚上也一下子猜中江澈是她男朋友，忍不住小声嘟囔："你怎么也一猜就猜中……你们俩不会有什么心电感应吧？"

江澈听她竟然把自己跟李易阳用"心电感应"这种诡异的词联系在一起，递给她一个白眼："然后呢，今天晚上见到他怎么了？"

顾湘故意回答："也没怎么，就是觉得这么久没见觉得他变化好大，长高了，也变帅了，连阮明昭眼光这么高的都夸他帅呢。"

江澈对这种话题没什么兴趣，沉默两秒后，只回了个"哦"字。

顾湘再接再厉道："而且我还告诉他我们谈恋爱的事了，他一猜就猜出来是你。"

"哦？"江澈听到这句才有了点反应，示意她继续往下说。

"他说之前就觉得我们会在一起。"顾湘得意扬扬地抬手抱臂。

但江澈只是又"哦"了声，没反驳也没肯定。

顾湘被他这反应弄得不爽，伸手戳戳他的脸："哎，你怎么一点反应都没有啊？他那时候和我关系挺好的，没有让你有危机感吗？"

江澈闻言，觉得有些荒唐，轻嗤了声道："他那会儿才多大？小屁孩罢了。"

顾湘不服气地睁大眼睛，一字一句道："他跟我一样大好不好？"

江澈被她的反应逗得失笑，火上浇油地附和："的确，你现在也还是个小屁孩。"

"你……"顾湘被他气得咳嗽，可碍于他现在在开车，只能坐在副驾驶座上用眼神鞭挞他。

直到瞪得眼睛都有点酸了，她才意识到用眼神攻击对他这种人根本无效，只能闷闷地靠回到椅背上，想了想，说："谢谢你一直在我身边。"

"知道就好，"江澈也不知道在那儿骄傲个什么劲，轻哼了声补充，"所以今天晚上的朋友圈记得好好发。"

"行行行……"顾湘听他又提这件事,索性掏出手机点开朋友圈,"我现在就开始写行了吧?先屏蔽一下我妈我爸,再屏蔽你爸你妈,还有那些亲戚。"

做完这些后,她看着文本框里一闪一闪的光标陷入沉思,发现自己脑袋空空的,一个字的脱单感言也憋不出来,只好转头问他:"你觉得我怎么写比较好?"

她既然都这么问了,江澈安静两秒,简单粗暴地回答:

"江澈是我男朋友,写三遍。"

顾湘一时语塞,脸上浮现出"你、确、定、吗"四个大字。

江澈收到她的视线,轻抬下巴,威胁道:"有问题?"

"没、没问题……"顾湘瞬间认怂,低下头来,老老实实在朋友圈一字一句地敲下"江澈是我男朋友"几行大字,之后又怕写得不够清楚,还加了好几句补丁。

解决完文案,后面的配图更让她抓耳挠腮。

毕竟她手机里有太多江澈的私房照了,都是高清的生图,九张根本不够放,又怕全放他的私房照显得太轻浮,还得来几张凸显主题的秀恩爱合照,挑完了又得调色加滤镜拼长图,麻烦死了。

一直等顾湘回到家,洗漱完毕躺在床上忙活了大半天,她才总算把自己十八年来的第一条官宣朋友圈编辑完毕,在十二点之前发了出去:

对不起,今天被狠狠地教育了,我男朋友让我在朋友圈罚抄三遍:

江澈是我男朋友

江澈是我男朋友

江澈是我男朋友

ps:江澈=我男朋友=新世纪外国语中学17届那个学长=我邻居家的哥哥

说完了,谢谢大家。

配图跟她平时吃吃喝喝嘻嘻哈哈的日常完全不同,突然变得唯美了起来:有她高考完当天收到的向日葵;有他们一起去三亚旅行拍到的日落;有两份来自江大的高考录取通知书;有他们在新家的自拍……

甚至还有他俩的童年旧照,画风非常古早,在他们老家隔壁的公园里,小萝卜头江澈正乖巧地给小萝卜头顾湘擦手,像这种老照片他们家里都有厚厚一本,顾湘特意挑了一张自己看起来没那么邋遢的。

也不知道是她这条朋友圈发得太用心还是她人缘太好,发出去后的短短半个小时内,她就收到了五十多个赞,远超她平时那些废话动态的点赞量,让她受宠若惊。

不过第一个赞当然来自她男朋友,顾湘一发完就跟他邀功去了。

江澈巡视过后,在下面给她批了个"孺子可教"的注,然后在私聊中告诉她,明天新家的冰箱就要到了,到时候带她去超市大采购。

除了江澈,剩下的评论全是前来吃瓜的同学,一个个比她还要兴奋:

高中室友1:嚯,不愧是常年请我们喝奶茶的男人。

高中室友2:嘿嘿,兔子狂吃窝边草,速速让你家好哥哥请我们吃饭。

高中同学1:不是吧,不会是教导主任经常提的那个江澈吧?救命,次元壁突然破了。

李易阳:恭喜恭喜。

慕久:没想到你邻居竟然这么帅,之前怎么不发照片?我真的急了我真的急了!

…………

朋友圈里的消息一下子多得来不及回复,不时还会有一些八卦的同学私聊她,顾湘应付完这些就够呛,时不时还要安抚因为她秀恩爱而破防的慕久,好不容易跟慕久说回正题:

宝,跟你说件正事。

你这几天能给我打个掩护吗?

慕久很快回复:

打什么掩护?

不会是给你和你邻居打掩护吧?

顾湘,你没心的!

顾湘这会儿有求于人,语气不知不觉就变得很卑微,只能一个劲冲慕久撒娇:

呜呜,宝,我现在这不是地下恋嘛。

他的房子最近快收拾好了,我想赶在八月军训前去他那儿玩几天嘛。

慕久看到这句话之后再次破防:

你大胆!

不可以,顾湘!我不允许你这样!

顾湘汗颜,只好回复:

我没怎么样,就是去他家玩几天。

再说我跟他都认识这么多年了,经常到他家玩的。

慕久一时间有了个大胆的猜测,用颤抖的手回复:

那那那……你们已经发展到那种程度了吗?

顾湘收到消息后,嘴角抽搐了一下,回道:

没有!你想什么呢?

慕久想了想,又说道:

可是你要是住过去,性质就变了啊……

顾湘拍着胸脯跟她保证:

不会的不会的。

江澈不是这种人。

慕久看到这句话,也稍稍放下心,回答:

那就好。

顾湘便趁热打铁:

所以你答应了是吧?江澈大概八月上旬搬家,到时候跟我串个口供,行吗?

慕久看自己莫名其妙被她带沟里了,也只能翻个白眼,愤愤打字:

知道了知道了,臭女人!

那你这个暑假就真的不来我家玩了吗?

顾湘闻言,想想自己最近没什么事,便大手一挥,跟个渣男似的回复:

来,明天就来。

男人哪有你重要?

第十五章
梦想成真

8月中旬。

新家的家具全都落户，又请保洁里里外外打扫了一遍后，江阿姨给江澈挑了个皇历上的好日子正式迁居，邀请了顾湘一家来参观。

江露丝和陈一行向来是散养江澈的，几乎没插手过装修的事，在搬家之前一共也就来过新家两趟，一次是签购房合同之前；还有一次是请熟识的人来装空调，顺便看了眼江澈都买了些什么家具。

所以搬家这天，他们俩看起来比顾湘还像个客人，进门送了一套玻璃高脚杯当搬家礼物，之后跟蔡芬芬、顾东胜他们里外看了两圈，不时点头夸两句哪样家具买得好，又聊到什么"等他以后谈了女朋友"之类的话题，参观完毕后便到沙发上坐着看电视，留江澈在厨房给他们泡茶切水果。

顾湘一开始差点没反应过来，在家长们都坐下后，下意识跟着某人去了厨房，熟门熟路地打开橱柜。

好在江澈及时拎走了玻璃杯，提醒她："你是客人，到沙发上坐，这里我来就行。"

"哦哦哦……"顾湘这才想起来自己的身份,赶紧溜出厨房,免得被家长们察觉出异样。

一般来说,搬家之后还得留客人们在家里吃饭,但江澈在几个家长看来还是个孩子,家长们也不指望他做饭,在客厅坐了会儿,喝了两杯茶就结束了这场搬家仪式,整整齐齐地回顾湘家吃饭去了。

唯一跟以前不同的,大概也只有江澈今晚回的不再是顾湘家对门的那个家,而是带上他爸妈送给他的一箱红酒,开车回了只属于他的那个家了。

顾湘当时把江澈一家人送出门,看江澈走到电梯前摁下按键时,心里莫名泛上一丝酸涩,除此之外,还有庆幸。

还好他们现在在一起了。

否则江澈搬家之后,整天忙着跟项目和实习,回这里的次数肯定会变少,他们大学又不在一个校区,可能一个月都不会见上一面。

再过几年,她也开始实习工作,租房搬出这个家,他们原本作为邻居的联系就彻底断了,开始朝不同的方向越走越远,最后成为陌生人。

光是想想就可怕……

但好在他们在一起了。

江澈在电梯门"叮"一声打开后,特意回头看了顾湘一眼,摇了摇手里的手机,示意她电话联系。

顾湘倏地弯起眼睛点点头,在门缝中冲他挥了挥手,示意他先下去。

十分钟后,顾湘拎着自己一早准备好的小行李箱,对厨房里正在洗碗的顾东胜道:"爸,我去慕久家玩了!"

"好好好,那要不要爸爸送送你?"顾东胜说着,转头瞥见她手里的行李箱又愣住了,"你去人家里玩几天?不是前几天刚去过吗?"

"去玩个三四天吧,我们不是大学快开学了嘛,再不抓紧机会下次见面就不知道是什么时候了,说不定要过年才能再见呢。"顾湘昨天晚上已经把这套说辞跟妈妈讲过一遍,这会儿背起来脸不红心不跳的。

她爸爸比她妈妈还要好哄,一听就跟着点头,赞同道:"也是也是,你们两个小丫头都要读大学了,是得抓紧时间好好玩玩,难得有这么个合得来的朋友。"

顾湘像小鸡啄米一样地点头附和。

顾东胜便又问:"那要不要爸爸送你过去?外边太阳这么大,你带着行李箱也不方便。"

"不用不用,我打车去就行了,您待会儿不是还要跟妈妈去店里吗,送来送去多麻烦啊……"顾湘一口谢绝,"吭哧吭哧"地把行李箱提出门,开始换鞋。

末了,她站起身,忍着自己早就已经飞到楼下的心思,跟爸爸挥手告别:"爸,那我先走了,您好好上班啊,拜拜。"

"好,拜拜拜拜。"顾东胜连声应下。

门一关上,顾湘就原形毕露,拖着行李箱飞蹿到电梯口,一路火花带闪电地坐到地下室,在约定好的犄角旮旯找到江澈,让他帮忙把行李箱放进后备厢,弯腰坐进副驾驶座。

一直等车子平稳地驶出地下室,顾湘在看到外边的天光时,总算克制不住自己的兴奋,"嗷嗷"叫了声:"我顾湘总算出来了!自由万岁!九头蛇万岁!"

江澈在一旁听得好笑,抬手弹了一下她的额头:"不知道的还以为你爸妈在家怎么虐待你了,出来了就这么高兴?"

"当然高兴啊,你不觉得我们刚刚这样很像私奔吗?我觉得好刺激!再说了,今天可是我跟你同居的第一天!"顾湘光是想到"私奔"和"同居"这两个词就莫名激动,"嘿嘿"笑了两声,听起来有些猥琐。

江澈被她盘丝洞小妖似的笑声听得哭笑不得:"什么私奔,我们不是名正言顺的?"

"说是这样说啦,可是我爸妈不是还不知道吗,也不算很名正言顺……"顾湘说到这儿,想到自己刚才跟爸爸的对话,又道,"而且我刚刚下楼的时候还跟我爸撒谎了,现在想想觉得有点罪恶。"

"那怎么办?"江澈低头看她一眼,"你要是觉得罪恶,我们这几天就找机会告诉他们?"

顾湘闻言,脸上露出一丝为难,想了想,回答:"还是算了吧,我怕他俩思想太保守,说了之后估计不会同意我到你家住,那我们岂不是变牛郎织女了?"

"那倒也是。"江澈点点头,很快似笑非笑地开口,"之前没看出来,原来你这么想来我家住。"

顾湘听他竟然又在内涵自己,闷哼了声反问:"就是想,怎么了?"

"没怎么,挺好的。"江澈第一时间顺着她的话把自己撇干净,清了清嗓子问,"那我们现在去哪儿?先去超市买点东西吗?"

"去啊,不是说晚上要试试做饭吗?我还从来没做过饭呢。"顾湘回答。

两个人前段时间来超市采购过一次,买的零食都摆在江澈新家里边,他平时不会吃这些,顾湘又没那么多机会过去,零食消灭的速度很慢,到现在都还有一大堆。

今天到超市后,顾湘便没像以往那样直奔零食区,而是非常成熟稳重、目不斜视地路过,跟着江澈到一楼的生鲜区买菜去了。

鉴于他们现在没什么厨艺,很有自知之明地没去碰海鲜一类高难度食材,确定了今晚的菜单后,简单买了点蔬菜和鸡蛋,买了点已经处理好的猪肉丝,又买了几只鸡翅。

为了以防万一,他们俩还去冷冻品区拎了几袋带调料包的速冻馄饨,免得真吃不上饭。

等食材都买完,顾湘才放心大胆地抱了两桶冰激凌和酸奶回来,打算当饭后甜点,最后跟江澈一块儿去结账。

两个人回到家把从超市里买回来的东西归置好,在夜幕降临前把饭煮上了。

顾湘和江澈从来没下过厨,好不容易腌好鸡翅切好菜,开火后便在灶台前手忙脚乱起来。

锅里时不时会"噼啪"往外蹦油星子,吓得顾湘哇哇乱叫,手上拿锅盖当盾牌保护江澈。江澈在混乱中往锅里下了番茄就躲开两米远,凭借手长的优势远远地拿着铲子翻炒。

过程虽然艰辛了点,但顾湘找的菜谱很靠谱,又经常看他爸下厨,分得清糖和盐,江澈事先还非常严谨地买了一个小电子秤,最后做出来的饭菜卖相一般,味道却出人意料的不错,吃得某人在饭桌上"啧啧"称奇。

晚饭都光盘后,洗碗的活儿就交给了洗碗机,两个人收拾了厨房,下楼扔了垃圾,顺便在小区里散步消食,小日子过得有鼻子有眼的。

夏天的傍晚混着好闻的草木气味,虽然没白天那么燥热,两圈走下来背上还是出了一层薄汗。等天色完全暗下来,月亮在夜空清晰可见,他们才上楼去,准备洗完澡在空调房里舒舒服服地看会儿电影。

今天下午搬家的时候,不光江澈的爸妈给他送了礼物,顾湘也送了,当时她还被几个家长夸小小年纪就这么有心之类的话,听得她心里一个劲发虚。

　　因为事实上,她一早就跟江澈约好要到他家住,于是送的是一套情侣睡衣,一套白色、一套黑色,还是很高档的真丝。当时她一下单就在微信上跟他千叮咛万嘱咐真丝洗涤的注意事项,说买来之后一定要穿个三年五年,要不然对不起她这三千块钱。

　　等回到家,顾湘便迫不及待地拿出睡衣,郑重地把那套霸道总裁专属的黑色条纹交给江澈,叮嘱他一定要洗得香香的,在床上等她。

　　江澈当时听到这话只觉得无奈,给面子地应了声"好",转身去外卫。

　　顾湘也拎着睡衣钻进主卫洗澡。

　　顾湘现在的头发已经留得很长,洗头发是个大工程,好不容易吹完头发刷完牙,还在脸上拍了点爽肤水,江澈早就已经在床上等了大半天了,他正对面的投影仪亮着,停留在主页面上。

　　穿上滑溜溜的新睡衣会让人心情变好,顾湘打开浴室的门,随着里面袅袅漫出的水蒸气"嗷"一声扑到了床上,在崭新的床单上打了个滚,才仰起头来看他。

　　黑色很衬江澈的肤色,蚕丝在灯下泛出柔和的贝母光泽,看起来很贵气。他本身就是舒朗标致的长相,刚吹完的头发略微蓬乱,覆着高挺的眉骨,再往下是幽深的双眸和挺拔的鼻梁,怎么看怎么让人觉得心动。

　　顾湘痴汉似的盯着江澈看了一会儿,视线下移,发现这件睡衣的领口能完美露出他的锁骨,在灯下落出两片好看的阴影,衬着修长白皙的脖子和诱人的喉结,让人想趴上去啃两口。

　　这样的念头刚冒出来,顾湘便付诸行动,抬腿坐到他身上去,蚕丝睡衣在过程中滑腻地蹭过他的大腿。随后她埋在他的颈窝深吸了一口,闻到他皮肤上淡淡的沐浴露的香气。

　　沐浴露是她之前买的,略微酸涩的浆果混着沉稳的木质香,让人想趴在他身上一个劲儿地闻。

　　江澈从顾湘蹦上床那会儿就开始观察她了,小丫头的新睡衣,似乎买大了一号,松松垮垮地挂在身上晃荡,她兴奋地在被子上滚了一圈便爬过来一个劲儿嗅他身上的味道,比小狗还像小狗。

　　想到这里,"顾小狗"像是听到了他心中所想,竟然真的张口在他的脖子上咬了一口。并不疼,只有牙印留下的略微酸麻,混着她呼出的热气,让人喉结微动。

江澈看着她,懒懒地一弯唇:"你都从哪儿学来的这些?"

顾湘一扬下巴,回答:"我、天、生、的。"

江澈看她还挺得意,伸手环住她,示意面前亮着的投影:"不是很早之前就想用这个看电影了嘛,想看什么?"

顾湘转头瞄了一眼屏幕,刚洗完澡的江澈对她来说要更有诱惑力。

两个人在一张床上躺着太热,凉飕飕的空调风又吹得人头疼,顾湘一晚上都睡得不太平,次日醒来脑袋昏昏沉沉的。

加上江澈以前跟她睡一张床都还挺规矩,大气不敢出,手也不敢乱放,现在倒是能堂而皇之地把她一个劲儿地往怀里搂,差点让她以为自己梦魇了,浑身都动弹不得。

直到凌晨,顾湘总算适应了他们俩牛皮糖似的姿势,安详地睡死过去。

等再醒来的时候,她已经晕头转向地算不清时间,全遮光的窗帘缝隙透进来一点微弱的光,她在被褥间蹭了蹭脑袋,眯起眼睛借着这点光打量房间。

江澈已经起来好半天了,洗漱完便回到床上陪着她。直到她总算开始哼唧,有了点起床的迹象,他才俯身靠近,伸手帮她拨开脸上的乱发,轻捏了捏她睡得滚烫的耳垂,小声哄着道:"起床了。"

顾湘"唔"了一声,脸颊带着一丝睡饱了的红晕。

江澈伸手按下遮光窗帘的遥控,等飘窗外的光线暖洋洋地洒进来,不由感叹了句:"顾湘,你怎么这么漂亮?"

顾湘刚醒的大脑完全转不过弯,被光亮刺得紧紧皱眉,把被子掀到头顶,片刻后才迷迷糊糊地出声回答:"我脸都没洗呢,漂亮什么……"

江澈被她毫不客气的反驳听笑,隔着被子拍拍她的屁股,提醒:"那就赶紧起来吧,太阳都晒屁股了。"

顾湘条件反射地蠕动了一下,感觉自己从腰到大腿都酸得可怕,疼得她忍不住轻"咝"了声,睁开眼问他:"江澈,你昨天晚上是不是偷偷带着我去跑800米了?我的腿怎么这么酸?"

"谁叫你平时一点都不运动?"江澈从被子下找到她的大腿,用力捏了捏她略显僵硬的大腿肌肉,

床上的人顿时疼得龇牙咧嘴,连声拒绝:"嗷……咝,别别别……"

"行行行。"江澈松开手,又问,"那你早……午饭想吃什么?"

"点个外卖吧,我现在饿死了。"

顾湘刷完牙洗完脸,像个废人似的在床上瘫着玩了会儿手机,总算等到外卖到家。

江澈在餐桌上一一打开餐盒,给她倒好温水,这才搀着她从房间里出来,在椅子前坐下。

这会儿天光大亮,餐厅的光线又很充足,顾湘瞄了眼午饭,再瞄了两眼自己正对面的江澈,突然觉得气氛有点怪怪的。

他们俩现在还穿着昨晚的情侣睡衣,江澈的身形板正,即便是睡衣都穿得清雅,白净的脖子在晨光中修长漂亮。

江澈一边伸筷子挑着碗里的干辣椒,一边开口跟她说正事:"你8月15日就得去报到了,行李收拾完了没?"

"还没。"顾湘一听他提开学的事就来气,她还以为自己这个假期能有三个月,谁知道录取通知书下发的同时还带来了军训的消息,生生剜走了她半个月的暑假。

这么想着,她瞄了眼某个已经保研的准大四生,心理不平衡极了:"你少跟我提这件事,你又不用提早半个月收拾行李去军训,也不用再住寝室,问这件事不是挑衅吗?"

"这样就算挑衅?"江澈微微抬眉,"那你开学之后我都见不到你,得一个人独守空房,不是也挺可怜的吗?"

顾湘听他哪壶不开提哪壶就更气了,瞪他一眼:"你一个人住这么大的房子还不高兴?我到时候要搬去寝室睡一米不到的小破床,我跟你比不是更惨绝人寰?"

江澈无话可说,第一时间低头认错:"对不起,确实是你更可怜。"

然后在自家女朋友投来死亡视线之前,他又转移话题:"不过学校是开放的,你军训的时候我可以过去看看你。"

顾湘闻言,还没来得及高兴,就想到自己军训顶着大太阳汗流浃背,灰头土脸的,他到时候光鲜亮丽地看她在队伍里边受罪,想想就气人。

于是她轻哼了声,回道:"随便你,想来就来吧。"

新生开学。

顾湘高中也经历过军训,但大学的军训战线拉得更长,教官也更恐怖,每天早上六点让新生们起床整理寝室内务,拉到操场一直大汗淋漓地踢正步踢到下午四点才结束。

除了军训,学校还会在晚自习的时间给他们安排各种讲座,从禁毒教育到生理知识,再到防电信诈骗,此外,还有优秀学姐、学长的心得分享,专门给他们这群初出茅庐的小鸡崽打鸡血。

顾湘当天晚上跟全班同学一起被拉到体育馆,只能在空调开了和没开一样的体育馆里无聊地刷手机。然而随着各个学院的新生都陆陆续续地进场,体育馆里的网络越变越差,到最后她只能绝望地深深叹气,开始跟几个室友有一搭没一搭地闲扯。

进场流程缓慢,直到晚间七点新生才到齐,在体育馆的圆顶下吵吵嚷嚷的,需要各个学院的辅导员挨个出来维持秩序才好不容易安静下来。

随后有老师打开体育馆的音响设备,两侧墙上的投影大屏也亮起来,上来一个领导模样的老师,就着PPT做了一番简单的自我介绍,又猛夸起底下这群省内排名顶尖的学生,说他们都是国家的栋梁、祖国的未来……最后才引出今天的主题:

"所以今天,老师也请来了我们学校各个学院优秀的学姐、学长,让他们分享在江大几年的学习生涯,讲述他们曾遇到的挫折、痛苦,他们所收获的成功、喜悦,希望他们的经历和鼓励可以对大一的你们有所帮助。"

顾湘下意识往台上瞄了眼,想到江澈之前貌似就是因为做了这个分享才在学校尽人皆知。

她这个念头才刚冒出来,台下一侧有人接过话筒,低声说了句"谢谢",虽然看不清脸,但光听声音她就认出来了,是江澈。

竟然又是江澈!

顾湘只觉得不可置信,眯起眼睛盯着台上。

片刻后,江澈迈着台阶一步步走上去,体育馆的聚光灯笼到他身上,海上月光般清凌凌一片冷色,更显得他眉眼清俊、骨相舒逸。今天为了这样的公开场合,他特意穿了件颇正式的白衬衫,搭配黑色西装裤,衬衫袖口挽起,露出线条分明的小臂,修长如玉的指节握着深色的话筒,腰线和长腿被西装裤勾勒得恰到好处,看起挺拔如松。

饶是顾湘跟他同床共枕过,这会儿也看得愣了愣,直到他的目光挨个扫过底下的数科院、医学院、经管院……最后落在外国语学院,把她的目光抓了个正着,露出片刻笑意。

底下的顾湘也辨出他脸上似有若无的春光,一时无言,低下头来掏

出手机,给他发信息:

江澈,你找打吧?

你来给我们做分享怎么不跟我说?

可惜网络太差,消息发出去一直在转圈圈,他这会儿又在台上,根本不可能去看她发的微信。

顾湘只得愤愤地收起手机,想着自己都已经五天没见到他了,他要是提早告诉自己他今天来新校区,他们没准能一起吃午饭。

她正腹诽着,台上的人轻按遥控笔,展示出 PPT 的第一页,上面写着"2017 级可桢学院 工科试验班 江澈"几行大字。

江大的学生当然没有不知道可桢学院的,才看到这一行,底下那些被他颜值惊艳到的新生顿时一片哗然,想不到这学长竟然不是过来站台的花瓶,而是省内前百名的恐怖存在。

江澈见过不少这样的场面,对底下的惊叹声并没有太多反应,只是清了清嗓子,示意底下的学弟、学妹安静。

见体育馆内的躁动迅速冷却,江澈微微弯唇,开始慢条斯理地介绍自己的学院、专业,包括当年高考进可桢学院的经历。

简单的自我介绍结束后,他抬眼把 PPT 按到下一页,上面只有几个关键词,分别是 "CMO" "ICPC(International Collegiate Programming Contest 国际大学生程序设计竞赛)""奖学金""保研",之后他转过身来,环视了一圈底下的学生,温声开口:

"说起来有些惭愧,其实现在这级大二,也就是你们的学姐、学长,去年也是我来做迎新分享,我当时觉得自己已经把所有能够传授给大家的经验都传授了,今年再收到金老师的邀请还挺诧异的。

"好在大三这一年里,我也有了新的经历,不至于翻来覆去讲同样的话,并且在我之后,还会有几位学姐给你们做分享,所以我就抛砖引玉,简单谈谈在大学这三年里,我是怎么确定目标、制定计划并付诸实践的,希望能对你们有所帮助……"

他的嗓音很好听,说话的调子不疾不徐,整场分享的节奏把握得很好,加上他天生优越的外表,大大增加了观赏性,等十五分钟的宣讲结束,底下的学生竟然还有些意犹未尽。

顾湘当时也听得入迷,她以前只知道他很厉害,但不知道具体有多厉害。

直到今天听他提起高中的竞赛经历,提起大一、大二怎么刷绩点刷奖申请奖学金、提起大三怎么和教授有效沟通、得到在实验室的实习机会并确定未来的研究方向，才知道江澈这人不光脑子好使，行动力和执行力也都强得可怕，难怪他年年当优秀代表过来讲话。

江澈做完演讲后看了眼时间，卡得刚刚好。他正准备下台，就看团支部书记上台，只得收回脚步。

团支部书记对下边的学弟、学妹道："金老师还给我们留了五到十分钟的自由提问时间，你们听完刚才的分享有什么问题，现在就可以举手发言。"

他话音刚落，底下先是陷入一片沉默，很快就有人举起了手，接过辅导员递过去的话筒，在周围人低低的起哄声中提问："学长，听说你有女朋友了，是真的吗？"

话筒的收音效果很好，加上体育馆是环形阶梯设计，声效近似于罗马的露天剧场，这个问题问得又清又脆，在场所有人都听得清清楚楚。

对大一学生来说，江澈刚刚的分享太高大上也太生僻，都是针对工科提出的竞赛和规划，对其他学院的学生来说可供参考的内容不多，只是一碗浓浓的鸡汤。所以相对而言，还是有关他的八卦更让人感兴趣。

短暂的安静过后，底下爆发出一阵笑声，在场的学生里估计有不少看过江大表白墙的，都知道这件事。

大学的氛围不像高中那么死板，这个问题一问出来，连台下的书记和老师都被逗笑，完全没有要拦着他们的意思。

很快，台下不知道从哪儿响起火上浇油的掌声，学生们的八卦之魂被点燃，都纷纷跟着鼓起掌来，体育馆里很快成了躁动的海洋。

江澈闻言，无奈地抿了抿唇，依稀记得自己去年分享的时候也被问过这个问题，谁知道今年又被问到。

唯一不同的，大概是去年开学那会儿顾湘正在冲刺十月的选考，他没法在背地里名不正言不顺地赊一个女朋友来，只能摇摇头回答说"没有"。

但今年不一样，江澈沉默片刻后，失笑地叹了口气，眸光被灯光映得粲然，回答："是真的。"

顿了顿，他补充："她现在也在台下，跟你们是同届。"

"哇哦——"底下又是一阵起哄，不少人都下意识东张西望起来，想看看自己边上的是不是就是台上那位可桢学院大佬的女朋友。

底下作为女朋友的顾湘本人，听到这话只觉得自己的汗毛都立起来了，鸵鸟似的缩起肩膀，眼观鼻鼻观心。

见身边那几个室友也都"哇""好羡慕"地感叹着，但都没有怀疑到她身上来，顾湘这才慢慢放松下来。

第二个接过话筒的学生提问："学长，你之前说你有数学竞赛的经历，而且是全国银奖，加上你的高考分数，按理来说是可以去清北的，最后为什么会选择江大呢？"

顿了顿，那个学生又很凡尔赛地来了句："因为我原本也是可以裸考上清北的成绩，但这次高考失利了，才来了江大，想知道应该怎么调节这种心理落差？"

江澈闻言想了想，突然笑了："对我而言，江大当时给我开出的条件很不错，我可以确定自己在这里的发展不会落后于清北的学生。加上我目前的研究方向是人工智能，江大在这方面的学科优势很明显，从去年开始设立了图灵班，和国内顶尖的 AI 联合研究中心达成了深度合作，可以看出我们学校在这一方面的野心和潜力。

"所以对于你的问题，我的建议是往前看，不要回头看，你在清北能得到的，在江大你依然能靠努力得到，甚至能得到更多。"

江澈的话音到这儿，不知道是想到了什么，微微弯起眼睛："清北和江大这两个选项对我来说差别不大，至于我为什么会选择后者，原因也很简单，只是因为北城太远，离我女朋友那么远的话，我会没心思学习。"

"嗡！"

这话一出，底下简直乱了套了，想不到刚才做分享时正经得要命的大佬在自由提问环节公然虐狗，左一个女朋友、右一个女朋友，生怕别人不知道他有个女朋友，为了她不愿远赴清北，甘愿留在江大闪闪发光。

顾湘听到这儿，已经紧张得脚趾抠地，她之前虽然没听江澈亲口承认留在杭城是为了自己，但也能隐隐猜到，只是没挑明而已。

现在亲耳听见了，感觉又不太一样，心情有点复杂。

虽然说江澈在江大还是很厉害，粗俗点说，宁做鸡头，不做凤尾，没准现在比在清北发展得还要好。

可顾湘心里还是过意不去，她轻咬了咬唇，突然觉得自己以前太不努力了，要是她能好好学习，或者也像宋子秋那样投稿新概念作文得个奖，说不定就能和江澈一起去北城。

可是现在太晚了，她初中刚毕业那会儿还懵懵懂懂的，甚至会妒忌江澈比她早一步读完高中,哪料得到他们现在会谈恋爱……

顾湘就这么车轱辘似的想了半天,到最后也没理出什么头绪,能做的只是暗暗告诫自己不蒸馒头争口气,以后得端正态度好好学习。

等她奋斗个几年,说不定也能像他一样,考个年级前十,年年拿奖学金,然后满面春风地过来给学弟、学妹们做分享。

要是还像以前那么懒散,在大学整天躺在床上浑水摸鱼,到时候被扒出来江澈女朋友是个年级倒数的废物,就丢人丢到家了。

江澈这场分享的反响太热烈,自由提问时举手的学生一个接着一个,大有没完没了的架势,最后还是书记老师不得不出来控场,把江澈从热情的新生中解救出来,请生命科学学院的学姐做分享。

江澈下台后松了口气,跟几个老师打了个招呼便准备离开。谁知道临走前金老师还开口调侃了他一句:"恭喜啊,咱们'校草'总算在本科结束前脱单了。"

他当时听了只是腼腆地笑笑,从一侧通道离开,拿出手机给顾湘发消息。

成功的人自我管理能力都很强,后边分享的学姐也都在台上闪闪发光,说话条理清晰,气场十足,在几千人面前演讲游刃有余。

这样的分享比老师干巴巴地读"如何辨别电信诈骗"要有意思得多,气氛也很轻松,中间掺杂着对学姐、学长各种各样的八卦,他们的回复也既风趣又得体,让人不由得感叹江大优秀学子的魅力。

一直到晚上九点,分享会总算结束,各个学院依次排队从不同的出口散场,学生们还在讨论刚才的某某学长、某某学姐,体育馆的走道里闹哄哄的。

顾湘的室友也不例外,感叹完某个学姐长得真漂亮后,又"啧啧"讨论起第一个出场的江澈来,疯狂好奇他女朋友到底是何方神圣,甚至还猜测起他的感情史:

"跟我们是同一级的话,岂不是小他三岁?那他高考的时候女朋友才中考。"

"我估计他女朋友肯定也是个大美女,成绩又好,嗐,俊男美女的恋爱罢了……"

顾湘"啊"了声,想了想,不大确定地问:"你们觉得我算大美女吗?"

室友闻言,给了她一个迷惑的眼神,回答:"宝,你漂亮是漂亮,可人家有女朋友了，咱们就别想了，乖啊……"

顾湘无言以对，虽然觉得这件事以后肯定瞒不住，但这会儿她们正上头，还是暂避锋芒为妙。

这么想着，她低头瞄了眼手机，发现出了体育馆信号总算从2G恢复成5G，江澈给她发了微信：

结束了吗？要不要跟我一起散散步？

顾湘轻一抬眉，第一时间问：

你还没回家？

那头江澈已经在车里等得百无聊赖，好不容易收到她的消息，眼底倏地滑开笑意：

没回家。

来东区操场。

顾湘顿时振奋起来，火速回复：

收到！马上来！

回完后她抬起头来，脑子跟不上嘴地跟室友胡乱扯了个借口，便脱离了从体育馆涌出的大部队，快马加鞭地往操场冲。

白天军训的场地这会儿已经凉快下来，被柔软的夜色笼罩着，晚风一阵阵扫过远近的草木，主席台前的大排灯亮着，在跑道上投下大片亮银色，和远方天际高悬的弦月遥相呼应。

顾湘从操场入口探头探脑地进来，发现这会儿有不少在夜跑的学生，还有相约来操场手拉手吹风的情侣，热闹得让她诧异。

她绕了小半圈，最后总算在操场黑魆魆的松树下找到某人，远处的灯光在他脚下拉出长而稀薄的影子，不细看几乎发现不了。

顾湘一瞬间有种他们俩正在月下偷情的错觉，慢吞吞地背着手走过去，直到在他面前站定，才张开手紧紧搂住他的脖子，蹦到他身上去。

江澈笑着伸手接住她，还没来得及开口，顾湘就在他的下巴上咬了一口，愤愤骂道："哼！臭江澈！"

他亲了亲她的额头，无奈地问："怎么一见面就骂人？"

顾湘又重重哼了声："谁叫你来学校也不告诉我的？今天晚上又给新生做什么演讲，现在好了，又出名了！搞得我来找你还要遮遮掩掩，在这种黑灯瞎火的地方见面，就跟……跟男明星的地下恋女友似的！"

江澈听到这个形容，再次失笑，也不辩解什么，只是低头找到她的唇吻她。

他们好几天没见面了，这个吻从清浅的试探开始，很快被夜风蹭得燥热。

顾湘的呼吸在他的舔舐中逐渐变得稀薄，只剩细碎的轻哼，被松树下气味清苦的风卷走了，只能被动地让他抵着舌尖细细碾磨，不自觉抓紧他的衬衫。

江澈平时的衣着都偏休闲，印象里，这是少有的看他穿衬衫西装的机会，深色的裤子面料很好地包裹着他修长的腿和臀。

她的思绪不自觉被这样的触碰勾得有点儿远，中途呢喃着告诉他："江澈……你穿西装裤……很好看……"

她的声音泛着绵软的倦意，像灌木间星星点点缀着的夜来香，是软嫩的细白，风一吹就止不住地摇曳，一掐就是一道水痕。

江澈只来得及在炽热的吻中低低应了句"是吗"，含着她的下唇轻咬了一口，又道："那以后我多穿给你看……"

江澈知道最近军训，寝室的门禁森严，顾湘第二天还得六点爬起来整理内务再去操场上站军姿，他亲完俯身揽着她的腰，在她的耳边忧伤地低叹一声："怎么还有十天……"

顾湘闻言，也跟着深深叹了口气，附和道："唉，怎么还有十天……"

第十六章
我们的新篇章

8月末的天气依旧炎热，但随着军训日程过半，学生们总算跟教官混熟了，偶尔能被拉到树荫下歇歇脚喘口气，两个排相互之间拉拉军歌表演表演才艺。

在这种时候，顾湘基本已经累成一摊稀泥，又不能用帽子扇风，会被教官训话，只能满脸通红两眼发直地放空，偶尔回过神来，就跟着身边的人给表演完才艺的同学鼓掌。

"江大明星"给她这位落魄素人女友探班的那天也是这样，顾湘正跟人文社科大类的几百号学生在路边的梧桐树阴下乘凉，每个人都在长袖长裤又密不透风的军训服里闷得满头大汗，像刚出炉的叉烧。

几个漂亮学姐撑着伞过来，也不知道跟教官说了什么，随后又来了七八个学长、学姐，两两搬着巨大的深蓝色保温箱，在各个排前面放下，看起来像是特意来慰问他们这些军训的可怜虫的。

顾湘一开始还蔫蔫地盘腿坐在那儿，直到被边上的室友伸手摇醒，提醒她抬头看看，才意识到场地上来了学姐学长，还带了慰问品，顿时兴奋起来。

只是她还没兴奋多久,就听不远处突然传来一阵"嗡嗡"的嘈杂声,学生们都在热切地讨论着什么,搞得后排的人面面相觑,只能努力抻直脖子,企图越过一颗颗人头探查前面的情况。

顾湘当然不会放过凑热闹的机会,跟着挺直后背东张西望,嘴里一个劲地问前排的室友:"怎么了怎么了?他们都在说什么啊?"

"我也不知道,好像是谁来了吧……"前排的室友也努力想分口瓜吃,偷偷摸摸换成蹲姿,然后"嗖"地跳起来看了眼,然后又紧急下蹲,转头告诉她,"好像是个男生来了,个子高高的,很白,不会是明星来我们学校拍戏吧?"

"明星?"顾湘顿时睁大眼睛,按捺不住自己的好奇心,也有样学样地跳起来看了眼。

这样一来,她总算隔着人群看清了不远处走过来的高挑人影,他手里提着十几杯奶茶,正跟在那几个搬着保温箱的学长后边,身上的白色衬衫在树下染上了明媚斑驳的阳光,他的小臂和脖颈在光中白得透明,好看得像盛夏的一抹幻影。

但顾湘看到他之后反而有点失望,因为这人根本不是什么明星,只是江澈而已。

没想到他之前说要来看她军训的话是真的。

正想到这儿,她那几个室友也纷纷认出了来人,跟着路旁的其他女生一样嗷嗷地兴奋着:"啊啊啊,是江澈吗?他怎么来了?也给我们送奶茶?"

她们说着还把顾湘的袖子揪来揪去,想带动她一块儿激动。

顾湘倒是听得一愣一愣的,没想到新生宣讲的威力真有这么大,江澈现在出街都能引起轰动,真跟明星似的。

诧异归诧异,顾湘紧接着就意识到事情不妙。军训这十多天她已经跟三个室友混得滚瓜烂熟了,每晚都躺在床上夜聊,各自把底和盘托出,详细到是哪儿人在哪儿上学高中成绩怎么样……其中聊得最多的就是情感类的话题。

唯独她没什么情史,又不好厚着脸皮说自己跟江澈谈恋爱,只提到高中时两个对她有好感的男生,最后总结——她是母胎单身。

这么想着,顾湘沉重地叹了口气,碰了碰室友的肩膀,本着坦白从宽抗拒从严的认识,压低声音道:"我跟你们说件事啊,你们听完不要骂我。"

"什么什么?"可惜那几个不成器的魂都已经被学姐、学长的冰奶茶勾走了,连一个眼神都没给她。

顾湘只能硬着头皮小声开口:"其实我谈恋爱了……我男朋友就是……那个江澈。"

室友们不约而同地停下手边的动作,给了她一个迷惑的眼神。

根本没人信她。

其中一个室友甚至面带慈悲地伸手摸了摸她的额头,提醒:"宝,你要是想装病请假的话,也不用找这么扯的理由。"

顾湘语塞,片刻后嘴角往下扯了扯,说道:"反正我现在摊牌了,你们以后别骂我就行……"

回应她的只有假装认真的点头和"嗯嗯嗯"的敷衍,她们看起来一个都不信。

那一行学长学姐最后在外国语学院的队伍前面停下,巨大的保温箱打开之后,飘出一丝冰凉的冷气,满满当当地装着蜜雪冰城。

江澈也放下了提着的奶茶,只留了一杯在手上。

很快,一个人高腿长的学姐就从帆布包里掏出了白色大喇叭,打开之后"喂喂"了两声,开始跟这些新生小鸡崽们介绍自己的来意:

"学弟、学妹们好啊,我是2019级外院俄语系的,也算是你们的直系学姐了。今天本来是代表学校街舞社来这儿做宣传的,但因为天气太热了嘛,就顺便买了点喝的。大家现在过来挑自己喜欢的喝就行,待会儿还有街舞社的学长给你们表演。"

这番话一出,底下那些看见饮料两眼发光的新生顺势爆发出一阵欢呼。

学姐见状也笑了,又开口补充:"而且我跟你们的教官打过招呼了,大家可以慢点喝,在树荫下看看表演吹吹风,再多休息个半小时。"

那些被训了大半天方阵的学生闻言,再次高呼万岁,甚至有人鼓起掌来。

一个学生突然开口问了句:"所以江澈学长也是我们学校街舞社的吗?待会儿会给我们表演?"

"哇哦——"新生们闻言,才发现这个盲点,纷纷把目光投向一旁做背景板的人身上,开始起哄,"来一个!来一个!来一个!"

他们这几天都跟着大嗓门教官拉歌,生怕喊得没别的班响中午没饭吃,这会儿一旦开始起哄,很快吵得远近都"隆隆"地响。

江澈也没料到自己会遭到无妄之灾，赶紧摇摇头退后一步。

谁知道他这样的推辞让这些小屁孩更来劲了，还惊动了隔壁的新闻传播学院。无奈之下，他只好一边伸手比了个噤声的手势，一边给街舞社社长使眼色。

街舞社社长很快会意，清了清嗓子解释："我们街舞社的小庙还容不下你们学长这尊大佛，他今天就是来帮忙的，开车帮我们把一百八十杯奶茶运过来。"

"哦……"底下顿时又是一阵失望声，但并不影响他们听到学姐催促他们去领奶茶后拔腿往保温箱那儿跑。他们很快把那堆花花绿绿的奶茶瓜分干净，还贴心地"孝敬"了他们排的教官。

顾湘本来瞟见饮料也挺兴奋的，但看到江澈已经留了一杯在手上，就没急着去拿奶茶，反而慢吞吞地在后面磨蹭，很快就掉到了队伍的最外围。

江澈跟她认识这么多年了，这点默契还是有的，他不动声色地绕开人群走到她身边，把手里的奶茶递给她。

是她喜欢的杨枝甘露，冰块还在"沙沙"作响。

顾湘接过奶茶，满意地眯起眼睛，踮起脚，把自己手里拎着的军训帽子扣到江澈的头上，好腾出手来插吸管。

江澈调整了一下帽子，努力让帽檐藏起自己的脸，低头问她："要不要往那边角落躲躲？"

顾湘闻言，嘬着杨枝甘露瞄他一眼，回答："怎么，你现在知道不好意思了？之前怎么不觉得？"

江澈知道她说的是那次同学会的事，无奈地弯起嘴角，问："你怎么这么记仇？"

顾湘对此只是猛吸一口奶茶，之后才抬起下巴告诉他："算了吧，等我军训完了，你不是得经常来我们校区接我吗，到时候也会有人看见的，躲也躲不掉……还不如现在就认命，谁叫你这么爱在外面出风头。"

说到最后，她还是不免流露出一丝幽怨。

江澈闻言，也知道这种事根本瞒不住，更何况他们光明正大的，让人多看两眼也没什么，正常谈恋爱而已。

当下他放弃了躲躲藏藏的想法，把帽子往上拨了拨，盯着她仔细看了两眼，末了蹦出来几个字："你是不是晒黑了点？"

顾湘一时语塞，深吸一口气后，低头踢了他一脚："这种事就不用说出来了，你觉得我听了会很高兴吗？"

"不好意思。"江澈第一时间笑着低头认错，从口袋里拿出一包纸巾，递给她擦了擦头上的汗，换了个话题，"中午要不要一起吃饭？"

"吃什么？"顾湘咬着吸管问。

"带你去外面吃？"

顾湘的眼睛"嗖"地亮起来，很快应声说"好"。

她这段时间军训又热又累，完全没有吃饭的胃口，有几天都是买了水果捞就回寝室躺平，肉眼可见地瘦了好几斤。

顾湘和江澈约好午饭后，那边已经开始街舞表演，江澈又不可能在大太阳下旁观她军训一个小时，看她归队便转身离开。

只不过顾湘归队的这十几步走得实在辛苦，在场只要是有眼睛的，都看到她跟江澈站在一块儿说小话了，还看江澈给她又是端茶送水又是擦汗，他俩的关系不言而喻。

等她承受着上百双眼睛的目光回到自己的位置，捧着奶茶坐下后，她那几个室友便满脸惊恐地靠了过来，盯着她看了半天，最后骂道："江澈真是你男朋友啊！你怎么不早说？"

顾湘小声嘟囔："刚刚不是说了嘛……"

"刚刚那也算？那也叫说过了？"室友气得就差仰天长啸，抓了抓自己的头发又感慨，"救命，我们603竟然出了'校草'的女朋友，我何德何能！"

"顾湘狗贼！今晚大家谁都别睡了，你必须给我在床上说清楚，不说清楚不准睡觉！"另一个室友重重弹了一下顾湘的脑门，威胁道。

"知道了知道了，军训结束了我请你们吃饭还不行嘛？"顾湘对此只能举双手双脚投降。

就这样，传说中江大"校草"的小女友总算水落石出了，江大表白墙在这天中午就把他俩鬼鬼祟祟挨在一起的背影打码发了出来，顺便附带"外国语学院"这样的关键词，看得当时在跟江澈吃饭的某人很是无语。

没想到有朝一日自己也跟女明星似的，连照片都要打码了。

军训结束后，总算迎来了快乐的上学日。

但江大大一学生强制住校，不能办走读手续，顾湘也只有周末能到江澈家住一住，偶尔跟他出来吃个饭，大部分时间都在好好学习好好背单词。

不过顾湘家里还有两位中年人，顾东胜在看她军训回家瘦了五斤就吓坏了，整天在微信里突击检查今天吃了什么昨天吃了什么，还让她务必一到周末就回家吃饭。顾湘只能在星期五装作自己上完课太累不想回家，然后在星期天义正词严地表示自己想提早去学校，免得赶不上星期一早上八点的课。

但顾湘从小到大都是个好孩子，每次对爸爸、妈妈说完谎都会有负罪感，只好在江澈家捧着《日语基础教程》用功读书，借此抵消自己的罪恶。

这样一来，江澈每次在周末看到她，除了吃饭，基本都在听她叽里咕噜地读日语，认真的样子可爱得要命。

他九月开学后，学校基本没什么课，每天带着电脑早出晚归地到实验室上班，基本沦为了社畜。

唯一让人觉得幸福的，大概是他有一个女朋友在家等他，听到动静她就会甩着睡衣袖子从卧室里蹿出来，拎过他手中的外卖放到桌上，然后一边跟他扯皮，一边吃晚饭。

这天早晨，顾湘醒来之后，躺在枕头上放空了好久。

江澈已经醒了很久，低头看她已经睁开眼睛，轻轻揉了揉她的脸，问：“饿了吗？要不要现在点外卖？”

"要。"顾湘只回了一个字。

江澈见状，隔着被子一个一个给她报菜名，还一手揉着她的后腰帮她一下一下地按摩，借此示好。

两个人在床上躺了一会儿，安安静静地等待外卖的到来，中途无聊地在微信上用丢骰子来决定谁去开门拿外卖。最终以顾湘的落败为结局，她只好在床上不情不愿地让江澈给她套上睡裙。

大概二十分钟后，门铃声响起。

顾湘从小就怕门铃声，此刻也顾不上肉体的疲惫，第一时间从床上坐起来，穿着皱巴巴的睡裙光着脚去开门。

她平时没有看猫眼的习惯，"咔嚓"一声便开了防盗门，只是出于安全考虑，就打开了一条缝隙，企图从缝隙中接过外卖。

谁知道等了两秒,熟悉的外卖并没有递到她眼前。顾湘有些疑惑地收回自己在门缝中招摇的手,把门开得更大了一点,抬起头来。

就是这一眼,她整个人都呆住了,一瞬间想把自己从这套房子里丢下去,只愿这辈子从未出生过。

门外的江露丝跟陈一行看清是顾湘后也明显愣住了,张了张嘴却说不出话,仍然难以相信这魔幻的一幕。

就这样,顾湘跟江澈的爸爸、妈妈面面相觑了整整五秒。

末了,她总算意识到什么,开口时差点咬掉自己的舌头,磕磕绊绊地挤出一句:"江、江阿姨……陈叔叔……你们好……快请进吧……"

江露丝诧异归诧异,听到这句话后仍然抿起一抹体面的笑,开口应道:"好。"然后示意身后的陈一行拎着东西进来,亲切地问她,"湘湘啊……那、江澈他在家吗?"

顾湘抓了抓乱糟糟的头发,转头瞄了眼主卧的方向,光是想到某人现在还躺在床上就窒息得快昏过去,只能硬着头皮回答:"在、在的……呃,您跟叔叔先坐吧,我去叫他……"

"好。"江露丝点点头,又递给她一个安慰的笑。

顾湘回房间的那几步焦灼得恨不得飞进去,进门发现主卧的窗帘还拉着,一片天昏地暗,没忍住绝望地扶了扶额。

下一秒,她迈着沉重的步伐登上床,隔着被子踹了某人一脚。

江澈转过身睨她一眼,抬眉问:"外卖呢?"

"没有外卖。"顾湘自暴自弃地一屁股坐到床上,用头重重撞了两下枕头,闷闷地告诉他,"是你爸妈来了,你赶紧把衣服穿好,他们现在在外面。"

江澈闻言也有些震惊,满脸凌乱地抓了抓头发,从床上坐起来。

顾湘的头依旧埋在枕头下,从里面传出绝望的哼声:"……完蛋了,我这辈子还没这么尴尬过……我刚刚穿的还是睡衣,他们肯定看出来我们昨天做了见不得人的事了……怎么办?你妈妈还对我笑……完了,我爸我妈到时候肯定也会知道的……"

江澈套上睡衣,也知道顾湘这会儿无颜再面对江东父老,只能安慰地伸手摸摸她的脑袋:"你要是觉得不好意思,就先在房间里待一会儿吧,我出去跟他们解释。"

顾湘闻言,从枕头下探出一双眼睛:"那你想怎么解释,说我就是来你家借住一晚的?"

江澈一时语塞，抬手在她的脑袋上轻轻敲了一下："你当我妈我爸都是傻子？"

"哦……"顾湘这下没话说了，继续当她的缩头乌龟，"那你看着办吧……"

等江澈从房间出来，江露丝看到他身上那套情侣睡衣就明白了大半，顿时收起了刚才对顾湘的和颜悦色，冷着脸示意他在自己面前坐下，喝了口水，问："你跟湘湘是怎么回事？"

江澈从小到大几乎没有被他妈妈训话的时候，看到这场面只觉得头疼，揉了揉太阳穴，回答："我跟她在谈恋爱。"

江露丝听到这句话，眉头皱得更紧，接连抛出几个问题："什么时候开始的？湘湘才多大，高中才刚毕业，你一个二十多岁的人连这点轻重都拎不清？"

江澈不知道这顶大帽子怎么就扣上来了，深深叹了口气，回答："她高中毕业之后我们才在一起的，她已经成年了，有独立判断的能力，我不觉得这件事有什么问题。"

江露丝刚才下意识以为他们是早恋，这会儿听见是高考之后，脸上的表情才略微缓和。

顿了顿，她又问："那她高中那段时间呢，就是你整天往她家跑说要给她补习那会儿？"

江澈听出妈妈的弦外之音，抬手按了按眉心，无奈反问："妈，我不至于连这点分寸都没有吧？"

江露丝闻言，这才冷静了下来，往椅背上靠了靠，低声开口："那倒也是。"

毕竟是她家孩子，都养了二十多年了，江澈的脾性她再清楚不过，不是那种随随便便的孩子。

只要他没做什么出格的事，谈恋爱她当然不会反对，她从小就喜欢顾湘那小丫头，嘴又甜笑起来又可爱，小时候抱在怀里肉乎乎的，怎么看怎么让人觉得舒心。

想到这里，江露丝脸上才有了笑容，沉默片刻后问他："那你们俩为什么瞒着我们？我跟你爸还能反对不成？我看湘湘刚才来给我开门的时候，吓得脸都白了。"

江澈想到顾湘回房间那副见了鬼的样子，无奈地弯起嘴角，回答：

"就是怕你们误会我跟她早恋,才想过几年再跟你们说。"

江露丝闻言,蹙眉"喊"了一声:"那我跟你爸今天要是不来,你们就打算瞒好几年?"

"之前是这么想的,"江澈轻一耸肩,"但现在不是露馅了嘛?"

江露丝听到这句,总算忍不住翻了个白眼,沉默片刻后说道:"湘湘这孩子是我从小看着长大的,你以后要是敢做什么对不起她的事,我跟你爸肯定都向着她,你到时候也别怪我们翻脸,听懂没有?"

"好好好……"江澈在这种事上根本没有话语权,只能连声答应。

等江澈再回到房间的时候,外卖已经到了,他拍了拍某个在床上躺着的人,温声提醒:"出来吃早饭了。"

顾湘翻了个身,抬眼问他:"你跟你爸妈说得怎么样了?"

"都说清楚了,放心吧。"江澈回道。

"那就好。"顾湘闻言叹了口气,也知道一直在房间里躲着不太像话,老老实实拖着沉重的步伐到更衣室换了身得体的衣服。

江露丝今天来本来只是想给江澈送点吃的,全是客户送来的礼盒装食品,蒸一蒸就能上桌。

所以等顾湘迈着哆嗦的小碎步跟在某人身后出来时,餐厅里除了外卖米粉的味道,还有陈一行帮他们蒸好的鱼饼和大闸蟹。

江露丝笑眯眯地招手示意她,语气就像平常一样:"湘湘,快过来坐,这会儿才吃早饭,该饿坏了吧?"

顾湘听到这句招呼,也暗暗松了口气。

江澈帮她把椅子拉开,拉着她在自己身边坐下。

顾湘没料到他在家长面前还敢动手动脚,在位置上坐下后,第一时间甩开他的手,冲江露丝他们尴尬而不失礼貌地微笑了两下,便拎起筷子埋头吃米粉。

江露丝看出顾湘还在不好意思,伸手帮她剥开大闸蟹的壳,去了蟹鳃后放到她的骨碟里:"湘湘,快尝尝这个,最近大闸蟹正当季,每只都很肥。"

顾湘接过后小声道了句谢,放下筷子开始啃大闸蟹,中途出于本能地弯起眼睛夸了句:"嗯,螃蟹真的好肥,好好吃。"

"是吧?阿姨也拿了两箱放在你家了,你今晚回家还能吃到。"江露丝笑着给顾湘抽了张纸巾,"本来我连这箱都不想给江澈的,怕他在家里放坏了就糟蹋了。现在好了，有你在这儿，他也不敢浪费。"

顾湘听到这里，就知道江澈都已经把事情对他们讲清楚了，从鼻尖轻轻"嗯"了一声，继续慢吞吞地吃螃蟹。

但眼下的餐桌过于安静，顾湘忍了大半天没吱声，最后还是受不了内心的煎熬，默默放下蟹脚，抬头看着面前的人，结结巴巴道："江阿姨，你知道我现在在和江澈、谈恋爱之后……会不会觉得我们俩的形象、不太正面啊？"

江露丝本来还以为她要问什么，听到最后没忍住"扑哧"一声笑了起来，回答："什么正面不正面的，湘湘现在都十八岁了，谈恋爱不是很正常吗？再说了，你们俩在一起阿姨高兴还来不及呢。本来你刚出生那会儿，我就跟你妈妈开玩笑要给你们订娃娃亲来着，年龄差三岁正合适，就怕你们长大之后不喜欢包办婚姻。"

顾湘听到"包办婚姻"四个字被逗笑，听江阿姨接着说道："现在好了，你们自己愿意，我也不用担心江澈以后找女朋友。本来看他大学三年一点动静都没有，我还以为是跟女生交往那方面有问题。"

顾湘听到最后，脸上微微发烧，只能连连点头附和。

江澈看妈妈对顾湘这个态度，对自己又是另一个态度，只能闷不吭声地低头吃饭，接受了自己被差别对待的现实。

江露丝这会儿已经完全从惊吓转为惊喜，看看眼前端坐着的江澈，再看看一旁的顾湘，从眼尾到眉梢都透着股心花怒放的意味："就是你们俩在一起这件事吧，多少得跟家长们透个底，要不然像今天这样，阿姨招呼也不打就突然过来，会吓着你。"

顾湘闻言，默默地把江露丝的高情商发言翻译了一遍，大意就是早上撞破他俩同居的事双方都挺尴尬，耳朵顿时烧得通红，不知道该说什么。

但江澈不是那个开门社死的人，闻言还算淡定，点点头应道："知道了，蔡阿姨跟顾叔叔那边我们会找个时间告诉他们的。"

江露丝听到这个答复就满意了，伸手拎起放在一旁的包，说道："那行，本来我们也就是来送东西的，你们俩慢慢吃吧，阿姨跟叔叔先走了。"

"好，"顾湘拿纸巾擦了擦嘴，跟着江澈起身到门口送他们，"阿姨、叔叔再见。"

地下恋暴露之后，本着择日不如撞日的原则，顾湘晚上让江澈送自己回家的时候，顺便把他拎进了家门。

但她爸她妈看她领着江澈回家吃饭丝毫不觉得诧异，只是满口"哎哟，江澈好久没来阿姨家吃饭了，快快快，进来"就把他迎进了家，热情地送上了果盘，她爸还多烧了两个菜。

顾湘本来打算一进门就公布劲爆消息的，没料到她爸她妈迎客流程太顺畅，根本没给她机会，只好默默在客厅等晚饭准备好。

好不容易熬到六点半，顾东胜喊他们上桌。顾湘打开桌上的果汁，给自己倒满一杯，又给江澈倒满一杯，带着壮士兮一去不复返的气势一口饮尽后，无比郑重地一字一顿开口："爸、妈，我跟你们说件事。"

"怎么了？"顾东胜不知道她怎么突然做出这副样子，拎着筷子抬头看她。

"是件非常重要的事，你们听完之后，不要惊讶，要放平心态，知道吗？"顾湘继续给他们打预防针。

她这话说得太严重，表情又摆得严肃，搞得蔡芬芬都跟着紧张起来："怎么了？你在学校被人校园暴力了？还是钱被骗了？"

顾湘要的就是这个先抑后扬的效果，摇头叹了口气："都不是……"

"那这是怎么了？在学校犯了错被通报批评了？"蔡芬芬的语气更着急。

"也不是。"顾湘沉痛地摇头。

蔡芬芬被她这关子卖得吃不消，放下筷子，声调扬起："那是什么？你倒是说啊！"

顾湘感觉到爸妈的紧张值已经达到巅峰，她等的就是这个机会，心一横，说道："我谈恋爱了。"

"你……"蔡芬芬眉心拧起，但因为这种事跟被骗钱被欺负被退学相比不算什么，甚至可能是件喜事，下意识松了口气。

然而这事对顾东胜来说简直比被电信诈骗还要严重，顾湘这大学才读了两个多月，放以前连班上有什么人都还没认全，要是现在就找到男朋友了，对方能是个什么好东西？不是无赖就是流氓。

他便在第一时间怒喝出声："你什么？谈恋爱？"

爸爸平时都乐呵呵的，很少发火，顾湘也没料到他的反应居然这么大，被吓得哆嗦了一阵，愣了好一会儿。

末了，她才眨眨眼睛回过神，心虚地瞟他一眼，小声重复："爸，我，我是谈恋爱了……"

顾东胜听她竟然没在开玩笑,更是勃然大怒:"你才上大学多久就谈恋爱?找的那都是什么不清不楚不三不四的人?你都没摸清底细你就敢跟人家谈恋爱?人家万一把你骗了卖山沟里了呢?"

顾湘被她爸问得一抖一抖的,只能一边缩紧脖子等着挨打,一边在桌下泄愤地踢某人的腿。直到她爸一口气抛出好几个问题,她才小心翼翼地进言:"可是爸,我跟他认识很久了,不是不清不楚不三不四的人……"

"那也不是什么好东西!"顾东胜第一时间反驳。

顾湘被骂得扁了扁嘴,一副快哭出来的模样。

顾东胜眼看她变了表情,耷拉着嘴角一副可怜样,便不忍心冲她发更大的火,深吸了一口气后,索性转头看向一旁的人:"算了,你是个不靠谱的,我也不问你了……江澈,你整天跟她待一块儿,又是同一个大学的,你见过她男朋友没有?"

江澈刚才光是看顾东胜这么生气就觉得棘手,谁知道他转眼便盘问起自己来了,喉间被呛了一口,想了想才回答:"算……算是见过吧。"

顾东胜悬着的心顿时放下不少,没料到顾湘这不三不四的男朋友已经让江澈过目了,那倒不至于一点都拿不出手,便紧接着问:"你看过就好,叔叔相信你的眼光,你觉得那人怎么样?"

江澈轻抿了抿唇,他不太擅长在这方面自卖自夸,开口时显得有些艰难:"人……应该还算可以吧……"

"还算可以?"顾东胜有些意外,以江澈这样的条件,又把顾湘当亲妹妹看,能让他亲口说可以的,基本也差不了多少。

于是他皱着眉头,不大情愿地问:"那人叫什么名字?"

江澈知道总会有这一道坎,喉结上下动了动,硬着头皮回答:"叫……江澈。"

餐桌上的气氛一下子变得诡异。

顾东胜在脑子里确认了好几遍,中途几度想要开口说话,却愣是一个字都没挤出来,到最后脸都快绿了。

蔡芬芬本来还没把顾湘的话当回事,觉得她就是脑袋一热随便玩玩,都懒得问。然而眼下听江澈亲口承认,蔡芬芬觉得事态顿时变得严峻起来,伸手推推顾湘:"真的假的?你们俩跟我们开玩笑呢?"

"没有开玩笑,我拿这事跟你们开玩笑干吗啊……"顾湘说着,转头瞥了一眼面色依然不佳的顾东胜,小心翼翼地开口,"但是爸,我先声明一句，我们没有早恋啊，是这个暑假刚在一起的，之前我都在好好学习呢……当然了，我现在也有在好好学习……"

"你……"顾东胜张了张口，头上都快气得冒烟了，"你俩……是认真的？"

江澈迅速端正脸色，不等顾湘开口便说道："叔叔您放心，我非常认真，跟顾湘在一起之后一定会对她好。"

顾湘听到这话，不得不承认自己有点起鸡皮疙瘩，没忍住瞪了他一眼，问："你干吗说得这么正式？搞得跟上门提亲似的。"

只不过她这句话刚出口，就听顾东胜重重咳嗽了声，瞪她一眼，警告她不准乱说话。

顾湘见状，立马换了个谄媚嘴脸，往他碗里夹了两筷子菜，问："爸，您很不赞成我跟江澈在一起吗？"

顾东胜不高兴归不高兴，这会儿当着人的面当然说不出口，只得摇摇头，把牙齿咬碎了往肚子里咽："没有……没有不赞成。"

顾湘看爸爸不但话说得勉强，脸上还在强装镇定，只能抿唇憋着笑，顺水推舟地给他戴起高帽来："我就知道，我来之前就跟江澈保证过了，您听到这件事之后肯定会很高兴的！"

顾东胜："我……"

蔡芬芬当然也看出这老头子的勉强，任谁养了这么多年女儿一夜之间给拐走了也高兴不起来。

可谁叫她喜欢江澈，现在反应过来，怎么想怎么满意，很快就帮着说起话来："也好，你长大了总有谈恋爱的时候，跟江澈在一块儿怎么也比跟那些不三不四的男生在一块儿要好。江澈是我从小看着长大的，长得好、成绩好、做事踏实，又有责任心，再说我们两家知根知底，我是很放心。"

顾湘迅速投给妈妈一个感动的眼神，捧哏道："对对对，妈妈说得对。"

江澈现在也深得顾湘吹拉弹唱的精髓，跟着卖乖道："谢谢阿姨，您放心就好。"

餐桌上顿时只剩一个没有话语权的顾东胜，看着家里两个胳膊肘直往外拐的女人，再看看那头确实无可挑剔的江澈，深深叹了口气。

最后，他例行搬出他那句："行了行了，都吃饭吧，再不吃菜都凉透了……"

晚饭结束后,顾湘十八年来头一次主动说要帮爸爸洗碗,江澈当时听到了,也很有眼色地过来帮忙。

洗碗的过程中他们俩就跟牛郎织女似的说不上一句话,等碗一洗完,江澈就被顾东胜用一句"跟叔叔下楼散散步吧"给拎走了,临走前他只能递给顾湘一个可怜的眼神。

顾湘眨了眨眼睛,顺手把垃圾袋递给他,用口型回了"自求多福"四个大字。

顾东胜带着江澈回来那会儿已经是一个小时后。

顾湘不太会干活,洗个碗能把自己洗得浑身湿透,已经先一步洗了澡换了衣服,从浴室出来时才看到消失已久的江澈从厨房里出来,手里端着杯水。

她转头观察了一下四周,确认她爸不在现场,便火速把江澈的水杯夺走,抓起他的手把他带到门外走廊,开口打听:"我爸都跟你说什么了?为难你了吗?"

"没有,"江澈笑着摇摇头,"就是叮嘱我谨守男德,在一起之后要对你好。"

"就说了这些?那你们去了这么久?"顾湘有些诧异。

"我只是总结了核心思想,你爸是从你出生开始说起的,"江澈看她一眼,似乎也有些感慨,"说了很多很多。从你刚出生的时候他怎么到处借钱开店,你幼儿园被男生欺负了他上门找人吵架,你小学爱吃垃圾食品,他天天费心在家琢磨给你烧什么菜,还有你选考考差那次,回来哭了一顿,弄得他一晚上睡不着觉。"

"后来一直说到今天你突然跟他讲谈恋爱了,他才真的觉得你长大了,不再是小时候那个牙还没长齐就能啃一整个大苹果的小屁孩了……"

顾湘本来心情挺轻松的,谁知道她爸在楼下背着她偷偷煽情,江澈现在还一字一句地复述给她听,忍不住伸手钩住他的脖子,趴在他的肩上小声叹气:"你们怎么说这么多啊,弄得我都有点想哭了……"

江澈抬手揉了揉她的头发,低声回答:"你爸愿意跟我说这么多,就是变相的认可,毕竟他和你妈妈把你养大不容易,我知道这些之后要是还不好好对你,他肯定第一个提着刀上我家来。"

顾湘听着,低头在他的肩膀上蹭了蹭湿润的眼睛,从鼻尖轻轻"哼"

了声。

江澈也感觉出她情绪的变化,伸手抱着她的肩膀轻轻拍着,又温声补充:"你爸后来还问我到现在为止会做什么菜,我跟他说就会做番茄炒蛋、蛋炒饭和可乐鸡翅,还做得不太好吃,他听到之后脸都黑了,让我过几天上门来学厨艺,学不好不准走。"

顾湘本来正伤感着,听到这话便"扑哧"一声被哄笑,伸手戳了戳他的胳膊:"就你那破厨艺,是得多学学做饭了,我在你家都饿瘦了,还是我爸懂我。"

"好,我会努力学的。"江澈开口向她保证。

两个人就这样在走廊上磨磨蹭蹭地说了半天话,直到顾湘意识到时间已经太晚,再不回去她爸估计要拿扫帚出来赶人,只好轻声开口:"江澈,我今天晚上要留在家里睡,你得自己一个人回去了。"

江澈闻言,眼里蓦地浮上些笑意,歪着脑袋逗她:"不然呢?难不成你一开始还打算回我家住?你是嫌我命太长了?"

顾湘嘟囔:"你知道就好。"转而踮脚在他的脸上亲了一下,和他道别,"那你回去的路上小心,晚安。"

江澈也回吻了她一下,但因为隔墙有人,不敢放肆,只在她的脸上蜻蜓点水地划过。

末了,他松开手,笑着回答:"明天晚上来接你。"

"好。"顾湘软声应下。

然后一直等他的身影消失在电梯门后,她才背起手来,恋恋不舍地在楼道里踢踏了两步,似乎这样还能感受到江澈残留的气息。

顿了顿,她忍不住拿出手机,给他发信息:

我好想你啊。

他们这阵子天天黏在一起,才分开就让她觉得很不适应,心里空落落的。

那头江澈才走出电梯,手机恢复了信号,就收到这条消息,一时失笑。

他喉间微微滚动,回复她:

我也想你。

快睡吧,明天就能见面了。

顾湘收到这条信息,感到一丝安慰,又给他发了一大串黏黏糊糊的亲亲表情,这才不情不愿地打开家门进去。

窗外的夜色已深，夏末初秋的风掠过沙沙晃动的树影，把一切温热的、甜蜜的悸动都具象成有关夏天的记忆，随着青涩退去，要迎来更加热烈和灿烂的日子。

番外
与你有关的魔法

天还没亮,酒店房间里黑沉沉的,床头的闹钟却已经响了。

江澈刚睡下就被吵醒了,抬手按掉恼人的铃声,安静良久,才和自己的起床气达成和解,抚了抚怀里那人的背,低声喊她:"顾湘,起床了。"

他的怀里暖烘烘的,顾湘睡得正香,一点反应都没有。

江澈只好把她从被窝里捞出来,拍拍她的屁股,提高声音喊道:"该起床了,今天要去环球影城。"

"……嗯?"顾湘听到这几个字,总算意识到自己不是在做梦,艰难地翕动眼皮,声音还有一点沙哑,"现在几点了?"

"四点半了,"江澈摸了摸她睡乱的头发,"我们得早起排队买优速通。"

顾湘绝望地哀叹一声,掀过被子蒙住脸:"啊——卷死了……谁四点半起床去排队啊?"

"那你现在要不要起床?不起床我们就只有普通票了。"江澈按了按太阳穴,昨晚睡得太迟,现在头隐隐作痛。

顾湘拿不定主意，又想睡觉又想要优速通，只能在被子下发泄地蹬了一腿。

江澈知道她起不来一会儿肯定会后悔，放软语气道："要是没有优速通，我们要排一整天的队，就不能二刷禁忌之旅了。要是再错过八点入园，你就不是今天第一批入学的人了。"

顾湘意识到事态的严重性，带着对哈利波特满腔的爱，"嗖"一下举起手，从被窝下探出脑袋："好好好，我马上起床，你帮我穿一下衣服。"

江澈应道："好。"

也不知道侍候她穿衣服的习惯是什么时候给惯出来的，一开始她还会害羞，捂着不让看，现在倒是适应得很。

顾湘费了一番功夫从床上坐起来，挺起小身板。江澈下床把她昨晚就搭配好的学院制服拿上来，一件件帮她穿上，修长的手指勾着条纹领带，很快打出一个漂亮的阿尔伯特结。

顾湘全程眯着眼睛，直到他轻说了句"好了"，便仰头倒了回去："你先穿，穿好了叫我。"在赖床方面把争分夺秒发挥到了极致。

江澈只是笑着看她一眼，很快换好衣服，打好深蓝色的条纹领带。

领带是顾湘给他买的，说他必定是拉文克劳的人，都不用做官网测试。

顾湘现在已经清醒了，美男更衣不看白不看，便抬眼端详着他。房间里的光线很朦胧，江澈的身形被染成黎明天际一般的烟灰色，肌肉线条随着衣料窸窣的动静起伏，白色衬衫扎进修身的西装长裤后，勾勒出他盈盈一握的腰身，侧身打领带的轮廓美极，喉结落在颈间，冷峭的一抹。

他伸手插兜，俯身提醒她："该起床了。"

顾湘第一时间从床上弹起来，钩住他的脖子在他的脸上亲了一口，夸道："学长，你好帅啊！"

想到一会儿就要穿着学院袍去霍格沃兹上学，她现在已经兴奋起来。

江澈还是第一次听她这么喊，笑着搂住她："再喊一遍？"

"学长！"顾湘已经代入了角色，一点儿都不觉得害羞，又大声喊了一遍。

"喊得不错。"江澈眼底的笑意更深，低头轻蹭了一下她的鼻尖，语气轻快道，"小学妹。"

两个人赶到城市大道的入口时,青蓝的天幕低低地压在头顶,已经有不少游客像他们一样赶来排队。

哈欠会传染,等顾湘在睡眼蒙眬的人群中打到第六个哈欠时,便不再挣扎,掀开江澈的魔法袍往里一钻,伸手环住他的腰,站着打起盹儿来。

六点,城市大道开门,游客们都跟疯了似的撒开腿跑起来,直奔优速通窗口,之后继续排队,等待。

一站两个小时,顾湘和江澈腿都站麻了,直到七点多才买到票,回酒店那会儿基本处于灵魂出窍的状态,喝了杯热咖啡休息了一会儿才恢复精神,等待入园。

住环球影城酒店唯一的好处就是能提早一个小时入园,排队的人虽然不少,但和刚才买优速通的队伍相比完全是小巫见大巫,一晃眼他们就已经检完票。

早上八点开放的园区只有哈利波特,这也是顾湘此行唯一的目标。还没等江澈把手里零碎的东西收好,顾湘已经拉着他的手撒开腿狂奔起来。

这个点的天色已经完全亮了,是个凉爽的阴天,园区内几乎看不到什么人,街道两旁的店铺也冷冷清清的,为数不多的人流无一例外地都在拔腿飞奔,势必要争做第一批入学的巫师。

顾湘虽然不认路,但完全不需要看地图,铆足了劲跟紧前面的人群就够了。

北城的环球影城是目前世界上最大的,哈利波特的魔法世界又在东北角,离入口很远。顾湘跑了一半就累得直喘气,但脚下不敢懈怠,径直穿过小黄人乐园的大楼,无暇顾及周围色彩鲜艳的房子和生动的小黄人雕塑。

直到视野里出现霍格沃兹城堡尖尖的屋顶和天文塔的塔尖,她才觉得胸口怦怦跳动的心脏猛地一缩,仿佛下一秒就快要跳出来,魔法袍宽大的袖口在风中飞舞,她再一次加快脚步。

清晨的霍格莫德村的街道焕然一新,低矮的屋顶被积雪覆盖,冒出细长烟囱的头。顾湘看到入口处来自这座纯巫师村落的警告标志——PLEASE RESPECT THE SPELL LIMITS(请尊重法术限制),仿佛踏过这道门便会进入魔法世界,激动得都快流眼泪了,于是不自觉放慢脚步,仔细欣赏起路两旁的店铺来。

江澈刚才被顾湘拉着跑了一路，没想到有朝一日她能跑得比兔子还快，不由得伸手摸了摸她东张西望的脑袋，笑着道："想不到啊，你中考800米要是像刚才这样，一定能跑满分吧？"

"中考哪比得上来霍格沃兹学魔法啊，真正的巫师一定要赶在麻瓜来之前入学！"顾湘已经完全沉浸在魔法的氛围中，信誓旦旦地说着，目光落到路旁一家有着粉红色橱窗的店铺上，第一时间认出来，兴奋地抓住他的手，"江澈，帕笛芙夫人茶馆！这是波特第一次和秋·张约会的地方！"

"那我们能进去喝茶吗？"江澈不像她一样是个十级哈迷，没读过小说，只陪她看过电影，下意识提问。

顾湘被他问住，仔细观察了两眼，才发现这两个橱窗只是装饰，根本没法开门，可惜地摇摇头道："不合适，这里是热恋的情侣才来的，我们已经是老夫老妻了，还是一会儿带你去巫师服装店买送给家养小精灵的袜子吧。"

江澈知道她是不想戳穿这家假店铺才信口胡诌，笑着答应了下来："好啊。"

穿过霍格莫德村，顾湘总算如愿以偿地踏入了霍格沃兹的大门，城堡里还原了很多电影里的场景——草药课教室里爱尖叫的曼德拉草、满墙会动会说话的肖像画，还有四个学院的沙漏计分器……顾湘本来都已经做好了他们赫奇帕奇垫底的心理准备，谁知道仔细一看，江澈的拉文克劳分比他们院还低。

为了来上学，顾湘昨晚做了非常充足的准备，在酒店的床上跟着霍格沃兹网课非常认真地学习了咒语，比她平时背日语单词还要用功。

今天一踏入城堡，抽出魔法袍里藏着的魔杖便自动切换成巫师身份，可以不停地和身边的场景互动，看到不锈钢冥想盆时能喊出 Legilimency（摄神取念），看到狮身鹰首石兽蹲守的自动旋转楼梯，会把校长室每一年的口令挨个喊一遍，一直喊到七年级邓布利多去世后的口令"邓布利多"，便小声喃喃："人被刀就会死……"

末了，她突然举起双手，学伏地魔在最终决战的经典一幕，振臂高呼道："Harry Potter is dead！（哈利波特死了！）"然后转过身来，冲江澈学起了伏地魔质朴憨厚的笑声："哎嘿、嘿嘿——"

这个点城堡里的人虽然不多，都在顺着走道往前移动，但顾湘的声音着实不小,还能隐隐听见从上方穹顶传来的回声。江澈愣了愣,半是觉得好笑半是觉得社死,只能努力压着上扬的嘴角,笑意盎然地望着她,不接戏。

顾湘脸上的表情一板,一边后退一边拿魔杖戳了戳他的领带,又学着伏地魔的声线来了句咒语"阿瓦达啃大瓜",示意他快点跟自己对戏。

江澈想了想,抽走了她手里的魔杖,念道:"Expelliarmus(除你武器)。"

她昨晚在身边碎碎念许久,他耳濡目染,倒是也学了几个咒语。

顾湘武器被夺,江澈个子又高,故意把魔杖举到她够不着的地方。她在他面前上蹿下跳起来:"你这个不算,你是手动的!要用魔法!"

她想玩,江澈也乐意配合,伸手按住她的肩膀,低头看着她的眼睛,认真道:"Obliviate(一忘皆空)。"

他压低的嗓音很好听,像雾一般在耳边徐徐化开。

顾湘看着他,最后为了承认世上真的存在魔法,只得眨眨明亮的眼睛,僵硬地转过头去,装作什么也不记得了。

哈利波特与禁忌之旅是很久以前就做好的项目,画质不是很清晰,中文配音也略微有些出戏,但顾湘还是玩得很高兴。

禁忌之旅是"裸眼3D+小过山车"的形式,工作人员说最高点也只吊起来五米,对顾湘这种过山车狂魔来说根本不算什么,不过在过程中她还是牵住了江澈的手,和他十指相扣。

跟他们同一班车的也是小情侣,而且是铁血哈迷,跟顾湘这样的社交达人在一起丝毫不落下风。一群人看到画面里的海格就会大声跟他打招呼,会跟着赫敏念"Arania Exumai"来驱除蜘蛛,听马尔福喊自己"麻瓜粉丝"会大声反驳"你才麻瓜",掉到摄魂怪的老巢后一直在冷静地"Expecto Patronum(呼神护卫)",让这段旅程的体验感大大增加。

顾湘出来的时候走路都是蹦着的,拉着江澈的手晃来晃去:"我们下午有时间一定要来二刷,刚刚城堡我还没参观仔细呢!"

"好啊。"江澈一口答应,脸上也满是笑意。

他平时不会主动来这样的主题乐园玩,如果不是这次陪顾湘一起,他完全想象不到魔法世界能让人变得这么快乐。

顾湘兴致高昂的声音还在继续:"不过有点可惜,全世界的禁忌之旅都一样,中文配音有点怪怪的。对哈迷来说奥兰多环球影城才是最好的,那里有两个园区，可以在国王十字车站坐小火车来回，还有对角巷和逃离古灵阁的过山车，就跟电影里一样！"

江澈牵着她的手，被她充满期待的描述所鼓舞，弯起嘴角道："那我们今年暑假就一起去奥兰多。"

顾湘长这么大还没出过国，潜意识里总觉得出国很遥远，她的英语又达不到无障碍交流的水平，说出那番话时其实没有想过真的要成行，只是想把自己所有的想法都分享给他。

听到他的话，仔细算算，七月份放暑假，也就三个月后的事，大一升大二的假期本来就没什么事情可做，跟他结伴出行也很安全，她说不定真的可以去一趟奥兰多圆梦。

想到这儿，顾湘快要被自己胸口鼓胀的兴奋淹没，停下脚步，满眼发光地跳起来亲了他一下："你说得对，我们暑假就去！"

离开城堡，两个人又在村里好好逛了一圈，到蜂蜜公爵糖果店买了巧克力蛙、薄荷蟾蜍和比比多味豆。

巧克力蛙一人限购一个，顾湘在拆之前不停地在嘴里喃喃"梅林保佑"，谁知道拆出来一看，竟然是挂着自信笑容的洛哈特，那个金玉其外败絮其中的大废物，气得顾湘大喊了一句"晦气"，把卡片塞进江澈的包里，马不停蹄地去拆第二个。

"Rowena Ravenclaw！（罗伊纳·拉文克劳！）"顾湘瞬间转怒为喜，把卡片递到江澈眼皮子底下，"快看，你们院的创始人！我好喜欢！"

"喜欢就留着。"江澈被她的川剧变脸逗笑，拎着一旁的巧克力蛙晃了晃，问，"饿不饿，要不要先吃点巧克力垫垫？"

"那你帮我剥一下。"顾湘说着，拉开他身上挎着的包，把手里乱糟糟的东西都塞进去，之后抬头从他的手上咬走一大口巧克力，眯起眼睛，"牛奶巧克力，还不错。"

江澈走到这会儿也有点饿了，在她刚才咬过的地方咬了一口，又问："还要吗？"

"不要了，"顾湘摇摇头，拆开那盒比比多味豆，"嘿嘿"一笑，"我要先尝尝这个。"

江澈轻一点头，把剩下的巧克力装回去，就看她捣鼓了小半天，最后成功对照着糖果里的说明书挑出了鼻屎味的那一颗，迎着他紧蹙的眉心和担忧的表情丢进嘴里。

片刻后,她一言难尽地告诉他:"嗯……咸咸的,好恶心哦。"

江澈被她自作自受的样子看笑,把包里的果汁递过去:"漱漱口吧,别吃了。"

顾湘接过果汁,"咕嘟咕嘟"灌了好大一口才冲掉嘴里的怪味。旋即她不怀好意地在那袋糖果里掏了又掏,递给他一颗:"你快尝尝!"

江澈感觉到不妙,看着她的眼睛迟疑地接过,满脸写着"你真的忍心害我吗"。

但顾湘只是把果汁递回去给他,免得他一会儿恶心得吐出来,用殷切的目光催促:"快点尝尝啊。"

江澈紧紧嗓子,只好把那颗橙红色的、混杂着奇怪颗粒质感的糖果塞进嘴里。

"怎么样?"顾湘迫不及待地开口。

江澈一入口就感觉到那股怪味了,但脸上的表情没变,假装嚼了两下就把嘴里的糖吞了下去,轻一挑眉,装出一副诧异的样子:"不难吃啊,是水果味的。"

"不可能!"顾湘自我怀疑的时候就会提高声音,再次低头确认手里的说明书,"樱桃味也是红色的,但上面没有小点,我明明给你挑了蚯蚓味的!"

江澈就知道她没打什么好主意,这会儿听她堂而皇之地大声说出来,一时气笑,抬手按住她的脑袋,从那袋多味豆里随便挑了一颗,看也不看就塞进她的嘴里,抬指掐住她软软的脸颊。

顾湘脸上的表情瞬间凝固,鼓着嘴巴吞也不是咽也不是,最后只能在他的挟持下绝望地闭上眼睛嚼了嚼,囫囵咽下去。

江澈这才满意地松开手,就看顾湘演技很差地皱起脸大叫:"我吃到臭鸡蛋了!我吃到臭鸡蛋了!"说完她才仰头给自己猛灌橙汁。

江澈毫不留情地在她的额头上轻弹了一下,打断她的苦肉计:"别演了,到底吃到什么了?"

"甜甜的。"顾湘迅速收敛,冲他龇牙一笑,对照说明书看了一圈道,"应该是烤棉花糖味,超级好吃!"

说着她便又动手从糖果袋子里掏啊掏,掏出一粒白色的糖果,踮脚喂给他:"让你也尝尝。"

她这次倒是没使坏,的确是甜甜的烤棉花糖味,一扫嘴里因为路过了蚯蚓而留下的泥土味。江澈眯起眼睛,欣慰地瞥她一眼:"算你有点良心。"

离开哈利波特园区之前刚好赶上三强争霸赛的表演,演员结束演出谢幕时,顾湘在底下格外捧场地鼓掌欢呼,把掌心都拍红了。

但这个点的霍格莫德村不比八点刚入园的时候,街头巷尾密密麻麻全是人,还好他们已经玩过了一圈了。

顾湘拉着江澈逆着人流穿行,嘴里正嘟囔着"噢梅林,我这辈子还没见过这么多巫师",就被在村口举着大喇叭的工作人员出声打断——

"不要挤,不要挤,请跟进前面的队伍不要停留,里面也可以拍照,里面也可以拍照……"

顾湘一时愕然,盯着那个工作人员看了好几眼后,穿过"请尊重法术限制"的警告标志,离开霍格莫德村,这才扯扯江澈的袖口,声音闷闷的:"你听见我梦碎的声音了吗?"

江澈当然也听见那句煞风景的广播了,察觉到她陡然失落的情绪,伸手捂住她的耳朵,温热的掌心贴着她微凉的耳郭,免得她再听见那些声音,开口时的语气很温柔:"这是特意说给麻瓜听的,免得他们以为世上真的有魔法,把魔法部的人引来。"

顾湘闻言,安静了一会儿,低头在宽大的袖袍里找到他骨节分明的手,握紧他。

再抬起头来时,她已经恢复了刚才的活力,用力点点头:"你说得对!"

侏罗纪世界离城堡很近,虽然才早上十点,但顾湘已经饿得头晕眼花,好不容易排队买到她心心念念的烤火鸡腿便抱着大啃起来,让江澈牵着,也不管自己被带到哪儿去。

鸡腿只是小吃,两个人逛了一上午,腿已经开始发酸,必须要找个餐厅坐一坐。

顾湘是典型的眼比胃大,火鸡腿啃到一半,江澈在餐厅里点的汉堡和甜品也上来了,便立马放下鸡腿分走了他半个汉堡,就着甜品喝完了一杯果汁,一下子就吃撑了。

剩下的半个鸡腿当然只能让江澈解决。

吃完午饭后两个人一块儿消了消食,便继续之后的游玩项目。

作为过山车爱好者,顾湘当然不会错过变形金刚基地的霸天虎过山车,据说起步弹射非常快,每次路过都会听见上空传来的尖叫声。于是她特意把这个项目安排到了下午的后半段,等自己完全消化完了才过去排队,给了这个过山车充分的尊重。

江澈很少来游乐园,以前只陪她玩过杭城的游乐园,当时的超级无敌大摆锤给他留下了毕生的阴影。

所以这会儿排队寄存随身物品的时候,他反复跟她确认了两遍:"这个好玩吗?你真的要玩吗?"

顾湘不疑有他:"不管好不好玩都得玩啊,要不然我们的优速通太浪费了。"

江澈被她说服,紧了紧喉咙,抬头望着出口弹出去的那一车人,响亮的机械声里夹杂着人们的尖叫,最后收回视线,认命地跟顾湘从快速通道奔赴"刑场"。

反正也不是第一次了,玩着玩着就习惯了吧……

半个小时后,江澈下来时的目光已经涣散了。

顾湘仍旧活力十足,拉着他去寄存点取包,嘴里毫不客气地吐槽:"啧,这个过山车宣传得这么卖力,实际上就这,速度又慢轨道又短,还不如欢乐谷呢。"

中途她想起了什么,扯扯江澈:"慕久之前跟我说大阪的飞天翼龙才是环球影城最刺激的过山车,等我大三申请去日本交换学习,到时候带你一起去玩那个!"

江澈抿了抿唇,光听"飞天翼龙"这个名字,恐怖程度就可想而知,只轻声回答:"我们今年先去奥兰多吧……"

顾湘轻皱了一下眉,感觉到他的声音跟坐过山车之前不太一样,好像有点虚弱,再抬头一看,才发现他的脸都白了:"你怎么了,不会晕车了吧?"

江澈摇头否认:"没有,怎么会。"

"真的吗?可是你看起来好像很难受。"顾湘紧张起来,赶紧拉着他到路边的长椅上坐下,从包里找到水给他。

江澈接过,看了她一眼后,乖乖地小口小口喝水,喉结轻巧地在颈间游走。

顾湘在一旁仔细观察着他,最后确认他的脸色真的不太好看,忍不住抓抓脑袋,疑惑道:"可是我记得你好像不恐高啊,以前不是陪我坐过好多次过山车吗?"

"以前……"江澈张了张口。

那已经是五六年前的事，那时候他还是个年轻气盛的高中生，嘴硬得很。而他现在二十二岁了，竟然还在为自己那个时候的逞强买单。

最后他只得放下手里的矿泉水，轻叹一声，摊牌："那个时候年纪小，不懂事，爱面子。"

"噗！"顾湘听他主动承认，一下子回想起他高中时期的样子，每天滑着滑板上学，面无表情，酷得二五八万的，中二得很。再看看现在的他，已经完全没有当时的青涩和臭屁，变得坦率、正直又温柔。

顾湘情不自禁地伸手戳戳他的脸，笑着道："确实，你现在年纪大了，会说实话了。"

江澈闻言，抬起视线看她，这会儿胃里的翻江倒海已经平复不少，总算有心情逗她："那是年纪大好还是年纪小好？"

顾湘想了想，很快弯起眼睛，在他的唇上飞快亲了一下："都很好。"

霸天虎过山车算是环球影城最刺激的项目，后续的室内项目对江澈来说不难接受，他游戏打得多，很习惯看3D，倒是顾湘被火种源争夺战看得眼花缭乱。

傍晚时分，游客陆陆续续结束排队，在路旁等待花车巡游。

对于顾湘这种愿意全情投入的社交达人来说，花车巡游非常快乐，每路过一辆花车，她都会踮起脚尖拼命冲演员招手，热情洋溢地高呼：

"小黄人！太可爱啦，小黄人！"

"吉吉国王！吉吉国王万岁！"

"巴斯光年！拯救地球，飞向宇宙！"

有这样出众的游客，花车里的演员想不注意到她都难，几乎所有经过她面前的角色都会像她一样热情地回应她的问候。巴斯光年还非常郑重地对她敬了个礼，随后引发她一连串"巴斯光年我爱你"的尖叫。

游乐园的魅力就在于此，来到这里人可以抱着对幻想世界全部的热忱投入其中，不用在意周围人的目光，因为这里的人都一样热忱、快乐、满怀希望，甚至可以暂时忘记真实的世界。

到后来，江澈也完全被她同化，跟着她一起对演员挥手呼喊，只可惜他看的剧不够多，大部分都认不出来，只能学着她开口招呼"Hi"和"Hello"。

江澈中途看到一只戴着帽子配着剑的猫，眼熟却认不出来，只好碰碰她的肩膀，问："那是什么角色？"

顾湘还沉浸在花车巡游热闹的音乐和气氛中，嗓门一时收不回来，大声回答："我不知道！不过它好酷哦！"

江澈本来还以为她每个都认识，谁知道她答得理直气壮，只能一边笑，一边继续词穷地说"Hello"。

直到边上有好心人提醒他们："这是穿靴子的猫。"

"谢谢！"顾湘收到，立马活学活用，"穿靴猫！I Love You！你好帅啊！"

穿靴猫听到动静，收起佩剑，对她行了个骑士礼。

夜幕降临。

吃过园区里简单的晚餐，天幕逐渐染上浓稠的深蓝色，没有星星，只有烟灰色的云大片大片地铺展开，压在霍格沃兹城堡的尖顶上。

霍格莫德村道路两旁的商店都亮起金色的灯，映着屋顶的雪，反射着橱窗的玻璃和一块块风格迥异的招牌，像悬在半空中的一道光河。

魔法的气息在夜色里被酿得更浓，深色的学院袍在黑暗中隐下去，只剩下兜帽一圈标志着四个学院的红、蓝、黄、绿四色，霍格沃茨的学生们穿着袍子握着魔杖，步履匆匆地在一天结束之际返回宿舍。

虽然顾湘事先按捺不住好奇，在网上看过城堡灯光秀了，但此刻面对如此高大的霍格沃茨，面对校门口那两座张着翅膀的疣猪雕像，面对身边无数翘首以盼的、相信或部分相信魔法的人，感受是完全不一样的。

当熟悉的海德薇变奏曲响起时，顾湘甚至看见身旁的老哈迷感动地抱在一起，发出低低的啜泣声，她也忍不住抱紧江澈的手臂。

随后是分院帽的对于四大学院的介绍，随着一串串流畅攀升的音阶，猫头鹰扑动翅膀在夜色中飞行，留下一道道深蓝色的轨迹，霍格沃茨的院标缓缓出现在主楼顶端。

猫头鹰离开，金色的藤蔓自建筑底部缠绕生长，随后从塔尖开始，缠绕起绚丽的橙红色缎带。

顾湘一眼认出这是自己的学院，直到赫奇帕奇学院标志性的獾出现在视线中，她情不自禁地鼓掌大喊道："Hufflepuff（万岁）！"

有人起头，气氛又铺垫得恰到好处，周围的人很快被带动，高呼起獾院的名字。连江澈都放下矜持，背叛了自己的学院，帮着顾湘喊"赫奇帕奇万岁"。

顾湘甚至听见有一句"赫尔加·赫奇帕奇女士万岁"混在其中，便大叫："说得好！"

周围的掌声更响，人潮一下子活跃起来，在灵动、欢畅又神秘的交响乐中，弥漫着某种极致纯粹、迷幻而又幸福的气息，接下来的灯光秀简直成了今年的学院杯比赛。

随后到来的斯莱特林和格兰芬多人多势众，声音一浪比一浪更响，衬得先前的赫奇帕奇人丁稀落。

"斯莱特林万岁！"

"伟大的梅林属于斯莱特林！"

"格兰芬多！"

"格兰芬多永不言弃！"

"韦斯莱是我们的王！"

顾湘被他们声势浩大的高呼裹挟着，只能一边在人群中为自己的学院默默流泪，一边捧场地给校友们鼓掌。

直到有人思路清奇地在狮院众人的狂欢中拆台："格兰芬多扣十分！"

在场几乎没有不知道这个笑话的，不止其他三个院，连格兰芬多的学生都被逗得大笑，全场鼓掌欢呼。

顾湘的心跳很快，在熙攘人潮中习惯性地贴紧江澈，感受着他身上传递来的温度。

江澈察觉到她的动作，以为她是有话要说，微微俯身靠近："怎么了？"

顾湘闻言，想了想，趴在他耳边，嗓音软而甜，像吃了一整盒蜜蜂糖，随着乐声跳动起来："江澈，我好喜欢这里啊。"

江澈侧脸望向她，她那双清亮的杏眼此刻正跳跃着柔和的光芒，藏着世界上所有的明媚与美好，倒映着他的影子。

他才看了一眼，嘴角便情不自禁地弯起，于是低头在她的唇上落下一吻，回应道："我也很喜欢。"

周围的音乐逐渐变得和缓，属于四个学院的黄、绿、红、蓝四色在城堡上游走缠绕，直到汇聚一处，凝结成闪耀的金色火漆，整个城堡都被染成绚烂的玫瑰金色，随后如同烟花般绽开，无数星芒从城堡高处滚落，落到人们的脸上和心上。

烟花的余烬，落雪似的光点在城堡上流动着，像一棵巨大的为了庆祝魔法而存在的圣诞树。

直到音乐结束，城堡的灯光转变为柔和的暖黄色，塔楼尖顶在夜幕中若隐若现，昭告着午夜降临、睡梦到来。